ペ テ ロ の 葬 列

Miyabe Miyuki

圣彼得的葬礼

[日] 宫部美雪 著

王华懋 译

北京联合出版公司
Beijing United Publishing Co.,Ltd.

图书在版编目（CIP）数据

圣彼得的葬礼 /（日）宫部美雪著；王华懋译 . —
北京：北京联合出版公司，2019.4
　ISBN 978-7-5596-2952-4

Ⅰ．①圣… Ⅱ．①宫… ②王… Ⅲ．①推理小说—日
本—现代 Ⅳ．① I313.45

中国版本图书馆 CIP 数据核字（2019）第 036804 号

著作权合同登记 图字：01-2019-0602 号

PETERO NO SORETSU
by MIYABE Miyuki
Copyright © 2013 MIYABE Miyuki
All rights reserved.
Originally published in Japan by Shueisha Inc., Tokyo.
Chinese （in simplified character only） translation rights arranged with
RACCOON AGENCY INC., Japan
through THE SAKAI AGENCY and BARDON-CHINESE MEDIA AGENCY.

圣彼得的葬礼

作　　者：〔日〕宫部美雪
译　　者：王华懋
责任编辑：肖　桓

————————————————————————

北京联合出版公司出版
（北京市西城区德外大街 83 号楼 9 层　100088）
天津旭丰源印刷有限公司印刷　新华书店经销
字数：230 千字　　　880 毫米 ×1230 毫米　1/32　　　印张：15
2019 年 4 月第 1 版　　2019 年 4 月第 1 次印刷
ISBN 978-7-5596-2952-4
定价：52.00 元

————————————————————————

人物关系脉络图

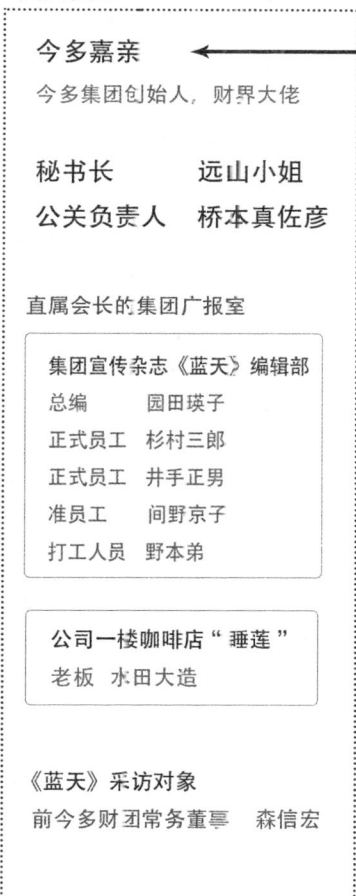

今多集团

今多嘉亲
今多集团创始人，财界大佬

秘书长　　　远山小姐
公关负责人　桥本真佐彦

直属会长的集团广报室

集团宣传杂志《蓝天》编辑部
总编　　　　园田瑛子
正式员工　杉村三郎
正式员工　井手正男
准员工　　间野京子
打工人员　野本弟

公司一楼咖啡店"睡莲"
老板　水田大造

《蓝天》采访对象
前今多财团常务董事　森信宏

← 父女关系 →

杉村家

杉村菜穗子　妻子
杉村桃子　　女儿

杉村三郎

朋友

侦探社
北见一郎（过世）
北见夫人　妻子
北见司　　儿子

嫌犯是委托人

公车劫持事件
嫌犯　佐藤一郎？
司机　　柴野和子
乘客　　迫田丰子
乘客　　田中雄一郎
乘客　　杉村三郎
乘客　　坂本启
乘客　　前野芽衣
乘客　　园田瑛子
嫌犯目标
葛原旻　高东宪子
中藤史惠

报纸贩卖店杀人事件
死者　高越胜已
嫌犯　足立则生

目 录

序曲

事后，多到数不尽的人问我：那个时候，你在想些什么？不然就是，当时你能够思考吗？

我总是回答："我记不清楚了。"

随着问答的机会增加——随着在听到我的回答后，点头、表示同情、出言安慰的人脸上，我看见稍纵即逝连他们自身都没察觉的好奇与猜疑之色。于是，我变得狡猾聪明，会稍稍停顿，补充道："这不是辩驳，我脑袋真的一片空白。即使可能在思索，如今也完全想不起来。"

然后，我会跟着他们一同点头。因为我学到，只要这么做，掠过他们脸上的好奇与猜疑，就不会立刻浮现。因为我明白，这样就能共享惬意的安心。

那个时候，我在想些什么？

事件刚解决的时候，我认为有资格当面这么问我、要求我回答的只有一个人——我的妻子。受限于年龄，七岁的女儿无法得知消息，况且她根本不晓得出了什么事。碰到这种状况，不让孩子知情，也是身为父母的义务。

那个时候，我在想些什么？

出乎意料，妻子没这么问我。困扰她的，是我完全料想不到的疑问。

"为何你总会遇上这种事？"

我说出当时想到的答案："我是个超级幸运儿，神明觉得不偶尔调整一下平衡，对其他人太不公平。"

妻子微笑，仿佛在深夜开着电视，不经意听见 B 级片的谐趣台词。

"真会说，感觉一点都不像你。"

妻子不接受我的解释，也似乎死了心，认为不管怎么逼问，都得不到想要的答案。

"忘了吧。"我应道，"毕竟事件顺利解决，大伙都平安无虞。"

是啊，她点点头，却流露出不以为然的眼神。

"那个时候你在想些什么？"其实有资格这么问我的，还有一个人。与其说是排除那个人，不如说是被敬畏、客气、内疚交织的情绪所逼，而逃离他。

我指的是岳父——今多嘉亲。身为今多集团这个大企业的龙头、财界大佬，如今他八十有二，但年轻时被称为"猛禽"的锐利眼力，及那双好眼力泉源的敏锐头脑都不见半分衰退。我的妻子菜穗子，是他的私生女。

菜穗子并未以任何形式参与经营今多集团，将来也不可能插手。即使贵为会长千金，虽身份权威，却不具半点权力。另外，身为菜穗子之夫的我，甚至连会长女婿的权威都没有。结婚时，岳父开出条件，要求我辞掉小出版社的工作，成为今多财团的一员，在直属会长的集团广报室担任社内报记者兼编辑，我选择接受。于是，岳父成了我可望而不可即的上司，而我成了今多财团的基层员工。因此，无论是以亲人或是以上司的身份，今多嘉亲都有资格询问我。

"那种时候，人都会想些什么呢？"

正确地说，岳父是这么问我的。

"非常抱歉。"我回答。

岳父略略敛起下巴："有人要你道歉吗？"

"不，可是……"

"这么急着赔罪，难不成你在公车上想起菜穗子和桃子以外的女人？"

桃子是我和妻子的独生女。

我正狼狈地想挤出B级片般的耍帅台词，岳父笑道："开玩笑的。"

我们在岳父宅邸的书房里，隔着书桌对坐。聆听这段对话的，只有摆满书架的大量书籍，及装饰在书架间隙的几件美术品。

"实际上，真的有办法思考吗？或许有些冒犯，不过我纯粹是好奇。"

确实，岳父的目光充满求知欲。

"会长又是如何？"我反问，"在您漫长的人生中，也曾面临生死关头吧？那种时候，您想起了什么吗？"

岳父炯炯有神的双眼眨了眨："当然，毕竟我们是经历过战争的一代。"

第二次世界大战终盘，岳父受征召入伍。然而，至今无论在任何时机、任何场合探问，他从未详细透露，总推说自身的经验不足为外人道。

"不过，你被卷入的案件，与战争不能比较，所以我才会忍不住好奇。"

我的视线离开岳父，移向他身后那套《世界文学全集》气派的皮革书背。

"以前会长会对我说，杀人行为，是人类所能行使的最大权力。"

约两年前，我们集团广报室成员受某起案件殃及时，岳父难掩愤怒地如此表示。

"没错，我这么说过。"

"您还说，会犯下这样的罪行，是因为太饥饿。为了避免灵魂遭饥饿感啃噬，必须把它喂饱，所以利用他人当饵食。"

岳父手肘撑在桌上，双手交握。在书房时，岳父经常摆出这样的姿势，我彷佛是面对神父的信徒。

"前些日子发生的案件中，我也成为那种权力行使的对象。"

对方举枪威胁，若不从命就要射杀我。

"不知为何，从犯人身上，我感觉不到会长谈及的'饥饿'。"

岳父注视着我。

"但也不会因此就不害怕。我和其他人质都吓坏了。我不认为犯人是虚张声势。"

"事实上他真的开了枪。"岳父应道。

"没错。"

"你早预见那样的结局？"

盯着《世界文学全集》思索半晌，我缓缓摇头，望向岳父。

"我完全无法预料事态会如何发展，演变成那种结果时，却感到理所当然。"

一切都是自然而然。

"事情就发生在眼前，可是实在结束得太快，仿佛转眼便结束了。"

从案发到落幕只有三个多小时，据说是最快解决的国内公车劫持案件。

"我看到……孩童的自行车。"

岳父露出讶异的神情，我微微一笑。

"公车停留的空地角落，丢着一辆小自行车，手把和踏板是红色的。隔着车门玻璃，可清楚看见。"

即使是现在，我仍觉得拥有那辆自行车的少年或少女会忽然现身，抓住红色手把，踹开脚架，跨上踏板，内心不禁一阵难受。

"岳父，"我接着道，"您这么一问，我终于明白。"

岳父沉默着，微微倾身向前，好似催促信徒告解的神父。

"当时我什么都无法思考，所以现在才不由得要思考。"

思考应该存在于那里的"饥饿"，是否被遗留在某处。

第一章

　　九月进入第三周，残暑的威力总算逐渐减弱，我和总编正要前往一栋位于海滨的住家。我们已得到教训，每当访谈延长，过傍晚才踏上归途，背后袭来的海风意外地会冻得人全身发冷。这是第五次，也预定是最后一次访问。

　　总编园田瑛子卷起开襟薄衫塞进大托特包，问道："欸，你有没有带预备的录音笔？我可不想像上次那样，录到一半文件储存空间不够。"

　　我们隶属集团的宣传杂志《蓝天》，编辑部有三名正式员工和一名准员工，及一名打工人员，是个小家庭。办公室栖身在悄然蹲踞于高层科技大楼的总公司后方、三层别馆的三楼。

　　这里别有一番天地，同时是座孤岛，流放者的孤岛。

　　与菜穗子婚后十年，即成为今多财团基层员工十年以上，我仍无法掌握这个庞大集团企业的全貌。岳父继承其父的小型栈板运输公司，在一代之间便打造成如此巨大而复杂的企业体。现今"本家"仍是物流公司，但只是大树的树干部分，枝叶则遍布五花八门的旗下公司。

　　一直以来，岳父似乎颇担忧任职复合企业的庞大员工，会处于同床异梦的状态，也就是沟通不足。于是十几年前，他想到可发行一份全集团流通的综合性社内报，这便是《蓝天》创刊的契机。因此，发行人即为今多嘉亲。

　　创刊至今的总编园田瑛子，是会长亲自拔擢的人才。大学毕业后，她应届进入今多财团，历任各部门行政人员，也曾外派旗下公司，经验非常丰富，是所谓的职场大姐头。而这样的她，究竟是职场生涯中的哪一段受到会长青睐，我并不清楚。

"我待过总公司的社内报编辑部，大概是那时候写的文章合会长的胃口吧。"

本人这么说，实际上或许也没有更多的理由。只是，她的待遇有许多神秘之处，所以园田瑛子是会长情妇（或前任情妇）的传闻根深蒂固。至于传言的真伪，还没有哪个胆大包天的家伙，敢来询问园田瑛子称为"会长驸马爷"的我。即使真的有人问起，我也不知究竟，不过菜穗子倒是一笑置之。

"园田小姐的类型，和今多夫人还有我妈差太多。"

这话出自今多嘉亲情妇之女的菜穗子，我完全相信。而菜穗子提及"今多夫人"——生父的正室，她年纪相差甚远的两名哥哥的母亲、现已过世的女士时，与园田瑛子苦笑着说"我才不是会长的情妇"的眼神，惊人地相似，更加强可信度。

总之，集团广报室便是这样一个地方。不论在任何意义上，分发到此的都是被调离前线的人，也就是流放者。唯一的差别，只在于是菜鸟还是老鸟，及被流放的时期与理由。

园田瑛子是这座荒岛的岛主。她坐镇在人事异动必然频繁的广报室，接纳许多流放者，又目送他们离去。其中最棘手的非我莫属，但她高明地差遣这样的我，偶尔调侃我是"会长的乘龙快婿""今多家的小伙计"，释放我和周遭同事累积的压力，无微不至。她是个聪明人，如果当面表示"其实我有点尊敬你"，不晓得她会露出怎样的表情？

换句话说，我对身为总编的园田瑛子毫无不满，只是对她机器白痴的一面有些无可奈何。

"上次录音笔会停止，不是容量不够，而是没电。"

况且不必特意吩咐，我也总是随身携带备用的录音机器。除了第二支录音笔，还有旧型的卡式录音机。后者纯粹是我的嗜好。

"总编的录音笔我刚换完电池，也测试过，没问题。"

在电脑屏幕上检查排版的野本弟回头道。野本弟是约半年前来打工的大学生，主修国际经济，二十岁。他做事勤快，为人机灵，外貌清爽时髦，进公司第三天就获得"牛郎小弟"的绰号。本人毫不介意，还透露真的想兼职当牛郎，可惜面试时被刷掉了。

"你碰过我的录音笔？讨厌，该不会把文件都删光了吧？"

"我没删，还帮忙备份哩。"

就算总编搞错文件夹，覆盖掉文件也不必担心——野本弟没说出口，而是对我使个眼色。我用朝向他的半边脸，回以一笑。

园田总编在托特包里一阵摸索，取出录音笔按来按去，想验证野本弟的话。

"那个老先生，话匣子一开就关不起来。"

"今天是最后一次了。"我应道。

"所有的录音文件都备份了吗？那能不能把上次的访问录音逐字打成文稿？"

"我来做行吗？会不会被井手先生骂？"

井手正男也是同事之一。除了园田瑛子，他是《蓝天》编辑部史上第一个出身今多财团本家的员工。

"井手先生讨厌我。"

野本弟搔着头。他没染发，但时髦有型。第一次面试后，园田总编咕哝"那颗走样的杰尼斯头不能想想办法吗？"不过似乎还没出言矫正。其实园田总编挺中意他的发型吧。

"放心，井手先生讨厌的不止你一个。"

"这样说好吗？"

"他又不在，有什么关系？虽然会长的驸马爷可能会去秘书室告状。"

"总编，不要脚痛就乱迁怒。"我傻笑着回道。

就任《蓝天》总编时，制服不必说，园田瑛子也和职业妇女风的套装与包鞋断绝关系，不论春夏秋冬皆以五彩缤纷的民俗风宽松裤装现身。

不过，她称为"那个老先生"的采访对象——直到去年春天仍是今多财团常务董事的森信宏，在第一次访问时对她的穿着十分不满。无可奈何，唯独在专访他当天，园田瑛子会从衣柜深处挖出套装，蹬上"参加葬礼用"的黑包鞋。那双六寸高的包鞋，对习惯率性打扮的她的脚，形同狩猎女巫的拷问刑具，所以她的心情才会这么糟。

"今天真的是最后一次吧？"总编噘嘴瞪着我，"那个老先生要是还没讲够，我可要哀号了。"

"访谈说好总共五次，今天就会结束。"

"间野小姐会整理成文字稿吧？"野本弟转过椅子面向我们，"她已准备好要当总编的幽灵写手，正跃跃欲试。"

间野京子是编辑部的第四名成员。

"间野小姐真的很有文采。她说在之前的店里工作时，不管是发给客人的传单，还是发表在网站的文章，全出自她的手笔。"

连悠闲的集团宣传杂志，也不可避免地受近年的经济危机浪潮波及。目前包括员工、准员工四名，加上一名打工人员的编制，是历来规模最小的。更别提井手完全派不上用场。

另外，间野京子如同本人所言，妙笔生花，十分能干。她和虽然是打工人员，却是宝贵战斗力的野本弟也相处融洽。大概是刚满三十岁，在编辑部内与野本弟年龄最为相近吧。

"你啊，不要让我提醒那么多次。"

园田总编凶狠地眯起眼，训斥野本弟。她配合套装化较浓的妆，一眯起双眸，眼影就闪闪发亮。

"不能说'店里'，至少要说'前职场'，不然又会触怒井手先生。"

"你不是说他不在就没关系吗？"

"本人不在时可以说的，只有坏话。像这种小细节，就得趁本人不在时养成习惯。"

间野京子的前一个职场，是岳父收购并纳入旗下的高级美容沙龙。岳父从不做没意义的事，那是著名的舞台剧女星御用沙龙，不进行任何宣传或广告，也不接生客。虽然贵得离谱，但效果一流，这一点菜穗子能打包票。

间野京子是优秀的美容师，这也是菜穗子做保证的。然而，由于家庭因素，间野无法继续从事需要配合顾客，上班时间不规则的工作。一般情况下，美容师会辞职离开，但菜穗子十分欣赏间野的技术和开朗的性格，于是用一句"父亲，我有个请求"，推荐她进入上下班时间固定且周休两日的《蓝天》编辑部，直到能回到原先的职场。

我的妻子杉村菜穗子与今多财团在任何形式上都毫无瓜葛，更不会干涉人事，间野京子是例外中的例外。岳父为爱女破格的行为感到惊讶，并开心不已。仔细想想，即使一次也好，岳父或许一直在期待菜穗子提出任性的要求。

再怎么疼女儿，今多嘉亲毕竟是今多嘉亲。岳父没告诉菜穗子，私下派人调查间野京子的风评与工作能力。在这种时候活动（暗中活跃）的，是真正意义上直属会长的秘书室职员。接到他们的报告，岳父相当满意，毫不犹豫地将间野京子挖角到《蓝天》——过程就是如此。

对于此类人事安排，园田总编无动于衷。她早扛着一个杉村三郎，也就是我这个麻烦，如今根本雷打不惊。她仅仅行个礼，表示一切遵照会长指示。

间野京子开朗随和，热心工作，还意外具备过人的文采。通过调查，岳父应该了如指掌，我们也很快就发现她的优点，没有任何问题。

只是一碰上井手正男，便会产生一些不协调音，然后看似粗枝大叶，其实神经纤细的总编就得在背后煞费苦心。

"我觉得井手先生很幼稚。"

野本弟不满地嘀咕，扯弄右耳垂。上头开着三个耳洞，当然，在编辑部出动时，上头只有洞。

"不然你们想想，他几岁啦？"

"四十七岁。"总编回答。

"跟我爸只差一岁，真的不该再像小学模范生般装腔作势。"

总编瞟他一眼："牛郎小弟，你就期待四十七岁到来那天吧。我一定会搭乘时光机，去瞧瞧你有没有变成会对部下装腔作势的上班族。"

上午十一点，园田总编和我从东京车站搭乘特急列车。

"在我小时候，那个地方是很适合去过夜，然后享受海水浴的度假胜地。"

这话也听过五遍了。

"我还是没办法理解，森先生绝不会安于隐居在海滨别墅啊。他浑身散发着第一线商业战士的气息。"

"所以意见才会那么多。"

"对吧？那他怎么不住市中心，在集团旗下公司当监事之类的？"

外表大大咧咧，其实内心纤细的园田瑛子，有着意外的死角。从大型都市银行被挖角过来，一路在今多财团的财务圈奋斗的森常务董事，确实不是会因年届七十就隐居的人。他会辞退所有职务，搬到房总半岛海边的"海星房总别墅区"，并不是为了自己，而是为了罹患失智症的夫人。总编没发现这一点，应该是夫人始终没现身，加上一些误会。总编认为"夫人"心高气傲，瞧不起没出路的集团宣传杂志编辑部员工，觉得没必要出来打招呼。明明没有任何根据，总编却一心如此认定，恐怕流放者荒岛的岛主还是有其积郁与自卑吧。就是这样的心态造成死角。

进行采访前，岳父曾向我提起森夫人的病情，并警告我，除非森先生主动谈及，否则绝不能触碰此话题。

不过，采访将于今天结束。为防日后总编毫无预警地得知森夫妇的抗病内幕，陷入深深的自我厌恶，我判断现下是个好时机，于是在谈话间告知。

总编拿着瓶装绿茶，沉默半晌，问道："那一带有不错的医院吗？"

"有专门的看护机构。如果真的不行，森先生打算让夫人搬进去。"

"这样啊……"

总编又沉默片刻，露出小学生般的好胜表情说："可是，森先生还是太啰唆。"

在目的地车站的月台下车后，我们感受着海风，前往邻近车站大楼旁的家庭餐厅。用完午饭，在下午一点整按森先生家的门铃，是每回的固定步骤。住在家里的女佣会出来应门，带我们到能够俯瞰外房海景的客厅，以进行访谈。

到了三点，稍稍休息，女佣会送来茶点，约三十分钟后继续访谈，结束时往往超过六点。以社内报而言，这是过长的访谈，之所以会演变至此，是结合回忆录出版企划的缘故。不过，这个企划会不会实现，尚未定案。森先生希望读过访谈的文字稿，确认无愧于他的生涯再作定夺。

森信宏与短小精悍的岳父完全相反，身材高大，年轻时想必有美男子之称。他的五官立体，仿佛有日耳曼人的基因，皮肤白皙，眼珠颜色很淡。虽然是这场访谈中不能提起的话题，但据说他曾是财金界屈指可数的花花公子。

寒暄致意后，森先生一如往常，利落地接受访谈。他穿着麻质衬衫，外罩夹克，由于打高尔夫球，皮肤晒得黝黑。只要他有意，想必依旧能大享艳福。

最后一次访谈，森先生从任职今多财团财务总监讲起，偶尔会针对今多嘉亲提出尖锐到令人吃惊的批判，总编频频瞟向我，我不禁感到好笑。失败就是失败，善政就是善政，对目前还不能下定论的事挑明这么说，听着反倒痛快，岳父一定也会同意。

休息结束，后半场是概括性的总结，森先生间或谈及人生观，即使话题转移到家庭或夫人也不奇怪，我不由得有些紧张。不过，对我们的"金库守护神"清晰的头脑与流畅的口才而言，这只是杞人忧天。

"嗯，大概就这样吧。"

森先生在扶手椅上重新坐好，跷起脚说。客厅的双开落地窗外，是一片大海绝景，水平线留下一条暗红色，逐渐转为日暮。

"看过你们整理出来的文字稿，我会注明需要修改的地方。我的记忆应该也有模糊不清的部分吧。"

"再次麻烦森先生了。"我们一同低头行礼。

森先生一笑："很累吧？我可是累坏了。"

"感谢您每次都拨出这么长的时间接受专访。"

"哪里，我现在很闲，拨空倒是没问题。只是活到这把岁数，回忆过往就变得十分辛苦。连打算掩盖的事情都会一并想起，得一一盖回去才行。"

他唤来女佣再倒一杯咖啡，劝道："你们也喝点热的再走。每次都没能招待什么，实在抱歉。"

"没那回事。"

森先生似乎维持相同的姿势，切换了模式。

"杉村。"

"是的。"

"菜穗子小姐过得如何？"

他的目光顿时柔和许多。

"托您的福，她一切安好。"

"那就好。菜穗子小姐还没结婚时，我在内子的活动上见过她。"

自称改变，用词也换成敬语，表示他不是在与前部下交谈，而是把我视为今多家的一员吧。识时务的总编，优雅从容地收拾着录音器材和笔记。

"内子以前蛮广泛地从事志愿者活动。"

他说菜穗子帮忙过几次。

"好像是帮忙录制有声图书，提供给视障者的团体吧。"

"菜穗子在图书馆担任念童书的志愿者。她从单身时代就一直从事志愿者活动。"

"啊，那应该是内子看中她的经验，拜托她的吧。"

女佣端来咖啡，总编帮她摆放。

"内子人面挺广，也相当会使唤人，可能给菜穗子小姐添了不少麻烦。不过，菜穗子小姐真的是很棒的女性，我十分敬佩她。唯独那个时候，我由衷羡慕会长。"

"您过奖了。"

"内子也说，如果我们有儿子，便能央求会长把菜穗子小姐嫁来我们家。岂料没过多久，菜穗子小姐就被你抢走了。"

他不等我搭腔，笑着继续道："实在是意外的伏兵哪。可是，与其随便跟集团里的家伙联姻，跟你这种自由的男人结婚，菜穗子小姐会比较幸福。我也……是啊，活到这把岁数，渐渐摆脱一点庸俗之气，才会这么想吧。"

总编端庄微笑，我也维持同样的表情。

"你应该也碰上不少劳心伤神的事，"森先生注视着我的双眼，"不过，请务必守护菜穗子小姐的幸福。身为一个男人，比起其他任何事，最重要的是要让自己选择的终身伴侣得到幸福。"

我再度低头行礼："您的教诲我会谨记在心。"

不同于过去的四次访谈，森先生送我们到玄关。女佣则先去打开前院的门。

"最后才这么说，可能会像是辩解，不过内子一次也没出来打招呼，真是抱歉。"

森先生想必早看准此一时机，语气相当自然。

"杉村应该听说了吧？内子的状况不怎么理想。"

我暧昧地点点头，总编露出"这是在讲什么？"的表情。幸好我在去程的特急列车上知会过她。

"是失智症。"森先生告诉总编，"原以为能一起在这个家住一年，但似乎还是没办法。我过得很辛苦，内子恐怕更难受。不，医师说本人已无法认知到这些，可是我心里明白，以前的内子被关在现下的内子体内，生气地哭喊着不要看她这副模样。"

女佣在门旁等候，强烈的海风掀起围裙裙摆。

"这么说像在自夸，不过以前的她是才色兼备的好女人。即使变成老太婆，一样是好女人，不输给菜穗子小姐的好女人。"

森先生拍拍我的肩膀。

"我多话了。不过，你们平常都不叫计程车吗？"

总编倏然回神般，站直应道："是的，附近就有公车站牌。"

"是名为'海风线'的黄色公车吗？"

那是会行经"海星房总别墅区"的公车，约莫一小时一班，去程时间不合，只好坐计程车，不过我们研究时刻表，发现回程恰巧有班次，方便搭乘。《蓝天》编辑部也不例外，处于财政紧缩的状况，能省则省。公车十分干净，又没什么乘客，坐起来挺舒适，而且时间上能衔接回程的特急列车。

"本地的开发公司买下那家客运，收编为子公司。这是考虑到退休想在别墅区定居的老夫妇，可能无法自行开车。"

"原来如此。"

听到这番说明，我总算理解为何没什么乘客，车子却颇高级。

"其他应该还有三条路线。尽管是亏损连连的小型客运公司，一旦倒闭，当地人等于失去双脚。成天被骂破坏环境、满脑子追求金钱利益的地产开发公司，偶尔也会做点好事。"

"要不要在书里提一下？补充在后记也行。"我提议道。

"哦，这也许是个好主意。最好向读者说明，如今我在什么地方回顾过去说大话……虽然不晓得会有几个读者。"森先生眨眨眼。

临别之际，森先生展现出亲和温暖的一面。担任常务董事时，森先生是令外面的金融人士和直属部下畏惧到晚上会做噩梦的恐怖"金库守护神"，应该也是最受秘书室女性欢迎的人物吧。

"请代我向会长致意。"森先生行一礼，"我非常感激他的好意。"

我们恭敬回礼后，走出大门，来到别墅区的道路。经过铺装，被草皮与花坛包围的道路漫步起来十分惬意，也方便车辆通行，想必和"海星房总别墅区"的建筑物配置一样，是极为讲究人体工学的设计。

我们一向搭准时在晚上七点行经"海星房总别墅区 日落街区"站的班次。徒步三分钟就能抵达的站牌，今天却异常遥远。总编似乎也有同感，不光是踩着六厘米高跟鞋的缘故。

"我太嫩了。"总编把塞得鼓鼓的托特包背到肩上，"最起码第二次访谈就该问出那些话，实在没资格自称专业人士。"

真想再听他多说一些，总编低喃。

"还有机会的。依刚刚交谈的感觉，应该能顺利取得森先生的同意。"

两人缓步前进，不久便看到"日落街区"的公车站牌。黄色长椅在近未来造型的透明树脂雨遮保护下，在黄昏的幽暗中散发朦胧的光。公车站说明柱的设计与色调也配合雨遮及长椅。听到森先生的话，我才注意到这一点，不过设备都是地产开发公司收购后整修的吧？

总编和我在长椅上坐下，各自检查笔记本电脑和手机上的电子邮件及短信，这已是老习惯。月刊《蓝天》的发行编务，除了最终校稿日以外，都不怎么繁忙，只是内容牵涉财团所有业务及企业，经常需要修改细节和多方考量，因此会频繁与采访对象联络。每次结束森先生的午后访谈，坐在公车站长椅上，便有数量庞大的待回信件和电话留言等着我们。

"真是要命。"园田总编看着手机屏幕，忍不住咂舌，"'威尔涅斯'又要换照片。"

那是集团旗下专卖保健食品的通贩公司。

"他们要更换七日试用组的包装。这应该是早就决定好的事，怎么不先讲嘛。"

我收到菜穗子的短信，由于嫂嫂突然邀约，她带桃子去吃晚饭。这是下午三点多发来的。

"好，抱歉这么晚回复。"发完短信，我临时起意："总编，今晚要不要去喝一杯？"

园田总编一脸错愕，仿佛听到我问："待会儿要不要去动物园？"

"为什么？"

"也没为什么……就是访谈告一段落……"

"可是，办公室还有人吗？"

每次访谈结束，回去放器材，编辑部都没人加班。毕竟还不到忙碌的时期。

"总编和副总编两个人喝酒不行吗？"

我姑且算是副总编。

"要我跟会长的驸马爷单独喝酒？"

"偶尔一次无妨吧。"我笑道，"新桥有家美味的串烧店，谷垣先生带我去过。"

谷垣先生曾是集团广报室的员工，已届龄退休，如今应该和夫人过着悠闲的晚年生活。

园田总编总是挂在嘴上的"会长的驸马爷"，在我的绰号中算是相当温和。许多人背地里叫我间谍、秘密警察、马屁精，也有人骂我是今多一族的寄生虫、会长女儿的小白脸。

一直以来，我和流动率极高的广报室成员都处得不错。只是，即使表面相处融洽，也没人邀我"去喝一杯"。话说回来，在这个蜻蜓点水式的职场，究竟有哪个古怪的员工，会想和会长的间谍、会长女儿的小白脸交好？如果混熟有好处也就罢了，但又毫无益处。

不过，谷垣先生却邀我"一起去喝一杯吧"。直到现在，我偶尔仍会莫名怀念起他。像今晚这样，妻子突然带女儿外出吃饭不在家，我甚至会想一个人晃到那间串烧店坐坐。

"好吃吗？"

"烧烤不必说，炖肉更是绝品。"

"哦？那很棒嘛。"

总编收起手机时，公车进站。

"海风线"公车的风格一点都不近未来，是旧式有阶梯的设计，从前门上车，中央的门下车。所有路段的票价都是一百八十日元。

一条宽幅黄线横跨白色车体，仿佛夹住左右车窗。由于鲜黄色十分抢眼，才会给人"那辆黄色公车"的印象。挡风玻璃的边框是清凉的蓝线，但不太醒目。

这年头的公车多半如此，车窗嵌死，无法自由开关，因此尺寸也大，远远就能看清车内。

总编从长椅起身："真稀奇，今天乘客好多。"

实际上只有六七名乘客，不到"好多"的程度。不过，我们太习惯这班公车空荡荡的状态，才会用"好多"形容。

黄白车体缓缓进站停下，中央车门关着，前门发出"噗咻"的排气声打开。

"久等了，这一站是'海星房总别墅区日落街区'。"

总编先踏上阶梯付车资，穿过通道走向后方座位。我随后跟上。

"感谢搭乘。"

司机穿水蓝制服，戴着帽子，约三十五岁。上次也是同一名驾驶员，我认得她的长相。她肤色白皙，宽下巴，眉毛有些稀疏，和我的姐姐感觉颇像。不过，从车内广播听来，她的嗓音甜美，与姐姐是天壤之别。姐姐的性格是有话直说，嗓音同样尖锐。

我抓着扶手往车内走，总编坐在最后一排。

"即将发车，请抓稳。"

我隔一个空位，和总编坐在同一排。公车微微倾斜，发车前进。

以中央车门为界，前半部左右并排着单人座。后半部高出两级阶梯，有三排双人座，同样在通道两侧对称并排。最后则是一整排的五人座。

除了我和总编，共有六名乘客。坐前方单人座的四名，后方双人座的两名。双人座的乘客分别坐在左、右两边，应该不是同伴。

坐在右侧窗边的总编露出讶异的表情。

"喂，杉村，你看。"

她指着正面设置在前门上方的电子告示板。平常会显示两行文字，上面一行是公车的路线名称，下面一行则是下一个停靠站。然而，此刻下面一行的文字却由右至左移动。

"海风线 02 路线目前暂停行驶，造成不便敬请见谅。海风线 02 路线……"

这一班车是03路线，从车站笔直南下，穿过市区，抵达广阔的"海星房总别墅区"后，顺时针绕行外侧。

"02 路线是经过哪边？"

"出了什么状况吗？"总编低喃。坐在我前面双人座靠通道侧的乘客，回头道："那是前往'克拉斯海风安养院'的公车，由于遇上车祸，道路遭到封锁。"

对方是年届六旬的妇人，一头短白发染成淡紫色，穿着领口有刺绣的黑套装。虽是轻便而时髦的外出打扮，却带着庞大的波士顿包。

"听说是载运货物的卡车肇事，现场一片混乱。"

"克拉斯海风安养院"是森夫人不久可能会入住的安养院，邻接"海星房总别墅区"东侧。发生车祸的路段，就是通往那里吧。

"卡车肇事？货物掉到马路上了吗？"总编搭着前方的椅背，探身问道。

"好像是，听说臭得要命。那叫什么……喏，就是会蒸发的……"

"挥发性？"

"对对对，车子载着那样的东西，马路两旁的住户都疏散了。"

"哎呀，真的假的？"总编又掏出手机，大概是想查看新闻。

"车祸是几点发生的？"我问妇人。

"不清楚，公车大概是一小时前停驶的。"

"'克拉斯海风安养院'的人员也都去避难了吗？"

对人体有害的挥发性液体泼洒在马路上，事态十分严重，邻近的"海星房总别墅区"应当会接到通报。

"那边是上风处，似乎没受到波及。"妇人回答，"广播说不用担心。"

我思索片刻，终于明白。看来，车祸后发布第一波消息时，妇人待在"克拉斯海风安养院"，可能是去探望谁，或是安养院的职员，才会当场听到"本机构不受事故影响"的消息。

"新闻没报道。"园田总编合上手机，"网络新闻有时意外地慢。"

不然就是情况不像我们从妇人话中推断的那么严重，毕竟挥发性液体不止一种。比方，油漆味道很呛，可能会短暂阻碍交通，但不会酿成伤亡。

"下一站是'海星房总别墅区大门前'。"

悦耳的车内广播响起，公车逐渐减速。

从"日落街区"站到终点的站前圆环，共有七站，路程将近四千米。行经"大门前"站后，公车路线就离开"海星房总别墅区"，也远离海边，穿过田地和杂木林，前往市区。

前门没开，单人座的上班族模样男子从中央车门下站。他提着黑皮包，步向别墅区大门前方的综合管理事务所。

"即将发车，请抓稳。"

待广播结束，总编又向妇人攀谈："你住在附近吗？"

"我从西船过来，家母住在'海风'。"

"哎呀，真是辛苦。"

白发染成淡紫色的妇人，笑着摆摆手。

"哪里、哪里，家母在安养院过得很好，我挺放心。不过，今天公车突然停驶，吓我一跳。"

02 路线停驶，于是妇人穿越"克拉斯海风安养院"的土地——

"有人告诉我，离别墅区最近的是'东街区'站牌，我便搭上这班公车。"

总编似乎注意到妇人身旁沉重的波士顿包，有些愤慨地说："'克拉斯海风安养院'没帮忙叫车吗？未免太小气。"

"事出突然，也没办法。"妇人倒是心平气和，"两位是别墅那边的吗？"

大概是在问我们是不是"海星房总别墅区"的住户吧，这下换我们笑着摆手："不是、不是，我们是去工作。"

"这样啊，那是很棒的别墅区吧。"

"虽然只远远看过，但'克拉斯海风安养院'也是不错的地方。"

"那边的入住费真的很贵。"妇人顾忌着周围，"家母运气好，抽到县政府补助的住房。她的签运特别强，减轻我不少负担。"

接近下一站"泷泽桥"，广播响起，但没有乘客按铃。

双线道马路的两旁是竹丛、空地和贫瘠的田地。这一带不是住宅区，也非工厂地带，夹在市区与"海星房总别墅区"之间，仿佛遭所有开发计划遗忘，景观萧条。作为公车站名的泷泽桥，只是架在狭窄渠道上一座布满红锈的小铁桥。不晓得是否碍于空间不足，此处的公车站牌也被摒除在翻新行列之外，一根附台座的传统圆形公车站牌孤零零矗立着。

"'泷泽桥'过站不停。"

随着车内广播响起，总编与妇人的交谈告一段落。总编掏出手机，淡紫头发的妇人面向前方。

天空浮现薄薄夜色，路灯照不到的地方一片漆黑。即使是离都心短短一两小时的路程，只要开发条件不足，就会变成这般寂寥的景象。

行驶中的公车里，坐在右侧中央单人座的男人站起。他身穿淡灰西装，但尺寸似乎不合，显得松松垮垮。只见他抓着扶手，踩着不稳的脚步靠近驾驶座。

男人个子瘦小，稀疏的头发全白，有些驼背，年纪颇大。他的右手伸进斜背在右肩的包包，似乎要取出东西。

在驾驶座与乘客距离很近的市区公车上，偶尔会见到这样的情景。每个人都遇到过吧？乘客会为一些小事接近驾驶座，像是询问这辆公车会停××站吗？不好意思，我想去××地方，在哪里换车才好？有没有一日乘车券？请给我回数票。我想买月票，营业所在哪里？可以换零钱吗？

公车的车门处通常会贴着"敬请乘客配合"的告示，提醒不要在车辆行驶中离座，或不要随意与驾驶员攀谈。

蹒跚走向驾驶座的白发老人，想对宽下巴、嗓音甜美的司机说什么？虽然不到好奇的地步，但我漫不经心地旁观。

白发老人左手紧紧抓住分隔驾驶座与通道的金属横杆，背对车门阶梯站稳脚步，朝司机弯腰。几乎是同时，他从斜背的包包中抽出右手。

由于恰巧碰上红灯，公车暂停，司机望向老人。在驾驶座的灯光下，她帽檐下笑容可掬的侧脸，连坐在最后一排的我都能清楚看见。

我看得一清二楚，白发老人的手从包包里抽出，猛地逼近她的脸庞中央——近到快抵住双眼与眉头之间的物体。

那是一把手枪。

我们的生活中充满各种工具，有的极为日常，每个人都知道名称与用途；有的过于日常，尽管知道用途与用法，却不知道正式名称。

相反地，有些经常看到，却不会使用。虽然知道名称与用途，可是一般人用不上。不，是一般人被禁止持有或使用。比在行驶中的公车上随意向司机攀谈更不可取的严格受到管制的工具。

手枪，就是其中的代表。

白发老人拿着手枪，瞄准司机。

我看到这一幕，目击整个过程，却悠然坐着。

全程大概只有短短几秒钟，我当时的心情，千真万确就是"悠然"。不是眼前的状况太突兀，而是某人拿枪指着别人的场面，现代人早就见怪不怪，每天在电视剧或电影画面中都能看到。我们目击数不清"双手举起来"的场面，几乎都腻了。

所以，我的态度如此"悠然"。大脑耗费好久的时间，才理解那不是发生在屏幕另一端的事，真正是现实的一部分。

不只我有这种感觉，司机的表情也没有立即变化，或许是枪口离双眼太近，一时无法聚焦。

白发老人的枪口对准司机，低语几句。

我赫然回神，司机也终于理解状况。她突然挣扎，戴着白手套的手往方向盘一滑。

"天哪！"有人叫喊。

不是司机，而是坐在右侧最前排单人座的年轻女孩。

"不会吧？这是在做什么？"

那声音几乎快笑出来。她从座位站起，屈身半蹲。

异于刚刚蹒跚的步伐，老人如蛇般倏然抬头，枪口迅速转向女孩。

"不好意思，小姐，请安静坐下。"

这辆公车使用自动怠速熄火系统，遇到红绿灯或进站停下时，引擎会熄火，因此车内相当安静，没有足以掩盖持枪老人沙哑呢喃的噪声。

女孩顿时僵住，我不禁微微起身。尽管看不到前方座位的妇人神情，但她拉近放在邻座的波士顿包，似乎已理解眼前的状况。

总编呢？我瞄向身旁，她脑袋靠着窗玻璃打瞌睡。

刚刚一人下车，所以加上老人，目前共有七名乘客。

"喂，老头，你想干吗？"

左侧单人座穿深蓝马球衫的男人粗声嚷嚷。从我的位置只能窥见肩胛骨以上，仍看得出他体格硕大，马球衫的背部被撑得拉出横纹。

"不要看司机是女的就随便调戏，快把那种玩具收起来！"

壮硕的不仅仅是音量和身躯大，胆子似乎也颇大。马球衫男人站起，作势往前走。

白发老人的枪指向他。动作一样迅速，完全没晃动枪口。

"喂，别过去！"

总编前方的双人座窗边传出声音。那是一个年轻男子，像运动员般理着短发，穿黄短袖 T 恤。他忍不住举手制止马球衫男人，又慢慢缩回来。

"那不是玩具，他是认真的。"

半蹲的女孩缓缓转向两人。

"不会吧？"女孩的声音挺可爱，可惜走音了。她穿白上衣搭格纹裤裙，白色帆布鞋的后帮处踩得扁扁的。

"你在开玩笑吗？那不是真枪，是模型枪吧？"

白发老人笑也不笑，回望女孩痉挛的笑容，而后瞄一眼手中的枪。

"不，这应该是真枪。"

他随意举起右手，枪口对准公车的天花板。事情发生在一瞬之间，众人根本来不及反应。

砰！枪声一响。

我不禁闭上眼睛。

凹凹凸凸的天花板开了个洞。响亮的板子碎裂声，几乎掩盖开枪声。

总编猛然跃起，瞪大双眼。

众人顿时沉默，僵在原地，仿佛连呼吸都停止。

"怎么？出了什么事？车祸吗？"

园田总编嚷着牛头不对马嘴的问题，朝我挨近，终于注意到戳在驾驶座旁的小个子老人手中的东西。

"那不是手枪吗？"

没有人动，也没有人回答。

"这是在干吗？"

她的口气就像在质疑广报室的部下提出的账单：喂，这是什么？给我一个可以接受的解释。那反应实在太有园田瑛子的风格，我差点笑出来。真是个我行我素的人，这么想着，我蓦地回神。

"总编，安静，不要乱动。"

"没错，请各位保持安静。"

白发老人说着，咧嘴一笑。此刻，手枪不是对着天花板，而是对着我们。从那个位置与高度，随时能射击司机以外的六名乘客。

"小妞，明白吗？这不是模型枪，是真枪。"

穿白上衣的女孩颤抖着点头。

"知……知道了。"

裤裙下摆也在发颤，她的膝盖在抖。

"你也懂了吗？"

老人问穿马球衫的男人。不知不觉间，男人已从座位站起。

"懂了啦。"男人回答，慢慢举起双手，在后脑勺交握，"这样行吗？"

"感谢配合。"老人恭敬地说，又露出微笑，"各位能否和他做一样的动作？啊，不必站起来，请坐。"

我们依指示坐下，慢吞吞地摆出投降姿势。

老人瞥一眼驾驶座，说："也要麻烦司机小姐。"

司机的手簌簌发抖。由于戴着白手套，看得一清二楚。

维持这种姿势，眼睛会动个不停，就是所谓的"目光游移"状态。于是，我的目光捕捉到前排的老妇人。她的手放在头上，注意到染成高雅淡紫色的发间卡着异物。那是刚刚散落的天花板碎片，我还在想她会怎么做，只见她理所当然地随手拂下，然后双手交握在后脑勺。我用力咬住嘴唇，以免失笑。

"欸，我有个问题。"

总编稍微提高嗓门，仍是一副要求解释账单的语气。

"这是抢劫吗？你想要钱吗？"

一样是十足园田瑛子式的单刀直入。要不是被迫摆出投降姿势，我真想捂住双眼。

最起码一名乘客和我有同感。穿黄T恤的青年难以置信似的瞪大眼，回望总编。

老人很快出声："那位先生，请不要动。"

T恤青年停住半转的身躯，依旧圆睁着眼。

"这不是抢劫，太太。"老人仍恭敬地回答，且嗓音年轻洪亮，与外貌格格不入。好似枯萎的老人体内藏了个正值壮年的商场战士。

"我不是太太。"

"总编，请适可而止。"

我忍不住插话。老人举着枪，又露出微笑。

"你们不是夫妇，而是上司和部下呢。是出版社的人吗？"

总编噘着嘴不回答，老人也不强求。

"那么，进入下一个阶段吧。各位是不是都带着手机？不好意思，请暂时交给我保管。"

老人往右移动半步，望向白上衣女孩。"从你开始，慢慢拿出手机，然后让我看一下。"

"手可以动吗？"

"可以。不过，"老人亲切提醒，"如果你有什么多余的举动，后座穿黄T恤的先生就会死。"

遭指名的年轻人吓一跳，白上衣女孩望向他。

"不只是小姐，我也要警告大家。想趁我不注意时动手脚，这位先生的黄T恤便会染上别的颜色。"

"知……知道了。"

遭指名的年轻人不是对老人，而是对我们说。他的头和脖子都没动，只有牙齿嗒嗒打战。

"各位也请不要动。"

"好啦，不动就是了。"马球衫男人的粗野声音隐含些许危险的怒气，"喂，你快拿出来啊。"

在马球衫男人的催促下，白上衣女孩往膝上的包包翻找。由于惊慌失措，她迟迟找不到。

"这……这是我的手机。"

她抓起珍珠粉红色的手机，准备递给老人。

"请放在地上。"

她弯腰把手机放在地上。老人的枪没随着她移动，定定瞄准黄T恤青年。

"接下来，把手机慢慢推到我这边。"

女孩遵从指示。珍珠粉红手机在地上滑行五十厘米，停在老人的鞋尖前。那是一双没有光泽的黑皮鞋。

"谢谢。"

老人笑道，枪口不动，脚飞快一扫，把手机踢向角落。手机发出刺耳的声响，掉落在前门的阶梯下。

"换你，请把手机拿出来给我瞧瞧。"老人对马球衫男人发话，并将枪口瞄准女孩，"要是其他人乱动，这位小姐的身上就会发生悲剧。"

马球衫男人从后裤袋掏出手机，举到面前。

"请站起来，再蹲下把手机放在地上。"

听从指示的马球衫男人呼吸粗重，连我都听得见。是体型较大，一动就容易喘吗？还是，既愤怒又紧张，随时会发飙？

"将手机滑到我脚边。"

马球衫男人没听从指示，把手机往地上一甩，直接丢进前方阶梯底下，传来巨大的声响。

白上衣女孩双手交握在后脑勺，浑身不住颤抖。

"这样就行了吧？"

马球衫男人蹲在地上，抬眼龇牙咧嘴问道。

"可以，省掉我的麻烦。请回座。"

老人的声音依旧温和，白上衣女孩不禁松口气。由于离老人最近，她受到不小的惊吓。

"下一个是你。"

老人望向黄 T 恤青年，枪口依然对准白上衣女孩。

青年点点头，掀起 T 恤，拍打牛仔裤口袋，却遍寻不着手机。

"咦。咦？"

白上衣女孩的双肘微微摇晃。

"对……对不起，我找不到手机。"

青年慌得像身上着火，正努力拍灭。

老人冷静地问："是不是掉在座位上了？"

青年摸索座位，T 恤领口渐渐渗进冷汗的颜色。

"找到了！"

他用力过猛，抓到的手机滑出，飞向左边空位。

"不要动。"老人制止青年，对我前方的妇人说，"不好意思，太太——我能称呼你为太太吗？"

淡紫发色的时髦妇人微微敛起下巴，没有反应。

"你的头发真漂亮。"老人对她笑。

"啊，我吗？"

妇人反应不过来，但老人并不焦急。他的笑容和蔼，耐性十足。

"能不能麻烦你捡起他的手机，走下阶梯？"

在枪口的威胁下，侧身望向妇人的白上衣女孩脸颊濡湿，显然在哭泣。

"小姐，请不要哭。"持枪老人劝道，"只要大家听从指示，就不会发生任何需要哭泣的伤心事或可怕的事，我保证。"

"对……对不起。"

白上衣女孩的鼻音很重。她垂下目光，浑身颤抖，不停点着头，呼吸十分紊乱。

"我……我很胆小，对不起，对不起。"

紫发妇人拿着黄T恤青年的手机，戳在中央阶梯边缘。

"拿过去就行了吧？"

妇人相当从容。她冷静到近乎异常，我不禁怀疑她是不是没搞懂发生什么事。会不会是状况过于匪夷所思，她还不明白自身的处境？

"请先走下阶梯。太太，留意脚步。"

紫发妇人毫不犹豫地行动。坐的时候没发现，但她似乎不良于行。她右手握着手机，左手紧抓椅背。只有两级，她却侧身慢吞吞地往下走。

"接着，请把手机滑到我脚边。"

妇人小心翼翼地蹲下，要弯膝似乎很吃力。

"……好。"

回话的同时，手机从她手中滑出去，力道意外地大。与其说是滑，更像低空横越，落地反弹后，还翻滚几圈。

"谢谢。"

老人把那只手机也踢下前门阶梯，露出微笑。

"不好意思，要请太太交出手机。能否麻烦你重复刚刚的动作？"

妇人又默默翻找自己的包包。

妇人迟缓地执行老人的指令，若非在这种情形下，恐怕会教人感到不耐烦。原以为再来就是我或总编，不料，老人继续道：

"太太，请接过那两名上班族的手机，做同样的动作。"

我递出手机，看着手机被踢下去，轮到总编。

单调的行为不断重复。女孩停止掉泪，紊乱的呼吸也恢复正常。没有人慌张或激动。

倘若冷静观察眼前的局面，仔细评估，应该会觉得是个好机会吧。可趁老人不注意抢走手枪，或扑倒他。事后回想，我也这么认为。

但是，所有乘客都双手交握在后脑勺，愣愣地坐着，漫不经心地看着手机滑过或滚过地板，落下阶梯。我的脑海也没有浮现勇敢下决断的念头。

我依旧有种事不关己的感觉。即使手持真枪，对方不过是孱弱的老人，而且只身一人。不必勉强做什么，事情也会自然解决吧。自然？在如此不自然的状况下，有何自然可言？

所有乘客的手机，总算都消失在前方阶梯下。

老人慰问紫发妇人："太太，谢谢你。膝盖想必痛得很难受吧？"

"我是关节炎啊。"妇人应道。那语气仿佛身在医院的候诊室，恰巧相邻而坐的老人搭讪"你哪里不舒服？"她才开口回答。果然还是不太对劲。

"那么，司机小姐。"老人重新转向女驾驶员，枪口也对准她，"不好意思，请打开前门。"

司机似乎有些犹豫，瞬间沉默，接着车门开启。

"各位，请不要动。"

老人后退，靠近车门，走下一级，把手机逐一踢出门外。

"啊。"有人小声惊呼。黄T恤青年看到自己手机被踢落，不禁脱口而出。

"不好意思，这是为了以防万一。事后还是能拿回来，请忍耐一下。"老人微笑道。

虽然笑着向青年解释，但老人的视线和枪口都没离开司机。

我的脑中浮现自己跑过通道，扑向老人，抓着他和他持有的枪，一同滚出车外的情景。感觉只要动手就办得到，易如反掌。

"好，这样就行了。请关门。"

老人回到原位，车门关上，我的幻想随之结束。

"司机小姐姓柴野吧？"

车内有驾驶员的名牌。

"柴野小姐，麻烦继续往前开。应该不必我提醒，请慢慢发车。"

突然发车吧——我暗自低喃。让公车猛烈摇晃，让那个老先生跌倒。

"不用管她的手机吗？"还以为是谁，原来是马球衫男人粗声发问，"司机也有手机，不必没收吗？"

"没关系，谢谢你的提醒。"

老人笑吟吟地回答。公车引擎发动，车体震动。

此时，我发现经过泷泽桥一带通往车站唯一的路，即将进入凿开的山路。当然，沿途都是柏油路，说是山路，也不是多险峻的地方。若是平常，想必会毫不在意地通过。

然而，现在不一样。这个路段具有重大意义。老人是深思熟虑后，才掏出手枪，迫使公车停在刚刚的地点。

接下来，道路将往右呈"L"字弯曲。假如突然发车，公车会直接撞上山路旁的水泥墙。

公车缓缓驶出，我的脑袋也开始运转。不是幻想成为动作片巨星，而是要掌握眼前的状况。

这名老人非常清楚自己在做什么，不能因为外表和动作孱弱就小看他。

让公车停在无法突然发动的地点，并且在没收所有乘客的手机、必须指派谁协助时，挑选无法灵活行动的妇人。

还有现在，将枪口逼近开车的司机太阳穴。

"请不要做多余的动作。"

公车完全弯过"L"字转角。

"柴野小姐，请开往三晃化学。"老人的声音相当沉稳，"你知道在哪里吧？三晃化学的工厂。距离关厂已过两年，一直维持原状是没人要买吗？"

连目的地都决定好了，老人显然早有计划。这不是临时起意的行动。

"三晃化学我知道，可是开不过去。公车没办法穿过工厂前面那条三岔路的高架桥底下。"

柴野司机甜美的嗓音有些沙哑。

"有小路吧？绕个一圈，开到通行门。以前的员工停车场，如今应该是空地。"

"好的。"柴野驾驶员回答。

就像计程车司机与乘客的对话。双方十分熟悉当地环境，包括三晃化学的位置、工厂关闭现已无人、有通往工厂的小路，皆是司机与老人心照不宣的事实。

"各位，请保持安静。"

老人的视线和枪口对着柴野司机，在摇晃的车内踏稳双脚站立。

"维持这样的姿势，忍耐一下。"

"喂，老先生，"马球衫男人不耐烦地开口，手跟着就要放下，"你的目的是什么？"

"不好意思，请把手举起来。"

马球衫男人故意大叹一口气，双手重新交握在后脑勺。

"好啦，可是……"

"关于我的目的，之后会慢慢说明。眼下各位只要记住，要是有任何小动作，柴野小姐的身上就会发生惨剧。"

"——向司机开枪会出车祸。"

T恤青年语带抗议。他非常听话，双手牢牢交扣在头顶。

"那就伤脑筋了。"老人一本正经地说，"所以请别让我开枪。"

公车以就算出车祸，感觉也不会多严重的速度驶离常规路线，进入平日只会一瞥而过、穿越农田的单线道。

"老爷爷，你是认真的吗？"

老人不答，T恤青年也就闭上嘴巴，没继续追问。

车子沿路前进，没多久前方出现一团暗淡的建筑物，挂着印有"合成化学肥料 三晃化学有限公司"字样的老旧指示板。那是板岩屋顶的建筑物，管线复杂交错，烟囱生锈，窗玻璃模糊。

对面没有来车。周围住家透出点点灯光，却不见半个人影，甚至没有自行车通过。

瞬间，老人的视线离开柴野司机，瞄向左腕的手表。

"请开快一些，我想在这班公车预定抵达终点的时刻前去到三晃化学。"

柴野司机没搭腔，但公车确实加速了。我侧目观察总编的表情，跟刚刚反驳"我不是太太"时一样臭着脸。比起害怕、哭泣，不悦的反应更符合她的个性。

三晃化学的废工厂仍处处亮着灯。围绕整片土地的灰泥墙上，铁柱等间隔突出，上头设有灯具。铁柱之间架设铁丝网，防止外人侵入。厂内也有几处夜间照明，还有醒目的绿色紧急出口指示灯。

"这是哪里？"马球衫男人语带怒气，"倒闭了吗？真恐怖。"

柴野司机似乎确实熟悉这个地方，毫不犹豫地开往昔日的员工停车场。而我之所以知道，是看见了倾斜的指示板。

三晃化学员工专用停车场 外车勿入 违者报警处理

白底红漆字的指示板饱经风吹雨打，早已褪色。

"——是员工宿舍。"

一脸不快的总编打开紧闭的嘴巴低喃。从前的停车场，如今成为空地的右方，矗立着一栋四层大楼，不见一丝灯光。灰泥墙的灯幽幽照亮大楼外墙，只能看出上面有成排的窗户。

"你怎么知道？"我小声问。

"有指示板，现在好像没人住了。"

公司和工厂关闭，员工全部离开，现下想必已成为老鼠窝。

我微微转头，确认窗外的景象。公车后方，隔着道路，疑似透着灯光的住家窗户并排在遥远的彼端。凭着对灯光的感觉，那也许是公寓。希望居民够机灵，注意到"海风线"的黄色公车怎么会在这种时间开进废弃工厂的停车场。

除此以外，周遭不是单纯的夜色，便是稻田或农地，尽是不可能关心这辆公车的黑暗。

传来轮胎碾上沙砾的声响，公车像在弹跳般摇摇晃晃。

"请尽量靠着弖墙停车。"

老人指示，柴野司机抓着方向盘反问：

"要朝哪边？"

"让前门那一侧与围墙平行。"老人说着，露出微笑，"以你的驾驶技术，没问题吧？"

"要紧贴围墙吗？"

"尽量贴近。"

老人的意图非常明显，要利用三晃化学的灰泥墙堵住公车的出入口。

司机把握并排停车的要领，倒打方向盘，稍微往前，再倒打方向盘，于是公车侧腹逐渐逼近灰泥墙。

"停。"

随着前门那一侧的窗子贴近暗淡的灰泥墙，公车停下。

"请熄火，谢谢。"

老人的语气轻松，就像在感谢对方帮忙换零钱，但听起来是出自真心。

"后座的各位。"

老人的枪指着柴野司机，呼唤紫发妇人、T恤青年、总编和我。

"请坐到前面的空位。我站着就行，不必顾虑我。"

不晓得老人是认真的，还是在开玩笑。

T恤青年率先行动，坐到白上衣女孩的后方。我催促总编，于是总编邀紫发妇人一起过去。

紫发妇人又艰难地走下阶梯，坐到马球衫男人前方。总编则坐在 T 恤青年后方。

左方最前面，最靠近老人的位置空着，我一开始便打算坐在那里。走过去的途中，老人一直盯着我。瞄准柴野司机的枪口不知何时会转向我，虽然一路提防，但枪口并未移动。

"座位很窄，真抱歉。"老人出声。

公车前半部座位的间距不太一样。由于收纳机械的部分突出，最前排左边的座位狭窄。而为了方便坐轮椅或推婴儿车的乘客将座位收起，挪出空间，右边较宽阔。

"很像车长会说的话。"

我反射性应道，并非刻意鼓起勇气而为。

老人也没有特别的情绪，自然回答："是啊，把我当成与众不同的车长就行。"

"听你在胡扯。"

马球衫男人不屑道。这回手没放下，但表情明显改变。他相当愤怒，也瞧不起老人。

"我不晓得这是在搞什么鬼，可是也想想莫名其妙被扯进来的我们好吗？老头，你是不是脑袋有病？快结束这场闹剧！"

"那就结束吧。"

话音刚落，枪口便移向马球衫男人。我后颈的汗毛直竖。和最初射击天花板时一样，老人毫不眨眼地随意扣下扳机。我目睹他手指使劲的瞬间。

马球衫男子也看见了，感觉到了，脸色骤变。我仿佛听见他血液倒流的声响。

我不禁闭上双眼。

不管回想多少次，我都感到窝囊无比。我能够做的，还是只有闭眼而已。

枪声响起。这次也是"砰"的干燥声响，听起来十分清脆，似乎毫无害处。

一团东西倏然飞散，是座位靠背里的填充物。子弹射进后方空出的双人座椅背。

我睁开眼，马球衫男人也恰恰睁开眼。

众人僵在原地，没有动弹，唯独紫发妇人缓缓眨着眼。

"喂，"妇人流露严厉的目光，对老人开口，"拿着那种东西乱挥，不是很危险吗？"

她对状况的认识似乎慢了一拍。但能在这种时候表达不满，远远比我有勇气。

"太太，"我尽可能平静地安抚，"老先生不是在开玩笑，所以……"

妇人看也不看我，笔直注视老人。

"我在诊所见过你好几次，认得你的脸。我挺擅长记住别人的长相。"

老人骨节分明的手紧握着枪，聆听妇人的话。枪口依然瞄准马球衫男人。

"你身体出了问题吧？即使罹患重病，也不能自暴自弃啊。最近不管是药物还是手术，真的都非常进步。许多两三年前治不好的病，如今已能完全治愈。像我母亲，不止一次差点没命，但都被医生从鬼门关救回，所以你可别自暴自弃。"

老人回视妇人，瘦削的脸颊线条放松，眼神变得柔和。

"太太，谢谢忠告。"

"你真是个好人。"他说。

"柴野小姐。"

突然遭到点名，司机吓一跳。

"是。"

"离开驾驶座，我要请你下公车。"

马球衫男人缩着脖子僵在原地，只转动眼珠望向柴野司机。

老人打算放走驾驶员。他劫持公车，不是为了去哪里，此处就是终点站。

"请你到后面，打开紧急逃生门。"

车门另一侧，也就是总编前不久坐的那一侧窗户，便是紧急逃生门。遇到紧急状况，可抬起坐垫，操作底下的杆子打开逃生门。

虽然曾在各地搭乘公营公车，幸运的是还没碰上得操作紧急杆的情况，不过我晓得装设在何处。大部分的公车都设在相同的位置，贴有相同的操作说明书。

柴野司机不肯起身，对着老人的侧脸说：

"抱歉，我不能离开这辆公车。"

她的声音颤抖，嗓音依旧甜美。

"在目前的状况下，我不能抛弃乘客，独自离开。"

老人以眼角余光观察她的神情。只要有意，从老人的站位随时都能射击她或马球衫男人。驼着背、穿着松垮的西装，就这样开枪。

"那是公司的规定吗？如果违反，你会被开除？"

"不是那种问题。身为驾驶员，我有责任。"她紧抿嘴唇，下定决心般继续道，"我会打开紧急逃生门，请放乘客离开。我当人质就够了吧？"

"就……就是啊。"

马球衫男人仿佛抓住救命稻草，拼命附和。他冒着冷汗，眼珠骨碌碌转个不停。

"真是个好主意，不如就这么办？老先生，人质太多，你也不好掌控吧？"

老人迅速掠过我和紫发妇人面前，逼近马球衫男人，左手抓住他的胳膊，右手持枪抵住他的下巴，像要卡进松弛的赘肉般用力压上去。

"柴野小姐，请打开紧急逃生门。"

马球衫男人顿时瑟缩，眼珠上翻，想逃离枪口似的伸长脖子。

"麻烦动作快一点。"

"司机小姐。"黄T恤青年出声，"现在听从吩咐比较好，请打开紧急逃生门。"

他前面的女孩也点点头。

"这样才对。"老人毫无笑意，紧挨马球衫男人说，"他很聪明。柴野小姐，你错了。判断什么足够、什么不够的，是我而不是你。"

柴野司机的嘴唇发颤。

"好啦，请站起来。啊，在那之前，你的手机在哪里？"

"在坐垫底下的置物盒。"

"请拿出来，慢慢地。"

柴野司机弯腰打开置物盒，取出银色手机。

"请放在投币箱上，接着起身离开驾驶座。"

她站起来，抬起分隔的横杆，走下高出一级的驾驶座。

"各位，请保持安静，不要动。"

老人盯着司机，枪口压进马球衫男人的颈间，淡淡道：

"像我这样的老头子，要是大家合力抵抗，我肯定不堪一击。不过，枪真的顾方便。在我遭到制服前，只要把握 0.1 秒的空当，就能扣下扳机。然后，这位先生就会死掉。即使没当场毙命，下场恐怕也挺凄惨。这位先生运气不好，我真的十分同情他，非常同情。各位想必也有同感吧？"

"我们明白。"T恤青年回答，"没人会干傻事。"

坐在他前方的白上衣女孩，纤细的喉咙发出咕噜一声，咽下口水。

"对了，柴野小姐，请把那边的零钱带走，应该会派上用场。"

投币箱旁，夹着回数票和一日券的袋子里，装有几张千元钞票。

司机默默听从指示，把千元钞票塞入胸前口袋，穿过通道走到后头。

要操作杆子必须蹲下，司机顿时消失在众人的视野中，但老人没有一丝惊慌。

随着"咔嗒"一声，最后方的右侧窗框移动。接着，柴野司机从椅背另一头直起身。

"打开了。"

她张开双手，举到眼前。从我的位置，看不见紧急逃生门是否真的开启。依稀流进些许户外的空气，或许是我的错觉。

持枪的老人对面前的紫发妇人亲切笑道：

"太太，请告诉我你的名字。"

妇人蹙起眉，身子后缩。

"你是个好人，就当是纪念今天，请告诉我你的名字。"

"快……快告诉他！"脖子受到压迫，马球衫男人的声音闷在喉中，"快点告诉他，拜托！"

"——我姓迫田。"

"那么，迫田太太，请你也离开公车。别忘记随身物品，你的波士顿包放在后座吧？"

"我能带走吗？"

"可以。柴野小姐！"

司机举着双手应道："是。"

"迫田太太要下车，请来协助她。"

迫田女士扶着膝盖，抓住椅背站起。她的目光逐一扫过总编、T恤青年、哭泣的女孩，还有我。

"我一个人下去吗？其他人怎么办？"

"迫田太太，你不需要担心这一点。"

柴野司机折返，站在中央阶梯边缘，向迫田女士伸出手。

"请先下去，我把包包递给你。"

两人在狭窄的通道上交换位置，迫田女士走向紧急逃生门。她的脚步迟缓，膝盖似乎很痛。柴野司机跟随在后。迫田女士抵达紧急逃生门口，染成紫色的时髦刘海随风摇曳。

"这么高，我下不去。"迫田女士不禁后退，"得用跳的，我不行啦。"

确实，紧急逃生门在轮胎旁，比一般车门高出许多。

"不好意思，请你下去。柴野小姐，麻烦想想办法。"

局面简直变成老人是司机，柴野司机是车长，由于发生意外状况，必须让乘客从紧急逃生门下车，正在安抚害怕的长者。

"我去帮忙吧？"我出声。与老人的距离拉近，没必要提高音量，"我保证不会做多余的事。司机是女性，一个人恐怕有困难。"

老人注视着我，我迎向老人的目光。

"司机应该受过处理紧急状况的训练，柴野小姐没问题的。"

老人盯着我回答，态度从容冷静，没有更多的情绪。枪口依然紧紧抵住马球衫男人的下巴，并未移动。

我轻轻点头，望向后方。T恤青年、白上衣女孩，以及总编也看着紧急逃生门。

"迫田女士，请先坐在这里。对——坐着，然后想象成慢慢滑下去就不可怕了。"

柴野司机让迫田女士在紧急逃生门旁坐下。

"不行，太高啦。"

"没问题，请试试看。"

"这么高，我很怕。"

"那请稍等，就这样坐着别动。"

柴野司机折回通道，抱起迫田女士的波士顿包。虽然尺寸颇大，似乎并不特别沉重。

"迫田女士，包包里装些什么？有易碎物品吗？"

"是我母亲的衣物，要带回去洗的。"

"那请让我借用一下。放在底下，当缓冲垫吧。"

听到这句话，白上衣女孩松了口气。

T恤青年瞄她一眼。两人对望，青年颔首，女孩也向他点头。尽管身处这种情况，两人之间仿佛有种令人莞尔的心灵相通。

"……一旦上了年纪，"老人同样望着后方的两人，喃喃自语，"对年轻人没什么的事，也会变得困难重重。"

"那干脆打开车门，让她们普通地下车就好了嘛。"

我们总编吐出金言。她仍臭着脸，眉头深锁。那是在集团广报室内指出过失或驳回提案"这是纸上谈兵"时，挂在脸上的熟悉表情。

老人眼角浮现笑意，望向我。虽然隐隐约约，但他的眼神中流露几许兴味。

"你们总编是个不好取悦的人呢。"

我还没开口，后方就传来"咚"一声，迫田女士跳下公车。

"不要紧吗？有没有受伤？"

柴野司机大声呼唤。没听见答复，但司机随即回报：

"迫田女士下车了！"

即使是这种状况，只要有一件事顺利，人就会受到鼓舞。柴野司机的脸庞顿时一亮。

"瞧，这不是没问题吗？"老人对我说，接着望向后方，"柴野小姐，仔细听着。"

司机站在紧急逃生门旁，双手再度举到与耳朵同高。

"你也下公车，然后找个地方借电话。这一带没有派出所，也没有警车巡逻。三晃化学不能进去，所以不要白绕远路，最好直接向附近民宅求助。"

"借……电话吗？"

"没错，得立刻报警吧？"

我不悦的上司狐疑地眯起眼，那对年轻男女则瞪圆双眸。只见老人毫不犹豫地下达指示。

"先向公司报告也行，这部分你就自行决定吧。考虑到往后，依紧急手册写的步骤处理较妥当。"

"——我可以报警吗？"

"站在你的立场，不报警不行吧？柴野小姐，振作一点。"

老人似乎乐在其中。我那不开心的上司目瞪口呆地仰望天花板，顺便放下交握在头顶的双手甩了甩，仿佛在说"啊，累死了"，又恢复原本的姿势。

至今我会在不同的情境中，接触园田总编不同的"个性"，有难以相处的一面，也有值得相处的一面。不过，此刻她的反应该如何归类？刚强，还是逞强？把现实想得太天真，还是不易被现实冲昏头？

"我要借用你的手机。"老人对着司机继续道，"接下来，倘若有人想联络我，请告知你的手机号码。万一电池没电，就到此为止。"

司机默默地站在原地，伸手脱下帽子回答：

"我要留在车上。我会把公司的帽子交给迫田女士，麻烦她报警。有我的帽子当凭证，警方应该会立即采信。"

"由你亲自报警，直接联络营业所的主管，会更有说服力。就这么通报，有个男人持枪劫车，人质为五名乘客，目前停在三晃化学废工厂旁的空地。"

"可是……"

司机仍犹豫不决，这时响起一道声音："快去吧。"

是 T 恤青年。他也累了吗？手肘的高度有些下降，但声音和表情依旧带着凛然正气。

"司机小姐，请下车报警吧。那样比较好。"

"请照做吧，这才是尽责。"我出声附和。

柴野司机摇头："办不到，我不能丢下乘客。"

"你是女性。"青年劝道，"这种情况，先释放女性很合理。"

"那么，请先释放那两位女乘客。我不能离开岗位。"

柴野司机像不听话的孩童般争辩，打算折返。老人一把拉近马球衫男人，枪口再度抵住他的脖子。马球衫男人不自然地歪着头，低声呻吟。司机仿佛脚下一绊，顿时停步。

"——我也记得你。"司机颤声道，"你搭过 02 路线的公车好几次。因为三条线路是轮班驾驶。"

老人没回答。

"你是不是在'克拉斯海风安养院'的附属诊所看病？刚刚迫田女士也提过，你身体哪里不好吗？那么，做这种事会影响健康的。"

"请再考虑一下！"柴野司机挤出声音。

"现在回头还来得及！"

车内陷入沉默。一片寂静中，我们的心跳声是否化成波动扩散，震动了空气？此时，第一发子弹打坏的天花板碎片才轻轻飘落。

"柴野小姐，请下车。"老人的语气仍耐性十足，"要是你太晚回去，佳美会很可怜吧？"

这句话等于一记重击。柴野司机脚下踉跄，犹如遭逢看不见的棒子打个正着，脸上血色尽失。

"你怎么晓得我女儿的名字？"

"我做事一向滴水不漏。"

老人简短回复，目光便离开柴野司机，问马球衫男人：

"站得起来吗？"

男人眼神游移，勉强点点头。

"那么站起来，我要你帮个忙。"

"既然如此，好歹收起枪吧！"

"我后退一步，但随时会开枪。"

"知道啦。"

老人抓着马球衫男人的胳膊，不多不少只退一步。男人发出呻吟，从座位起身。

"等司机小姐下车，请你走到后面，关上紧急逃生门。按照原样确实关起来。"

我目击老人换了表情。他在冷笑，我只能如此形容。

"倘若你有意，也可跳车。毕竟逃走后，车上会发生什么事、谁会有什么下场，都与你无关。不过，丢下两名女子，一个人溜之大吉，往后的人生应该不怎么光明吧。即使如此，你仍觉得性命宝贵，不必管太多，就尽管逃吧。至于紧急逃生门，我会请比你有男子气概的人关上。"

老人在生气。刚刚柴野司机请求让她留下，释放其他乘客时，这个男人头一个赞成，恐怕惹恼了老人。

"——我不会逃跑啦。"

马球衫男人似乎感受到对方的怒意。他的眼神游移，但凶悍的脸逐渐恢复生气。

"拿那种玩意儿威胁别人，还高高在上地训话。先声明一点，我不是怕一把老骨头的你，只是不能死在这种地方而已。"

"就是要这股气势。"老人应道。

待柴野司机下车，马球衫男人走近紧急逃生门，一只手抓住座椅，另一只手去拉打开的门，费好一番工夫才关上，接着蹲在椅背后方，将紧急逃生门的操作杆恢复原状，站起身。一连串的动作结束前，我始终半信半疑，内心大半认定他会跳下紧急逃生门，头也不回地逃跑。

不，实际上能否说是半信半疑，都是个疑问。因为我其余的心思，有一半都在忙着体会抵在后脑勺上的枪口坚硬的触感。与刚刚对待马球衫男人的方式不同，老人并未贴近攫住我的胳膊。他无声无息地绕到我背后，没让我看见手枪，只让我感觉到枪口的存在。

该不会是认为我较具危险性，所以移动到不易遭反击的位置？或者，看我比马球衫男人瘦弱，以为我直接看到枪口，会恐慌失控？

总编注视着我和枪口，脸上的不悦之色终于消失。

"杉村先生。"总编开口，听起来像在喃喃自语。

"不要紧。"我安抚道，"乖乖待着，就不会挨子弹。"

老人沉默着，我和总编也没出声。真是做梦都想不到的经验，居然能目睹不笑、不生气，没噘着嘴，眼角微微颤抖，一径缄默的园田总编。

"这样就行了吗？"

公车后方，结束作业的马球衫男人扬声询问。他喘得很厉害。

老人大声确认道："柴野小姐和迫田太太还在那里吗？"

马球衫男人望向窗外，回答："还在。"

"请催促她们离开。"

马球衫男人迟疑片刻，拍打着车窗，做出驱赶的手势。

"走吧！快逃！赶紧打 110 报警！"

脑袋上的枪口触感消失，老人后退一步。

"那么，请各位坐在地板上。"

年轻男女互望，这次也是青年先点头，离开座位。穿裤裙的白上衣女孩挨着他，抱着膝盖坐下。T 恤青年则是跪坐。

我缓缓离开座位，立着单膝坐下。总编留在座位上，此时我才发现她的膝头微微发颤。

"总编。"

我出声叫唤，总编猛然一震，冷不防踢动双脚，甩掉六寸高跟鞋。她起身背对我，双手抱紧身体般坐下。

"你也回来。跟刚刚一样，双手在后脑勺交握。"

听见老人的呼唤，待在最后一排座位的马球衫男人依依不舍地瞥了一眼紧急逃生门。还是该溜之大吉的，他的侧脸暴露内心的想法。望着这一幕，我不禁觉得他未免太老实，怎么不趁机逃脱——明明前一刻还在脑袋里描绘男人头也不回逃跑的情景，单方面轻视他。

大块头男人侧身穿越通道折返，来到公车的中央阶梯，呻吟着坐下。

"老先生，我患有椎间盘突出，在地上坐不到十分钟就会腰痛。我坐这里就行了吧？"

"那你坐在下面一级。"

男人乖乖往下挪了一级。几乎是同时，车内的照明消失。老人切掉设在驾驶座的开关。

然而，四周并非一片漆黑，水泥围墙上的灯光透进车窗。只是，弃置两年之久，不曾清洁的灯泡发出的光昏黄混浊。

不管是什么模式，我直觉情况有所改变。

第二章

"这灯光颜色真讨厌。"我身后的老人低喃,"各位的脸色都像患有黄疸。"

那干吗不开车内灯?我们的总编没反驳,也不回头,只用力抱住膝盖。她的模式也切换了。

"这家叫三晃化学的公司,业绩绝不算差。不过,由于是家族企业,为了争夺经营权起内讧,甚至引发杀伤案件,营运每况愈下……"

老人的语气十分不甘心,仿佛在谈论自己的公司。

"看到歇业后,任凭设备与建筑物日晒雨淋,表示纷争并未解决吧。但考虑到安全,还是该换成较明亮的灯。"

"请问——"曰上衣女孩小声开口,"手能放下吗?开始发麻了。"

我转身望向站在驾驶座旁的老人,发现枪口近得令人心惊。

"够了吧?至少让女士们恢复轻松的姿势……"

我说到一半,老人便举着枪,另一只手从斜背包里取出某样东西。

那是卷白色胶带。是绝缘胶带吗?看起来已用掉一半,明显小一圈。

"小姐,你叫什么名字?"

即使在昏黄的光线中,也看得出女孩瞪大眼。那双眼睛非常清澈漂亮。

"我姓前野。"

"那么,前野小姐,请用胶带把大伙的手、脚一圈圈捆起来。"老人吩咐完,扑哧一笑,"说得有点幼稚,不过你明白我的意思吧?"

"——我懂。"前野接过胶带。

"各位,我要看到你们的双手、双脚并拢在前。你叫什么名字?"

老人问跪坐的青年。他的黄 T 恤底下，套着破旧的牛仔裤。

"咦，我吗？"

"请告诉我你的名字。"

"我叫坂本。"

"坂本先生，请抱膝坐着。前野小姐，以坂本先生为首，依次捆住他们的手脚。不用急，慢慢来。"

"好的。"前野点点头。她指甲剪得很短，费一番工夫才找到胶带头。

"椎间盘突出先生，方便请教你的姓名吗？"

坐在中央阶梯的马球衫大汉瞪着老人道："——不行。"

以为他好强，其实很窝囊；以为他懦弱，却又闹别扭。

"伤脑筋，那就得一直称呼你'椎间盘突出先生'。"

"问别人名字前，先报上自己的名字是常识吧？"

"啊，也对。"老人沉稳地点点头，"失礼了，我是佐藤一郎[1]。"

没人发笑。马球衫男人哼一声，回道："那我叫田中一郎。"

"好的。接着轮到你，请告诉我你的名字。"

老人询问总编，但她没有答复。只见她低着头，坐在斜后方的我看不清她的脸颊或眼睛。

"——园田。"

倘若园田总编平常的音量相当于一百瓦特的电灯，此刻仅仅比得上窗外昏黄的灯泡。

"别人通常都怎么称呼你？"

总编又不吭声，我代她答道："大多称呼她为'总编'。"

"我也这样称呼吧。"

"好吗？"老人微微一笑。

"'总编'，听起来真不错。年轻时我也曾梦想在出版社工作，真羡慕。"

老人微微屈身，语气放得更柔，继续道。

---

1 "佐藤"和"一郎"皆属日本的常见姓氏与名字，一听就像假名。之后马球衫男人回答"田中"，也是极常见的姓氏。

"至今我仍十分憧憬出版人。跟着喊'总编'，我仿佛也成为编辑。"

园田总编低着头，不屑地轻吐一句："又不是出版社。"

老人望向我，像在等待我的解释。

"我们不是出版社的员工，而是负责编辑物流公司的社内报。"

"哦，社内报。"

老人眨眨眼。总编总算抬起下巴，睨着老人说："是会长出于消遣办的、不痛不痒的社内报。连我的头衔都像笑话，是旁人背地里拿来笑我的呢，实际上根本是永无出路的小职员。"

老人望着我："你也持相同意见吗？"

"不是百分之百同意，而且园田小姐是优秀的总编。"

"嗯、嗯。"老人点点头，枪口随之上下摇晃。

"顺序颠倒了，你叫什么名字？"

"杉村。"

"你是总编的直属部下吗？"

"我的头衔是副总编。"

"'副总编'是吧？"老人笑道，"听起来也颇帅气。"

"佐藤先生，我的全名是杉村三郎，有一个哥哥和一个姐姐。哥哥名叫一男。即使在我生长的年代，仍有为孩子取这么传统名字的父母。"

"有个政治家叫小泽一郎[1]，不过他大你好几个世代。虽然还是比我年轻。"

老人似乎挺愉快。

"别忘记铃木一朗[2]啊。他可是世界的一朗，真的很棒。"

前野捆绑好马球衫男人田中一郎的手腕和脚踝，接着靠近总编。由于跪地移动，露出裤裙的膝头有些脏污。

"所以，即使你真的名叫佐藤一郎，我也不会惊讶。不过，我能称

1　小泽一郎（一九四二—　），曾任民主党代表。

2　铃木一朗（一九七三—　），日本棒球选手，目前活跃于美国职棒大联盟。名字"一朗"与"一郎"同音。

呼你'佐藤先生'吗？还是该喊你'佐藤大人'？"

我竭力嘲讽挥舞手枪、牵着我们鼻子走的老人，顿时心跳加速，感到一阵窝囊。实际说出口，一点都算不上机智的讽刺。

"直呼我的名字，或喊我'老先生'都行。啊，就叫我'老先生'吧。"

老人无动于衷，目光反倒变得更温和。

"把大家卷进这样的事，实在抱歉。不过，我不是为了发泄愤恨或不满，也不是自暴自弃。虽然迫田太太训了我一顿……"

前野拿胶带捆起我的手腕和脚踝。她缠得很松，但胶带太厚，黏着力强，意外地难以自由活动。从这样的细节，也能看出老人并非毫无计划。

"自我介绍结束，在引发周围骚动前，先说明一下。我把各位当成人质——当成盾牌，但我有明确的目的。"

"钱吗？"穿马球衫的田中一郎唾弃道，"该不会是欠债了？老先生，你想要多少？"

老人立即反问："田中先生，你想要多少？"

"咦？"田中疑惑地眨眼。

"就是钱啊。假如能获得一笔可自由使用的钱，你想要多少？"

"这是在干吗？"

"我是认真的。你脑海最先浮现的金额是多少？"

田中没回答，似乎受到惊吓。于是，"老先生"转向坂本问道：

"你是学生吗？"

坂本不禁一愣，完成捆绑作业的前野回到他身旁。

"前野小姐怎么办？"坂本问，"她也要捆起手脚吧？"

前野一脸严肃，紧张地等待老人的指示。

"这样就行。请把胶带放在座位底下或随便哪里，反正不会再派上用场。"

"可是……"前野反倒不安起来，"只有我不用吗？"

"还要请你帮一些忙，并不困难，不必露出那种表情。"

前野望着坂本，抱住膝盖，缩起身体挨近他。

尽管坂本发型像运动员般清爽，个子也颇高，但整体清瘦，称不上健壮。不过，看来也没那么懦弱，受到年轻女孩依靠，还无法鼓起男子气概。他的眼神紧张。

"我本来是学生。"

"大学生？"

"到上个月为止，我退学了。"

"哦？"老人似乎真的讶异，"努力念书，好不容易考上大学，却放弃了吗？哪所学校？"

"……不是有名的学校。老爷爷一定没听过，是三流以下的私立大学。"

"这样啊。你在大学念些什么？"

"我是理工系，但几乎没去上课。"

老人思索片刻，问道："该不会是沉溺于麻将馆？"

"怎么可能，"坂本扑哧一笑，"那种理由太落伍啦。"

老人又是一阵惊讶："现在的大学生都不打麻将吗？"

"不……也有人成天泡在麻将馆。但如今已不是老爷爷说的，不上课就去麻将馆混的时代。"

"那你没去上课，都在做什么？"

坂本嘴角的笑意消失，仿佛突然回到现实。不过，那并非我们成为人质的现实。他嗫嚅低语："真的想知道吗？"

"如果冒犯你，我道歉。"

"不，没关系。只是，不管是父母还是老师，都没这么直接问过我。"

"打算退学时，父母没问你理由吗？"

"不，他们问了很多，当然我也一一解释……可是他们一次也没问我，不上课都在干吗……"老人张大嘴巴，又"哦"一声。

"……我什么也没做。"坂本低喃。

总编抬起头，回望坂本。

"只是无所事事地睡觉，或在便利商店翻漫画杂志、发短信、玩电脑，所以……"

不知为何，他一脸尴尬地觑着身旁的前野，匆匆道：

"我没去上课，并不是有其他想做的事。"

"小鬼，那就叫翘课。"

田中语带责备。担任听众期间，他似乎恢复了精神。

"只是想偷懒打混，还需要思考怎么回答吗？"

"也是，对不起。"

总编像是觉得很滑稽，扑哧一笑。"对不起，居然笑了。可是，怎么会聊起这种话题？"

"啊，对耶。"

或许是忽然回到现实，坂本反射性地要把双手交握在后脑勺，才想起手腕被捆住。

"往后你有想做的事吗？说得夸张点，你的人生目标是什么？"

老人似乎不打算到此结束，以平淡温和的语气继续发问。

"附带一提，我认为想偷懒打混，也是不折不扣的目标。"

"不过，那样一来……"

"只要有足够生活的钱，就能随心所欲地游手好闲。假如是你，会需多少？"老人说完，朝总编一笑，"谢谢你帮忙拉回正题。"

坂本又偷瞄前野，只见前野瞪圆双眼盯着老人，开口："这要怎么估计？即使成天游手好闲，依玩乐的方式，所需的金额也不同吧。"

"那么，前野小姐，"老人反问，"若能拥有一笔可自由使用的钱，你想要多少？"

不必扣税哦——老人玩笑似的补充，眯起双眼。

"这样说或许很怪，可是我不怎么缺钱。我是独生子，而且父母身体健康，都还在工作。"坂本插话。

"那是你的父母有工作、有固定收入，并不是你的钱吧？"

"是没错啦……"

"我想要钱。一亿、两亿、三亿，不管多少都想要。"田中状似气愤地哼一声，露出歪曲的笑容啐道，"可拿来当公司的营运资金。要是有一亿，就能买新的机器，也能给员工奖金，还能付清欠缴的所得税。"

"哦，你是开公司的大老板吗？"

"哪是什么大老板，不过是一吹就倒的小公司。"

"是怎样的公司？"

"金属加工业啦，做螺丝和螺帽的。"

"有几名员工？"

"不算我老婆，共五人。"

"你一肩扛起五个人宝贵的人生，很了不起。"

总编闻言又笑，此次显然是哑然失笑。"这是在干吗？"

"纯粹是在向各位发问。总编，方便请教你一样的问题吗？"

"我不要钱。"

"欸，别这么冲。"

老人从容不迫地笑道，神情十分放松。我冒出一个突兀的想象，为了不请自来的那个意象，独自陷入混乱。行驶在夜晚道路上的公车忽然故障，进退不得，司机离开去求助。在困境解决前，留下的我们束手无策，只能焦躁地等待。于是，一名人生历练丰富的长者，主动打开话匣子，安抚众人。我们围坐在地，陪着他闲聊，越聊越起劲。连认为那种闲聊没意义的乖僻乘客，也逐渐受老人巧妙的话术吸引——

"那换个设定。我像这样恐吓各位，给大家添了麻烦是事实，之后会送上赔偿金。说是慰问金也行，总之是想补偿各位实际蒙受的损害，将我的歉意转换成金钱支付。那么，你们会想要多少？"

首先，田中决定要一亿元。老人回答："考虑到我的财务状况，一人以一亿日元为限。其实还能勉强多拿出一些，不过，一亿日元是个不错的整数吧？"

前野和坂本愣在当场。

"老爷爷……"

"是富翁吗？"

听见两个年纪足以当孙子的年轻人发出惊呼，老人开心得笑容满面。

"没错，我是有钱人。"

"那为什么……"

前野激动得探出身体，老人的枪立刻逼近。前野顿时犹如遭泼水的狗，簌簌发抖。

"抱歉，请不要乱动。"

盘踞在我脑中的突兀想象瞬间破灭。我们是人质，随时可能遭到射杀，这是公车劫持事件。

"不好意思，我希望尽量与大家轻松相处，但要是你们轻举妄动，我也不得不防备。"

"对不起。"前野的屁股往后挪，低声嗫嚅。她的背紧靠着坂本的肩膀。

"好，我懂了，这是场游戏吧？这样想就行了。"

坂本点点头，莫名用力地说着，上下挥动胶带捆住的双手。

"我们在玩游戏打发时间，是大富翁游戏。老爷爷知道吗？"

"以前有这样的纸上游戏哪。"

"老爷爷果然是以前的人，现在都变成电脑游戏了。玩家可经营铁路公司，在各地铺设铁路增加收益，或收购土地盖车站和购物中心，最富有的就是赢家。"

"相当有趣的游戏呢。"

老人似乎真的知道那款游戏，并非随口附和。

"那么，坂本先生，你想在这场游戏中达到什么目标？"

"我嘛，呃，首先……"

"我想环游世界。"坂本答道。

"不是穷游的背包客，而是吃好睡好的旅行。因为世上还是有危险的地方，得做好相应的准备。"

"好的，好的。"

"你觉得这要花多少钱呢？"

坂本问前野。她尚未自惊吓中恢复，一个劲儿地摇头。

"除非想搭伊丽莎白女王二号，否则一千万日元就足够吧？"

这是我们总编的建议。虽然眼角仍带着嘲讽，但多少已有参与对话的意愿。

"要是想参观荒僻到不行的世界遗产，就另当别论。"

"一千万日元吗？"

"没办法全程坐头等舱就是。"

"不要紧，就这么决定。"坂本开朗笑着，忽然露出像被扎了一下的表情，"可是，总觉得不能这样。"

"为什么？"老人柔声问。

"那是天上掉下来的一千万日元吧？我不能一个人花掉。"

"哦？"

"如果有一千万日元，就能提前付完爸妈的房贷……"

总编忍俊不禁："只是个游戏，提这未免太无聊。"

"话是没错啦……"

坂本抬起被捆住的双手想搔头，当然搔不到，但我很明白他的心情。

"我爸有三十五年的房贷要付，连一半都没还完。付到一半，利息调升，加班费却遭削减，导致年收减少，而且房子的资产价值，有等于没有嘛。"

"你真为父母着想。"

听到老人的话，坂本一阵害臊。即使在昏黄的灯光下，青年毫无掩饰的羞赧依然耀眼。

"我早做好心理准备了，爸妈会骂我白白浪费入学金和学费，可是他们都没生气。"

"他们非常珍惜你啊。"

"明明是这么没用的儿子？"

坂本低喃，以手背抹抹人中处。

"他们告诉我，找到人生目标为止，慢慢思考。其实家里根本没那种闲钱。"

"是啊。说什么不缺钱，是你的一厢情愿。"

总编严厉地下定论，转向老人。"尽管是巴掌大的二房二厅小公寓，我也有房贷。若能一分不少地把房贷全砸在银行负责人脸上，想必非常痛快。"

老人感到有趣似的挑眉。在近处一看，混杂的白发隐隐反光。

“你办贷款时，发生不愉快的状况了吗？”

“看我是单身女子，银行人员简直像把我当成吹进店里的超市垃圾袋。”

“银行的家伙都是那副德行。”田中帮腔，“明明不是他们的钱，却爱狐假虎威。”

“这样吧，”老人的目光扫过我们，“我支付坂本先生和总编的剩余房贷，外加一千万日元。房贷的部分就当赔偿金，一千万日元代表我的歉意。”

“我只有一亿哦……”

田中噘起嘴，我忍不住笑出来。前野也扑哧一笑。

“合计是多少钱？”

总编当场回答：“三千五百万日元。”

坂本歪着脑袋思索：“我爸的房贷，详细金额我不是很清楚……”

“大概就行啦。”总编说。

“加上一千万日元，大概也是三千五百万日元吧……”

“前野小姐呢？”

对上老人的视线，前野又反射性地微微缩肩，但脸上的笑意未退。

“我……如果有学费，帮助会很大。”

“学费？”老人的眼神越发亲切，“这样啊，你也是学生。”

“还不是，我在存学费。”

“你想学什么？”

前野害臊地垂下目光回答，可惜太小声听不见。

“嗯？不好意思，请再说一次。”

“——我想当 Patissier。”

老人讶异地望向总编，她随即解释：“就是甜点师傅，现在流行这么称呼。”

然后，总编久违地流露出“大姐头园田瑛子”的眼神。“这是时下年轻女孩最向往的职业呢。”

“大姐头园田瑛子”的眼力，乃是多年在今多财团中淬炼而来的，单纯的前野两三下就被击倒了。

"我……我是真心想——"

"非常辛苦哦。那个业界保留着类似师徒制的金字塔阶级，出师前不会被当成人看待，可不像连续剧演的那么光鲜亮丽。"

前野不禁缩起身子，坂本立刻声援："可是，她很了不起，有向往的目标，并为此工作，哪像我……"

总编打断他的话："光从学校毕业是不够的，厨师得四处修行。"

"真是吹毛求疵啊。她对年轻女孩都是这种态度吗？"

坂本把矛头转向我。我来不及开口，总编就抛出一句："这叫实际，代表我是成熟的大人。"

微笑聆听的老人，忽然看向公车后方。这一瞬间，我也察觉情况有变。

"抱歉，打断你们愉快的交谈，但现实似乎已迫近眼前。"

老人低语。众人回头望去，只见旋转警示灯的红光照进车内。

紧急救援车辆的旋转灯，具有让现实往负面变质的压倒性力量。绝大多数情况下，仅仅是旋转发光，便能撩拨人们内心的不安。比方，深夜返家途中，在附近看到旋转的红光，谁都会暗想：哪里出事？家里不要紧吧？

然而，极为罕见的例子中，同样的旋转灯也可能安抚人心，即现实处境先陷入负面状况。

这样稀罕的事态，两年前我才经历过。虽然与现况差异颇大，但发现旋转灯顿时松口气的心情，并未改变。

"终于登场。"

慢吞吞的——田中骂道，在场无人附和。

"是警车。"坂本呢喃，面向老人，"老爷爷，警察来了。"

由于公车外出现新的光源，三晃化学废厂草率装设在围墙上的灯泡似乎从"光明"降格为令人沮丧的昏暗。在这当中，坂本勉强挤出开朗的笑容。

"现在还不算太迟，别再继续下去，当成一场玩笑吧。"

老人没搭腔，望向车尾的窗户道：

"警车停下了。"

旋转灯不再靠近，停在公车斜后方——距离多远？坐在地板上无法估量。

"前野小姐，不好意思，请你到后面车窗露个脸。"

"可是……"她嗫嚅着，寻求坂本的意见。

"没关系，去吧。我想想，你就向警方挥手，然后比个叉。"

不要让对方以为在开玩笑，老人温柔提醒。

前野缓缓起身，走向后方。我们注视着她跪在座椅上，朝外挥舞双手，然后交叉。

前野大动作比手画脚，出声呼救。

"所以……公车遭到劫持，我们……被抓起来当人质！"

她右手比出手枪的形状，抵住太阳穴。

"对方似乎不懂。"

老人悠哉地评论，不知为何对我笑道："杉村先生，你觉得该怎么办？"

"乡下警察太钝啦。"田中越发气愤地啐道，"打开窗户，我来大声嚷嚷。"

"窗户是封住的。"

"驾驶座右边的窗户应该能开，我亲眼看过。"

"不准开窗。"

语气和表情都没变化，但那一瞬间，老人眼底掠过一丝冰冷的刻薄之色。不是黄色灯泡，也不是旋转灯光线的缘故。

"不如打电话出去？"我建议道。

"打110吗？"老人状似意外地眨眨眼。

"打到哪里都行，让外面的人听到可证实现况的说法。"

"真是麻烦。"

强烈的白光透进来，停在后方的警车调成远光灯，约莫是想观察公车上的情况。

"哎，讨厌啦！"前野仿佛觉得刺眼，抬手掩面，恼怒地叫嚷，接着回过头道，"司机小姐在警车上努力说明，但警方似乎不相信。"

柴野司机在场吗？那么……我暗暗想着，像是算准时机，她的手机响起。

"来电铃声挺可爱。"

老人微笑道。柴野的手机来电铃声我也有印象，想必是女儿佳美喜欢的歌曲吧。她的年纪可能和我家的桃子差不多。

老人左手拿起手机。通知来电的小灯，每次闪烁就会变化颜色。注视片刻，他把手机贴近我的右耳。

"杉村先生，麻烦你接听。"

老人按下通话键，铃声停止，传来"喂喂"的男声。

枪再度瞄准我的眼鼻。

"喂喂？喂喂？"

众人的视线顿时集中在我身上。

"喂——"

我出声回应。总编叹口气，闭上眼。前野转身贴在窗上，窥望外面。

"抱歉，你是哪位？"手机彼端的男声问。讽刺的是，对方的语气就像碰上前往派出所问路的民众，而不是面对遭遇抢劫或窃盗冲进来求救的民众，总之是悠哉到家。

"我是这辆公车的乘客。"我答道，老人点点头。

"哦，有位小妞自称是这辆公车的司机，她说……"

"她说的是真的，一名乘客持枪挟持我们。"

手机彼端一阵沉默，八成是惊讶到说不出话。拜托，振作点好吗？我真想骂人。

"请他找能处理这种事的人过来。"老人低语。

我忠实地传话："歹徒要求找能处理这种事的人过来。歹徒在车内已开过枪，幸好还没有人受伤。"

我讲到一半，老人拿远手机，直接切断。

"谢谢你。"

嘴上道谢，但他眼底残余的笑意消失。

"你很冷静，我能仰仗你，同伴和各位人质也能仰仗你。"

"什么意思？"

老人把手机搁在投币箱上，低语："你巧妙传达出劫持公车的是乘客之一的信息。你是情急中想到的吗？"

我没考虑得那么远。

"我不是刻意这样说……"

"提及我开过枪是多余的，但你也告知无人受伤，就当扯平吧。日本警察对类似案件慎重过头，经常遭媒体谴责过于软弱，可是一旦有人受伤，便会失去冷静，立即采取强硬手段。我希望他们深思熟虑再行动，否则我会非常伤脑筋。"

"警车离开了。"前野贴在后车窗上高喊，"在倒车……啊，又停下来。"

"不必理会警车。前野小姐，请回座。"

"不用盯着警车吗？"

她以不知是站在哪一方的语气，提出不知是站在哪一方的疑问。本人似乎没意识到这番发言有多怪。

老人忍俊不禁，提醒道："别忘记你是人质。"

"倒车？王八蛋，那些税金小偷在干吗？"

田中气愤不已。前野小心翼翼地经过他旁边，生怕碰到他蜷缩的庞大身躯。

"别这么不耐烦。"

老人出声安抚。田中愤怒的脸庞歪曲，猛然滑下阶梯。

"老先生，你在悠哉个什么劲？你是认真的吗？"

大喊的同时，他跌坐在地板上，发出"咚"的巨响，吓得前野瞪大眼。

"我是认真的。托杉村先生的福，警方应该也会认真看待。欸，暂时观望一下吧。正好，田中先生，请过来，我去坐阶梯。"

老人把手机放入斜背的包包，轻扶以臀部移动的田中，在他先前占据的位置坐下。在这短暂的期间，枪口离开我们，但隔着一段距离，加上胶带捆住手脚，我和坂本无法即时行动。田中有机会用身体撞击老人，可惜不能期待现在的他。

"你说是认真的，所以刚刚的话也没骗人？"田中脑袋里净想着钱，"虽然搞不清状况，但你在这场骚动中达到目的，就会给我一亿日元吧？"

"一定。"老人回答。

"不要这样。"园田总编出声。

她的膝盖塞在被胶带捆住的双手形成的圈子间，坐成小小一团。以女性来说，她的个子不算娇小，或许是姿势的缘故，看起来像是缩水。

"不要再谈钱了。"

声音也有些缩水。令人惊讶的是，声音中带着哭音。

加加减减，我已在这个人手下工作十年。对于总满不在乎地道出辛酸或嘲讽、鲜少给予称赞，但几乎不会错误评价别人的园田瑛子，我自以为认识颇深。然而，我的自信逐渐动摇。从刚才起，她先是面对枪口也不以为意地呛辣发言，又突然怯懦地缩成一团，板起脸毫无反应，种种表现令人眼花缭乱。若她这时哭出来，我一定会慌了手脚。

"喂，"坂本抬头，"听到没？外头闹哄哄的。"

我没看表，不晓得实际上花了多久时间，感觉顶多三十分钟。一回神，警方的装甲车已包围公车。

车门那一侧贴近水泥墙，等于遭三方夹击的状态。迎面而来的装甲车坐着也看得见，但无法确认旁边和后方的情况。在老人的指示下，前野观察窗外回报给我们。

她莫名其妙的感想逗笑了老人。

"来这么多护送车干吗？要载我们吗？"

坂本替愉快地咯咯笑的老人指正她："不是护送车，是装甲车。"

"那是载囚犯的车子吧？窗户有很吓人的铁丝网。"

"装甲车也一样。为了保护车里的警官，才制造得那么坚固。"

数不清的警车抵达现场。警示灯照得我头昏眼花，生平第一次知道，原来光线也会像噪声一样"吵"。

附近住家也有所变化。原本黑暗的窗灯火通明，人声嘈杂。远方传来扩音器的声音，约莫是警方在广播。

三十分钟之间，柴野司机的手机响起好几次，老人却完全无视，仿佛在等待周围安静下来。

装甲车就定位，警车不再移动后，手机又响起。老人开口道：

"前野小姐，我想请杉村先生坐到驾驶座，麻烦你帮助他。"

前野眨着眼，望向空荡荡的驾驶座。"要让杉村先生开车吗？"

"你是个好心肠的女孩，就是冒失了点。"

老人温柔地责备，前野缩起脖子说："对不起。"

站起身并不困难，但要爬上驾驶座的窄梯不容易。毕竟小学运动会的家长比赛项目不包括袋鼠跳，我跌跌撞撞，额头碰到驾驶座后方的隔板，眼冒金星。

"杉村先生，辛苦了。"

坐在中央阶梯的老人稍稍提高嗓门。

"驾驶座的操作盘上有照明开关吧？请打开车头灯，按两下喇叭后，再熄灯。"

"老先生，那是什么信号？外头有你的同伙吗？"

恍若沉浸在一亿日元幻想中的田中，久违地重返现实。当下，我也浮现相同的疑问，焦急思考着怎样才能不必听从老人的指示，或至少稍稍拖延时间。

不料，老人回答："我没有同伙。这是……嗯，算是谈判开始的信号吧。"

"谈判开始？"

"对，我想拜托警察做些事。"

手机再度响起。

"杉村先生，请按我的指示行动。"

我的位置离老人最远，一旦有什么状况，可躲在驾驶座的隔板底下。其他人质则是直接暴露在危险中。

警方要攻坚，只能使用紧急逃生门。老人应该也想到这一点，却满不在乎地坐在阶梯上，背对紧急逃生门。

老人说过，他年事已高，只要大家来真的，便能轻易制服他，但难保不会有运气不好的人挨子弹。对象换成警察也一样，一旦进行攻坚，老人会开枪射击。至少他会表示有此打算。

可能性不高的"或许会挨子弹"的恐惧、讨论赔偿的金额、老人怎么看都与凶暴案件格格不入的孱弱外表、稳重温和的对话，我们不知不觉被逐步笼络。这样的经验是第一次，无从比较，但即使参照小说情节，人质不是应该陷于更深的恐惧和紧张感吗？歹徒的情绪会更激动，或更频繁地出言恐吓吧？以目前的处境来看，"笼络"绝非不适切的形容。短短一个小时的发展，总觉得其中必有蹊跷。

在这节骨眼儿，若想打破现状——

虽然没有大型车辆驾照，但我晓得怎么操纵巴士。堵在前方的是装甲车，突然冲撞上去也不要紧吧。

"杉村先生。"

老人呼唤我。探出驾驶座，回望公车内部，只见老人露出一贯的笑容。他脚边混浊的黄光中，浮现坂本、前野、田中和总编苍白的脸庞。

"快点执行他的指令。"总编小声催促，低下头。

我打亮车头灯，举起被胶带捆住的手腕，往方向盘中央敲两下。骤响的喇叭声戏剧效果十足，公车周围一阵哗然，如涟漪般扩散，仿佛能传达到广播车四处奔走的远方人家。

我熄掉车头灯。

"谢谢。你果然是冷静的人，任何时候都能做出正确的判断。"

老人看穿我的想法。

手机铃声停歇，随即又响起。

"杉村先生，你下得来吗？"

听到老人的话，前野起身走近驾驶座。我以眼神制止她，问道："我不能待在这里吗？可以告诉你外头的情况。"

装甲车和警车后方，穿着制服的警察忙碌穿梭。不是平常看惯的巡警，而是出现在电影和电视剧中的全黑或深蓝特殊部队制服。依稀听见厚重的靴底踩过遍布空地的沙砾声响，难不成是我的幻觉？

"那是机动队吗？还是在这种情况下出动的SAT[1]部队？来了很多人。"

---

1 Special Assault Team 的缩写，日本警察厅的特种部队，主要负责人质劫持、恐怖攻击等案件。

我望着外面，以大家听得到的音量报告。老人格外开心般加深笑意，仿佛要让其他人质看见。

"直接问吧。"老人总算掏出手机，"喂？"

他应一声后，聆听对方的话，偶尔回答"是"。这段期间，他仍举着枪，直盯着人质。

讲手机时，由于集中注意力，视线与身体会自然转移，所以会发生在月台通话，被电车撞到之类难以置信的事故，但老人并未如此。

在众人的目光下拨打或接听手机，他丝毫不以为意，注意力也没分散。除了他，我只晓得一个这样的人，就是我的岳父，今多财团的领袖今多嘉亲。

"我懂了。那么，我先挂掉手机。我会跟大家商量，然后……嗯，请十分钟后再打来。"

老人彬彬有礼地结束通话，把手机放在膝盖上。

"对方是隶属县警特务课的山藤警部。"

虽然决定要设法抵抗，不能继续被老人牵着鼻子走，听到他天真无邪的口气——仿佛在安抚、鼓励我们的温暖话语，我又萌生立场颠倒的错觉。

在场所有人，包括老人在内的六个人，被卷入糟糕的状态，但这并非其中的谁导致。于是，我们互相鼓励，想办法脱离困境。外界终于伸出援手，只差一步，大伙一起加油吧！身为队长的老人，正在激励我们——

"山藤警部的职务，就叫谈判专家吗？啊，不是公证机关的公证人[1]……"

"讨价还价的谈判，对吧？"坂本回话，"这我也晓得。"

"哦，你晓得吗？"

"我在电影中看过。反倒是老爷爷提及的公证机关，我第一次听到。"

"这样啊，那种地方和现在的你无缘。"

"少啰里啰唆的。"田中厉声道，"小子，别多嘴。老先生，警察说

1　在日语中，谈判员与公证人的发音相同。

什么？"

"他问劫持公车的是不是我，我回答'是'。"

连坐在驾驶座的我，都能感受到田中焦急得体温和血压飙高。

"老先生，别闹了。你的脑袋是不是真的有问题？"

"如果想确认我是否神志清醒，我很清醒。"老人笑道。

"你有目的吧？快告诉警察，叫他们去做啦，我不想奉陪了。"

"不愿意奉陪到最后，我就不能支付你一亿日元。"

毕竟是赔偿金——老人若无其事地回应。

"所以得请你付出值得赔偿的忍耐力和时间。"

"杉村先生！"总编呼唤我，声音大到像是忍无可忍。

"坐在那种地方，你会被当成歹徒。万一遭到狙击怎么办？快下来！"

我大吃一惊。坂本和前野恐怕也吓一跳，挨近总编，七嘴八舌地安慰她不用担心。

"日本的警察没那么鲁莽。"

"谈判专家在跟老爷爷说话，不会误认杉村先生。"

"吵死了！"总编大喊，身体缩得更紧，"你们都疯啦！我们是人质，懂不懂啊？"

那尖叫般的残响消失前，没有任何人出声。

"——我有点渴，想请警方送喝的过来。"老人缓缓开口，"在这种情况下，为防止警方掺进安眠药，只能要求密封的瓶装饮料，各位有什么喜欢的饮料吗？"

两个年轻人觑着总编，仿佛担心脱口说出"可乐"会挨骂。这一瞬间，他们害怕的不是持枪的老人，而是歇斯底里发飙的总编。

笑意又涌上我的喉头。就像看到早就离开公车，此刻应该待在安全之处的迫田女士完全不理解状况多么严重，随手拂去落在头发上的天花板碎片时，突如其来、毫无道理的强烈笑意。我必须竭力克制，以免显露在脸上。

事后我才明白，压抑笑意是对的。当时，坐在驾驶座、唯一露脸的我，被从每一个可能的角度拍摄。倘若我笑出来，事情会变得超乎想象的麻烦。

我们真是滑稽，我暗想着。老人也一样滑稽，不好笑的只有他手上的枪。

"要是喝水，会想上洗手间……"前野声如蚊蚋。

"也对，会有这种困扰。有没有人想上洗手间？"

"现在还好吗？"

坂本凑近前野，小声问。前野害羞地点点头，坂本接着也问总编：

"呃，你不要紧吗？会不会觉得不舒服？"

"不用你管！"总编尖声嚷嚷，撇开脸，"不要管我。"

"老爷爷呢？"

听着坂本的询问，我一阵错愕，田中明显露出受不了的表情，但老人似乎早预料到这一点。

"谢谢，你真好心。"

"换成我是老爷爷，光是做这种事，肯定紧张到心脏快爆炸。"

"虽然一把年纪，不过我身体不差，没关系。"

此时，手机响起。

"公车上应该备有抛弃式方便袋，万一无法忍耐请取用，暂时这样就行了吧？"

"有抛弃式方便袋吗？"

"应该在驾驶座底下的紧急用品包。前野小姐，能不能麻烦你确认？"

前野来到驾驶座，蹲在我的脚边翻找。老人觑着她，重新握好枪，接起手机。

紧急用品包内有个金属银的大束口袋。前野打开后，脱口道："啊，真的有。"

"是的，大家目前都没问题，不过想要一点喝的……"

老人在与山藤警部交谈。坐在驾驶座的我，发现视野一隅冒出新的景物。

那是所谓的"提词板"。一名身穿制服的警察蹲在公车斜前方，朝我举起 B4 尺寸的纸——大概是素描本吧。

（YES 向右转　NO 向左转）

我若无其事地向右转，假装往那边望去。

（歹徒是一个人吗？）

我以眼角余光偷瞄纸板，继续看着右边。

（手枪只有一把吗？）

"又有新的警车过来。"

我对着右边低喃，老人仍在讲手机。

（车上有几名人质？）

纸张很快翻过去。

（司机说有五人，对吗？）

我注视着右边，若无其事地搔搔头。

（人质在车内后方吗？）

我转向左边，低头问在翻找束口袋的前野：

"那是药吧。"

她在检查可密封的小夹链袋。

"是啊，有OK绷、贴布、绷带和伤药……这是止泻药。会是司机小姐的吗？"

"不，是公司配给的备用品吧。以市内公车而言，准备得相当齐全。"

抬头一看，纸板和警察都消失不见，老人也结束通话。

"有供晕车乘客呕吐用的纸袋，拿出来吗？"

"好，谢谢。请放在投币箱上。"

老人把手机收进外套口袋，暂且改用左手拿枪。

"这玩意儿蛮重的。"

他甩甩右手，又换手重新拿好枪。

"警方会送来瓶装水。然后，各位……"

老人的神情就像在说"问题来了"。

"警方的条件是，要释放一名人质，怎么办？"

谁能立刻回答？

"嗯，这是标准程序，我早已预料到。"

老人低喃，环顾我们。

"或许各位会觉得我是个怪老头儿，既然讨论过赔偿金，能否听听我更进一步的说法？"

谁能说不呢？

"其实，我并不想做这种事。这是不折不扣的犯罪，我非常清楚。可是，不这样警方不会行动。"

"老爷爷，"坂本出声呼唤，"你动用警力到底有何目的？"

老人严肃地直视青年。

"我希望警方帮我找下落不明的人。"

坂本和前野哑然张口，像是心灵相通。

"那是……呃，失……失……"

"失踪人口？"

两人的双眼闪闪发光。能够理解老人的动机，他们十分高兴。

"是希望警方协寻离家出走的人吗？要找老先生的家人？太太或是孩子吗？"

"不不不，不是我的亲人，也不是离家出走。"

"不然呢？"田中的声音充满苦涩，"如果不是要条子找出你跑掉的老婆拖过来毙了，那是要干吗？"

"说得真具体。"老人睁圆双眼望着他，"难道你有切身经验？"

"少胡说八道。几年前有人为这种理由，抓了人质与警方对峙，闹得挺大不是？"

"名古屋的案件吗？我也有印象，是什么时候？"坂本出声。

"那不重要啦。"前野挨近老人，紧握双手，前身向前倾，"不管是谁，都是老爷爷没办法独力找寻的人吧？很重要的人吗？"

"重要……"老人低喃着，抿起嘴，"与其说是对我重要，也许是对社会相当重要的人。"

田中顿时冷却，或者说一副坏事败露般的表情，不屑道："搞什么，原来老先生是搞宗教的！"

"哦，你怎会这么想？"

"看你这么装模作样——"

"听到对社会很重要，田中先生立刻联想到宗教呢。"

"我是不懂啦，可是那种莫名其妙宗教的信徒，不都满口相同的话？教祖是救世主之类的。"

老人的笑声意外爽朗："是啊，我也不太会应付那种人。"

"意思是，老爷爷不是喽？"

前野问道。老人思索片刻，似乎在为冒失慌张、积极过头的前野斟酌措辞。

"订正一下。不是对社会重要，而是'对社会一部分的人重要'的人——不，人们。"

"不止一个人？"

"嗯，有三个人。"

"他们是怎样的人？"

老人又沉默半晌。感觉上，他早预料到前野听见这番话会十分震惊，所以留个缓冲。

"是坏人。"老人回答，"所以才重要。"

此时，我第一次与田中互望。

只要是大人都知道，当有人指着什么人说"坏人"时，即使那个人手中没有枪，仍应保持警觉。当然，我们已身陷非警戒不可、非小心不可的状况，但老人揭晓的部分动机，还是有前所未闻的异样感。

田中约莫有同感。他仓皇转动的眼珠仿佛在说"这是在搞什么""这个老先生果然很不妙"。

"老先生。"他呼唤的语气也谨慎许多，"这样我懂了，你快点拜托警方吧。"

"等一下，"前野打断他的话，"老爷爷还没说完。"

"小姐，你闭嘴。"

前野一副受伤的表情，老人的眼中明显流露失望之色。

"田中先生，你似乎不相信我神志清醒。"

"没那回事。你十分正常，我明白。"

"不，你不明白。你是不是也开始认为，要给你一亿日元是在唬人？"

"那种鬼话我从一开始就不相信。"

"不，你本来相信的。想必你的阅历不少，但我不是没见过世面，有看人的眼光。即使话出自我这个来历不明的老人之口，你也当真了。反过来说，你就是这么需要钱。"

如果不是这种情况，两人的互动真的挺有意思。这下换田中的自尊受伤。

手机响起，老人立刻接听。"好，好。"他简短应两声就挂断。

"警方已备妥饮料，打开驾驶座右边的窗户接收。"

"不是要释放一个人吗？不必先处理这件事吗？"我问。

"这是信义的问题，"老人回答，"得有一边先下赌注。"

我观察周围的状况。从驾驶座望出去，没有特别醒目的动静。

"前野小姐，不好意思，饮料颇重，但还是麻烦你去拿。杉村先生，请离开驾驶座。"

我请前野扶住手肘，小心走下踏阶。我想告诉她，看见纸板别慌张，要沉着应对，又怕随便耳语会吓到她。

"打开这扇窗吗？"

看到设有把手和窗锁的车窗，前野十分讶异。

"我常搭公车，却不会注意到这边能打开。田中先生居然也知道。"

前野打开车窗，手机再度响起。老人按下通话键，把手机拿到耳畔，朝前野点点头。

"拿到饮料后，关上车窗，请安静迅速地完成。我需要各位的配合。"

前野微微探出窗外，接过一个装有约半打宝特瓶的透明塑料袋。坐在公车地板上，只看得到这幕情景。

送宝特瓶来的警察似乎讲了几句，我听到片段，像是"有没有受伤"。前野颔首，把饮料放到驾驶座，安分地迅速关上车窗。

"收到饮料，谢谢。"老人与手机彼端通话，"我会和大家商量再决定。我是个守信的人，请放心。"

既然警方赌他不会反悔，他就不会背信，是吗？

结束通话，老人对前野微笑道："麻烦你打开瓶盖，分给每个人。"

总编不肯接，前野便把宝特瓶放在地上。回到坂本身旁的位置，前野提心吊胆地喝了一口水。

"好冰。"她低喃着，垂下头，"外面吵得好厉害。"

她的手在发抖，瓶里的水跟着摇晃。胆小的前野似乎又回来了。

"这……这是不得了的大事，总觉得没有实感，可是……"

"没错，是不得了的大事。"老人点点头，温柔安抚，"不过，你做得很好。谢谢。为了表达感谢，不如我让你下公车？"

前野来不及反应，老人就问坂本："你没有异议吧？"

坂本尚未开口，前野颤抖着摇头道："不，我不要下车。我要留下来。"

那双大眼瞬间盈满泪水。

"我不能一个人下车。"

前野哭着挨向坂本，坂本的肩膀用力靠上去。

"要是独自下车，我一定会后悔。"

"你不像田中先生那么需要钱吧？"老人问道。

这话并不刻薄，前野坦白答道："不是钱的问题。啊，也不是我不相信老爷爷会给赔偿金。"

"我明白，你是个诚实的人。"

前野泪如雨下，把宝特瓶放在旁边，以衣袖擦脸。

"那么，田中先生，请下车吧。"

田中的表情，在我的记忆中留存许久。常识与非常识交战，现实与幻想交攻。眼前的老先生要给我一亿日元，世上才没这么荒唐的事，简直胡说八道。可是，万一是真的呢？假如有百分之一、百万分之一的机会成真呢？

"我也要留下。"田中应道，"迫田老太太离开时，我一点男子气概都没有，丢尽面子嘛。"

他频频眨眼，鼻头微微冒汗，露出苦笑。

"老先生，我不是不相信你。你的言行举止都太莫名其妙，但我见过一些世面，知道此时先下车，后果会难以收拾。"

老人的眼神和脸颊又带着笑意，"会被媒体骂翻吗？"

"我才不管媒体，但我害怕身边的人的谴责。顺带一提，我也怕儿子问：人质中有两个女人，爸爸怎么头一个逃跑？"

"你有儿子啊。"

田中的视线离开老人，深深叹口气："我有五千万元的保险。"

死于意外或犯罪能拿到加倍的保险金，他补充道。

"恰恰是一亿日元，有意思吧？"

"不必赔上性命就能拿到一亿日元，想必会更有意思。"

老人语毕，一阵沉默。我望向垂头抱膝的总编。

"让她下去吧，她看起来很难受。"

田中努努下巴，抢在我之前开口。

"喂，这位女士，不必客气，你下车吧。"

总编没反应。我也对老人说："请联络警方，让她下车吧。"

"就这么办。"

老人拨打手机，告诉警方："现在我要让一名女性下车，麻烦你们支援。"

又说得仿佛老人不是劫持犯，而是人质之一，正在等待救援。

手机另一头答应。即使如此，总编仍僵在原地。

"请先下车吧。"坂本劝道，"你的脸色颇差，不能留在这里。"

"前野小姐，麻烦解开总编手腕的胶带。"

前野上前，以指甲撕开胶带。"对不起，会痛吗？"面对询问，总编依旧缄默。

"从后面的紧急逃生门离开。怎么开门，看说明就懂吧。"

在老人的催促下，园田瑛子终于抬起头。看到她眼中的敌意，我吓一跳。

"我知道你这种人。"

总编瞪着老人，恫吓般低语。那是我从未听过、深藏在她体内的声音。

"我痛恨你这种人，所以马上就能看出来。我痛恨你的同类。"

老人微笑不答。

"你才是教祖吧？我不晓得你有何企图，但你适可而止！"

总编恶狠狠地瞪着老人，老人迎向她的视线。不，是吸收、化解那道视线。

园田瑛子往肩膀垮下。她垂着头，摇摇晃晃站起，拖着脚一步步走近老人。必须穿过他旁边的阶梯才能抵达紧急逃生门。

"我也从一开始就看出来。"

总编经过时，老人面朝前方说。

"你拥有非常痛苦的回忆吧。我不是那种人的同类，但我很清楚他们的手法。我向你道歉。"

这段哑谜般的对话，引来年轻男女和田中询问的眼神。我飞快摇头，完全不懂老人和总编在说什么。

总编光是蹲下操作门杆，仿佛就耗尽全力。她抓住椅背撑住身体，似乎想起留在车上的皮包。于是，她后退把皮包抱进怀里，用力揣紧一下，搭到肩上。

紧急逃生门开启。是风向的关系吗？不同于打开驾驶座窗户，空气一口气灌进来。户外的空气蕴含团团包围的警察的紧张，及看热闹民众与媒体的喧嚣，具备一股肉眼看不见的质量。我能感受到，几乎能尝出滋味。

警示灯的光照在总编的额头和脸颊上。她觑我们一眼，带着泫然欲泣的表情，跳下公车。

第三章

目送总编离开，老人亲自关上紧急逃生门。一会儿后，手机响起。确认总编平安受到警方保护后，老人要求道：

"在我主动联络前，暂时别打来。"

老人切断通话，小口啜着宝特瓶的水，透露出一丝疲劳。

坂本和前野不安地望着老人。是我对现代社会的年轻人有所误解吗？以这年头儿的年轻人来说，他们过于纯真。倘若八面玲珑的野本弟也在场，会像坂本一样被老人唬得一愣一愣，为他同情、为他担忧吗？

这么一提，编辑部有个姓间野的女职员。"间野"和"前野"，只差一个字——我漫不经心地想着，喝口水。这是陌生品牌的天然水。

"警方会从总编那里问出许多事吧。"老人把宝特瓶放到一旁，抬起头，"不管她说什么，我都无所谓，但各位有个麻烦，就是赔偿金的事。"

田中停止眨眼。

"所以，来统一口径吧。我没提过补偿金，各位也不会听我谈及。否则，最糟糕的情况，各位会被当成我的共犯。"

年轻男女面面相觑。坂本出声："共犯？老爷爷……"

"我是指劫持公车的共犯。"

"不，我想问的是，老爷爷果然还是希望警方带那三个人来，杀掉他们吗？"

老人缓缓摇头："我怎么可能杀死他们。"

"可是……"

"我只是想再见到他们而已。"

所以放心配合我吧，老人安抚道。

"我一定会支付赔偿金。现在来谈付钱的方法。"

"你有何打算？"

田中紧咬似的问，唾沫横飞，前野不禁皱起眉。

"我不能留下证据。而且，即使我当场询问各位的住址，也没有意义。"

"那不就没办法付钱？"

"田中先生，你会不会太贪心？"坂本头一次提高嗓门，表现出怒意，"我不希望老爷爷的罪变得更重，所以不想做任何帮倒忙的事。你好歹是有些年纪的大人，不要满脑子钱，稍微——"

"稍微怎样？死要钱哪里不对？你这种小鬼头，怎么懂得一把年纪的大人为了钱有多难过！"田中怒吼。

"为什么没有意义？"

我也扬声插嘴。众人望向我，我定睛注视老人。

"我们在此和你约定往后的事，怎会没有意义？"

老人浮现一贯的笑容："杉村先生，别问些无聊的问题，让我失望。你应该明白才对。"

"老爷爷……"前野眨着泪湿的双眼低喃，"准备被抓吧？"

"是啊。闹出这场骚动，没道理能逍遥法外。"

"可是……"

"即使得付出代价，我也想达到目的。"

"所以请协助我。"老人向我们行礼。深深低着头的老人，放下双手，枪口朝下。

没人采取行动，我也动弹不得。

"我会遵守约定。"老人抬起头，"绝不会亏待各位。"

无人出声。

"这年头真的很方便。"

老人忽然转为开朗的语气，环视我们。年轻男女顿时一愣。

"不，说方便有语病，不过网络的情报网实在厉害。"

他无缘无故在讲什么？

"所以，可能会给各位带来许多麻烦。不过，流言不会持续太久，请当成赔偿金的补偿范围，忍耐一下。"

我依然猜不透老人的意图。田中不耐烦地眨眼，坂本也不知所措。唯独前野敏锐地听出弦外之音，双手捂住嘴巴，眼睛睁得老大。

"咦，是这么回事吗？"

老人眯起眼，像是为孙女的聪慧感到欣慰。"没错。"

"到底是怎样？"田中像是要紧咬上去。

"老爷爷的意思是，等我们被释放、案件落幕后，我们成为人质的事也会通过网络传开，对吧？"

听到这里，我总算理解。原来如此。

"一般媒体——报纸、电视和周刊杂志记者，当然也会蜂拥而至。他们不会报出各位的名字，不过……"

不过，网络上不同。

"对这种案件感兴趣的人，会聚集在……网站吗？各位的个人信息恐怕会被完全揭露。明明没干坏事，只是不巧成为人质，但为了满足好奇心，有人会去调查，甚至公布在网络上。"

"那么你……"田中双眼也越睁越大。

"是的。虽然没有同伙，但我委托某人善后。那个人会通过网络，找到各位的个人信息。"

然后，将赔偿金确实送到各位手中。

"我会使用宅配，寄件人就写这家客运公司吧。那样一来，就算第三者看到寄件人资料也没问题。"

"委托某人善后？"我反问。

"杉村先生，别露出那种表情。对方绝非坏人，纯粹是受我所托，执行简单的任务。"老人露出苦笑。

田中的双眼眨得非常厉害，连看的人都要不安起来。他频频点头，开口："原来如此，很单纯，但或许是个巧妙的方法。"

"方法越单纯，就越确实。"

"可是我……"前野依然捂着嘴巴，慌得六神无主，"没人会把我的事情写在网络上，没有人会那么多事……"

"有的。"老人斩钉截铁，训诲般道，"肯定会有这种人。你可能完全不晓得是谁，而泄密的人也会装作若无其事。"

不是出于恶意——老人语带安慰："纯粹是爱凑热闹。人就是如此，一旦提供可畅所欲言的地方，便会有人这么做。"

"我也想不到谁会上网爆料。"坂本低喃，尴尬地望着前野，"可是，我觉得老爷爷的还是对的。"

"如果担心没人泄露你们的信息，等获得自由后，积极一点出风头看看。只要自称是人质之一，既害怕又难过，经历非比寻常的状况，消息会迅速传播。接着，肯定会有谁把你是人质的事公开在网络上。"老人继续道。

"司机小姐也一样吗？"前野的眼眶又盈满新的泪水，"如果人质的信息会被公开，首当其冲的肯定是司机小姐吧？"

"想必没错。"老人点点头，"柴野小姐或许会遭到没有同理心的人责备，所以我也会送上赔偿金。"

手机响起，警方认为老人的"暂时"结束了吧？

老人按下通话键，以规劝般的强烈语气说："别急，我们在讨论警方答应我的要求后，要依什么顺序释放人质。讨论完毕会通知，不要再打来。"

老人挂断电话，偏着头看我："这么一提，我还没询问杉村先生期望的金额。"

接着，老人的目光移向前野："我会给你和坂本先生相同的金额。因为我不清楚你需要多少学费。"

像是受老人和善的笑容牵引，年轻男女点点头。他们完全陷入老人的步谍，无法脱身。

"你呢？"田中凶狠地瞪我，"别想一个人装清高啊。"

"你的西装挺不错，"老人开口，"品位也很好。那是定制的吧？"

拜访公司的"金库守护神"森信宏时，我会特别留意衣着，一定会穿岳父介绍——或者说允许我利用的裁缝店"KINGS"缝制的西装。

"看来杉村先生经济富裕，在公司应该身居要职吧？"

我摇摇头，感到有些困窘，嘴角不自主地放松。究竟想微笑，还是苦笑，我也不清楚。

"我是社内报的副总编，属于基层员工，不过内子家相当有钱。"

"原来如此，我明白了。"

跟刚刚的年轻男女一样，老人流露理解的目光。

"恕我冒昧，你看起来不像有钱人家的大少爷，却穿着高级西装，而且颇有气质，所以我感到很不可思议。"

是被害妄想症作祟吗？田中凶险的表情，似乎换上了对我的强烈侮蔑。

"过得真爽。"他愤愤吐出一句，"那你不需要赔偿金吧？老先生，干脆把他的份给我。"

老人没理他，继续道："你的信息在这场骚动中曝光，夫人会受到影响吗？"

"田中先生也一样吧？只要有家人……"

"不，我不是那个意思。你明白吧？"

难以揣度老人知道多少内情，才会这么问。

"虽然出身富裕的家庭，但她是平凡的主妇。即使事情闹开，她也不会困扰。"

这个回答有部分是谎言。即使菜穗子不觉得困扰，多少仍会造成今多财团的麻烦。如同两年前的一连串骚动，今多会长的秘书长——绰号"冰山女王"的远山小姐，与她的心腹——真正的对外公关负责人桥本，又要为我四处奔走灭火。

我是今多家的麻烦精。唯一的优点就是安分老实，才会选我当女婿，然而，为何会三番五次卷入案件？

"顺便一提，能否问个我感到不可思议的问题？"

"杉村先生，你怎能这么冷静？"老人问。

"你从头到尾都十分沉着。"

"才怪。瞧瞧，我浑身冷汗。"

我举起双手，作势抹脸，但老人并未当真。

"你不是平凡的上班族。"

"不不不，我真的很普通。"

"一开始我还怀疑你是警方人员。"

"没那回事！"

"似乎是这样。另一个可能，就是你已习惯面对这种状况。你是不是曾卷入类似的麻烦？"

年轻男女和田中纷纷睁大眼，仿佛我突然跳起脱衣舞。

"没那么倒霉。"我撒了谎，这次是百分之百的谎言，"我跟大伙儿一样害怕，不知所措。之所以看起来冷静，是我的个性使然。还有，佐藤先生的手法相当特别。歹徒的行动超乎常识，人质的反应也会脱离常轨。"

"我很奇特吗？"

"非常奇特。"

老人顿时一笑，似乎是由衷的开怀。"这样啊，我很奇特。我喜欢与众不同，也喜欢离经叛道。"

胆小爱哭的前野总算收住泪水。或许是在等待这个时机，老人转向前野，亲昵地问："你会发短信吗？"

"啊，会。"

"那请你发一则信息给警方，稍等一下。"

老人打电话给负责谈判的山藤警部。"让你久等——"他这么开头，然后说，"我的要求如下。我会告知三个人物的姓名和地址，请带他们过来。每带来一人，我就释放一个人质。没错，找到我指定的三人，让他们上这辆公车，否则我不会释放人质。"

山藤警部说到一半，但老人打断他："口头讲可能会听错，我发短信过去。请告诉我电子信箱。"

有没有纸笔？老人问前野。"我想抄下警部的电子信箱。"

"不用纸笔。只要念出来，我记得住。"

"真的吗？"

"对，我记忆力很好。"

老人半信半疑地报出山藤警部的电子信箱。前野边听边点头，老人暂时挂断后，前野接过手机，立刻开始输入。

"对方是用电脑收信，这样应该没错。"

前野展示屏幕，但老人很快移开脸，解释道："字太小我看不见。你能先传'测试'两个字过去吗？"

前野按吩咐传送，老人随即重拨电话。

"有没有收到测试信息？收到了吗？"

对方顺利收到，老人开心地点点头。那情景就像爷爷在向孙女学习操作手机。

"那我马上传。"

前野拿着手机待命。老人一字一句，说出三个人物的姓名和住址。他似乎全记在脑中，一个男人，两个女人。男人住在埼玉县，其余两人则是东京都区内。

不知有没有必要，但我也试着背下来。不料，老人报完三人的信息，前野输入完毕，按下传送键后，刚刚听到的三人资料在我脑中混成一团，变得模糊不清。男人应该是"葛叶文"，接下来是"好东"——不，没这种姓氏吗？还是"江东"？第三人呢？"中藤"……不，还是"藤中"？

是我记忆力太差，或者一般都是这样？偷觑田中和坂本的表情，也看不出个所以然。两人都盯着前野的手指头。

手机铃响，灯光闪烁。习惯真是可怕，前野差点顺手接起，赫然回神，急忙把手机递给老人。

老人笑着接过，朗声开口："喂？对，就这三人，务必带他们过来。限时一小时。如果一小时内，没带半个人过来……"

老人停顿，听对方说话。

"没问题。很快就能找到其中一个，让我见识警方的厉害吧。"

这段话中隐含的细微异样感，事后成为别具深意的小种子。提出要求时，老人为何会使用"警方的厉害"的字眼？警方展现厉害的对象，应该是劫持公车，挟持人质顽强抵抗的老人。

"好，接下来只能等待。"老人重新在阶梯坐下，"屁股颇痛，腰也挺难受，不过脸不能露出窗外。各位，请多忍耐。"

田中鼓起腮帮子，一会儿后，发出"噗咻"声叹口气。前野厌恶地别开脸。

"老先生，那三人做了什么？"

"嗯？"

"少装傻，你恨那三人，想报复他们吧？"

肯定不是好东西，田中继续道。

"可是，叫警察把他们抓过来，又能怎样？如果不是想毙了他们，能做的有限。是要他们在媒体镜头前向你赔罪吗？"

虽然不太情愿，但我对田中稍稍刮目相看。这个推测十分妥当。

"他们是善良的市民。"老人不为所动，语调也毫无变化，"我纯粹是想再见他们一面。"

"怎么可能？"

"既然晓得地址，怎么还需要找人？"坂本问，"干吗不直接去见他们？"

"你知道吗？坂本先生，稍稍动点手脚，或向区公所柜台职员撒个小谎，便能轻易查到某人的住民登录地。只是，对方不一定会住在那里。"

坂本挪向老人。"田中先生说中了吧？老爷爷是不是对那三人怀恨在心？所以，他们也在逃避老爷爷的追捕，对吗？"

前野忽然一抖，浑身紧绷，双掌紧贴在地。

"怎么？"老人关切道。

"刚刚公车是不是晃了一下？"前野相当害怕，"是地震吗？我最怕地震了。"

"这位小姐简直像小学生。"田中奚落道。他挪动屁股，靠着座椅扶手，呻吟般地叹息，"不过真是累人。"

我望向老人。他微微偏头，似乎在侧耳倾听。

"佐藤先生。"我出声呼唤。

老人眨眨眼，忽然想起般把枪口对准我。枪渐渐不再是威胁——这只是我的错觉，面对枪口，背脊仍会发凉。老人深邃的双眸、锐利的目光，与枪口一同出现，形成强大的压迫感。

这个人究竟是何方神圣？我暗暗思索。这场荒诞古怪的公车劫持事件，比起目的，歹徒的身份会不会更重要？

"各位都是令人头疼的好奇宝宝呢。"

老人叹着气，仿佛他是我们的上司或老师，而我们是惹恼他的部下或学生。

"一旦得知，就难以忘记。最好不要知道多余的事。"

"才不多余！"田中倏然想起般吼道，"这关系到我们的性命！"

"不是性命，是钱吧？"坂本立刻挖苦，"相较于性命，田中先生更看重可能到手的一亿日元吧？"

那口气像在嘲弄，前野的手肘轻轻一碰，坂本撇下嘴角。

"干吗？"

前野一脸尴尬，不是从坂本，而是从田中身上移开目光，嗫嚅道：

"或许人家真的很需要钱。"

田中翻着白眼瞪前野。

"上小学的时候，有个同学的父亲自杀。"前野喃喃细语，"我原本不记得，现在才想起。那个同学的父亲为欠债烦恼，留下遗书，交代家人等他死去，就拿保险金还债。"

"这样啊……田中先生提到保险，让你想起往事。"

老人平静应道，前野点点头。

"对那个同学来说，想必是难以承受的痛。"

"他转学了。"

"希望他现在过得好。是跟你感情不错的同学吗？"

前野摇摇头。以为会再说些什么，但她没再开口。

田中不禁低笑，抬起胶带捆住的手，以拇指根灵巧地抹脸。

"真是，居然沦落到被这种小丫头同情……"

"你今天怎会去'克拉斯海风安养院'？"

听到老人的问题，田中眨眨眼。

"哦，我也是老先生的同类，是去看诊。"

"你在接受治疗？"

"检查啦。看个病为何要耗掉那么久的时间？"

"你身体哪里不舒服？"

"哪里……"田中哼笑道，"全身上下都是毛病。肝脏损坏，尿酸和胆固醇破表，还有糖尿病前兆。"

"哎呀。"

见老人讶然睁眼，前野忍俊不禁。

"尿酸值很高，会是痛风吗？"坂本问。

"老毛病，实在痛死人。"

"痛风不是美食家才会得的病？"

坂本又吐出几句会触怒田中的话，我委婉告诫："痛风的病因没那么单纯，几乎都是体质的关系，有时就算注意饮食，仍会发病。"

这么一提，森信宏患有痛风，说是遗传自父亲的宿疾——不过，父亲还是爱喝啤酒，就算医生禁止，他边吞药，仍非啤酒不喝。我个人是比较喜欢红酒啦。

这是何时的采访？像是遥远的过去。不是遭囚禁的空间太过异常，而是不自然的昏暗所致吧。

众人陷入沉默。在老人决定的一小时期限内，我们没理由维持和睦的气氛，滔滔不绝。沉默让我稍微松口气。

"老先生，"田中出声。怎么不能安静久一点？"假如一小时过去，警察还是没把你指定的人带来，你会向谁开枪吗？"

老人微微偏头，枪口转向田中，不发一语。

田中鼓起腮帮子。

"你不可能开枪。随便乱开枪，搞到警方攻坚，你就血本无归。既然如此，没有更巧妙操纵警察，加快进展的方法吗？"

居然主动说出这种话，你是被操纵得最彻底的一个。

"你有没有好主意？"

老人反问，田中又举起拇指根搔头。

"问我吗？"

"抱歉。"

一直瘪着嘴，不晓得在闹什么别扭的坂本开口。"如果老爷爷指名的真是善良市民，警方绝不会带他们过来。"

"行不通吗？"

"也不会跟我们交换人质，因为同样是善良市民。"

"可是警方会找到他们吧？"

坂本睁大眼，咬一下嘴唇说："果然。"

"找出他们，就是你的目的——"他一字一句强调。

"坂本先生，我刚提醒过，好奇宝宝不受欢迎。"

老人的枪口不着痕迹地转向他，眼角的皱纹变深。

"他们会和人质一样，在网络上被公开身份。这才是老爷爷的目的吧？"

意外的是，老人干脆地点头。不仅是我，连田中和前野都大吃一惊。

"怎么，只是这样？"

"你认为'只是这样'，但光靠我的力量无法达到。"

"自行在网络散布消息不就结了？"

"不会有人理睬的。"

"老爷爷说想见他们也是谎言？"

前野问，老人摇摇头。

"我想见他们。见到他们，直接告知：从现在起，惨的是你们。"

"太可怕了。"前野虚脱似的叹气，抱住身体。

"没错，我要做的事很可怕。"

"可是，老爷爷不也提过'闲话不长久'吗？"

"坂本先生，那是你们的情况，他们不一样。"

他们有罪，老人补上一句。

我有些分心。刚刚前野绝不是因害怕而产生错觉，车身真的在摇晃。我确实感受到细微的晃动。

震动没有大到令吊环摇晃。望向周围，也无法确定晃动的形迹。不过，重新扫视车内，我发现一件事。

地板上有四方形的框线，位于老人坐的中央阶梯，与我们人质坐的公车前方的中间，略微靠近老人处。

那应该是检修口，掀起地板后，可看到车体下方的机械设备。

平常不会注意到地板有这样的设计，就算注意到也不会放在心上。以前我想必看过，却不曾进一步思考。

眼下情况不一样。

倘使这是检修口，要怎么打开？

四方框上没看见螺丝头。一片昏暗中，我眯起眼。不是看不见，是真的没有螺丝头。

不该问"怎么打开"，而是"要从哪一侧打开"。

公车似乎又晃了一下。

"杉村先生。"

老人呼唤。我没立刻抬眼，得佯装疲倦垂下头，否则他会发现我在看什么。

"杉村先生，你在休息吗？"

我懒洋洋地抬头："真的很难熬，也有点想上洗手间。"

"要用抛弃式方便袋吗？"

"不，现在不太想，留到真的无法忍耐再用吧。联络警方后，过了多久？"

老人随即回答："三十五分钟。"

"时间才过一半啊，真难熬。"

前野坐立不安。"呃，如果需要，我去后面。"

是在说上洗手间的事，她看起来很害羞。

"不要紧、不要紧，我还能忍耐。"

"忍耐对身体不好。"

田中扑哧一笑。"这位小姐未免太好笑，是所谓的'天然呆'吗？"

坂本顿时横眉竖目："不要嘲笑前野小姐！"

"你真有趣。在我不知道的地方，我的儿子也像你这么好玩吗？"

田中后半句话中透出一丝寂寥，"在家里，儿子连话都不肯跟我说。老先生，你有儿子吗？"

语毕，田中吹声口哨。"难不成你拜托儿子善后？"

"不是。"老人笑道，"换成你站在我的立场，想做和我一样的事，也不会把家人卷进来吧？"

"这……嗯，也对。可是，不管怎样，一旦你遭到逮捕，家人仍会受到牵连啊。"

"不必担心。"

田中的眼神一暗。连在一片昏黄中，都看得见其中的黑影。

"你孑然一身吗？"

"是的，没错。"老人点点头，目光明亮，"好久没听到'孑然一身'这个形容词，只用到田中先生的世代吗？"

"是只有一个人的意思吧？"前野出声，"我也知道。"

"是是是，你知道。"

"我不是天然呆，也没人这样说过我。"

"是是是，是是是。"

"也没人说我好笑。"

我这个人很无趣，前野撇下嘴角。

"前野小姐今天怎么会去'克拉斯海风安养院'？"

我第一次积极向她搭讪，不希望她再为微妙的晃动吵闹。我想尽量维持对话，引开她的注意力。

前野的答案十分简单："我去打工。"

"你在那里工作？是职员吗？"老人问。

"不，只是打工人员。我在厨房洗东西或送餐。"

"每天？"

"一星期五天。"

"薪水存起来当学费？"

"一点一滴啦，也会用在零花上。"

老人眼神带着笑意，接手我想做的事。

"方便请教坂本先生搭乘这班公车的理由吗？"

"我去面试回来。"

也是打工，坂本向前野解释。哎呀，她颇为诧异。两人的嘴角总算上扬。

"不是厨房吧？看护助手？"

"不，是清洁员。"

"哇，那很累耶。"

"看护感觉更累。"

"或许吧，可是……"

"诊所老是在征护士和看护。"田中插话，"工作繁重，薪水却少得可怜，所以留不住人。明明设施那么豪华。"

"花在硬件设施的钱，跟人事费不一样吧？"

"明明收费那么昂贵。"

"田中先生知道？"

"听我的主治医生说，那边医生的薪水也颇低。'克拉斯海风安养院'与大部分医院相反，只开下午的门诊，所以他在别的医院兼差。"

"那医生挺年轻的吧？"

听到坂本的话，前野用力点头。"那边都是年轻医生，也像来打工的。需要正式治疗和手术的病患，不能住进'克拉斯海风安养院'。即使是骨折，如果需要动手术就不能诊疗，而是与市内的医院合作。"

"这样还能看什么啊？"

"就是开些高血压、老年人常见疾病的药，还有洗肾。由于风湿或关节炎病患不少，会进行物理治疗。虽然常看到入院者带着氧气瓶走来走去，不过最多的仍是……失智症和无法下床的老人家。"

"所以才能收那么多钱啊。"田中应道，"就是有那些多少钱都肯付，只求想办法安置家中老头子和老太婆的家人。"

众人聊得正热络时，车身又摇晃一下。

"患失智症的老人会逐渐失去时间感，前一秒发生的事转眼就忘，真的连刚吃过饭都不记得。去打工前，即使在电视上看到相关报道，也难以置信。"

"待在厨房也会碰到那样的老人家？"

"有个老奶奶总是穿戴得整齐漂亮，却经常跑到厨房，坚称看护偷吃她的饭，让她饿得快死掉。"

"咦，跑到厨房骂人吗？"

前野消沉地摇头。"她不会生气，往往是哭诉'什么都好，给我一些东西吃吧'。当然，厨房绝不能擅自提供食物，加上那个老奶奶有糖尿病，饮食原本就受限……"

我佯装专心倾听，发现老人在看我。他在观察我的表情。

当一个团体的成员在谈笑时，不是注意发言者，而是观察默默聆听者的，会是什么立场的人？说是哪种"职业"也行。

我再度纳闷，这个老人究竟是何方神圣？

"过了几分钟？"我问老人。

老人微笑："你在意时间吗？"

"其实，呃……还是有点想上洗手间。"

前野慌张的反应超乎预期，她随即立起膝盖。

"我……我去后面——"

"坐下！"老人马上制止。

前野甚至尚未完全站起。她维持半蹲的姿势，僵硬地坐下。

"谢谢。你真的太冒失，虽然就是这点可爱。"

即使听到称赞，前野的双颊依旧紧绷。顺带一提，坂本比她僵硬。他挨着缩起身体抱住膝盖的前野，责怪地望向老人。

"何必那么大声？"

"咦，声音太大吗？抱歉，我也吓一跳。"

坂本直接朝老人发怒，而老人闪避，这种场面是第一次。

老人指定的时间限制发挥效果。大伙的脑海一隅，都在想象一小时后会发生什么事。不过，气氛暂时是和睦的，没人想搅乱——无法想象搅乱后，情势会如何演变，众人皆按兵不动。

"前野小姐，请待在原处，我移动就好。"

我尽量摆出尴尬的表情，向众人投以笑容，望着老人。

"我爬上驾驶座的阶梯，在隔板后面小解，可以吧？窗户能不能开点缝，毕竟会有味道……"

"可以去驾驶座，但不能开窗。"老人随即指示。

"了解。"

我乖乖答应，站起身。

爬阶梯时，仍是前野扶我。她还帮忙取出抛弃式方便袋。

"现在就好，能不能撕开手腕上的胶带？"

她客气地问老人。老人沉默着，枪口瞄准田中。

"前野小姐，我这样就行。"

抛弃式方便袋里，装有吸收水分后会凝固的蓝色凝胶。上面写着，使用完毕拉紧袋口的绳索封好，直接当成可燃垃圾处理。商品名叫"净厕包"。

采访森信宏时，为避免中途离席如厕，造成失礼的情况，我们会留意减少摄取水分，工作期间也不食用茶点，因此现在我并无急迫的需要。另外，或许是精神处于紧张状态的缘故。

一开始我就打算演戏，不过事到临头，要装出"双手被捆住辛苦小解"的模样相当困难，真的小解会轻松许多吧。我窸窸窣窣移动，扭身蹲下，捏住纸袋制造沙沙声响。隔板另一头，传来田中的声音：

"——在诊所突然要验尿时，真的很困窘。事先知会一声，我会有所准备，但临时检验，没有的东西哪挤得出来？我向护士抱怨，居然叫我努力。到底怎么努力啦？"

不晓得田中是否察觉我的意图，在帮忙掩护。听起来，那完全就是性骚扰大叔，在享受堂而皇之对年轻小姐讲低级话题的乐趣。

这次不能坐在驾驶座，我只有上去时，飞快窥探周围的状况。举目所见，没有变化。回去的时候，从蹲姿直起身，走下驾驶座阶梯后，会有变化吗？

我把绑好的纸袋藏到驾驶座角落。

"嘿咻。"

我吆喝一声站起。

"哇，腰好痛，身体都僵了。"

我喃喃自语，没转动头，只动眼珠瞄窗外。

毫无变化。装甲车包围公车，四处亮着灯。

"啊！"

我假装脚步踉跄，趴靠在方向盘上。原想按喇叭，不巧和手肘撞个正着。

连在我设法拖延的期间，外头也没有动静。我原本有种毫无根据的自信，认为只要我坐上驾驶座，字板便会再次出现。这一瞬间，我仿佛遭到狠狠背叛。

演猴戏是白费工夫吗？或者不再需要字板？

"杉村先生，要不要我过去帮忙？"

听到前野的询问，我带着歉意回道："不用，我一个人就行。没办法洗手，不好意思麻烦你。"

田中发出性骚扰大叔般下流的笑声："这么爱干净啊。"

我努力走下阶梯，磨磨蹭蹭，设法继续停留在驾驶座。然而，字板没出现，也没有人员的动静。一小时是不是快过去了？警方该进行联络了吧？

字板依旧没出现。

活到三十岁后半，实在不建议在双脚被绑起来的状态下跳下窄梯。除非训练有素，否则会失去平衡。我往前栽倒，结结实实撞在左侧座位前方突出的部分。虽非迎面撞上，而是从右肩倒下，仍发出"砰"一声巨响，承受肩膀几乎要脱臼的冲击。

"危险！"

前野扑上来，撑住几乎要直接摔地的我。由于体格差距，她差点被我拖着一起跌倒。

"你要不要紧？有没有哪里会痛？"

前野急忙关切，但我痛到一时无法回话。

"没事，没事。"

不只是痛，从肩膀到手肘都发麻，我直冒冷汗。

"喂，你最好申请一下治疗费。我的份可以分给你。"

田中变回贪财的中年大叔，突然提高嗓门唤道：

"喂，老先生！"

"怎么？"

老人的声音缺乏起伏，十分低沉。田中急得仿佛眼珠随时会迸出，几乎要扑上前。

"金额怎么示？就算我们讲好，你也没办法告诉善后的人吧？"

"又在讲那个。"

坂本一副受不了的样子，田中生气地反驳："什么那个这个！好险，我差点被这老头儿骗了！"

"我没骗各位。"

"还想唬人！不是说你会被抓，问我们的住址和联络方式也没用？那金额不也一样？"

"金额这种信息，可通过来会面的律师传话。"

"律师？你要雇律师吗？"

"就算我不雇律师，国家也会指派给我，否则无法进行审判。"

我原地蹲下，前野挨近我，替我按摩右肩。老人嘴上与田中应答，却凝视着我。

我从未如此厌恶他的眼神。刚刚我想在驾驶座做的事，甚至是我期待字板出现的心情，那双眼仿佛全部看透。

"空口白话。"田中啐道，"老先生的话，根本信不得。"

"那就不能和你交易，我不会给你一亿日元。"

霎时，田中的气势尽失，一脸狼狈。

"佐藤先生，"我叫唤，声音使不上力，似乎是真的受伤，"别那么坏心眼儿，和田中先生交易吧，把我的份加给他无所谓。虽然肩膀好像是脱臼，不过治疗费也不用了。"

前野停止按摩我的肩膀。"万一是脱臼，不要乱碰比较好。"

"嗯，谢谢。"

我的右膀臂依旧是麻痹状态。即使解开胶带，可能也无法举起右手。

前野蹲着，慢吞吞回到坂本身旁。那是她的固定位置。

"相对的，佐藤先生，能否给我一些信息？"我提议道，"不是对你有害的信息，而是你一旦被捕，迟早会公开的信息。不过，这会影响到职场的人际关系，我想早点知道。"

"怎样的信息？"

不只视线，老人的枪也瞄准我。

"我想知道你的身份，具体而言就是职业。依你的年龄，现下想必已退休，所以该说是从前的职业吗？你靠什么过活？"

老人缓缓眨眼，田中、坂本和前野都注视着他。

"总编下车时，曾与你有段奇妙的对话。她说'我知道你这种人'，还补一句'我痛恨你的同类'。"

年轻男女忙不迭地点头。"对，没错。"

"其实我也有点介意。"

"原本总编说话就不留情面，但当时真的是一副厌恶至极的口吻。"

不过——我苦笑。肩膀很痛，自然变成歪曲的笑。

"总编痛恨到那种地步的，究竟是怎样的人，我完全无法想象。或许大家也隐约察觉，园田总编相当好强。即使碰上讨厌的人或事物，也不会轻易表现出来。她认为那样就输了。"

"我想也是。"老人回应，视线、表情和枪口都没移动，"我看过许多园田总编那样的人，一旦遭遇挫折，就会连根折断。外表坚强，却禁不起挫折，就是这种特质。"

田中的眼珠转个不停，欲言又止。年轻男女紧张地旁观。

"没错，你的观察力非常敏锐。"我点点头，"你摸透总编的个性，对她说'我一开始就看出来''你拥有痛苦的回忆'。那是什么意思？"

"还说'我向你道歉'。"前野坐着嗫嚅，像在窥探老人的神色，仰头轻声问，"老爷爷为何道歉？"

老人没看她，但眼神略为和缓。

"对不知情的人，实在难以说明。"

此时，手机响起。

老人以左手接听。显示来电的屏幕发亮，即使是那么细微的光，在昏暗中仍显得新鲜。那光照亮老人的脸庞，老人把手机按在耳上，于是也照亮瘦削的下巴线条，及耳鬓的白发。

"喂，约定是一小时——"

这是我们最后听见的老人声音。

一股力量自底下冲上来，猛烈摇晃公车，是弹跳般的晃动。下一瞬间，响起爆炸声。地板的方形掀盖被吹上去，有东西被扔进车内。

突然间，视野充满白光，几乎要震破鼓膜的巨响震撼全车。

我曾是职业编辑，至今仍保持阅读习惯。即使在文中看到"亮得眼睛昏花"或"震耳欲聋的巨响"的描述也不稀罕，反倒觉得是公式句型，甚至可说是老套的形容。

然而，实际上，这是我第一次体会何谓炫目的强光及震到耳朵失灵的巨响。

事后，负责谈判的山藤警部告诉我，当时从地板检修口扔进车内的是"震撼闪光弹"，强烈的闪光和轰炸声，会麻痹视觉与听觉。遇上人质劫持案件，警方准备攻坚建筑物或车辆时，只要状况允许，经常会使用这种武器。形状和手榴弹相类似。

我头晕眼花，耳朵嗡嗡作响，什么都听不见。本能地低头缩成一团，不料四面八方有人的手脚纷纷撞上来，接着我的脑袋被按住。

"不要动！不要动！"

来自外头的风压，让被震入脑袋深处的鼓膜缓缓归位，听觉逐渐恢复。

"没事了！大家冷静！"

公车后方不断传来"确保！确保"的叫声。我想到是哪两个字，刚要抬头，某人又温和却坚定地压回去。

"别动，安静待着。"

贴近公车地板的我，看到攻坚队员的制服、长裤裤管及坚固的长靴。传来女人的哭声，是前野。

"各位，有没有受伤？请慢慢爬起来，露出你们的脸。"

我们挣扎起身，确认彼此的安全。田中不只双眼瞪得老大，还鲜红充血。

"搞什么鬼？！"

田中短短一吼，皱着脸低低呻吟，似乎有些痛苦。环抱抽抽噎噎的前野，坂本也无声哭泣着。

刚刚老人坐的阶梯上，只剩两条腿。如果要补充，还有鞋底。

老人笔直仰躺。公车内的几名攻坚队员，并未逮捕老人。

然而，老人却一动也不动。

"死了！"前野泪流满面，抽噎着嚷嚷，"死了！老爷爷死了！"

淡淡弥漫的火药味烟雾另一头，看得到公车后方的座位。其中一隅沾有喷溅的人血。

没看到老人的手枪。

疑似先前按住我头的攻坚队员，除掉那身严实的装备，体格应该很普通。他的声音沉着，头盔护目镜底下的鼻梁高挺，感觉意外年轻。

"请从前门下车。我们要移动公车，麻烦在原地稍等。"

其他攻坚队员撕掉田中手脚上的胶带。前野停止哭喊，闭着双眼紧抱坂本。

后方的紧急逃生门打开，攻坚队员进进出出。遭震飞的地板检修口掀盖，稍稍右偏，落在原位。

由紧急逃生门送来一块蓝色塑料布，两名攻坚队员接过覆盖在老人身上。不知是顾虑到我们的心情，还是要维持现场的状态，总之警方没立刻搬移老人的尸体，也没催促我们跨越老人的尸体，从紧急逃生门下车。

之后，我的记忆断断续续，不太连贯。清楚留在眼中的，全是细枝末节。比方座位上的血迹及边缘裂开的检修口。

清楚地留在耳中的，则是前野的哭喊和田中的呻吟。

走下公车，外头的世界充满喧嚣，如祭典般嘈杂。

我们四名人质，与古怪的公车劫犯共度奇妙的数小时。我不认为其中萌生的情感，具备此类案件的普遍性。

我感到一阵寂寥，外头世界的一切仿佛与我无关。明明有这么多人为我们的平安欢喜，踏上冒出瘦小杂草的停车场地面时，首先涌上心头的却是疏离感。

我戳着不动，一名攻坚队员和一名救护员走近。

"能走吗？会不会头晕？"

我推开救护员递出的氧气罩，攻坚队员劝道：

"请戴上进行深呼吸。因为爆炸，会暂时缺氧。"

其他救护员催促我坐上担架。

氧气十分鲜美，沁入全身细胞。救护员测量我的脉搏和血压。

最靠近前门的我第一个下车，于是我坐在担架上，等待其余三人。接着，田中东倒西歪地出现，在左右两名救护员搀扶下，艰难地在另一个担架横躺。

"腰啊，我的腰。"他辩解般对我说，"震那么一下，害我闪到腰。"

前野哭得双眼通红，抓着攻坚队员，仍无法站立。救护员跑过来用毯子裹住她后，攻坚队员连同毯子抱起她。只见她隐没在毯子中，经过我们旁边。

坂本十分坚强，红着眼眶，但并未掉泪。他额头汗湿，和我一样戴着氧气罩，深呼吸几次后，便摘下还给救护员。

"我担心前野小姐……"

"人质的那位小姐吗？她被带到总部了。"

"那我也要立刻过去。"

他准备快步离开，又回头劝道："杉村先生，最好请他们看一下你的肩膀。"

我都忘了。坂本迅速向救护员说明："他要从驾驶座下来时，撞到车里突出的部分。不是有收纳机器的方形空间吗？可能是脱臼。"

救护员没有丝毫惊讶，随即检查我的肩膀，一碰就一阵剧痛。

那名鼻梁高挺的攻坚队员走近，问道：

"你是之前坐在驾驶座的先生吧？"

"对，我叫杉村三郎。"

"感谢你的协助。"

是指字板的事。救护员挪动我的肩膀，我不禁皱起脸。

"我非常诧异，你们的行动居然这么大胆。"

"柴野司机描述歹徒是矮小的老人，当时我们也掌握到歹徒和各位在车上的位置。"

我痛着皱眉，他却看出我眼中的疑问，主动解释：

"我们使用热像仪。"

我在电影中看过，是侦测热源，显示位置大小及动作的仪器。譬如熄火公车里的人。

"方便请教一个问题吗？"

在外头的世界，他护目镜底下的眼神是唯一具有人性的。察觉这一点，我提出疑问，希望当场听到他的回答。

"是你们射杀了老人吗？"

攻坚队员的嘴角微微抽搐，应道：

"不，他是自杀。"

第四章

警方先将我们四名人质聚集在对策总部，再用救护车送到市内医院。坂本想和前野搭同一辆车，但没能实现。我们分头移动，分别接受健康检查。

我的右肩不是骨折，也不是脱臼，而是挫伤。田中伤得最重，他真的患有椎间盘突出，必须住院几天接受治疗。

待在医院时，我们的家人纷纷赶来。在警员的会同下，我们在独立的病房里见到家人。

不出所料，我的妻子杉村菜穗子，在广报课的桥本陪同下前来。不过，进入病房的只有她一个人。

由于心脏肥大，菜穗子体弱多病，从小家人就担心她活不过二十岁。妻子能够平安渡过怀孕和生产的难关，让我们拥有独生女桃子，也是拜先进医疗与幸运所赐。

无可取代的妻女，至今她们不知为我担心过多少次。

妻子没有哭。她脸色苍白，像刚刚的前野那样颤抖着，像攻坚结束时前野对坂本做的那样，紧紧抓住我。"太好了，太好了……"她语带哭音，不停说着。半晌之间，我们的对话似乎害面无表情的警员颇为尴尬。

"桃子呢？"

"跟父亲一起待在家里。虽然没让她看新闻，但父亲好好向她解释过。"

交给岳父就能放心，何况有能干的女佣陪着。

"现在不能占据你太多时间吧？"

"接下来大概要做笔录。"

"我的意思是，不管是你或一起历劫的大家，都得好好休息，摄取营养才行。"

"又不是被抓去当人质一整晚，不要紧。"

"可是，听说你肩膀受伤？"

"我也没想到会在公车里跌倒，果然上了年纪。"

妻子没责怪我。怎么总是被卷入危险案件？她没怪罪我，反倒像在责备自己。要论解读妻子细微的神色，我是个中好手。

"不要露出那种表情。"

我挤出笑容，妻子也试着微笑，却滚落泪水。

"这次我没能陪着你。"

约两年前，一名在广报室打工的女孩遭到开除，与我们发生纠纷，闹得很僵。最后她闯进我家，抓住桃子当人质，关在厨房。当时，第一个碰到她的是妻子，我接到电话赶回家，不过，救出桃子与案件解决的瞬间，我和妻子在一起。

"光想象你也在公车上，我就吓得心脏快停止跳动。"

"如果在公车上的是父亲，你会觉得比较安心？"

没想到妻子会开这样的玩笑。

"不，最可靠的——"

"是远山小姐吧？"

妻子指的是今多会长的心腹秘书"冰山女王"，我和妻子忍不住笑出来。我边笑，脑中一隅现实地思考着。没错，或许只有远山小姐，能够对抗老人巧妙的话术。近似于（判断有此必要的情况下）能对岳父的意见提出异议的，只有她而已。

我莫名将老人与岳父重叠在一起思考。他们有任何共通之处吗？

"当时园田小姐也在一起吧？"

"你见到总编了？"

"我没见到她，不过桥本派秘书室的人去陪她。"

园田总编的老家在北九州，据说年迈的母亲和兄嫂住在一起。就算搭飞机，也无法立刻赶抵。

"我回家拿换洗衣物，看来你得在医院过一晚。"

"你在家等我吧，可以回去时，我会打电话。"

我说完，这才想到："之前你待在哪里？"

"在县警署的会议室等。其他人在被救出来前都身份不明，但由于园田小姐获得释放，马上知道你在其中，警方便联络家里。"

我的心跳差点停止。

"是你接到消息的？"

妻子摸着我包着绷带的肩膀，像在安抚我。

"最先接到消息的是公司，是园田小姐要警方这么做的。"

真是细心的人，妻子说。

"老样子，父亲反对我去警署。"

"换成我是岳父，也会反对。"

"不过，远山小姐派桥本过来，并且说服父亲，比起待在家里，待在现场附近较好。"

"她还是一样周到。"

妻子笑得越发灿烂，我放下心来。

"等待期间，警方有没有做过任何说明？"

"他们保证会平安救出人质。"

语毕，妻子压低音量道："最先被释放的司机非常激动，说要回车上劝服歹徒。"

我感到一阵心痛。"那是个女司机，责任感非常强。她的表现令人钦佩。不过，她似乎有个小女儿。"

妻子微微瞠目："但她还是想回公车上去呢。"

病房外传来敲门声。警员开门，桥本探进头。

"抱歉，打扰了。"

他在门外行礼，也对警员致意后，留在原地说："我是广报课的桥本。杉村先生，你平安无事，真是太好了。"

"不好意思，又给你添麻烦。"

他没特别理会我的赔罪，提醒道："菜穗子小姐，时间差不多……"

妻子点点头，向警员行礼说"有劳你"。桥本毕恭毕敬地退后，让开通路。

总是端正有礼，沉着冷静，却不显得冷酷；辩才无碍，圆滑周到，但言语不带讥讽。对于我们今多集团真正的广报课精锐桥本，那个老人会如何评价，又会与他如何巧辩？之所以会想到这些，是我逐渐恢复镇定吗？或者，仍在为事件兴奋？

"杉村先生，森先生联络过我们。"

即使是桥本，似乎也还不习惯单纯以"森先生"称呼离开今多集团的森信宏。简短的三个字，听来有些生硬。

"看到新闻快讯后，他非常担心。虽然想立刻赶来，但没办法离开家里，希望能向你致歉。"

不能丢下夫人离开。

"实在不敢当，森先生没必要道歉。"

"站在对方的立场，没办法这么想吧。"

以"对方"代称，语调顺畅许多。

"内子就拜托你了。"

"我明白，请放心。"

桥本又行一礼，补充道："无须多提，会长也很欣喜。"

"我有受责难的心理准备。"

"外出前，我看到父亲让桃子坐在膝上。不晓得几年没这样了。"

妻子笑着挥挥手，我也向她挥手，体内涌起莫大的安心感，夫妻俩仿佛一起回到年少时代。

两人离开后，我向警员颔首致意。"没想到这么快就能见到家人，谢谢。"

警员是一名中年男子，穿防刃背心的肚子往外突出。若先前的攻坚队员像匕首，他就像把菜刀。只见他默默点头。

"其实，我曾被卷入犯罪案件，大概知道流程，不过是要在这里进行笔录吗？得趁记忆犹新时问话吧？"

警员一脸困惑，仿佛在说他没权限回答。

"在笔录结束前，不能见其他人吧？"

不知所措的警员摸一下腹部，移开视线，喃喃应道："各位都在接受医生诊察，还不能见面。"

"我很担心先离开公车的同事……是姓园田的女士，也不能见她吗？"

警员越发不知所措。不是我要求的内容，而是我的态度过于冷静，让他感到疑惑吧。

"总之，请好好休息。负责谈判的山藤警部不久就会来问话。"

了解，我乖乖让步。尽管并未累到想睡，但这样我和警员会不太尴尬。我躺到枕头上，合上眼睛。

然而，不到五分钟，响起一阵敲门声。警员开门，立正敬礼。

"打扰了。"

两名穿西装男子一前一后走进病房。两人都是四十多岁，一个即将迈入五十大关，另一个应该刚踏入四十大关。待他们站定，警员关上门离开。

隶属县警特务课的山藤警部，我一次都没听过他的声音，也没见过他。可是，短短一瞥，我便晓得即将迈入五十大关、比年轻的搭档更矮小的男子，就是当时的谈判人员。

那张脸上，残留些许几个小时以来我看惯的表情。被耍得稀里糊涂、摸不着头绪——曾与自称佐藤一郎的老人共度一段时光，每个人质都会有的表情，也是我脸上的表情。说是残留，没有更多，是因只有山藤警部没亲眼见过老人。至少没见过他还燃烧着生命之火的双眼。

我从床上撑起身体，与两人寒暄。虽是理所当然，但对方出示的县警手册，样式与警视厅的有些不同。会介意这样的琐碎小事，是我的天性吗？

山藤警部的搭档，是同样隶属县警特务课的今内警部补。他打开记事本，率先开口：

"身体觉得怎么样？"

"我很好。"

"不好意思，再请教一次你的名字。你是杉村三郎先生，对吗？"

"是的。"

"请说出你的住址和任职机关。"

警部补听着我回答,对照记事本上的记录。

"杉村先生的皮包现在由警方保管,员工证与驾照类也在我们这里。"

"好的,谢谢。"

"不好意思,警方擅自打开过皮包。我们担心歹徒在各位的私人物品中藏东西。"

我知道老人没那种机会,仍点点头。

"另外,我们已取回手机,稍晚会一并归还。"

这年头的手机,只是被踢下公车,不至于坏掉吧。

"我刚见过内人。听说案发期间,你们让她在警署等待,谢谢关照。"

两名刑警互望一眼。看来,杉村菜穗子并非一开始就获得准许。或许菜穗子意外地又哭又闹,不然就是通过父亲在财界的巨大影响力向县警施压。两种都不像她的作风,但我无法断言,毕竟情况非比寻常。

今多财团在千叶县内拥有物流中心,也有大型分公司。即使在县警有人脉,也不足为奇。

注意到搭档的眼色,山藤警部回望我,开口道:"通过电话与歹徒谈判的是我。"

"我知道你的名字,是那位老人告诉我们的。"

两人都不为所动,是听哪个人质提过吗?

"放纸板也是我的指示。抱歉,让你受到惊吓。"

"我在电影和电视剧中没看过那样的做法,所以有点吓到。"我故意轻松地笑。

病房墙边,两把折叠式椅子放在一起。我抬起三角巾固定的右手,指着椅子问:"不坐吗?两位坐着,我也比较好说话。"

今内警部补像是助手,搬来椅子摆妥。山藤警部主动坐下,病房内的气氛稳定许多。即使警部发出"嘿咻"或"哎嗬"的吆喝声落座,我也不会觉得不舒服吧。

"这样确实轻松了些。"

山藤警部微笑道。淡淡的笑，抹去先前浮现在他脸上的那种表情。

"各位遭遇非比寻常的事件，警方原本不该勉强。正式的侦讯，预定在得到医师许可后，明天在县警署进行。你们肯定想尽快回家休息，真抱歉。"

"没问题。不过，能那么快见到内子，我松了一口气，感谢警方的体贴。"

我有点怀疑，不知其他人质顺利见到家人了吗？很可能得到守护杉村菜穗子的今多财团大伞庇荫。

"有几个问题急着确认，方便吗？"

"请说。"我端正姿势。

"劫持公车的老人有报上名字吗？"

"他自称佐藤一郎。"

我大致说明人质与老人互报姓名的经过。

"所以，之后歹徒与各位都以姓名互称？"

山藤警部注视着我，他的右眉角有个醒目的小黑痣。

"那我们也暂时称呼他为'佐藤'。杉村先生认识佐藤吗？"

"完全不认识。"

"连'好像在哪里见过'的程度也没有？"

"嗯。"

"成为人质的乘客中，感觉有没有认识佐藤的？凭直觉就行。"

"一直留到最后的人质中没有。"

大概是听出我的暗示，两名刑警的眼珠一转。我连忙接着说：

"柴野司机认得那位老人。她说老人搭过几次那班公车，还有老人晓得她有个年纪的女儿，甚至知道名叫佳美。老人表示预先调查过，柴野司机非常惊慌。"

山藤警部轻轻点头。"那个时候，佐藤有没有以言语威胁柴野司机？"

我认为必须谨慎回答，思索片刻才开口："柴野司机拒绝下车，于是老人冒出一句'如果你不快点回家，佳美未免太可怜'。在那种情况下，听到歹徒提到年幼孩子的名字，身为母亲一定会害怕，但我不认为老人的语气和态度带有威胁性。"

刑警刻意声明要称呼老人为佐藤，我却反过来称呼"那位老人"，是内心有些犹豫的缘故。我下定决心发问："不好意思，那位老人真的叫佐藤一郎吗？"

然而，警部和警部补仿佛没听见，直接忽略。

"据说佐藤在公车上使用柴野小姐的手机。"

"是的。他要柴野小姐留下手机，之后便一直使用。"

"他有自己的手机吗？"

"不清楚。他带着斜背包，但只拿出手枪和一卷胶带。"

"佐藤联络过非警方人士吗？"

"没有。"

"确定吗？"

"确定。"我微微苦笑，"由于始终面对面，那位老人的一举一动，我们都看在眼里。"

警部和警部补都没受到我的苦笑影响。

"佐藤是否会透露，他在外面有同伙？"

耳朵深处响起田中一郎的声音。不要说，求求你不要说出去，不然我的一亿日元……

"杉村先生？"

我盯着警部淡眉尾端如句点般的醒目黑痣，回答："他拜托某人帮忙善后，还强调那人只是接受他的请托，并非同伙。"

"怎么善后？"

我的一亿日元！田中的声音越来越大，既悲痛又沙哑，消失在耳里。

"老人为我们带来麻烦，感到十分抱歉，所以事后会支付赔偿金。这就是他提到的善后。"

关于补偿金的对话，具体金额及是谁提出的细节要保密相当困难。我边寻思边说明，即使在刑警眼中显得可疑也没办法。

"你相信他会给赔偿金吗？"

山藤警部的声音变得有点温柔，虽然只有一点点。我的视线从他眉角的痣移到双眼。一般市民不易看透的警部双眼，仔细观察似乎有些充血。

"我并未当真。直到现在，我仍认为那是安抚我们的说辞。"

"为什么？"

警部随即反问，我不禁感到好笑，发出打嗝般的声音。

"毕竟太离谱，也不合理。要是老人那么有钱，总有方法达到目的。不必刻意劫持公车，也有其他途径吧。"

"佐藤有何目的？"

"老人不是同警部提出要求吗？就是希望警方带他指定的人到现场。他点名三个人吧？他怀恨在心，想制裁他们。"

"制裁？不是单纯的报复？"

"这是我的感觉。"

我解释老人谈到网络上整理犯罪案件的网站。

"以老人的年纪，他似乎对网络相当熟悉。不过，他太不习惯用手机打字，于是请人质中的女孩帮忙。"

讲到这里，我喘口气。两名刑警注视着我，恍若我的气息有颜色，可通过分析光谱确认证词的真假。

"只要调查我的身份，马上就会知道。"

两年前我曾被卷入案件，我接着说。

"我任职的今多财团集团广报室，由于开除一名打工人员，发生纠纷。新闻报道过，或许两位有印象？"

"集团广报室的员工，遭打工女孩下安眠药的伤害案件？"山藤警部流畅地回答，"后来，对方闯入你家，持刀威胁夫人，并抓你女儿当人质，关在屋内。"

"果然有印象啊。"

"这是夫人待在警署时透露的情报，当时你们想必受到很大的惊吓。"

我默默点头。

"夫人说，所以碰上这种状况，你应该能够从容应付。"

"内子这么说吗？"

"孩子被抓去当人质，是父母最大的噩梦。历经那样的遭遇，你一定会想幸好在公车里的是自己，而不是女儿，所以绝不会慌乱。"山藤警部笑道，"实际上，杉村先生的行动确实十分冷静。"

"我不如内子所想，胆识没那么大。不过，现下这样听着，渐渐觉得自己真的很冷静，实在不可思议。"

今内警部补也露出微笑，我总算成功触摸到这对搭档守护的门闩。虽然仅仅是触摸到，不可能打得开。

"不论有过何种经验，我毕竟是个平凡上班族，不习惯涉入案件。只是，像这样事后接受侦讯，似乎有点习惯。或许是错觉，但还是让我这么说吧。"

我再度深呼吸。

"过往的经验告诉我，在这种情况下，即使毫无脉络、记忆错误，仍应原原本本说出来。"

山藤警部缓缓点头。

"可是，我的自信有些动摇。我们四人和那位老人在公车里共度的几个小时，委实太异常。"

再怎么毫不保留地说明，不在场的第三者，会相信我们之间发生的事吗？

"那位老人确实开过两次枪，我们一直面对枪口，但我不认为他真的打算伤害我们。至少在公车停到空地后，我直觉不会发生那种状况。老人就是如此明确地掌控我们，而且手段十分奇异。"

"因为他以巨额赔偿金诱惑你们吗？"

今内警部补问道，上司立刻斜眼瞪他。

"这也是一大主因，但不单纯是钱的问题，怎么讲……"

我一时语塞，咬着嘴唇，两名刑警如石头般静下来。

"那位老人与我们之间，萌生类似同舟共济的情感。尤其是老人解释指名带来的三个人'有罪'后，那样的气氛越发浓厚。"

今内警部补想开口，我抢着继续道："我不晓得现阶段其他三人的说法，不过，他们想必感到很混乱，无法坦白一切，会想有所保留。那绝不是我们之中有人是共犯的缘故。案发前，我们根本是素未谋面的陌生人，谁都不认识老人。"

我微微冒汗。

"没人是共犯。尽管用了'同舟共济'的字眼，不代表我们协助那位老人，只是没反抗——没积极反抗或制止。我的意思是，当时有种静观其变，看老人究竟想做什么的氛围。两位能明白吗？"

两名刑警没赞同，也没否定。

"杉村先生认为，会形成这样的氛围，不是遭佐藤持枪威胁的关系，所以觉得他控制的手段很奇特。"

听到山藤警部的话，我重重点头。"没错，正是如此。"

"倘若不是手枪，佐藤怎么控制你们？你有什么想法吗？"

虽然准备好答案，却没立刻说出口，我没有自信。

"——三寸不烂之舌。"

他们可能不会相信。警方恐怕不会采信这种供述，我不禁这么想。

"纯粹是话术。那位老人用语言支配我们，控制我们。纵使发现身陷那样的状态，也无法抗拒。他就是如此高明地掌控局面。"

"其他人质也察觉受到控制吗？"

"他们应该是认为自己被巧妙收买，尤其是田中——那个闪到腰的先生。"

"是，我们知道。"

"他多次抗议老人的话缺乏可信度，但稍微劝说，就没办法继续质疑下去。"

今内警部补突然一动，手伸进西装胸前口袋站起。

"抱歉。"

约莫是有人来电吧，他匆匆离开病房。

剩下我和山藤警部后，他略略倾身向前。

"那两个年轻人呢？就是坂本先生和前野小姐。"

"前野小姐听从老人的指令，做了许多琐碎的工作。当然，主要是枪就在眼前。"

"我明白，这么问不是在怀疑她。"山藤警部轻轻抬起右手，像要安抚我。

"那位老人身材瘦小，看上去手无缚鸡之力。果真如柴野司机所言，或许老人是'克拉斯海风安养院'的诊所病患。前野小姐在安养院的厨房打工，可能面对的是长辈，又是病人，她头一个被老人牵着鼻子走，感觉完全受到操控。但我无意责备她，这女孩如此善良，并不是坏事吧？"

山藤警部右眉尾的句点位置改变。他眯起眼，微微一笑。

"啊，抱歉，这不是什么好笑的话题。直到现在，前野小姐仍十分同情佐藤。刚刚我原本说'嫌犯'，又改口称他为'佐藤'吧？"

"是的……"

"那是遭到前野小姐指责的缘故。我一说'嫌犯'，她就哭着叫我不要这样称呼老爷爷，说老爷爷是有名字的。"

我不讶异，也没发笑。想到前野的心情，我一阵哀痛。

"前野小姐会不会是目睹……呃，那位老人举枪自尽的瞬间？"

我一直担心这件事。

"还不清楚。总之，先让前野小姐安静休息，似乎才是上策。"

即使知道，也不能向我透露是吧？

"杉村先生，历经两年前的案件后，你是不是对犯罪心理产生兴趣，进而阅读专书，或特别去调查资料？"

怎会问这种问题？

"我没有那样的兴趣，不过内子本来就喜欢看推理小说……啊，经过那起案件，内子也不怎么看推理小说了。"

"这样啊，你听过'斯德哥尔摩综合征'吗？"

没听过。

"斯德哥尔摩不是瑞典的首都吗？"

"是的。"可能是我单纯的反应很好笑，山藤警部又露出微笑，"不过，这是指在绑架或人质劫持案中，歹徒与人质之间，产生杉村先生描述的同舟共济心理的现象。"

"你的意思是，我们也陷入类似的状态？"

"我不是专家，无法断言。引发斯德哥尔摩综合征，一般需要更长的时间。短短三小时，似乎有些困难。"

山藤警部眯起眼，挨近压低嗓音道：

"接下来的话请不要外传。出于我个人的好奇心，不晓得能否请教一事？"

我稍微屏息，点点头。

"杉村先生认为，佐藤老人是什么来历？"

"什么来历？"

"就是职业或身份。你认为他是怎样的人？说出你的感觉或印象就行。"

我目不转睛地观察警部的神情。"出于个人的好奇心"可能是表面话，但我认为他是真心想知道。

"我也颇在意，所以问过他本人。"

"佐藤怎么回答？"

"他随口转移话题，我正想设法追问出来，警方便展开攻坚行动。"

这样啊，警部蹙起眉。

"现在你怎么想？他究竟是何方神圣？"

"凭印象就行吗？完全是我胡乱猜测。"

"无妨，请告诉我吧。"

"老师。"我可答。山藤警部双眼发亮，倏地坐直。

"其实我有同感。之前通话时，我便觉得他是老师。"

"那么，即便他具备操纵语言、掌控人心的技巧，也不足为奇。"

"不过，还得厘清他是哪个领域的老师。"

我想起一件重要的事。"警方和我们公司的园田瑛子谈过了吗？"

"是指你的上司，社内杂志的总编吧。"

"她……有没有告诉你们？园田似乎看出那位老人的真实身份，或者从事的行业。"

山藤警部眉尾的句点回到最初的位置。"什么意思？能不能详细解释？"

那么，总编尚未告诉警方吗？

约莫是看到我的神情，警部告知："园田小姐也在这家医院。她情绪相当激动，我们暂时没询问她，让她服用镇静药休息。"

园田瑛子居然会激动到无法问话？那个遭棘手的打工人员扔胶带受伤、被下安眠药，都能顽强振作的园田瑛子吗？

"在那种状况下，我不确定有没有记错……"

我转述老人和总编的对话。"我知道你这种人。从一开始我就看出来，你一定拥有非常痛苦的回忆，我向你道歉——"

山藤警部从怀里掏出记事本写下重点，紧皱着眉头。

"这样啊。"他合上记事本，眉间的皱纹随之消失。

"希望你能理解，今晚将卷入案件的各位隔离开来，绝不是怀疑你们。假如让各位太早碰面，讨论起公车上发生的事，为了彼此配合，记忆可能会有所扭曲。"

记忆彼此配合，是指个人的记忆失去独立性，变成统一的"情节"吧。

"这么一来，虽能厘清案件的来龙去脉，但有时细微的具体事实也会消失不见。"

对警方来说，即使我和田中、坂本和前野的记忆细节有所矛盾（我想当然会有差异），也不希望我们口径一致，而是要尽量取得原始的资讯。我看见，坂本却没注意到的事；田中发现，前野却不知情的事；或是每个人都目睹，但解释不同的事。

"明天我会请各位到警署一趟。柴野司机和先下车的迫田女士，也会请她们过来。"

"她们都平安无事吗？迫田女士从紧急逃生门下车时相当辛苦。"

"幸好她没受伤，柴野司机也颇有精神。"

"听内子说，柴野小姐想回车上去。"

山藤警部点点头："她的责任感非常重。"

"她不会因为留下我们离开，而受到公司惩处吧？"

"这个嘛……应该不会。"

"柴野小姐表示愿意留下，要求老人先释放女乘客，还是拗不过老人——"说到这里，我忽然想起一件事。

"怎么？"

山藤警部十分敏感。不管再琐碎的细节，他都想知道掠过我脑中的想法。

"可能是我多心。"

"没关系。"

"柴野小姐算是该班车的负责人，也表现出负责的态度。至于迫田女士……这么说有点抱歉，不过可能是年纪的缘故，或者把状况想得太轻松，即使老人开枪恫吓我们，她仍一副悠哉的模样，仿佛不了解事情的严重性。"

所以老人才会让她们下车？

"她们都不容易受控制，于是最先遭到排除。或许是这么回事。"

山藤警部眨眨眼："那么，以瓶装水作为交换，被释放的园田小姐呢？"

"园田反倒是在我们的劝说下离开的。她看起来非常疲惫，而且行为表现不像我认识的园田……"

我眯起眼，回忆当时的对话。

"老人表示要让田中先生下车。不，原本是想让前野小姐下车。前野小姐听从指示帮忙做了一些事，老人决定让她下车，当作答谢。"

"前野小姐怎么回应？"

"她拒绝了，哭着说独自下车一定会后悔。"

"所以佐藤接着指名田中先生？"

"田中先生也拒绝。在这种情况下，丢下两个女人先下车，他担心事后会遭到舆论挞伐。"

不，等一下。

"在那之前，他不断受到老人警告。一开始，柴野小姐自愿当人质留下，恳求老人释放乘客时，田中先生第一个赞成，惹怒老人。不，可能佯装生气，但老人故意用枪指着田中先生……"

我举起左手触摸下巴。

"老人持枪抵住田中先生这里，命令柴野小姐打开后方的紧急逃生门。"

我没看着病房内的物品或山藤警部，而是注视记忆中的画面。那个时候，枪陷进田中肥厚的下巴，田中吓得眼珠差点没进出，以及老人冰冷的目光。

"然后……柴野小姐和迫田女士下车，紧急逃生门是田中先生关上的。老人指派他过去，告诉他也可跳下紧急逃生门逃走，但那样太不像男子汉。"

于是田中闹起别扭，回嘴说才不会逃走。

"车内剩下五个人质时，老人提起赔偿金的事。田中先生嘴上不信，却不禁心动。依当下的气氛，就算叫田中先生下车，他也不可能下车。"

"糖果和鞭子啊。"

听到山藤警部简洁犀利的评价，我抽离记忆，返回现实。

"这是控制的手段。"他继续道，"不像前野小姐那般纤细敏感、现实又爱计较的田中先生，逐渐落入佐藤的手掌心。金钱十分诱人，而且男子汉气概、世人的眼光之类的字眼，对那个年纪的社会人士影响甚大。"

我不禁咋舌，点点头。"第一次开枪，是要强调那不是玩具枪。但第二次开枪，是田中先生瞧不起老人，叫他不要干蠢事的时候。"

"换句话说，田中先生不易操控，费一番工夫才成功。园田瑛子女士则是无法控制，她察觉佐藤隐藏的背景，因而较早被释放。"

老人把她排除了。

"——我一直以为，是我们挑选园田总编，让她下车。"

"这也是一种控制。"

"那坂本先生呢？他年轻力壮，只要有意，便可能殴打老人，夺走手枪。从老人的角度来看，是最危险的乘客，为何会留下他？"

"你仔细想想，挺明显的吧？"

我望着山藤警部："因为坂本先生担心前野小姐……"

"实际上，他应该是真的担心，但你不认为他是受到控制，被加强这样的心理活动吗？"

这么一提，感觉一切都是如此。

"那我呢？我也容易控制吗？"我忍不住脱口而出。

"这个嘛，"山藤警部随意交抱双臂，微笑道，"要是佐藤如此认为，你会感到意外吗？"

"也不是意外……我总觉得受言语巧妙操控。"

"这是我个人的推测，你应该是被留下作为调节的。"

"调节？"

"劫持公车的只有一人，却有四名人质。一对四，而且佐藤是个老人，体格又瘦小。他不是熟悉暴力支配的流氓类型，仅仅亮出手枪，可能无法控制场面；要以言语控制，也需要巧妙的平衡。万一有人情绪激动，或者豁出性命反抗，平衡就会轻易瓦解，发展成无法预测的状况。为了将风险降到最低，佐藤想在人质中安排一个发生意外时，能主动平息混乱的角色，那就是杉村先生。"

我无从回答。

"打一开始，佐藤恐怕就准备速战速决。他不认为能长时间控制你们，至多五到十个小时。依我估计，那是能在这样的时间内达到目标的计划。"

"可是，我不认为在这么短的时间内，警方有办法把他指名的三个人带到现场。况且，警方也不可能答应歹徒的要求，把毫无关系的市民卷入危险。"

"没错。"

山藤警部双臂环胸，点点头。他的眼底掠过一抹光，仿佛瞬间反射天花板的日光灯。然而，那一抹光犹如极细的冰针，扎在我的心上。

"现在问似乎有点迟，但警部告诉我这些不要紧吗？"

"就说是我个人的好奇心啊。"

前任人质的我们，这回或许换成受到前任谈判人员控制。

"杉村先生一直称呼他'那位老人'。"山藤警部松开双臂，"田中先生唤他'老先生'，坂本先生和前野小姐喊他'老爷爷'。没人叫他佐藤，也没人要叫他'歹徒'。"

真是不可思议，他感叹道。

"我不认为佐藤是他的本名，叫他'歹徒'总有些于心不忍。"

于心不忍——说出口我才恍然大悟。"大概是他已过世的缘故。若他活着落网，或许就能毫无顾忌地叫他歹徒。"

"佐藤自杀的消息，是谁告诉你的？"

"我看到遗体……"

"你没想过是遭攻坚队员射杀的吗？"

"所以我向攻坚队员确认过，对方回复是自杀。"

话一出口，我顿时慌张起来。"攻坚队员不能回答这样的问题吗？那请当我没说。约莫是我一脸惊惶，对方想安抚我。"

山藤警部句点般的黑痣动了动，柔声笑道："不必担心，谢谢你为现场人员着想。"

"不好意思，打扰你了——"他站起身，利落地将椅子叠放回原位。

"时间已晚，但应该会送餐点来。请好好休息，万一睡不着，可向护士要助眠的药。"

今内警部补没再出现，山藤警部独自离开病房。身穿制服的警员也没回来，我等于完全落单。

现实感顿时远离。

明明很累，却毫无睡意。恐怕是内心的沉重反映在身体上。

——老爷爷死了！

没错，佐藤一郎已死。不管他以前是什么人，现在只是一名死者。

我默默悼念这名死者，因为再没有我能做的事。

隔天早上九点，我、田中、坂本和前野坐上警方派来的厢形车，移动到千叶县的海风警署。距离我们过夜的医院约五分钟车程，干线道路旁一栋红砖风格的古老建筑就是警署，公车劫持案的搜查总部也设在此处。

踏进四楼会议室时，包括山藤警部在内的几名刑警、一名女警、柴野司机和迫田女士已在场。穿制服的柴野司机与一袭西装的中年男子站在一起，应该是她的上司。

会议室中央的大桌上，摊放着合并的两张大图画纸，绘着公车内部的平面图。旁边摆着明信片尺寸的卡片，写有柴野司机及所有乘客的姓名。

山藤警部请我们坐下，两名身穿制服的警官随即进来，一脸肃穆地打招呼。下巴线条和体格浑圆、较年长的是署长，比他年轻约十岁、身形修长的是管理官。

"各位早。"

寒暄告一段落，山藤警部走上前。

"今天要请各位重现昨天公车里发生的事。各位应该都很疲累，真不好意思，不过我们预定两小时就能结束，请多多配合。"

署长和管理官负责监督，在稍远处坐下。陪同柴野司机的中年男子，毛毛躁躁地向山藤警部使眼色。

"在这之前……"

山藤警部退干一步，西装男子往前一站，表情僵硬得仿佛只有他还被抓着当人质。

"各位乘客，我是经营'海风线'公车的海线高速客运有限公司职员。"

他行了个最敬礼，柴野司机也照做。

"这次真是无妄之灾。负责各位乘客生命安全的我们，感到无比遗憾。原本社长藤原厚志应该抛下一切，亲自向各位致歉，但为了尽速处理善后，他暂时无法离开公司。"西装男子表情僵硬，却是口若悬河。

"因此，敝人运行局长岸川学，临时作为代理前来。各位，我们非常抱歉。"

他偕同柴野又行一礼，我们这些前任人质也尴尬回礼。

"今后公司上下会全力协助警方办案，由衷祈祷各位蒙受的身心伤害能早日恢复。"

接着，柴野司机往前半步。帽子底下的面容苍白，嘴唇毫无血色。

"我是驾驶员柴野，再次向各位致歉。"

她深深行礼，额头几乎贴到膝盖，就这样静止不动。岸川运行局长开口："今天的重现作业，请让敝人同席。"

"不……不用啦。"田中出声。

他换上整洁的衬衫和熨出折痕的长裤，脚下却是袜子配拖鞋。坐上厢形车时，他动作就很僵硬，此刻的表情明显是身体不舒服，大概是腰痛吧。

"又不是柴野小姐害的，而且你这个上司在场，也不好正确重现吧？"

"对不对？"田中望向山藤警部。小个子的谈判人员迅速收起"不小心觉得有趣"的眼神，一本正经地颔首。

"是啊，重现作业由当事人进行即可。"

在女警带领下，岸川运行局长一脸遗憾地离开。田中拉近一把旋转椅，一屁股坐上去。

"不好意思，我站不住，腰痛得难受。"

他这番动作无意间缓和气氛。在山藤警部催促下，我们围着大桌子落座。我坐在田中旁边，我们的对面是两个年轻人。柴野司机扶着迫田女士的肩膀，坐在年轻人那一排。

返回会议室的女警，悄悄走到迫田女士身后，弯腰在她耳畔柔声低语，似乎负责照护。原来不是我误会，迫田女士真的需要协助。

"我想回家。"

迫田女士语气温和，但眼神游移，坐立不安。只见她不停拉扯身上的夏季薄线衫圆领。

"很快就能回去，请陪我们一会儿。"

柴野司机也帮腔。老妇人惶惶注视她，又扭身直勾勾地仰望女警，边拉扯线衫领口，不满地抿嘴。

"首先，我要再次确认各位的姓名。"

依山藤警部的指示，刑警分发写有我们名字的卡片。

"司机　柴野和子"

"乘客　迫田丰子"

"乘客　田中雄一郎"

"乘客　杉村三郎"

"乘客　坂本启"

"乘客　前野芽衣"

坂本和前野穿着崭新的成套运动服，像同款不同色的情侣装，但样式和商标有微妙的差异。两人气色都不错，前野完全恢复精神，不过可能是发现迫田女士这名新的"病人"，颇为在意她的状况。

刑警拿着"乘客 园田瑛子"的卡片站在桌旁。

"抱歉，我们公司的园田……"

我出声询问，山藤警部拿着"嫌犯 佐藤一郎"的卡片，轻轻点头。

"她极度不愿参加案件重现作业。"

"她还在医院吗？"

"主治医师已准许她出院。回家后，她应该就能平静下来。"

"这样啊。抱歉，给你们添麻烦。"

一点都不像园田瑛子。这起案件的哪一环节，或老人的言行举止，如此严重地伤害她，导致她陷入混乱吗？

"田中先生，原来你真的姓田中。"

坂本的声音干朗得突兀，前野笑着附和：

"我也以为是假的。"

"情急之下，邪想得出什么假名？"田中右手叉腰，呻吟似的回答。

"可是，你不是一郎，而是雄一郎。"

"那是情势使然，谁教老先生自称'一郎'。"

听到"老先生"三个字，前野的笑容消失，眼神一暗。不过，她没流泪，也不再激动。

虽然是老套的形容，但每个人似乎都摆脱附身魔物的纠缠。其实，我最担忧的不是敏感的前野，而是被一亿日元的美梦要得团团转的田中。不过，此刻不管怎么看，他都是值得尊敬的社会人士、好丈夫和好爸爸。如同本人所说，他不折不扣是中小企业的老板。

梦消失了。不管那是美梦还是噩梦，都随"老先生"的生命和他的巧舌逝去。不过，无论那是何种形式，他确实把我们联结在一起，即使附身魔物消灭，我们之间仍留下淡淡的亲近感。

田中不知感觉到什么，突然转向我。见我回望，他有些难为情地垂下视线，撇着嘴角。

我和田中都没一丝愤怒。

案件的重现，从公车驶出车库开始。我们各自说明上车的站名及坐在哪个座位。

警方已确认过，在"海星房总别墅区大门前"站下车的，是出入管理事务所的业者。此时，前野客气地举手请求发言。

"请说。"

"呃，昨天的交通事故是怎么回事？02 路线的公车不是停驶？好像封锁了整条道路。"

我猛然想起，所以迫田女士才会改搭 03 路线。

"啊，那是卡车翻覆事故。幸好没造成伤亡，不过车上载着麻烦的东西。"山藤警部笑答。

据说是预定送往"克拉斯海风安养院"的业务用清洁剂。

"为了进行清洗和复原工作，道路封锁约两小时。清洁剂的气味随风扩散，而且冒出大量泡沫，引起不小的骚动。"

现在想想，感觉是一场和平的事故。

"所以迫田女士才会搭上跟平常不一样的公车，对吧？"

听到前野的提问，迫田女士眼珠骨碌碌地转，没有回答。偶尔，她会突然想起般抚摩膝盖，也许是关节炎作怪。她的长裤上套着用旧的护膝。

"我们立刻接到发生事故与禁止通行的联络，不过，由于'克拉斯海风安养院'派出迷你巴士接送访客和门诊病患，01 和 03 路线没临时增班。"柴野司机补充。她依然没有笑容，表情紧绷。

"要是迫田女士也搭接送巴士就好了。"

前野稍微倾身向前，提高音量。迫田女士拉扯着线衫领口，眼神飘忽地掠过我们。

"那里的人叫我去'东街区'站等车啊。"

她像孩子般噘嘴争辩。前野和柴野司机都点头应和。

"那是清洁剂，即使吸入也不会对人体有害，但泼洒出来的量太大，气味浓烈。一时之间，传出可能是有毒气体的谣言，'克拉斯海风安养院'忙着处理。"山藤警部解释。

一片混乱中，像迫田女士这种无法应付意外状况的访客，很可能就漏听接送巴士的信息。

"我也一样。平常都搭02路线，昨天得知发生事故停驶，才去'东街区'站搭车。"

"你没听到接送巴士的信息吗？"

"当时巴士刚开走，由于只有一班来回接送，感觉要等很久。我在大厅看时刻表，发现虽然要走一段路，但搭03路线比较快。"

"其实我也是。"坂本有些客气地举手发言，"不过，我不是从'东街区'站上车，而是前一站。我当时所在的地点，离02路线的'克拉斯海风安养院事务所前'的站牌比较近。我是第一次去那里，搞不太清楚状况。"

这么一提，他是去面试工作的。

"是啊，我平常也在那一站上车。那一站离总务部的办公大楼和我打工的餐厅比较近。"

"克拉斯海风安养院"占地辽阔，各栋建筑相隔甚远。

"职员在院区内都骑自行车，我也不例外。那时我在想，万一搭不到公车，就借厨师长的自行车回去。"

"你不是骑自行车通勤？"

"只有早班。说是晚班太危险，劝我不要骑车。"

劝前野晚班不要骑车通勤的，应该是她的家人吧。确实，那片广阔的区域，一到夜旦就没半点人影。况且，周遭不全是用来点缀的人工景观，还有原始竹林和杂木林，女孩独自行经太危险。

"那么，由于清洁剂事故搭上与平常不同公车的，是田中先生、迫田女士和前野小姐，对吗？"

听着山藤警部的话，我脑海浮现一个疑问，这起事故也在"佐藤一郎"的意料之外吗？

那个时间段的03路线公车总是空荡荡。从"日落街区"站到终点前，有时甚至只有我和总编两个乘客。换句话说，若企图劫持公车，需要掌控的人质，包括司机在内，顶多三到四人。

然而，昨天起先有八个乘客。一人途中下车，剩七人。让柴野司机和迫田女士下车后，剩五人。即使如此，是不是仍超出老人的预期？

——不，可是……

由于发生事故，02路线停驶、03路线的车上比平常热闹，老人都知道，却依然采取行动。

他向警方提出的要求，是将特定人物带到现场，并非以人质的性命交换。而且，没有时间上的制约，好比要求停办某活动、几点前去哪里，所以行动的时机不受限。发生卡车翻覆事故时，应该能选择改日再行动。

即使如此，"佐藤一郎"还是决定执行计划。这表示在他眼中，乘客多寡是微不足道的变数。不管车上有几个人，他自信绝对能掌控——

愚者千虑，亦是徒劳。山藤警部摊开部下取来的"克拉斯海风安养院"和"海星房总别墅区"的设计平面图，我将注意力移回上头。

"这里，这里和这里。"

前野拿红笔标记公车站的位置。

"佐藤是从'海线高速客运调度站前'上车的吧？"

山藤警部询问，柴野司机起身指着平面图的一点，回答：

"是的。02路线和03路线从'克拉斯海风安养院'前往车站时，这是第一站。"

"平常从调度站前就有乘客吗？"

"几乎没有。毕竟周遭并无其他设施，这一带又多是农家，都开自用车。"

"看来在此设站没什么意义。"

"公司买下这条路线的经营权时，条件是要保留原本的公车站。"

这部分运行局长比较清楚吧？

"老先生怎么会去调度站前呢？"

田中低喃，发现众人望着他，有些慌张。

"噢，如果搭公车前往'克拉斯海风安养院'，只要从那里再走一站的距离就会到，我是纳闷他何必特地跑去那里。"

"会不会是要搭首班车，观察之后上车的我们？"

"观察？"

"就是看看有没有难对付的乘客。"

田中和坂本似乎没发现，但山藤警部和刑警们正在观察他们的对话。

"那么，老先生判断我们不难对付喽？"

田中反问山藤警部，有些尴尬地闭上嘴。昨天在公车上，田中用的是自我主张较强烈的第一人称，此时却是用较中性的第一人称，语气也依情况，有时随性，有时拘谨。不管嘴上怎么说，最强烈意识到警察组织这个"衙门机枢"的就是田中，这也反映出他身为社会人士的一面。

重现作业顺畅进行。原以为来到老人提出赔偿金的部分时，气氛会改变，但显然是杞人忧天，大伙皆直爽地谈论。不过，关于老人的发言，虽然大伙尽力回溯记忆具体陈述，可是提及自身的反应，就变得暧昧许多。坂本和前野应该没有任何顾忌，我当然也没有，只是都介意着田中。

田中本人摆出一副"那种老先生说的荒唐话，我连千分之一秒都没当真"的表情和态度。这样的反应也令我放心。

"柴野司机获释时，各位是否感到不安？"

山藤警部将"佐藤一郎"的卡片摆在公车平面图中央，扫视我们。

"不安？"

前野睁大双眼，似乎颇为意外。

"我是指，不晓得佐藤的目的，各位是否感到不安。在这类交通工具遭到劫持的案件中，通常不会第一个释放驾驶员。站在歹徒的立场，释放驾驶员，等于失去移动手段。"

"噢，就好比劫机。"坂本点点头，望向柴野司机。只见她苍白的嘴唇抿成"一"字形。

"一般劫持交通工具，都是想去什么地方呢？"

"即使目的不是前往某处，视情况变化，能够带着人质一起移动，对劫持犯是很重要的。可是，那位——老爷爷……"

我本来要说"老人"，刻意改口为"老爷爷"。

"看起来，他从一开始就没这么打算。即使装甲车包围公车，他也不慌不忙。"

田中冷不防冒出一句："你一度想移动公车吧？"

除了迫田女士和警方，所有人都大吃一惊。田中看着我笑道："你爬上驾驶座时，想移动公车吧？我紧张得要命，在内心大喊不要乱搞。"

"……这样啊。"

"我觉得不用你多事，我随时都能制服那样一个老头子。"

"多亏杉村先生坐到驾驶座上，虽然时间短暂，但我们能够与他交谈，帮助很大。"山藤警部开口。

"咦，怎么交谈？"

听到纸板的事，这次除了迫田女士、警方和我，众人都相当诧异。

"原来发生过那种事！"

前野的反应率直。她瞪圆双眼，不由自主地抓住坂本的手臂，被抓的人也毫不在意。

"杉村先生很害怕吧？"

"不，也不怎么害怕。"

"他都能跟外面联络了，想必是不害怕。"田中哼一声，"换成是我，一样不会惊慌。"

田中终究恢复使用自我中心的第一人称。我强忍笑意，坂本却笑着接过话："不过，如同田中先生所说，我也认为如果事态紧急，总有办法制止老爷爷。因为老爷爷的手细得像枯木。"

"即使他手中有枪？"

山藤警部追问。坂本的笑容消失，但似乎不是忆起手枪的可怕。他尴尬地搔搔头。

"怎么讲……从某个时间点起，我就觉得老爷爷绝不可能开枪。"

"我有同感。大伙聊着聊着，我渐渐认为总有办法解决。"前野小声嗫嚅。

所以——她仿佛要辩解般抬起眼，望向山藤警部。"看到公车外面的情景，发现闹得那么大，我的双腿不禁颤抖。不是我们遭遇可怕的状况，而是老爷爷做出了不得了的事，他应该不打算要这样……我不太解释……"

她的声音越来越微弱，最后几乎听不见。

"你认为佐藤其实想怎样？"

"这……"

"现在回想，你有何看法？"

前野低下头，坂本也垂下目光。田中别过脸，柴野司机紧咬不放似的直盯着公车平面图上自己应该守住的位置——驾驶座。

"那个人死了吗？"

迫田女士突然出声。她不再拉扯线衫领口，也没抚摩膝盖。尽管泪湿眼眸、焦点模糊，目光却十分犀利。

"你们害死他了吗？"

女警搭着她的肩，在她耳畔低喃："现下不是在说这个话题。"

"我要回去了。"迫田女士气愤地丢下一句，硬要从椅子上站起。

山藤警部并未挽留。他向女警颔首，派一名刑警送迫田女士出去。柴野司机的视线追逐着她的背影。

"她是不是有点痴呆？"田中板起脸。

"大概是受到案件的影响。"山藤警部一语带过，"她一个人住，所以我们托左邻右舍帮忙留意。"

"她母亲住在'克拉斯海风安养院'……"

前野小声补充，警部没回答。那委婉的漠视，我感到有些古怪，但现在似乎不是追究的好时机。

即使迫田女士缺席，也不影响重现作业。有关她的部分，原本就是由柴野司机代为做证。

大略重现完毕，山藤警部简单说明警方的行动。攻坚前不久，公车就开始摇晃，果然是队员带着必要器材钻进车底下的缘故。

"公车地板低洞是检修口吗？没办法从车内打开呢。"

我的问题得到意外的答案。

"其实，那没有用处。"

海线高速客运有限公司接管"海风线"后，曾尝试改造成对应轮椅的配置。就是在车体下方安装自动轮椅升降机，可从驾驶座操纵。

"实际测试后，他们发现不仅花钱、车体变得笨重，而且根本没有坐轮椅的乘客要搭，毫无意义。"

前野惊讶地吐吐舌头。"因为'克拉斯海风安养院'有好几辆可对应轮椅的厢形车。如果是坐轮椅的病患来看诊，也都有专用的车子。"

"没错，正是如此。公车地板上的洞，就是改造时留下的。"

"之后就照样行驶吗？"

"车体本身并无异常。"

田中有些不满，但多亏地板上的洞，攻坚容易许多。

"板子嵌得很紧，松开从底下锁上的螺丝后，徒手推不动，只好借由压缩空气炸开。我们以同款车辆试验过，确定不会伤及各位。"

确实，堵住那个洞的方盖被吹到上方，又落回原地。而且警方用热像仪确定过我们的位置，想必已将风险降到最低。即使如此，田中还是要表达怒意，这人虽然麻烦，却是认真的小市民。

重现作业结束，署长、管理官及众刑警离席，留下山藤警部和我们，然后海线高速客运的岸川运行局长又进来分发名片。

"关于这次事件的赔偿等咨询，由我担任窗口。当然，敝公司会另外择期，登门致歉并讨论相关事宜，不过在那之前，不管多细微都没关系，只要有任何不满或疑问，请随时联络我。"

他再度九十度鞠躬。柴野司机也规规矩矩效仿，实在教人同情。

一片沉默中，山藤警部开口："后续媒体应该会采访各位，但案件仍在侦办中……"

警部以迄今为止最轻松的态度，就像昨晚今内警部补离开，与我私下独处时那样微微倾身向前。"其实，连嫌犯的身份都尚未查明。"

"还不晓得老先生的来历吗？"田中惊讶地眨眼。

"几乎没有线索。"

"柴野小姐不是认得老爷爷？"

前野一问，柴野司机抬起毫无血色的脸。"是的，他应该搭过几次公车。"

瞧，她这么说——前野天真无邪地回望山藤警部。警部苦笑道：

"没错，但至少在'克拉斯海风安养院'的病患中，没找到疑似佐藤的人。医师和护士也对他没有印象。"

"会不会是以前的住户？"前野追问，坂本手肘轻撞她说："一定调查过，发现不是啦。"

田中靠着椅子扶手，忽然想起般问："小姐，你对老先生没印象吗？如果老先生去过安养院或诊所，可能和你打过照面。"

"嗄，我吗？"前野错愕地指着自己的鼻头，"可是……我都待在厨房……"

"倘若柴野小姐的记忆没错——我想应该没错，"山藤警部的语气变得慎重，"那么佐藤会搭乘'海风线'，想必是预先做了准备吧。"

"啊，这话也不能外传——"山藤警部食指抵着嘴巴，语气幽默。

"不过，光是千叶县内就有好几条公车路线，他会刻意选择'海风线'，绝对有特殊理由。"

见坂本说得斩钉截铁，田中笑道："这段话好像警匪片的台词。"

无论是苦笑还是失笑，完全没笑的只有岸川运行局长和柴野司机。仔细一看，柴野司机眼眶泛泪。

"全怪我能力不足，害大家暴露在危险中。我完全没派上用场，真对不起。"

她再次深深低头，伏在桌上啜泣。

"不是柴野小姐的错。"

"柴野小姐一点错也没有啊！"前野语带哭音。

"感谢各位的谅解。"岸川运行局长的神情沉痛。

"真的吗？局长真的这么想？"前野逼问，"那也替柴野小姐讲讲话嘛。"

"芽衣，说那种话也没用。"

"怎会没用？"

柴野司机慢慢直起身体，掏出手帕拭去泪水，说声"抱歉"。

"谢谢大家为我担心。"

"柴野小姐尽力了啊。"前野低喃，又匆匆继续道，"老爷爷手上有枪，就算不是柴野小姐，而是强壮的男司机，也不可能阻止，搞不好会导致不妙的结果。"

然后，她自顾自地点头。

"嗯，没错，我得好好说出这些话。如果有人采访，我得完整回答。对了，也写在博客吧！"

"芽衣、芽衣——"坂本想安抚她。此时，田中突然向我搭话："看在同是伤兵的交情上，能不能扶我一把？我想去洗手间。"

我起身搀扶田中，陪他离开会议室。

在走廊上遇到刚刚的女警，得知洗手间在尽头右转的左侧。同是伤患的我们互相扶持，慢慢前进。先前也在会议室的一个刑警，从附近的办公室出现，他向我们颔首致意，并未多说。

一进洗手间，田中左右张望，确定四下无人。

"我想跟你私下谈谈。"

我早察觉他的意图，点点头。

"方便给我名片吗？"

我从外套口袋掏出名片，还没递出，田中便继续道："听说你是今多财团的人？"

"山藤警部告诉你的吗？"

"不，今早过来前，我去照 X 光。在候诊室时，你们公司的人向我打招呼，也给我名片，可是我不小心留在病房了。"

"对方是不是姓桥本？看起来三十岁左右。"我推测道。

"没错，长得挺英俊。"

可能是来接我，现下想必在附近等候吧。

"他是直属会长的公关部负责人。虽然我是基层员工，不过我们公司是个大家庭，有员工牵涉严重的案件时，公关部就会出面。"

我没透露妻子是会长千金，桥本应该也没谈到这么深入。而田中显然对"基层员工"四个字没反应。

"你有没有带笔？"

"有圆珠笔。"

"那记一下我的联络地址。"

田中金属加工有限公司，他流畅报出地址和手机号码。我记在刚拿到的岸川运行局长名片背面。

"往后有事要商量，你看起来最可靠。"

要商量什么先搁一旁，总觉得我们的缘分尚未结束。况且，受到田中的倚赖，我颇为受用。

"我们又都受了伤，同病相怜。"

"家里也都有妻小。"

两人低声偷笑，声音在冰冷的瓷砖墙上反弹。

"那个姓山藤的刑警……"田中单手扶墙支撑身体，声音压得更低，"对你的态度如何？"

"很有礼貌。"

"他问你什么？"

"关于案件的来龙去脉。"

与其说田中块头大，不如说更接近肥胖。他的身躯前曲，倏然抬起眼，质疑道："只有这样？"

"不然呢？"

田中移开目光，落在打扫得十分干净的老旧地板上。

"他劈头就问我，在公车里有没有和老先生交易。"

我顿时语塞。

"叙述案发经过时，我也自然而然谈到赔偿金的事。"

"不一样，警方似乎从一开始就怀疑我是老先生的同伙。"

田中盯着地板瓷砖裂缝，眼神阴沉。接着，他喃喃道出意外的事实："进行询问前，警方便知情。"

"你指的是，老人与我们谈钱的事？"

田中深深点头，冒出一个怪问题："你照过胃镜吗？"

"嗄？有啊。"

"这年头，连胃镜都那么小，可以粘在管子前端。监听麦克风一定更小吧？想装在哪里都行。"

我听出田中的意思，不禁哑口。

"警方早就听过我们在公车里的对话。绝大部分的事，他们都看透了。"

田中移动双脚，转换重心。他哼一声，短促地笑。

"否则不可能问得那么仔细，几乎让人发毛。"

"——原来如此。"

"所以，对你不是这种态度吗？果然我的嫌疑最大。欸，没办法。"

他骨碌碌的双眼浮现自嘲之色。

"面对那样的逼问，我根本无法抵抗。一回神，我几乎全招了。由于老先生表示会给一亿日元，我承认有点相信他的话。"

水管传来声响，楼上相同的位置也设有洗手间吧？

坦白说，我始终认为老人提到的赔偿金，即使我、坂本和前野告诉警方，田中也不会松口。我以为一夜过去，田中不再执着，纯粹是脱离极限状态，恢复清醒，原来另有内情。

"还好你没隐瞒。"我应道。

"嗯。"田中点点头。

"可是，你千万不能搞错，我们是受害者。遭手枪威胁、花言巧语笼络，是被玩弄于股掌的人质。我们并未协助犯罪。"

"我懂啦。"

田中一直靠着墙，似乎难受起来。我伸手搀扶他。

"警方会向媒体公开这些内情吗？"

我也不确定，只能老实回答"不知道"。

"不过，事情很难说。至今没查出老人的身份，还让他死了，或许有人会质疑警方为何选在那个时间点攻坚。"

即使死的是歹徒，在某些人眼中，攻坚造成死亡仍是个问题。

"除了我们，还有老人指名的三个人，对于公开案件的资讯，警方应该会更谨慎。"

在这层意义上，我们可谓生死与共。不是对媒体，而是对"社会"。

这就是"社会"的恐怖之处，老人也暗示过，网络云云听来新奇，但老人想对那三人施加的制裁——姑且不论是对是错，都是除非意识到"社会"，否则不可能会有的发想。

我顿时明白，若想探究老人的来历，关键就在他指名的三个人的身份谜团中。

"真是没出息。"田中以空出的手，用力搔搔掺杂银白的短发。

"活到这把年纪，还被那种老头子的花言巧语哄骗，我实在没脸面对家人。"

"不能这样想。"

田中局促笑着，跨出脚步。"机会难得，我考虑干脆拿客运公司给的钱去做椎间盘突出的手术。"

"很好啊。当时你被逼着坐在公车地板上，你有这个权利。"

"虽然很小家子气。"田中笑得令人心痛，"不像你这种大企业的上班族，我是小小的自营业者，钱的问题非常迫切。"

总觉得不能随口应"我懂"，所以我保持沉默。

"怎么会碰上这种事？"

"只能说我们运气不好。"

"真的。"田中呻吟。我们两个伤患互相搀扶，步出冰冷的洗手间。

田中返回医院，岸川运行局长和柴野司机还要接受询问。剩下的人被准许回家，于是山藤警部陪我们来到大厅。

不出所料，走下楼梯，桥本已在玄关大厅等候。一看到我，桥本就从访客用椅起身。

由于只需以姓氏称呼，我经常忘记他的全名。是叫和彦，还是雅彦？

桥本伶俐地寒暄，我觑着他的名片，想起是"桥本真佐彦"，正式职衔为"今多财团总部广报课国际事务组会长秘书室责任次长"。这不是初次见面时的头衔，原先仅有"广报课国际事务组"。桥本也经历过基层员工时代。

对于"今多财团"这个公司名称，桥本干练的态度、长长的头衔，及这种职位的人物恭恭敬敬来迎接我，坂本和前野显然十分惊讶。

桥本与山藤警部似乎昨晚打过招呼，没交换名片。

"我调派车子过来，如果不嫌弃，可顺道送各位回家。"桥本以眼神向我示意，同时提议道。坂本和前野又一阵诧异。

"咦？不用啦，我们就住在这一带。"

"对杉村先生过意不去。"

"不会的，一起回去吧。"

"警署外有许多媒体记者徘徊。"

听到桥本的话，前野绷紧双颊。像是害怕，也像在振奋精神，表示"我会好好说出自己的想法"。

"芽衣，请他们送一程吧。"

坂本果断决定。他和前野之间，至少在他心中，已是可直呼名字的距离。

"山藤警部，可以吗？"

警部挑起眉："各位方便就行。"

"不用坐警车？"

"你们不是嫌犯，完全没问题。啊，如果有警方人员陪伴比较安心，我可以派人。记者可能堵到你们家去。"小个子警部开朗笑道。

这回反倒是前野较果断："不，我不会提出那么没志气的要求。总不能永远躲躲藏藏，况且我们没做坏事。"

"只是现在有些……"

听到坂本小声呢喃，桥本笑吟吟地应道："就这么决定。"

停车场在建筑物后方。我们要从玄关转弯时，山藤警部停下脚步，像电视剧里的名配角探长般，拍一下额头说："糟糕！"

"手机可以还给各位了。原本想在会议室归还，却不小心忘记。我去拿过来，请各位先去停车场。"

桥本开来的是总部公司的车，但车身没有公司名称或商标，是广报课常用的车款。"啊，是日产西玛（Nissan Cima）！"前野惊呼。

"是你喜欢的车款？"桥本亲昵地问，前野用力点头。

"小时候，父亲的公司生意还很兴隆，我坐过西玛。"

好怀念，她嘀喃自语。这是一段能够推测出前野过去与现在家境的发言，但本人毫无知觉，实在符合她的个性。而能够假装没察觉，也很符合桥本的作风。

"这是公司车，不过我喜欢西玛的硬座椅，只要有机会，我都会租西玛。"

"对！我也不喜欢座椅软绵绵的车子。西玛坐起来真的很舒适。"

前野是展现"本色"，而桥本是运用"技巧"。不过，在任何状况下，跟任何人都不愁没话聊，是两人的相似之处。

"我不懂高级车。"坂本说着，细细打量我，"原来杉村先生地位不凡。"

我决定适度坦白："这有点微妙。"

"地位高不高，似乎没有微妙可言。"

"问题在于地位高的是谁。"

"别告诉前野小姐。"我压低嗓音，"说来颇难为情，请替我保密。其实，内人是公司高层的女儿，我的处境就像卡通'阿螺太太'里靠岳父家生活的女婿。"

是我的偏见作祟吗？这似乎是我在这一两天之内最受崇敬的一刻。

"那么，杉村先生是靠裙带关系进公司？啊，还是相反，进公司以后，才赢得上司女儿的芳心？"

"嗯，这也挺微妙。"

坂本轮流望向站在深蓝色西玛旁聊天的桥本、前野和我，然后说："反正找不到正式工作的我没那种机会。"

"我们编辑部有个来打工的大学生，绰号叫野本弟，感觉跟你蛮像的。名字也只差一个字，往后我可能会把你们搞混。"我微笑道。

"那个公关课的人，也姓桥本呢。"

"这下我就认识三个姓'×本'的人了。"

"姓氏只差一个字，境遇却是天差地远。"坂本低喃。像是算准时机，车旁的两人发出开心的笑声。

山藤警部小跑步回来。我们的手机分别装在塑胶袋内，袋上贴着标签。

"不好意思，请签收。"他递出夹在腋下的清单，从西装胸前口袋掏出圆珠笔。

"山藤先生，你是警部，职位蛮高的吧？"前野接过手机，不可思议地说。这也是她的"本色"。

"嗯，还好啦。"

"明明可以交给部下，你竟然愿做这样的琐事。"

这个问题可能会惹恼某些人（像是田中），但山藤警部满不在乎地回答："我的个性就是如此。"

语毕，他微微一笑。

"何况，我对各位颇有亲近感。毕竟共同经历一桩大事件。"

山藤警部稍稍端正姿势，继续道："但以结果来说，没能阻止嫌犯自杀，还让各位目睹那样的现场，身为谈判人员及警官，我感到非常遗憾。很抱歉。"

虽然不像岸川运行局长九十度鞠躬，仅以眼神致意，那身姿依然耀眼。

"各位始终表现得相当勇敢，感谢配合。"

而后，我们便离开海风警署。

在车上确定手机能正常使用后，我们交换电子信箱。我的手机红外线装置故障，前野迅速替我打字输入。

前野与父母共同生活的家，是一栋整洁的县营小住宅。她先下车，接着是坂本。坂本与双亲及祖父，四人住在有篱笆的老旧塔楼。

下车前，他急忙辩解："我和芽衣——前野之前穿一样的运动服，那不是情侣装。昨天我请来探病的爸妈帮忙带衣服，似乎恰巧是在同一家店买的。"

医院附近有家量贩店。

他恭敬道谢后，随着狗叫声消失在篱笆另一头。负责驾驶的桥本开口："看他害羞的模样……年轻人真可爱。"

事件成了月老，他有感而发。

"杉村先生，今天我直接送您回府上。会长在那边等您。"

没有急事，岳父却在平日离开会长室，这是极为反常的情况。

"可以吗？"

"是的，我收到这样的指示。"

约莫是从后视镜瞥见我的表情，桥本轻快地继续道："听说菜穗子小姐昨天睡得颇安稳。她兴致勃勃，说晚饭要准备杉村先生喜欢的菜色。"

"哦，这次又麻烦你关照，真不好意思。"

"哪里的话。"

这是我分内的工作——他没这么说。

"在您总算获准返家时，提起此事实在惶恐。不过，关于今后如何应对媒体……"

"没问题，请说。我该怎么做？"

"基本上，杉村先生的采访申请，由我们作为窗口全权处理。至于府上，远山暂时会每日拜访，处理电话和访客。"

"冰山女王"即将大驾光临。

"问题在于，媒体要求成为人质的各位，举行共同记者会。类似的案件中，有举行共同记者会的前例，当然是等一段时间后，所以……"

"真到那个时候，再和大家讨论吧。"

"好的。客运公司打算怎么赔偿？"

"我想自行与对方商谈。到目前为止，客运公司的应对都十分诚恳。假使有什么问题，我会立刻找你商量。"

跟警部谈完，我放空脑袋。至今发生的种种画面，恍若未完成的电影预告片，毫无脉络地浮现、旋转并闪烁。但这些肯定会在我回到家，桃子踩着小脚拼命冲过来呼喊"爸爸"的瞬间，如淡雪般消失无踪。

事实也真是如此。

第五章

迎着秋风，我和菜穗子一起漫步在南青山的街道上。

一进入十月，残暑如一刀两断的恋人般消失踪影。取而代之登场的秋季脚步飞快，离公车劫持事件那一夜还不到一个月，蓝天及凉爽的空气教人心情舒畅。

菜穗子穿千鸟格纹粗呢外套，搭配皮革长靴。妻子个性谨慎，亲自驾驶时不会选择高跟鞋。依她的喜好刚换的沃尔沃，停在附近的投币式停车场。天空这么蔚蓝美丽，风有点冷但很舒服，想要散一会儿步——我听从妻子的要求，陪她走走。

目的地是她常去的精品店。那家店只接熟客介绍的顾客，但任何困难的要求都能使命必达。近来，菜穗子热衷于购买母女装，不过今天的目的，是挑选参加桃子学校文化祭要穿的洋装。桃子就读的小学，预定在十一月中旬举行文化祭，她从一年级六十三名学童中脱颖而出，要在钢琴伴奏下朗读诗歌。

今年春天桃子升上一年级。那是妻子、妻子的大哥及二哥的妻子毕业的私立大学小学部，二哥夫妇的孩子目前就读于附属高中。或许是有这些过来人的经验，虽然事先听到各种传闻，我们如临大敌，但并未在"入学战争"中遇上什么困难。

实际上，配合桃子就学决定住处，反倒更辛苦。必须能在十分钟内，徒步抵达位于涩谷区闲静一隅的学校；必须是管理系统与保全设施完善的公寓，但不能是摩天大楼，总户数要在一百户以下，越少越好。在有限的时间内，为我们找到完全符合条件的房屋中介，堪称业界楷模。

两年前，袭击我们一家三口的暴力事件的风风雨雨过去后，菜穗子抛弃刚落成不久的家。她没办法继续住在那里，不论我如何劝说，都听不进去。

那是菜穗子用私有财产盖的房子，怎么处置是她的自由。可是，我非常中意她为我设计的书房……我低调表示，她回答："下次我会设计出让你更喜欢的书房，这次就让我任性一下吧。"

于是，我放弃劝说。

我们暂时寄身在菜穗子的娘家，那是岳父位于世田谷区松原的房子。广阔的土地内，还有大舅子一家的房子，独生女桃子和经常来主屋玩的表兄妹十分要好，过得很开心。暴力事件在菜穗子心中留下的创伤，也由于回到少女时期居住的老家，迅速抚平。

在今多家，我的立场近似于卡通《阿螺太太》那个靠岳父家生活的女婿，不管住在准盖的房子都一样。寄居岳父家篱下，我并未觉得比住在妻子盖的房子更抬不起头。毕竟我早度过了那样的阶段。

决定与今多菜穗子结婚，应她父亲的要求，辞掉原本工作的童书出版社，在今多财团得到现下的职位时，我已对未来的种种做好心理准备。成为今多菜穗子的丈夫，等于成为今多菜穗子人生的一部分。只要抱着这样的心态，就不必计较琐碎的细节。食客不管怎么过日子都是食客，但食客有食客的任务，应该也有食客的自尊。

菜穗子是岳父的私生女。母亲在她十五岁时过世，于是岳父收养再无依靠的她。岳父的房子没有她童年的回忆，然而，她在此度过多愁善感的青春时期，屋中各处仍隐藏着灿烂的回忆。有泪光闪闪的回忆，也有因欢喜和幸福熠熠生辉的回忆。

带着丈夫与爱女返家，菜穗子又变回岳父的女儿。日常生活中，我偶尔会在那张女儿的脸上，窥见相识以前的她的部分记忆。对我而言，这也是种新发现，非常有趣。

想到无法像那样让妻子看见我的过去，有时会感到寂寞。不过，我早就认命。况且，正确地说，并非"无法"，而是我和双亲决定不让她看见。

双亲认为门不当户不对的婚姻，不会有好下场，从一开始就反对。但我仍坚持娶菜穗子，于是父母宣布与我断绝关系。我没反抗，就这样被逐出家门。

"成何体统！我养你到这么大，不是要让你当有钱人家女儿的小白脸儿！"

面对母亲怨毒的咒骂，我也没抗议。这不是靠争吵或说服能解决的问题。

时光荏苒，婚后经过十年，父母宣告断绝关系并非嘴上说说，但也未彻底根绝。有时会发生超传导现象，电流相通。以往我这样就心满意足，有得必有失，尤其得到的越大，难免会从容器另一端溢出。从一开始，兄妹便只断绝部分关系，至今立场依然不变，维护着父母的颜面，却没完全抛弃我，我由衷感激。

然而，最能理解我这种心情的是岳父。或许是我的错觉，但我认为这并非好的错觉。

菜穗子回到娘家后，以桃子和表兄妹很亲为第一个理由，以父亲身体健朗，但年事已高，随时可能出事为第二个理由，想永远住下去。岳父也说一切听凭她的意愿。

然而，当桃子就学的现实问题逼近眼前，仿佛等待着这个时机，岳父提议："你们搬到学校附近，重新过一家三口的生活吧。"

"近年都说核心家庭不好、不完整，但父母和孩子的组合才是家庭的核心。你们要好好建立起来。"

岳父认为，为了让桃子健全成长，我和菜穗子必须成为独立的大人。

"遇到困难时，互相扶持。随时都能回来找我，我等着让你们依靠。但你已是大人，是桃子的母亲。"

你该独立了——岳父如此劝说，菜穗子总算接受。原本菜穗子主张，只要让司机载桃子从娘家上下学就行。

岳父的提议，绝不是在怜悯寄生妻子娘家的我，否则一开始就不会允许我们结婚。岳父的话，应该照字面去理解。他不是个会撒谎或装腔作势的人，经过十多年的相处，我深深明白这一点。

住同一个屋檐下的这一年来，我还了解到一件事。那就是为何岳父要我进入他的公司——今多财团这个巨大的集团企业。

即将与菜穗子结婚时，听到这个条件，我感到有些不舒服。身为私生女，菜穗子在今多集团中不具地位及权力。岳父虽然分给她资产，却没赋予她权力。所以，我认为继续当童书编辑应该无妨。

——他想测试我是否值得信任吧？

我的解读是，他把我当成一枚棋子，打算放在眼下观察。我一直带着这样的怀疑生活。

然而，这并非岳父的真意。相反地，岳父是想把我放在身边，让我看看他——看看一手打造今多财团的今多嘉亲，究竟是怎样的人。

他们本来就不是一对普通的父女。况且，菜穗子是岳父在经过人生折返点后才得到的女儿。我们结婚时，岳父已年逾七旬。

岳父有许多想让我和菜穗子看见的事物。趁不知何时会造访的永别来临前，希望让我和菜穗子全部看见。共同生活后，我终于明白。在能言善道却讨厌漫无边际瞎扯的岳父偶尔提到的往事中，或回忆往事的岳父眼眸中，我发现他想让我们看到的事物。

岳父会劝我们重新独立，是因为他内心一隅，深知那种想法只是老父的自私吧。"建立自己的核心"这番话里，也藏着岳父压抑的情感。毕竟他无法永远陪伴在女儿身边。

于是，我们一家三口在代官山的公寓安顿下来。妻子为我重新装潢的书房，与之前放弃的书房风格迥异，但待在其中的感觉是一样的。只要是富有的妻子馈赠的书房，哪里都一样；为实现丈夫的梦想，细心注意每一环节设计而成的书房，无论盖在何处，肯定一样舒适。

周日午后，我和妻子悠闲地走在远离青山闹区的宁静道路上。虽然是住宅区，但处处坐落着时髦的精品店、咖啡厅和画廊。妻子的脚步轻盈，话题围绕桃子和学校打转。

发生在房总沿海小镇，只持续三小时就落幕的公车劫持案，并未在我和菜穗子之间投下阴影。或许是先前致使桃子暴露在危险中的事件阴影虽稍稍淡去，仍在妻子心中占据极大分量。也或许是公车劫持案中，我纯粹是"被卷入的受害者",与歹徒和歹徒的动机毫无瓜葛。

不然就是妻子和我一样,多少有些习惯犯罪事件。

"或许你会笑,不过笑也没关系,陪我去一趟吧。"

妻子带我去今多家祖神所在的神社收惊除厄,然后就像完全看开了。

来到精品店,妻子向中年女店长介绍我。约五坪[1]的店内,充塞着比预期容易亲近的杂乱氛围,插在大花瓶里的玫瑰花束散发着淡雅的芳香。

"这次真是无妄之灾,幸好您平安无事。"

店长恭敬地慰问,我有些慌张。她从菜穗子那里听到劫持案的消息,大吃一惊。从报纸和电视新闻,应该看不出人质是顾客的丈夫吧。

"没想到这么可怕的事会发生在周遭,而且是客人身上……"

"经过一个月,我几乎快忘得一干二净。"

"那就太好了。讨厌的事,能忘掉是最好的。"

"我可没忘。"妻子瞅我一眼,"我叫他暂时不要搭公车。"

"那飞机呢?劫机感觉更恐怖。"

"别乌鸦嘴。"

妻子和店长相视一笑。我也在一旁笑着,心想原来菜穗子会在这样的地方谈论遭遇的事件。从她和店长亲密的对话,看得出她应该向店长倾诉过内心多么不安、害怕。菜穗子以自己的方式,努力避免让事件的阴影拖累我们的关系与家庭。

由于店长准备的品项齐全,菜穗子很快买到喜欢的洋装,但她还要继续购物,我则在这里卸下任务。事先已向妻子提过,趁着到青山来,我想顺道去拜访一个地方。

"四点在'卡尔洛斯'会合。"

那是我常和妻子约好碰面的露天咖啡座。我向店长道别,对妻子说声"抱歉"。不是为不能陪她购物,而是再次为公车劫持事件遗留的阴影致歉。虽然我不晓得她能否领会。

关于公车劫持事件,媒体和网络上的讨论,都没有我们担忧的热烈。

---

1 坪是日本的面积单位,1坪约为3.3平方米。

最大的理由是，骇人听闻的案子一桩接一桩发生，教人无法喘息。如同藏木于林，事件被事件掩盖过去。在现代，这片"森林"也蓬勃生长着。

第二个理由是，案发三天后总算查出老人的身份，但他的经历实在过于平凡，缺少吸引媒体竞相报道的耸动性。

老人名叫暮木一光，生于一九四三年八月十五日，今年六十三岁。他看起来比实际年龄衰弱，似乎是生活环境的缘故。

老人没有工作，独自住在足立区的公寓。他没加入国民年金，靠积蓄过活。他原籍东京，但户籍上应该在世的姐姐没出面。之所以能查出他的身份，多亏该地区的民生委员通知警方："年龄和外貌都符合，而且这几天都不见人影，也联络不上，或许是他？"老人没工作，又独自关在公寓里，身形瘦削，脸色极差，连有没有定时吃三餐都很可疑。民生委员十分担心，多次登门拜访，劝他申请补助。

公寓的房东及其他房客、不动产中介业者，都没将认识的邻居或顾客，与电视和报纸描述的公车劫持犯外貌重叠在一起。众人异口同声，认为老人不可能做出这么可怕的事。

"他很斯文、爱干净。没有人拜托，却会每天打扫垃圾场和公寓周围。他住在二楼边角，上下楼梯似乎颇吃力。"

在新闻画面中如此陈述，自身应该也六十多岁的民生委员有些伤感。

"他不会滔滔不绝地讲述自己的身世，所以我不是很清楚。不过，他以前好像是做买卖的。由于妻子死去，生意变差，又没人继承，在十年前收山。之后曾当过一阵子计时人员，可惜最近都找不到那样的工作……"

今时今日，这些都是切身的问题，民生委员结结巴巴地说。

"依我所知，他总穿皱巴巴的衬衫和长裤。外出顶多套件夹克，没看过他穿西装。由于舍不得理发钱，都是自己随便剪，所以给人的印象不是很体面。"

印象与公开的肖像画大相径庭，也是民生委员迟迟没通报的原因。

"跟他谈生活补助的事，却发现他比我清楚。可能他在别的地方申请过，但被打回票。"

暮木一光户头的余额，根本不够交下次的房租。他住的公寓收拾得相当干净，屋内约三坪大，附小厨房和洗手间，没有浴室。警方采集家具和物品上的指纹，及掉落的毛发进行 DNA 鉴定，确定老人的身份。

"虽然他有旧型的显像管电视，却是坏的。他常听收音机，说是在附近垃圾场捡到的。我提出十个问题，他往往只回答一个，相当沉默寡言。"

关于暮木一光指名的三个人，民生委员完全没有头绪，也看不出他与"克拉斯海风安养院"及附设诊所的关系。

如同那天晚上田中在公车里所说，暮木一光孑然一身。去年九月他搬到那栋公寓，之前在哪里、过怎样的生活仍是一团谜。

"若租屋有保证人，或许可当成线索。但他签约时是中介的不动产公司担任保证人，什么都查不到。不过，听说他不会做出令房东困扰的行为。我想也是，他是个安分守己的人。"

怎么会突然劫持公车呢？民生委员纳闷地垮下肩膀。

某新闻节目的特别报道中，有个名嘴认为暮木处在贫穷与孤独中，对未来感到悲观，一开始就打算自杀。他劫持公车没有明确的目的和意图，只是想惊扰社会。

"或者，他原本要带几名乘客一起上路。自杀延长线上的杀人，这叫作'扩大自杀'，有不少前例。"

至于暮木指名的三人，是他单方面怨恨的对象。当事人极可能根本不明白被找上的理由。

"搞不好是用来搅乱警方侦查的烟幕弹。"

听到这段发言，我不禁关掉电视。老人并非毫无目的地行动，也感觉不出他想带我们共赴黄泉的意志。对于指名的三人，他有种明确的恶意，或者说制裁的意志，在场的人质再清楚不过。

面对一个孤独贫穷的独居老人，网络社会不肯投以太多的关注。世上有更耸动、更值得讨论的事物。关于被指名的三人，不出所料，警方并未公开资讯，于是出现冷漠的观点："反正是老头子和老太婆之间的纠纷吧？"没有暮木老人期待的，或我们担忧的那么沸沸扬扬。

另外，我们人质的话题比暮木老人持续稍久。赔偿金的事被拿来谈论，也有网站登出我们的真实姓名或姓氏缩写。

为何四个成人无法制服一个手无缚鸡之力的老人，反倒乖乖受缚？这是我们人质受到最多责难的部分。再加上赔偿金的事，流传的金额与暮木老人提起的时间点都不正确，我们被批评为"贪财""守财奴"，但仍有"这也难怪""谁都想要钱，想活命"之类支持的意见。

有趣的是，赔偿金的话题发展开来，演变成热闹滚滚的讨论：

"在枪口下当人质，要拿多少才划算？"

网络上的陌生人，仿佛在重现我们与暮木老人的对话，也像在享受缺乏现实感的自私讨论。

实际上，在得知暮木老人身无分文时，赔偿金在我们这些当事人眼中便彻底失去现实性。讽刺的是，或许正因如此，媒体和网络上的"正义使者"才会这么快放过我们。倘若暮木一光真的是大富豪，我们想必会遭受更多追究与质疑。

查明老人的身份时，山藤警部有联络我们，之后便音信全无，也没再找我们询问。

孤独老人自爆式的死亡——公车劫持事件被如此分类，而后落幕。由于嫌犯死亡，随着书面送检，搜查总部也宣告解散。

与海线高速客运有限公司的赔偿谈判十分顺利。公司发给每位乘客相同的慰问金，并负担田中和我的医疗费用。柴野司机的待遇，看在外人眼中似乎也没有重大变化。

对了，"社会"还有一种耐人寻味的动向。事件刚落幕，就涌现鼓励、支持柴野司机的声音。海线高速客运总公司和营业所接到大量的电话、传真及电子邮件，请求不要处分她，希望继续录用女性驾驶员。其中应该也有认识她的当地乘客，但大多是善意的一般市民吧。

之所以会有此现象，是前野小妹的博客文章推波助澜——虽然我很想这么说，但实际上并非如此。在海风警署道别时，前野决定向大众宣扬柴野司机尽忠职守，令人敬佩的行动。可惜现实并不容易，她也没有那么坚强。

"爸妈和打工地点的同事都骂我，叫我不要多事，低调一点。"

案发两天后，她附上哭脸的表情符号，传短信给我。

"我拒绝采访，也停止更新博客。有人在别的网站看到爆料，立刻跑来留言说我就是人质之一，我好害怕。"

看似风平浪静的网络反应，在唯一的年轻女性前野那里，似乎掀起暂时性的大浪。

"我接到恶作剧电话，非常困扰。家里的电话换了号码，手机也要换，我会再通知大家。"

查出老人身份、田中接受椎间盘突出的内视镜手术、坂本在别的地方通过面试得到工作、前野辞掉"克拉斯海风安养院"的厨房打工，在这些特别的时候，一天之内我们四人会交换好几次信息。搜查总部即将解散前，各家报社曾要求举行共同记者会，但我们决定回绝，这也是通过手机和电子邮件商量。田中说"我厌烦了"，前野说"我还是很怕"，坂本说"我不想做让芽衣害怕的事"。然而，共同记者会流产，最感到松一口气的应该是我吧。真的要召开记者会，又得麻烦"冰山女王"和桥本。

四人之中，前野最勤于和其他三人联络。问出田中的电子信箱，告诉我们的也是她。田中虽然在警署的洗手间说过那样的话，实际上并没有来找我商量。现在也是，除非我关心他术后复原情况，否则他不会主动联络。

"发现暮木老爷爷不是有钱人，田中先生感觉真的非常失望。"

这是坂本的短信。得知老人的身份后，称呼就从"老爷爷"变成"暮木老爷爷"。

"毕竟他内心应该有点期待。"

"与其说是失望，更像是恢复平常心，感到丢人吧。"我回复，"我们就别再提这件事。"

田中先生想忘掉事件和我们——我打到这里，发出前删掉这一句。

"做人总要留点情面。"坂本回信。

如同桥本所言，事件似乎成为坂本和前野的月老。两人传来的信息中，都会提到对方的名字。不过升温的速度有些差距，坂本早就"芽衣、芽衣"地喊个不停，前野直到最近才称呼他为"小启"。

两人曾忽然想起般关切同一件事："园田总编后来状况如何？"

我感谢两人的好意，回复"没有起色"。

"她继续请假，但我想不用担心，谢谢。"

案发以来，园田瑛子便暂时停职。受理停职申请的集团宣传杂志《蓝天》的发行人今多嘉亲，立刻任命代理总编，也就是我——杉村三郎。

"临时总编和代理总编，哪个比较好？"岳父这么问。

我选择后者当头衔。看到发行人不打算开除总编，我放下心，用自家电脑和打印机制作代理总编的名片。希望在一盒一百张的名片用完前，总编就能回归职场——尽管这么想，名片已用掉一半。

园田瑛子依日毫无联络。没有电话，没有短信，连张明信片都没有。

屋龄相当久的都营住宅，有时会坐落在都心精华地段。就是让人忍不住掐指计算，若换成公寓，房价会是多少、房租可收多少的地段。南青山第三住宅也是其中之一。

以前其中一户住着叫北见一郎的男人。北见在警视厅任职二十五年，投入犯罪侦办工作，在某个时候下定决心，离开警职，然后直到过世，都在此当私家侦探。

我和北见结识于两年前的事件。我不是去委托案子，最初只是向他确认某人的身份，随着情势发展，越走越近。他已是癌症末期，早做好离世的准备，给过我一份未解决事件的档案。因为那份档案的内容，就是当时我涉入的事件。

北见逝世后，我们的往来结束，我也可以将继承的档案合上。因此，我并不是连北见的工作都继承下来。成为私家侦探，对我而言这几乎是一种幻想，北见相当清楚这一点。

不过，至今我仍深受他留下的足迹吸引——虽然没告诉任何人，尤其绝不会告诉妻子和岳父，深藏在心底。

北见有妻儿。他辞掉警官的工作，开设私家侦探社的"鲁莽之举"，会害得家庭瓦解，但夫人回到病榻上的他身边，为他送终。从此以后，儿子对抛弃家庭的父亲恨意逐渐消融。身为私家侦探的父亲，尽心尽责，帮助过许多人，这一点打开了儿子紧闭的心房。

北见病逝后，家里又变回两人生活。为填补北见生前一家人的空白，北见夫人和儿子司谈了许多。然后，他们想在"爸爸住过的地方"生活，想看着相同的景色生活。据说，菜鸟上班族的司，年收勉强符合都营住宅的入住标准。

"要是我加薪就危险了。"

我在北见的一周年忌日上门拜访，司如此笑道。

原则上，入住哪一户是抽签决定的。即使以前家人住在那里，母子俩也不一定能搬进南青山第三住宅。最后顺利入住，只能说是幸运，但北见夫人觉得"是外子在呼唤我"。

居所不一样，也不同栋，但北见母子在亡夫及亡父每天生活的景色中，平静度日。将妻子留在精品店的我，就是想来拜访他们。

公车劫持事件的平面媒体和电视新闻报道中，都没公开人质的姓名。北见母子知道我被卷入，是司从网络看到相关资讯。当时他浏览的犯罪事件网站，"杉村三郎"写成"杉村次郎"，由于有今多财团员工这项信息，他才晓得是我。

案发几天后，母子俩打电话慰问我，稍稍闲聊过，就没再联络，所以，我今天是想去北见的佛坛上个香，报告案件已落幕，我平安无恙。

我从都营住宅土地内的儿童公园打电话，司不在，但夫人在家。她说"欢迎你来"，我一手拿着途中买的糕点，穿过都营住宅外围染上秋意的花草丛。

初次来访时，都营住宅在进行修补工程。现在已完全修缮完毕，外墙分别漆成白、淡蓝与黄色，外观时尚。由于设有电梯，住户免于爬楼梯的疲累。

北见夫人在门口等我。司曾不小心透露，所以我知道夫人的年龄。不过，她同时具备符合年龄的沉稳及看不出年龄的青春洋溢。

我在佛坛前合掌。面对唇角浮现淡淡笑容，仿佛正感到腼腆的北见遗照，我才想到他的名字也叫"一郎"。以此为开端，我和夫人聊起一郎与三郎听起来都像假名，缺乏真实感，可是在小说和电视剧里，几乎不会有登场人物叫这个名字。

"不过，人质都平安无事，真是太好了。"

当过二十五年警察妻子的北见夫人，应该比其他人都熟悉犯罪事件。正因如此，她为我们的平安感到欣喜的话语，显得特别有分量。因为北见涉入的事件，大部分是无法在所有人都平安的状况下解决才需要警方出面。

北见提过，他会辞掉警职，是受够只能在悲剧发生后行动。就是想设法预防悲剧发生，他才会做起私家侦探。

"担任谈判人员的山藤警部，对于让暮木老人过世一事感到很遗憾。"

"啊，我能理解。"

现场的警察都是如此，她应道。

"若是直接与歹徒谈判，听过歹徒的声音，这种感受更加强烈。"

"北见先生也曾在人质事件中担任谈判人员吗？"

"不清楚……外子在的时候，还没有这种明确的职务吧。往往是看情况，从负责案子的搜查总部挑适当人选，观察歹徒的反应，见机行事。"

如果是北见，大部分的情况应该都能胜任。

"暮木先生年纪很大吧？而且没有前科或案底，是个温和的人吧？要是外子还在，或许会说时代变了。"

手枪是从哪里弄到的呢？夫人颇为纳闷。

"就算是买来的，手枪又不是烤面包机，摸索一下就会用。"

"烤面包机吗？"我不禁笑道，"手枪似乎可通过网络买到。这年头，什么都靠网络。"

关于手枪的取得途径，搜查总部也深入追查，但找不到确实的证据。之所以说可能是从网络上购买，也是通过我们人质的证词，推测暮木老人十分熟悉网络。不过，老人的账户没有类似的交易记录。警方说现金的提领，都是数千元单位的小数目，也没有汇款资料。

不可思议的是，暮木老人的公寓里没有电脑。报纸也报道过，我相当在意，甚至特地打电话向山藤警部确认。民生委员也不记得老人住处到底有没有电脑，至少没有桌上型，一眼就看得出是电脑的机器。

暮木老人使用笔记本电脑，并在行动前处理掉——大概是这样吧。如果没有电脑本体，无从深入调查。或许老人不想让提供手枪的人惹祸上身。

　　"真是难以捉摸的案子。"夫人为我斟满咖啡，"外子提过，有些案子知道犯人是谁、动机或为何犯罪，警方的侦办工作也都结束，却教人难以释怀。"

　　"哦，专家也会这样吗？"

　　"毕竟外子是那种个性。只要将证据准备齐全，审判时不必担心，接下来就无所谓，像这种人就不会在乎。"

　　山藤警部也说过，连还手机之类的小事都想亲自处理，是出于他的个性。

　　有件事不仅是不可思议，而是根本无法理解。"在公车里与我交谈的暮木先生，伶牙俐齿到令人发毛的地步。"

　　不过，民生委员认识的暮木老人沉默寡言，并非健谈的人。

　　"总觉得不像同一个人，令人无法释然。"

　　"劫持公车时，会不会是太兴奋，话才特别多？"

　　我也这么解释，试着让自己接受，但似乎还是没办法。

　　"健谈或寡言，可能会受状况左右改变。然而，举枪瞄准陌生人，逼对方听话，是极为异常的状况。一向安静的人，会因此兴奋起来，滔滔不绝也不奇怪。正因平日沉默寡言，在那种情境中，才会将积压在内心的话全部倾吐出来。只是，暮木老人的善辩，不是那种类型的雄辩。并非表面上的滔滔不绝，他的言行带着一股自信——对过往人生成就的一种自负。换句话说，和民生委员描述的暮木老人性格南辕北辙……"

　　我喃喃低语，赫然回神，发现北见夫人微笑地注视着我。

　　"杉村先生。"她的眼神带着安抚，"最好不要多想。事件结束，一切都已过去。"

　　沉默片刻，我回以微笑："是啊。"

　　将话题转到司的近况，似乎是正确的选择。北见夫人露出恶作剧般的表情，有些担心，又十分期待地谈起儿子交到女朋友，却不肯介绍给她。

"是职场上的同事吗？"

"不清楚。"

"是司说他交到女朋友吗？"

"怎么可能？是我从他的态度，看出好像是这么回事。"

那么，介绍给母亲应该还要很久。决定与对方共结连理前，司大概没办法带她回家。

"放宽心，慢慢等吧。"

"是吗？我和外子刚交往，就带他回家。"

"啊，女生跟男生不一样，完全不一样。"

"杉村先生也是？"

我的情况是特例中的特例，只好笑着瞒混过去。

"儿子交女朋友，北见先生会担心吗？"

"外子不在乎，只会说顺其自然。"

遗照一副事不关己的表情。

"这么一提，最近如何？没人会来委托北见先生办事了吧？"

北见去世后，发生过几次不知他近况的客户介绍新委托人，或以前受他照顾的委托人又有麻烦，造访主人不在的公寓。

那种情况，通常是由与北见熟识的国宅人员，或搬过来的北见夫人，亲自应对来客。有一次，我偶然撞见这样的场面。一名有求于北见的老人拄着拐杖，一级级爬上公寓阶梯，站在人去楼空的门前。转告私家侦探已不在人世很简单，但老人失望的神情令人心痛。对北见夫人而言，这也不是容易的事。

我碰到的老人很快死心，但有些访客要求夫人负起责任，介绍其他合适人选，或希望夫人继承丈夫的工作，百般纠缠。这表示委托人就是如此困扰，但遭遇困难，变得视野狭隘的人，本身也会成为"头痛人物"，此即为例证。

由于担心这种情形，我习惯如季节寒暄般询问。北见去世一年后，这也成为无异于季节寒暄的招呼用语。

然而，这次不同以往，夫人有些惊慌地眨眨眼。

"其实……"她犹豫着是否该告诉我，"上星期有人来过。"

"是来委托案子吗？"

"不，是以前受过外子照顾的人……嗯，他是很规矩的人，也礼貌地向我致哀。"

"不过……"她回望佛坛，又一阵迟疑。

"不妨告诉我。若有必要说明北见先生关闭档案，确实结束工作后才离世，我可代为向对方解释。"

这是在最后委托北见工作的我的责任。夫人是女性，司又年轻，可能会无法招架对方的要求。

"抱歉，"夫人叹息，"那是不算事件的事件。"

这样反倒勾起我的好奇心。

"五年前的四月，他来找外子商量。因为是外子发现生病，第一次住院后出院，返回工作岗位不久，他也晓得外子生病的事。"

夫人站起，拉开佛坛底下的小抽屉，取出一张名片。

"就是这位先生。"

我望向名片。"足立则生"是台东区一家报纸贩卖店的店员，名片是那家贩卖店的。

"他住在店里。名片后面写有手机号码，说是以防万一。"

确实，背面有圆珠笔的字迹。

"意思是，要你联络他吗？"

"不，不是那种强迫的感觉。"

"问过他的来意吗？"

"他碰上欺诈。"夫人有些难以启齿地补充，"或者说，不小心参与诈骗行为。"

"哦……是最近的事吗？"

"不，五年前他为此来找外子。当时他没工作，居无定所。据本人描述，差不多就是流浪汉。有人找上他，告诉他能赚一笔钱，于是他答应帮忙。"

这是很常见——感觉很常见的事。

"那就是他说的参与诈骗吗？"

"是的。我没仔细问，足立先生也有些客气，只概略叙述。"

"他想拜托北见先生做什么？"

"他发现自己做的事是诈骗，非常内疚，想告发把他扯进去的那伙人。所以，他拜托外子深入调查。"

比起碰上诈骗，想要告发这种委托更棘手。

北见夫人苦笑。"毕竟大病初愈，或是说刚开始抗癌，无法像身体健康时那样……外子告诉足立先生，虽能理解他的心情，但这事不好办。"

而且，若是揭发诈骗集团，足立也可能吃上刑罚。

"外子说服足立先生'更重要的是重建你的生活'，帮他找到工作。"

"真像北见先生的作风。"

"确实。"夫人深深点头，微笑道，"于是足立先生放弃告发，嗯……至今已过五年。"

然而，因缘际会之下，足立又碰上把他卷入犯罪的诈骗集团一员。

"就在他上门造访前两三天，所以是最近的事。"

对本人而言，等于是犹豫两三天后，才来找北见。

"他觉得还是不该任那些人逍遥法外。"

我忍不住呻吟："听起来不像是纯粹的正义感。"

可能是看到对方经济富裕，心生嫉妒。要做多余的揣测，多少理由都想得出来。

"可是，五年之间，足立先生都不曾与北见先生联络吗？受到他的照顾，至少该寄贺年卡——"

夫人缩着肩膀，仿佛做了什么坏事。"五年前外子介绍的工作，他连三个月都没待满，觉得丢脸，便不敢再来。"

我又呻吟一声，不禁失笑。

"唉，这件事最好搁下别管吧。"

"我也无能为力啊。"

夫人与佛坛上的遗照对望，又缩了缩肩膀，以眼神道歉。

"我抄一下名片上的资料。"我取出记事本，"只是备而不用。"

最后，我们和乐地重提司的神秘女友。辞别北见夫人，回程我没搭电梯，从水泥墙旁的户外阶梯下楼。

都营住宅土地内有座小型的儿童公园，设有一对秋千。我和这秋千之间有回忆，也有点孽缘。经过秋千旁，不知为何，我的身边就会有事情开始变化，或是发生。

放在外套内袋的手机响起。这是公车劫持事件后买的新型手机。

来电显示为"间野京子"，是我们集团宣传杂志编辑部的第四名编辑。

"喂？"她的声音传来。

"我是杉村。"

"星期日打扰，真的非常抱歉。"

虽然是间野的声音，却不是平常的语调。

"没关系，怎么回事？"

我有股不好的预感，这秋千果然跟我有孽缘。

"真的很抱歉，但我没办法下判断，所以明知打扰，还是擅自联络。"

她的用字遣词与其说是一丝不苟，更接近僵硬紧绷。我走近秋千，单手轻触锁链。

"碰到麻烦了吗？"

"不，不是麻烦，只是……其实，呃……"

是关于假日上班——她说。

"啊？"

我发出不仅是总编，以代理总编而言也很可笑的怪声。

"我受聘不到一年，可能是我搞不清状况……"间野的语气僵硬，好似秋千锁链的触感。

"编辑部的各位，假日会带着工作到家里集合吗？"

这说法颇怪异。

"到家里集合？"

如果是"带工作回家"，我懂。有时我也会这么做，不是因为忙，而是出于各种私人理由，像是比较能长时间专注等。不过，什么是"到家里集合"？

"你是指，假日到某一个员工家里集合工作吗？"

"……是的。"

"现在有那么急着处理的工作吗？"我轻松回话，但间野一阵沉默，"意思是，我们的员工要求你去某人家，帮忙某人带回去的工作？可以这么理解吗？"

"是的。"

这句答复有着安心的音色。

"我没听过这样的例子。当然，若是感情好的员工互相配合，要在什么时候、以何种形式，帮忙彼此的工作，都没问题。不过，你的情况并非如此？"

沉默片刻，间野下定决心般回答："是的，我接到业务命令，叫我去那个人的家。"

"那道命令无效，你要拒绝，表示办不到。你不妨说会找我商量，得知我们部门没有这种规矩。所以，你只是听从代理总编的指示。"我果断回道。

"这样啊……"

"那是刚发生的事吗？"

"对，一个小时前。我告诉对方临时找不到人帮忙带小孩，不能离开家里。"

"但对方坚持要你去？"

"是的。"她的困惑与害怕通过手机传来，"对方说晚一点也没关系。"

瞬间，我有些迟疑。该深入追问吗？正因是相当微妙的问题，她才会迷惘。

但我不光是犹豫，也感到生气。会把间野叫到家里，命令她帮忙工作的，只有一个人。不必她明讲，也昭然若揭。

想到那个人的嘴脸，我差点脱口而出：

"我来联络对方，严重警告他。这种问题本来就该这么处理。"

传来间野细微的呼气声，我问道："是井手先生吧？"

"……是的。"

"一直以来，对于同一个职场的你，他经常做出失礼的举动。"

"因为我不是正式员工。"

"不是那种问题。聘用你为准社员的是今多财团，而不是井手先生。你没必要对他客气。"

"谢谢。"间野小声回应。

"你一定很不舒服吧。不好意思，方便再请教几件事吗？"

"好。"

"像这种情况，今天是第一次？"

"这是他第一次叫我去他家。"

"除此之外呢？"

"他说要加班……或讨论工作……"间野的声音变弱。

"强迫你在非上班时间陪他？"

"……是的。实际上也不是没有工作，进行讨论时，他也对我的工作方式提出批评，或者指导……"

那都是借口。井手正男在《蓝天》编辑部根本没做像样的工作——甚至不愿意学习，他凭什么指导别人？

我不禁怒火中烧："从何时开始的？"

"这一个月左右。园田总编暂时停职后……"

我懊恼得想抱头。园田瑛子是女主管，对这类情形应该很敏感，而且比起我这个男人，间野也较容易向总编开口吧。如果总编在，井手提出诡异的要求时，间野就能立刻找她报告或商量。

"我完全没注意到，非常抱歉。"

"不，不是杉村先生的责任。真的不是这样。"间野一阵慌张。

"不，这就是我的责任。幸好你今天下定决心告诉我。就算是对我，你也没必要客气。"

"我也有不周到的地方……"

我厉声打断她的话："不能有那种想法。你一向很努力工作。井手先生的行为，是不折不扣的性骚扰。不对的是他。"

光是轻视、欺侮间野还不够，居然想用这种方式支配她，简直岂有此理。

"这种情况必须妥善处理，我会联络井手先生。"

"不，今天我借口不能丢下小孩，已拒绝他。只要用这个理由搪塞就没事了。"间野回道。

"但这种情况不能搁置，早点解决不是比较好？"

他似乎在喝酒——间野冒出一句，我怀疑自己听错。

"井手先生喝醉？"

"是的，听起来是这样。"

"他醉到在电话中都听得出来，还想找你过去？"

间野顿时沉默："他原本就有酗酒的习惯……"

井手喝酒不知节制，甚至会带着严重的宿醉进编辑部。

"他大概是喝醉，失去分寸。呃……听说井手先生承受许多压力，之所以酗酒，无法融入现在的职场，也是压力的缘故……"

这是事实，但间野未免太善良。

"但也不能这样，就要你忍耐。接下来的问题可能会让你更不舒服……目前为止，除了感到为难和厌恶，你没受到进一步的实际伤害吧？"

"是的，这一点不要紧。"她的声音恢复坚定。

"我明白了，先尊重你的判断。不过，要是日后井手先生又纠缠不清，请联络我。这才是业务命令。不要一个人闷在心里，知道吗？"

"好，谢谢。"间野的语气总算开朗起来。

结束通话，收起手机后，我放开锁链，秋千不稳地左右摇晃。

真是没出息。我太无能了。光看井手正男对间野京子的态度，就该预料到他扭曲的愤怒与挫折感，迟早会以这种形式发泄在她身上。

撇开自己的无能，我打从心底感到愤怒。园田瑛子，你到底在做什么？快回职场来啊，我们需要你。

星期一我进到办公室，便发现井手正男请假。

打工的野本弟接到联络。"他好像得了流感,要请假两三天。"

十月半就在流感,未免太早。八成是装病,但井手不在,间野会轻松许多,我也容易开口。

我默默思索,注意到间野在和野本弟交换眼神。即使无能如我,也看得出来。

"野本弟也知情?"我问间野,她歉疚地点点头。

"碰巧啦。"野本弟立刻打圆场。"这阵子井手先生不断邀约,间野小姐似乎很困扰,所以我硬是黏在间野小姐旁边。井手先生摆出超级厌恶的表情,但我因此看出许多事。"

"牛郎小弟"这个绰号并非贬义,野本弟是个极为细心周到的青年。

幸运的是,月刊《蓝天》编辑部处于闲暇时期。趁着午休,我们三人可仔细讨论。间野用比通知我时更轻松的语气,告诉野本弟昨天的遭遇。

"太过分了,简直像电视剧里的性骚扰上司。"

以加班为借口,单独留下她,让她做些徒具形式的工作。然后带她去居酒屋或酒吧,没完没了地说教或自夸,试图打探她的隐私。回程表示要送她,带她上计程车。确实,是露骨到可笑的性骚扰上司的手法。

"你们一起坐上计程车吗?"

"只有一次我挡不掉。不过,我借口要去超市买东西,在途中下车。"

"深夜营业的超市,在意外的地方派上了用场呢。"野本弟语气吊儿郎当,眼神却带着怒意。

间野肯定不愿再次回忆,但为了厘清相关事实,我谨慎询问她,将她认真的答复记在社用笺纸上。

"杉村先生,你打算怎么做?"

"不怎么做。依标准流程,我也得问问井手先生的说法,然后向我们的发行人禀报,请他裁决。"

要仰赖会长今多嘉亲的判断。当然,我会附上报告。

"趁这个机会,我希望发行人把井手先生调走。对井手先生来说,这样也比较妥当吧。"

间野和野本弟面面相觑。他们不认识来《蓝天》以前的井手正男，也不清楚他成为"流放者"的经纬。

这是个好机会。与其让他们听信虚实参半的流言，不如好好说明。

"你们知道井手先生原本在总公司的财务部吧？"

"是的，在大本营对吧？"

在今多集团内部，一般提到"大本营"，指的是物流管理部门。财务部是"金库管理员"，有时老社员会称为"大掌柜"。

"咦，我第一次听说。"

"井手先生不是一开始就在这里的老员工，而是森先生——我和总编去采访的森信宏，从都银带来的手下之一。"

所以，他其实是优秀的财务管理专家。

"那他本来是银行员？"

"嗯，森先生已相当器重他。"

就是这点适得其反。

只要聚集三个人，就容易结党营私。今多集团里有数不清的派阀，在森常务董事权势如日中天时，财务部分为森派与反森派，或可代换为外来财务派与本土财务派。森先生来到今多财团，目的是要改善传统保守、有许多浪费的财务体制，因此也可说是改革派与守旧派。这两派人马动辄反目倾轧。

每一个企业都有类似的状况，并不稀罕。不论状况严重或轻微，上班族都得在各种势力关系中泅泳。然而，井手的不幸与疏失，在于他是过度死忠的森派。

"森先生极富领袖魅力，井手先生会尊敬、崇拜提拔自己的人也是理所当然。只是，井手先生太过依赖这一点，没有建立起派阀以外的职场人际关系。"

因此，当森信宏以夫人生病为由，出乎意料地很快离开今多财团时，井手等于是被抛下。他觉得被抛弃在失去大将，又没半名援军的敌阵中。

纯粹是"他觉得"，实际如何不清楚。从岳父那里听到这些事时，我猜想井手身边的人际关系纠纷，至少有一半是来自他的挫折制造出的被害妄想。

"他是个优秀的人，所以对部下十分严厉。这并不是坏事，但如果待人严厉，有时反过来受到严格检视，也是没办法。"

"换句话说，很简单啊，就是狐假虎威的狐狸，失去老虎的依靠，无法继续逞威风。"

"这样讲他未免太可怜。"间野劝野本弟。

牛郎小弟目瞪口呆："间野小姐善良过头了吧？"

"唉，然后，"我合上社用笺纸，"井手先生就自我放弃了。"

"他过量饮酒，也是从那时开始吗？"间野问。

"嗯，他原本就爱喝酒，但不会带着宿醉来上班。"

野本弟眯起眼："传闻他的老婆离家出走。"

"听谁说的？"我苦笑。

"'睡莲'的老板。"野本弟满不在乎地回答。

是在这栋大楼一楼开店的咖啡店老板，和我挺熟的。不知为何，老板对今多集团内的大小事十分敏感，有时他以独门天线拦截到的情报，是我迟钝的耳朵就算过一百年也打听不到的消息。

"不晓得是不是太太单方面离开，不过他们似乎分居中。"

"孩子呢？"间野蹙眉问。

"跟太太一起住，听说是念国中的女儿。"

"那就更寂寞了吧。"

"干吗这么温柔？间野小姐，你这样不行。"

妻女离家，在晴朗的星期日，除了喝酒无事可做。我忽然理解昨天井手的部分心情。渴望关怀，想确定自己仍有影响力。动机虽能理解，但手段无法恭维。

负责推动今多财团这艘巨舰的主引擎之一的井手，失去领袖森信宏后，开始迷失。他不断与新上司产生冲突，又与同事不和，遭到部下抵制。于是，他被降级、摘掉头衔，赶出财务部，在相关部门四处流离，最后流浪到今多会长出于消遣设立（他只能这么想）的广报室。《蓝天》

在他眼中，顶多仅有巨舰甲板上的遮阳伞般的价值吧。

但岳父就是希望他能改变那种价值观，才会调他过来。抛开财务人员的目光，放眼集团全体。一旦打开视野，俯瞰作为一个有机体的今多财团，小小的自尊心根本微不足道。

——不好意思，在他醒悟前，请你多多担待。他绝不是傻子，只是迷失了自我。

岳父这么对我说。我在岳父的话中感受到温情，也想帮助井手。提出井手的异动申请，对我是个挫折。我辜负了岳父的期待。

"井手先生来到这里，才十个月左右吧？"

间野是早井手两个月的前辈。虽然在他看来，这一点应该没有意义。

"他到现在连 Excel 都不会用。"

"那是他的抗议方式吧。对会长很抱歉，不过要让井手先生重新振作，还是允许他参与财务工作比较好吧？编辑社内报，领域未免差太多。"

"怎么不干脆辞掉他？"

"正式员工没办法轻易开除。"

跟打工人员不一样。听到我的话，野本弟搔搔头说："甘拜下风。要是我至少能成为准社员就好了。"

今多财团的准社员，待遇和打工人员一样，不同的是，可加入全体准社员组成的工会。这么一提，间野也能向准社员工会呈报。但她没采取那种方法，而是联络我，表示我虽然是无能的代理总编，还有点人望吗？或者，这是出于她的善良？

我很快就晓得两边都不正确。只见间野垂下目光，小声问："这次的事，杉村先生的夫人也会知道吗？"

我顿时一僵。

"我认为没必要让内人知道。"

原来间野是在担心这一点。

"夫人好意把我安插进来……"

"没必要烦心。不是你的错。"

"就是啊，间野小姐才是被害者。"野本弟附和，但间野小姐依然愁眉不展。

"像我这种人，居然能进入这样的大企业工作，本来就太厚脸皮。"

野本弟横眉竖目："间野小姐，你是不是被井手先生洗脑啦？园田总编说他简直把间野小姐当成酒店小姐……"

野本弟慌忙捂住嘴巴。

"——对不起。"

"男性对美容沙龙不熟悉，遭到误会也没办法。"间野安抚道。

"不是误会，井手先生是故意的。"

"我没有学历，也没有在公司任职的经验……"

"间野小姐的工作表现很好啊。比起井手先生，你才是优秀的编辑部成员。别那么消极。"

间野京子已结婚，有个四岁的儿子，丈夫是半导体工厂的技术员。两人工作都很忙，彼此扶持养育孩子，但一年前，丈夫以两年为期限，一个人前往孟加拉的新工厂任职。夫妇双方的父母都在远方，没办法托他们照看孩子——我的妻子得知其中原委，便把她挖脚到集团广报室。

"也是有当钟点美容师的选项……"间野低喃，"但我有点想看看外面的世界，于是忍不住接受夫人的好意。我决定得太轻率。"

"我们集团广报室需要新战力，你可不能忘记这一点。"我应道，"我们不是全看你的需求录用的。毕竟我们的发行人没那么好说话。"

"就是啊！"野本弟朗声断言，忽然又退缩，"我不认识会长，不过一定是这样。"

间野恢复笑容，我不禁埋怨："果然少不了总编。"

两人望着我，我露出苦笑："有园田瑛子盯着，井手先生就不敢轻举妄动吧？"

"这我倒是无法预测，不过总编不在，确实挺无聊。"

听到野本弟的话，间野点点头。

"我一直没提，是担心听起来像在催促就太过意不去，但是不是应该去打听一下情况？总之，在园田总编回归战线前，我会确实盯好井手先生。"

然而，以结果来看，我的保证失效，或许该说没用了。因为两天后，情势急转直下。

总公司人事管理课找我过去。只见总公司行政人员隶属的工会，俗称"白色工联"的涉外委员也在场。这种情况，"涉外"的对象是指公司内部的管理阶层。

主要是一个姓兼田的涉外委员向我说明。

"申请停职？"

"是的，昨天本人提出的。同时希望工联调解人事纠纷。"

我一时说不出话。

"不晓得是怎样的纠纷？"

戴银框眼镜的兼田委员年约三十吧。人事课职员约五十五岁，是个头发斑白、蓄小胡子的大叔。

"一言以蔽之，就是滥用职权。"

我更加震惊得说不出话。

"我……对井手先生？"

"受理的内容确实如此。"

兼田委员打开手上的档案，将印得密密麻麻的几张 A4 文件递给我。"这是井手先生的调解申请书。我们得到本人同意，杉村先生也可以看，请过目吧。"

字距与行距都极小的文件上，洋洋洒洒陈述着《蓝天》的代理总编杉村三郎如何利厄今多会长女婿的身份，对井手正男施加不正当的迫害。

对我来说，这根本全是妄想情节，更令人喷饭的是——

"这里提到准社员的间野小姐和打工人员野本也与我勾结，策划让井手先生在职场难以容身。"

"看来是的。"

"这并非事实。我就不必说了，间野小姐和野本工读生也没做这样的事。"

"接下来的调查，将会查明这究竟是不是事实。"

兼田委员的银框眼镜稍稍滑落。

"既然收到调解申请，工联不得不介入，请理解。"

"至于因病停职一事，申请人附有诊断书，今天就受理了。"小胡子人事大叔说，"今后两周一次，我们的负责人会与本人面谈，确定健康状况，再判断是要复职，或继续停职。"

"他生什么病？"

"那里有精神科医师的诊断书。"

我浏览钉在文件最后的诊断书，症状包括长期失眠、食欲不振、抑郁状态，至少需要两星期的休养与治疗吗？

"不是酗酒的诊断啊。"我脱口而出。

兼田委员的眉毛一挑："井手先生有酗酒问题？"

"带着宿醉来上班，在会议室睡觉，不算酗酒问题吗？"

我实在火大，说起话来气势汹汹。"我可以在这里为自己申辩吗？"

两人同意，我便将井手正男迄今为止如何怠忽职守，及最近引发的问题——间野京子蒙受的性骚扰事件一五一十道出。

"我准备等井手先生来上班时，询问他关于性骚扰的事。我们一直以为他是染患流感在家休息。"

没想到，他居然请有薪假去看精神科，拿诊断书向工联哭诉。

"我懂了。性骚扰的问题，我们会在这场调解中查个水落石出。"兼田委员银框眼镜底下的目光稍稍和缓。

"工联也不是一味站在工会成员这边。调解是为了找到对双方都公平而务实的解决方案。"

"若是那样就太好了。"

"井手先生是上去又回来的，而杉村先生在公司的立场又十分微妙。工联会充分考虑到这部分。"

这里说的"上去又回来"，是指高级管理人员被降为基层员工，成为工联会员（得到加入工会资格）的情况。姑且不论这一点，原来我对今多财团而言，是"微妙"的存在吗？"微妙"，多么方便的形容词。

小胡子大叔稍微向兼田委员使个眼色，倾身向前道："变成顺带提起，真不好意思，不过园田小姐已决定返回职场。"

想必是我的脸上充满毫不保留的放心与安心，两名"今多人"似乎有些诧异。

"昨天我们进行面谈，确认她回归职场的意愿。她气色不错，下周一开始上班。她大概会在今天联络各位。"

不管是顺带还是什么，总之实在是好消息。对间野小姐来说，也是个援军。

"杉村先生的立场特别，会长应该会亲自告诉你。不过依程序规定，我们也通知你一声。"

短暂的时间内，一下气愤，一下开心，情绪像坐过山车，我不禁变得敏感起来。这回是"特别"啊。我忍不住反问："特别是什么意思？"

"嗯，就是……集团广报室是直属于会长。"小胡子大叔困窘地笑。

杉村三郎直属于会长，是这个意思？

"谢谢你们的用心。"

话语夹杂嘲讽，我真没风度。

"那就麻烦你了。"

小胡子大叔起。目送他离开后，兼田委员转向我说："今后展开调解调查，会需要集团广报室的各位拨出时间。我们会尽量在不妨碍业务的情况下进行调查，请多多配合。"

"好的。如果园田总编回来，业务就完全没问题。"

事情应该已交代完毕，兼田委员却有些欲言又止——我正这么想，他便开口："我是听人事课说的，园田小姐似乎真的是 PTSD。"

创伤后应激障碍。大概是被卷入公车劫持事件，身心变得不稳定吧。

"毕竟被人拿枪威胁，这不奇怪。"

"那杉村先生呢？"

"我嘛……会不会产生 PTSD 症状，应该有个人差异吧？"

兼田委员的单眼皮在银框镜片底下眨了眨："听说园田小姐曾是工联的委员，虽然我没和她共事过。"

那是我和今多家联姻前的事，我也没听园田瑛子提过。

"是在集团广报室成立前吧，我不晓得此事。"

"那个年代的女员工，很多都长年在工会活动。因为女性没办法成为主管。"

园田瑛子是《男女雇用机会均等法》实施前，女职员全被概括成"Office Lady"的世代。公司不期待女员工负责事务范围外的业务，虽然能够免去工作上的重责和调动，但不可能成为管理人员。

"就连现在，集团广报室的总编也不是正规的主管职。即使园田小姐辞掉委员工作，仍是工会成员。"

这应该是事实，只是我不懂兼田委员想暗示什么。

"难不成园田也要求工联调解？"

兼田一阵狼狈，急忙摆手。"不，不是的。关于园田小姐的停职，完全没有我们介入的必要。"

"只是——"他支吾一会儿，"关于园田小姐停职的理由，杉村先生有没有听说什么？"

我不禁愣住："没有。"

"因为很突然，她甚至没向编辑部的各位说一声，你不觉得奇怪吗？"

确实事有蹊跷，但那是与暮木老人的真实身份有关的谜团，和公司完全无关。

"由于刚碰上那种事，我并不觉得奇怪。"

"这样啊……"他的银框眼镜又稍稍滑落。

"我和园田总编通过工作，建立起一定的信赖关系。但这次的事件，纯属飞来横祸，园田小姐一定受到极大的创伤。我不晓得 PTSD 确切的症状，但如果本人能向不是医生也不是咨询师的我，清楚说明哪里不舒服，是不是就没必要停职？"

正因有说不出的苦，才非求助医生不可吧。公车遭到劫持时，一开始园田总编用她一贯的风格对抗老人，却渐渐失去心理平衡，我在旁边看得一清二楚。

所以，她没办法向我坦承自身的状态。她非常好强，应该会觉得没面子，又感到窝囊吧。

兼田委员苦着脸点点头，又忽然抬起眼，低声强调："抱歉，这件事请不要外传。"

我故意夸张地瞪大眼，回望他的银框眼镜。"什么事？"

"由于被卷入某起事件，留下心理创伤，园田小姐以前也像这样停职过。"

那是很久以前的事，他说。

"园田小姐进公司第七年，是二十八九岁。"

园田瑛子是大学毕业后进公司的，今年五十二岁。

"大概二十五年前吗？那真的很久了。"

"是的，算是陈年往事。"兼田委员依然苦着脸，"好像是当时的女员工研修发生状况。"

他不了解细节，也没查到记录。

"我只是听到一些传闻而已。"

"传闻的出处，是工联的伙伴吗？"

兼田委员没有心虚的样子。"是的，对方是和园田小姐同批的女职员。顺带一提，园田小姐那一批的女员工，只剩她一个人，其他全部离职。而告诉我这件事的人，当时不在现场，不清楚详情。"

据兼田委员说，由于那起"事件"，园田瑛子才会在今多财团总公司的员工中，受到另眼相待。

"原来园田瑛子跟我一样，是'特别'的。"我语带挖苦。

"不是那种意思。"兼田委员一本正经，"不过，园田小姐被卷入的那起事件，情节似乎非常严重。传闻会长——当时还是社长，亲自出马收拾善后。"

我顿时忘记冷嘲热讽，打从心底吃惊。

"从此以后，同批的员工之间有个默契：园田小姐是特别的，所以——集团广报室设立十年以上？"

"一四年了。"

"那名女员工说，园田小姐会被拔擢为总编，也是会长特别关照。"

我模糊地想着，"园田瑛子是今多嘉亲会长情妇"这个根深蒂固的流言，也就是误会的源头，是否在于此处？

我直视兼田委员，开口道：

"或许不该问工会委员这种问题，不过，无论曾发生什么事，一个大企业的领袖，会关照一名基层员工长达二十五年吗？"

兼田委员扬起嘴角，眼镜几乎滑落，他用手指推回去。"也对。只是，换成我们的会长倒是不无可能。这是否不像工会委员该说的话？"

我也跟着笑起来。比起假装愤世嫉俗，这样轻松许多。

"抱歉，提出奇怪的问题。"

我这人就爱八卦新闻，兼田委员继续道。

"若要让我辩解，工联的干部平均年龄偏低，而且异动频繁，大多不清楚以前的事情。所以，从我们这一代开始，积极想留下个案研究。重新检视过往的纠纷案例，也是此项工作的一部分。"

但是，不晓得园田瑛子究竟碰到什么事。

"只知道确实出过状况，给人一种禁忌的印象，或是说遭到封印、冻结。"

那是岳父收拾善后，下令隐蔽的禁忌。

"正因如此，我担心园田小姐这次的停职，和过去的事件有关。毕竟其他人质都没大碍——像杉村先生，不也看起来好端端的？"

兼田委员摘下眼镜，拿口袋巾擦拭镜片。

"以我的立场，是可以问问会长。不过，要以园田小姐的意愿为优先吧？我无法插手，刺探她不希望别人重新挖开的旧伤。"

"当然。要是有冒犯之处，我道歉。"

听到对方坦白地道歉，我不禁望向指尖，搔搔鼻梁。

"嗯……如你所说，这次总编的停职非常突然。坦白讲，对于她迟迟没有任何解释，我并未感到疑惑或不安，但还是颇为担心。"

兼田委员捏着口袋巾，点点头。

"她很早就被释放，而且直到攻坚前都和我在一起的人质，至今皆无明显的后遗症。为何只有园田小姐出现异常？若说有什么不明白，就是这一点。不过，别嫌我啰唆，这终究是心理问题。"

我是在说服自己，别做多余的揣测。

二十五年前，园田瑛子曾遭受冲击性的心理创伤，公车劫持事件勾起回忆。果真如此，就能够解释她与暮木老人对峙时的情绪变化。假使问题不在公车劫持事件，而是过去的心理创伤，当下那种不像她的混乱反应，也就不难理解。还有，她与老人那段神秘的对话：

"我知道你这种人。"

"你一定有过非常痛苦的回忆吧？"

"痛苦的回忆"若指的是二十五年前的事件，一切都说得通。

不过，追究往事又能怎样？北见夫人不是说，公车劫持事件已落幕。把我们玩弄于股掌之间的清瘦老人，是个身无分文的孤单老人，而他早不在人世。事到如今，执着于他的真实身份有何意义？

"或许你知道，两年前集团广报室曾碰上麻烦。"

"杉村先生个人也历经可怕的遭遇。"

"幸好众人平安无事，而我因此习惯面对事件，才能继续活蹦乱跳。或许是我神经太六条吧。"我轻轻笑道。

"园田小姐恐怕亦是劳心过度。不是为了二十五年前的往事，而是两年前和这次的事件接连发生，才会一时撑不住。"

兼田委员重新戴好眼镜，点点头。"是啊，确实还有两年前的事件。看来我做出错误的臆测。"

不过，两年前那一次，园田瑛子并未申请停职，反倒是为了做好总编的职务，坚强地振作起来。实际上，她也一直干劲十足地工作。

"那么，要个别询问编辑部成员时，我会再联络。"兼田委员站起。

我们在友好的气氛中道别。我不停地告诉自己，别再想了。

第六章

"是谁帮我整理的办公桌？"

这是集团广报室室长兼集团宣传杂志《蓝天》总编园田瑛子，回归后的第一句话。

她穿着我们熟悉的、不像上班族的民族风衣裳，今天在色彩上也格外用心。虽然瘦了些，但面色红润，举止灵敏有朝气。我不禁放下心。

"我们两个一起整理的。"悄悄举手的间野和野本弟也面露笑容。

"这样啊。没丢掉重要的东西吧？"

"我们什么都没丢，只是把桌上堆的杂物整个移到纸箱，放进会议室的寄物柜。"解释之后，野本弟小声补一句，"因为根本看不出哪些是重要的东西。"

总编的回归，不需要讲究排场的仪式或招呼，仅仅确定今后的行程，决定工作顺序。由于先前接下整理森信宏的长篇访谈、编辑出书的重大任务，她询问："我休息的时候，企划中止了吗？"

"对，是森先生的要求。"

我们在拜访他的归途遇上公车劫持事件，园田瑛子甚至停职休养，森先生难过不已，要求等她回归职场后，再继续进行企划。

"真是教人困扰的好意，还以为早就弄完。我可不想再去听那种老头子吹嘘往事。"

刻薄的言辞证明她已完全恢复，但森先生的访谈姑且不论，不想再前往"海星房总别墅区"应该是她的真心话吧。我也不想逼她这么做。

"之前累积的访谈，分量足够出一本书。接下来只要重新编辑分章……"

"那杉村先生你负责，出版社那边我去交涉。"

"好的。"

于是，我们编辑部重回轨道。

面对园田总编的复活，我似乎比想象中欣喜。她仿佛从未停职般工作一星期，休息一个周末，又到星期一，仍若无其事来上班。这天晚饭的餐桌上，妻子对我说："你看起来很开心。"

"咦，什么？"

"你看起来每天都很开心。"

"因为我松了一口气啊。"

"这下公车劫持事件总算告终。对你来说，在园田小姐回来前，事件都不算真正结束。"

或许吧。看到园田瑛子比预期中更有精神的模样，我不禁觉得与事件有关的各种不透明疑云，全都无关紧要。我总算从闷闷不乐地叫自己别再胡思乱想的作业中解脱，或者说忘怀。

"真好。"还在用餐，妻子却像没规矩的孩童般托起腮帮子。

"我好羡慕。"

"你很喜欢园田小姐呢。"她继续道。

"喂喂喂。"

"哎呀，我没有奇怪的意思，别误会。"菜穗子眯起眼笑道。

今晚桃子去大舅子家玩——正确地说，是去请表姐弹钢琴伴奏，练习诗歌朗读，所以家里只剩我们夫妻。用餐的时候，顺便开了红酒。妻子的眼角淡淡泛红，就是这个缘故。

"我觉得工作上的伙伴真不错，因为我没有这样的经验。"

"今后试试看？"

听说孩子上学后，母亲会感到寂寞。多出时间，也变得悠闲。菜穗子早有心理准备。配合桃子就学，增加从年轻时就不会间断的图书馆义工服务时数，并且开始上烹饪教室。我蒙受后者不少恩惠，虽然偶有失败品，但也令人觉得可爱。

"你是说出去工作？"

"不一定是工作，结交些伙伴就行。"

不是朋友，是伙伴——我强调。

"一起执行某些任务的伙伴。"

菜穗子拿着红酒杯，接过话："比方开店？"

一下就跳到这里？

"这有点……"

看我一脸狼狈，妻子扑哧一笑。

"开玩笑的。我上的烹饪教室，有同学准备开餐厅。"

"如果要做生意，光挑选地点就是个大问题。"

"听说要把自家改建成餐厅。那个人住在白金地区，打算以附近的贵妇太太为对象，供应精致餐点。不是要做什么夸张的事业，不过是认真在计划的。"

"难道那个人找你帮忙？"

妻子没立刻回答，啜饮一口红酒。

"我只是在想，去帮忙或许蛮好玩。"

表情别那么严肃，她提醒道。

"我很清楚自己有多无能。"

"你不是无能，是身体不好。"

厨师必须站着工作，其实非常需要体力。不管名称叫大厨或甜点师傅，都是不可动摇的事实。

我不禁忆起前野芽衣的梦想，妻子也察觉到这一点。基本上，我对妻子向来毫不保留（这阵子的例外，只有间野京子遭遇的性骚扰事件），她知道我和那些人质保持联络。

"那个想成为甜点师傅的女孩。"

"嗯，前野小姐。"

"后来她怎么样？"

"好像还在赚学费。不管怎么样，她想进的厨师学校，都得等到春天才能入学。"

"跟我上的那种悠闲的烹饪教室比起来，要正式许多呢。"

杉村菜穗子今晚有点自虐，平常她不会如此自贬身价。

"我该去考个厨师执照吗？"

到学校正式修业，她说。

"不错啊。如果厨房里有张证照，我也觉得骄傲。"

"真的？父亲会开心吗？不论几岁，只要孩子努力朝目标前进，父母都会感到高兴吗？"

总觉得不太对劲，连喝酒的速度都比平常快。妻子朝酒瓶伸出手，我抢先为她斟满杯子。

"今天喝得真快。桃子回来前，你会先醉倒。"

"没关系，嫂嫂会送她回来。"

"那更不应该睡着啦。"

我仔细观察妻子的神情。

"你怎么了吗？"

"没事。"

眼睛和嘴巴都背叛她的话。

"只是觉得有点没意思。"

"为什么？"

妻子靠在椅子上，叹口气。

"我被桃子甩了。"

妻子要陪桃子去哥哥家练习，桃子却拒绝说"妈妈不要跟来"。

"在练习得更完美前，她不希望我听见。"

"那是想得到你的称赞啊。"

"或许吧。可是，你不认为'不要跟来'这句话很残忍吗？"

"这表示桃子萌生自我意识，不是很棒吗？"我笑道。

"没意思。"妻子又嘟起嘴。那表情和闹别扭的桃子一模一样。

"这就是所谓的空巢期吗？"

"是空巢期前的热身运动。"

"我也得建立自我才行。得重新培养自我吗？"

"这是很有意义的，太太。"

"反正，有工作的你是不会懂的。啊——啊，不如我停职不干主妇和母亲？这样你和桃子会稍微伤脑筋吗？"

"那当然，我保证。"

约莫一小时过后，桃子踏进家门，妻子和送她回来的嫂嫂聊天，心情似乎好转。我不打扰女人家的相处，到书房检查电脑和手机邮件。

说曹操，曹操就到，前野小妹传信息过来。今天下午，她在当地银行的大厅巧遇田中。

"田中先生手术成功，但他埋怨腰的状况依然不理想。"

前野辞掉"克拉斯海风安养院"的厨房打工，改到住家附近的面包店工作。她在店里碰到田中的太太，对方还向她打招呼。

"小启总算熟悉工作，却一直抱怨很累。杉村先生和园田小姐都过得好吗？"

我向三人报告过园田瑛子已回来上班。年轻情侣相当高兴，田中没回信。不过，我们都是中年大叔，交换太活泼可爱的信息也挺怪，没消息就是好消息。

坂本在公车劫持事件后找到工作，是在市内拥有广大服务区域的清洁公司。虽然有三个月的试用期，但他似乎顺利融入职场。不过，对年轻的他而言，这份工作在体力上仍相当吃重。

"假日都在睡觉，根本没时间约会。"

本人这么埋怨，但约会对象的前野为他找到正式工作开心不已。

在海风警署的停车场，坂本远远望着西装笔挺、站在车旁与前野谈笑的桥本真佐彦，低声呢喃的那句话，依然留在我心中。姓氏只差一个字，境遇却是天差地远。

加油——我只能为他祈祷。

"内子可能是受到前野小姐影响，想正式学烹饪。你经常成为我们家的话题。"

我输入信息。善良芽衣的笑容和哭相，是那个事件中美好的回忆。

"园田总编也很好，她吵人吵得很凶。"

我附上苦笑的表情符号传送出去。

野本弟提议在进入忙碌的校稿期前，先来庆祝总编回归职场。

"我知道有家超好吃的中餐厅，一个人两千日元就能享用全餐及喝到饱！"

地点在新桥车站徒步五分钟的地方，我们都觉得可疑。

"那种价钱喝到饱……"

"我对牛郎小弟的'好吃'定义感到不安。"

间野请保姆带小孩，加入我们的行列。于是，在首都圈企业标榜"不加班日"的星期三，集团广报室四人组朝那家店勇往直前。

那不是中餐厅，是一家位于办公大楼区的巷弄里，挂着红门帘的古雅拉面店。而且店内空荡无人。

"喏，你们看。"园田总编不知为何很开心，"穷打工生的'超好吃'就是这种程度。没关系，我要生啤酒、煎饺和叉烧面。"

"总编，可别只凭印象下定论。欸，坐吧、坐吧。"

除了吧台以外，就是榻榻米包厢座，而不是卡座。从格局来看，以前似乎是居酒屋。穿白色罩衣的老板，以不流畅的日语询问要什么饮料。送来凉水和热毛巾的女人应该是他的妻子，一样以不流畅的日语微笑寒暄。

"好久没看到在那种地方摆电视的拉面店。"

发现吧台斜上方，镇坐在天花板附近的老旧十四英寸显像管电视，间野感动无比。画面映出傍晚的新闻节目。

"头儿，菜色就交给你！"

心情大好的野本弟喊着，总编又损他："什么头儿，装熟客。"

然而，当冰凉的啤酒和三种凉拌前菜送来时，我们大吃一惊。接着是干烧虾仁、天津饭、炒空心菜、奶油汁煮白芦笋等，料理迅速完成并端上桌后，我们更是跌破眼镜——每一道都美味至极。

见大伙沉默不语，野本弟得意扬扬。"瞧瞧，我没骗你们吧？"

我们觑着热情微笑的老板夫妇，一面吃喝，一面吵着问野本弟怎么发现这家店，还有一个人两千日元（而且店里依旧空荡荡）生意要如何维持。

"如果交给老板，都是这些菜色吗？"

"没有，可以自己选。今天我是干事，所以挑我喜欢的。"

"野本弟喜欢的菜，跟我家小孩几乎一模一样。"间野笑道。

总编拍拍野本弟那学杰尼斯却四不像的长发："你心理年龄只有四岁，懂吗？"

"太过分啦。我的味觉是不折不扣的大人啊。这是大人秘密基地的中华料理店！"

"还秘密基地咧，你要躲谁？想要秘密基地，得等到变成杉村先生这种立场微妙的大人，才有资格说。这个人身上背负的东西可多了。"

好久没听到这样调侃我的园田式发言。

"杉村先生，原来你背负着这么多东西吗？"

"是啊，这是甜蜜的负荷。"

总编换成绍兴酒，然后发现间野其实挺会喝，气氛更加热闹。

"如果井手先生能够淡忘过去的荣耀，快点跟我们打成一片，现在就能一起开心地吃吃喝喝。"

总编忽然嘟囔。野本弟手中的调羹滑落，一副遭遇奇袭的模样。

"啊，抱歉。可是，工联不是来联络过？说要找我们进行调查。"

昨天刚接到通知，似乎要对编辑部三名成员分别问话。

"工联的人未免顾虑太多，明明最好尽快采取行动，上星期却还在观望，看我能不能正常回归职场，岂不是给井手先生在那里大放厥词的机会？"

"你一回来就闹出这种事，真抱歉。"间野果然率先道歉。

"你在说什么啊！是我不该缺席，井手先生必须有人盯着。像他那种人，对男人拒之千里，对女人却爱撒娇。"

"性骚扰是对女人撒娇？"野本弟频频眨眼，"不是瞧不起女人？"

"瞧不起女人，就是在对女人撒娇，认为女人一定会原谅自己。"

原来如此，有这种说法吗？

"既然都到这个节骨眼儿，我就毫不保留全说出来，大家也不必客气。"醉醺醺的总编睨着我。

"事情的始作俑者，就是这个窝囊女婿没办法违抗会长的命令。原本我们没必要接收井手先生那种没用的包袱，集团广报室又不是更生机构。"

对不起——我装出俯首听训的模样，间野和野本弟都不敢接话，一阵困窘。就在这个空当，电视新闻的播报声吸引我的注意。我听到"报纸贩卖店"这个关键字。

我转身仰望电视机，看起来像在报道社会案件。画面出现灰泥外墙的建筑物，有白字跑马灯。

上菜告一段落，老板夫妇悠闲地看电视。刚刚他们说从中国四川省来到日本第二年，还在学习日语读写，所以营业时间都开着有字幕的电视节目。

"台东区的报纸贩卖店发生一起命案。"

这次我清楚听见记者的声音，转身面向电视。

"音量能调大一些吗？"

老板娘操作遥控器。女记者站在路灯光圈中，紧张地拿着麦克风。

"今天傍晚五点左右，死者高越胜巳来到报纸贩卖店找男性友人谈判，演变成争吵，疑似遭对方刺伤。高越返回距离现场约一百米的自家公寓，男性友人则逃逸无踪。男性友人是在这家贩卖店工作的四十多岁店员，据目击者表示，他穿蓝夹克、牛仔裤与白运动鞋，逃往东京地下铁稻荷町站方向。目前警方正在搜索他的下落。"

我在计程车里拨打手机，北见夫人立刻接听。我告知现在正前往她家，她回道："抱歉，让你担心了。"

司也中断加班回家。这表示我的推测并非杞人忧天，新闻中犯下命案的台东区报纸贩卖店员，就是拜访过北见家的足立则生。

"当时足立看起来那么想不开吗？"

"看不出来啊……他是个老实的普通人。"

一旦过度老实的人动怒，往往会无法克制。

"外子已不在，足立先生应该不会来我家。"

"或许会打电话过去。"

计程车驶入青山地区的街道时，司打电话给我。他刚到家。

"虽不认为足立会再来我家，可是，如果他真的杀了人，现在一定慌得六神无主，所以……"

从电视新闻的报道看不出究竟，不过与被害者发生争执后，足立则生立刻逃走，应该什么都没带。

计程车无法进入南青山第三住宅的土地范围。我在门口下车，小跑步穿过儿童公园的秋千旁。秋千静静垂挂在黑暗中，只见窗灯齐整并排，遥远的路灯下，有个牵狗散步的孤零零人影。

在修补工程中装设的电梯，位在建筑物深处一隅。我快步经过中央的户外阶梯前方时，阶梯旁的垃圾场后方有个人影在移动，像是迅速弯下身体。

我停下脚步，凝神细看人影活动的位置。

有个人蹲在一排垃圾桶后方。

"不好意思……"我出声。"不好意思"与"微妙"一样，是相当便利的词。不管是请人帮忙按电梯楼层，还是搭讪躲在都营住宅垃圾桶后方的可疑人物时，都同样可以拿来使用。

人影蹲着不动。

"你在找东西吗？"

我下定决心走近垃圾桶，朝人影探出上半身。

人影如弹簧般站起。下一瞬间，一团小垃圾袋飞过来，我反射性地双手接下，这回换垃圾桶的盖子飞过来，我没能完全闪开，脸被砸到，一股恶臭扑鼻。从垃圾桶后方跳出的人影，双手推开跟跄的我，朝我来时的方向冲去。

跌倒的我单手撑在地上，大声问道："是足立先生吗？"

逃走的人影像被钩子扯住般停下。那是个不胖不瘦的中年男子，穿蓝夹克、破旧牛仔裤、运动鞋。右边的鞋带似乎快松脱。

对方回过头，只见他脸颊凹陷，在路灯下白得不健康。头发凌乱，喘得很厉害。

他两手空荡荡。我后知后觉想到，刚刚我也可能不是被推开，而是被刀子刺中。

我起身想走近他，又打消念头，声音自然放低。

"足立则生吗？五年前，你曾委托北见一郎调查吧？前些日子，你来拜访过北见夫人。"

足立则生喘着气，缓缓摇头。

"不是吗？你不是足立先生？"

"——不是我。"

他的声音走调沙哑。

"高越那家伙闯进店里，说我是跟踪狂，所以……"

与其说是发抖，不如说他的身体在不灵活地摇晃。

"所以你们吵起来？"

"可是我没杀他！"

足立则生倏然缩起肩膀，仿佛被自己激昂的声音吓到。

"好，我懂了。"我慢慢摊开双手，"冷静谈谈吧。我叫杉村，跟你一样，受过北见先生的照顾。前些日子，北见夫人向我提到一些你的事。"

足立则生维持随时都能逃跑的姿势，眯起眼打量我。

"你是北见先生的朋友？"

"只在他过世前有短暂的往来。"

足立则生尖瘦的脸上，浮现孩童般坦率而毫无防备的悲伤神色。

"北见先生真的死了？"

"嗯，非常遗憾。多么希望他能再长寿一些。"

蓝夹克胸口又剧烈上下起伏。他十分慌乱、激动，无法平顺呼吸。

"那个姓高越的人，和五年前的春天你委托北见先生调查的事情有关吗？"

"你认识我？"

"听说你不小心上当，参与诈骗行为。"

他点点头："高越就是拖我下水的诈骗集团成员。"

"你是最近才又碰巧遇见他吗？"

"他搬到我负责的地区。我去推销报纸，他出来应门……"

真是恐怖的巧合。

"你吓一大跳吧？"

"他也吓到了。"足立则生忽然像痉挛般短促地笑。

"起初他还装傻。"

他又僵着身子发抖，垂下头。据我观察，他的夹克、牛仔裤和运动鞋都没有血渍。

"我告诉他，之前的事我记得一清二楚，不妨上警署说个明白，他就慌了。"

这不只是口头威胁，所以足立则生才会去找北见一郎。

"你跟高越谈过好几次吗？以前是不是也发生过争吵？或者，高越反过来恐吓你？"为了将他留在原地，我连珠炮般提问。只见足立则生的眼神游移，望向我身后。

回头一看，原来是司。他显然是匆匆下楼。大概刚从公司回来，只脱掉外套，拿下领带，没换衣服。

"我估计杉村先生快到了……"司喃喃低语，直盯着足立则生，"这个人——"

足立则生总算转过身。他望向司，眨着双眼。

"你是北见先生的儿子吗？"

"对。"司点点头。

"原来他有个这么出色的儿子。"

足立则生忽然皱起脸，用手背大力抹了抹人中处。

"我真是个没药救的傻子，不该来的。"

"对不起——"他向司行礼。

"北见先生已死，不能再依靠他，可是我没有去处，忍不住就……"

我和司互望一眼，司上前一步，开口道："如果你不嫌弃，我可以帮忙。足立先生，我们母子和这位杉村先生都了解状况。你来这里是对的，我们一起去找警察吧。"

足立则生用手背按着脸，拼命摇头。

"你没杀害高越胜巳吧？既然如此，没什么好怕的。向警方投案，冷静说明就行。"我走近劝道。

足立则生停止摇头，抬起脸。原来他在哭。

"你不在场才能说那种话。"

我可疑到不行——足立则生自暴自弃道。

"依目前的情况，你只是看起来可疑，谁教你逃走？如果你没逃走，留在原地，警方处理的态度也会不一样。"

"肯定是一样的。"他十分顽固，"我这种人讲的话，谁会当真？你们都不懂。"

"但你没杀高越先生吧？"

一行泪滑下足立则生的脸颊。

"我没杀他，他却大叫是我杀的。他陷害我。"

我倒吸一口气。司面色苍白，仍劝道："既然如此，更应该说个清楚啊！"

"没用的。"

"不能放弃！"

"我们会陪着你。"

"不，不行。我不能把北见先生的儿子牵扯进来。"

你——足立则生指着我。

"答应我。记住，我没见到你，也没来过这里。北见太太和她的儿子都不认识我。我与高越的事，不要告诉任何人，更不要告诉警察。你们不能扯进这件事。"

然后，他对司说："好好珍惜你妈。"

足立则生语带恳求，随即转身逃跑。司一时反应不过来，愣在原地，回神想追上去，被我制止。

"可是，杉村先生……"司抗拒道。

"别追了，他说得没错。你不能牵扯进去。"

"不过……"

"倘若你要继承父亲，当个私家侦探，就另当别论，但并非如此吧？"

足立则生的身影穿过建筑物转角消失。

司顿时垮下肩膀。

"要是爸还活着，会怎么做……"

"没人能取代北见先生。"

我只能这么回答。

两个成年人争吵，动刀动枪，闹到杀人——这年头，电视新闻不会浪费太多时间在这种小事上，我没看到任何后续报道。十点的新闻节目，只提到警方尚未找到逃离现场的嫌犯，一语带过。

"真的不用报警吗？"

司连晚饭都吃不下，坐在电视机前。

"现在还是尊重足立先生的意愿吧。"

这样的看法有没有说服力，我毫无自信，但仍继续道："涉入这种事，即使是出于善意，即使问心无愧，终究得经历不愉快的情绪。不仅如此，连内在都会产生变化。"

我第一次说这种话。什么叫会产生变化？是什么会变化？

"或许是这样，我才会变得胆小……"

"杉村先生毕竟是过来人。"

司的声音掺杂担忧，变得模糊。我露出笑容："不，也没有具体的后遗症啦。"

"你还是个菜鸟上班族。"北见夫人叮嘱司，"可能会给公司添麻烦，先佯装不知情吧。"

"何况，"北见夫人微微偏头，"就算不报警，警方也会来询问我们。"

我和司都大吃一惊。

"足立先生身上有当年事件的档案。"北见夫人解释，"说是档案，足立先生持有的，也只是外子和他的对话内容记录。"

"是五年前交给他的吗？"

"不，是上次他来我们家时，我交给他的。"

北见将经手事件的档案完全处理好才过世。临终之前，他联络以前的委托人，把留在手边的所有事件相关档案交还给对方。

"正式的事件记录，都分别归还给委托人，只剩外子的备忘录，但他认为既然要离开世上，那些东西也不能留在身边。"

很像北见的作风，一板一眼。

"可是有几个委托人联络不上，那些档案由我保管。"

"啊。你趁上次还给足立先生了？"

夫人对司点点头。"所以足立先生的档案，现在应该在他手上。"

警方调查足立的住家，找到档案，看过内容后，自然会找上北见一郎。

"档案里有提到高越先生的名字吗？"

"我没看过内容，不太清楚，或许有吧。即使没提到特定人士的名字，应该也会提到诈骗集团的事。"

"当时北见先生调查过。"

"稍微查了一下吧，毕竟他是那种个性。"

司拿着啤酒杯出神，夫人提醒："如果警察上门，由我来应对，你可别多嘴。"

司苦笑着，随口答应，但脸色很快沉下来。"他声称遭到陷害……"

"别再想了。"

夫人那副语气，和她规劝为公车劫持事件的暮木老人烦恼的我一样。

"这不是一般人能插手的事。足立先生没办法一直逃下去，如果他决心主张自身的清白，就会向警方投案。我们不要干涉。"

就是啊，我正想这么说，随即收到"杉村先生也一样"的告诫。是、是、是。

深夜十二点过后，我回到家。等待我的，是妻子写着"有点感冒先睡了"的字条及冰箱里的水果盘。我边吃水果，边和司一样想得出神。

吃过跌破众人眼镜的中华料理盛宴，恢复精神的我们广报室成员，顺利通过工联的调查。我们被分别叫去，回来时表情各有千秋。相对于野本弟的义愤填膺，间野却是一脸神清气爽，仿佛放下肩头重担。我不记得做过滥用职权的事，面对工联负责人的种种问题毫无困扰。

我们不晓得井手的说法，不过依询问的气氛，他并未占上风。这一点也让我轻松许多。

疑似受到这场纷争影响的只有一件事。森信宏主动联络，表示想暂缓将长篇访谈出书的企划。电话是他亲自打来的，由我接听。森先生解释"内子的状况不太理想"，口吻始终温和。

然而，园田总编却往坏处想："他的意思是，要跟滥用权势欺侮他小弟的家伙断绝关系。"

确实，井手是森派的主力成员。若把森先生比喻为将军水户黄门，井手就是左右护法的阿助或阿格，不过我应道："什么小弟，至少也说是关爱的部下。"

"反正，是井手先生去向森先生告状吧？不然森先生不可能知道此事。"

"嗯，倒是不无可能。"

即使如此，也不必担心会受到打压。森先生毕竟已退休。

"胡乱揣测生气也没用。搞不好森先生一无所知，真的是夫人身体状况不好。"

"你就是这样，才会永远都是跑腿小伙计，没办法成为政治家。"

不论是任何形式，我都不想成为公司里的政治家，所以无所谓。

由于井手停职，编辑部的气氛和平欢乐。工作大有进展，园田总编完全恢复正常。间野的工作表现极佳，不必再补充人手。

关于足立则生的事，我没告诉任何人，连对妻子也保密。

一向对妻子毫无隐瞒的我，之所以能够忍住不说，是妻子太忙碌的缘故。她提过要帮朋友开餐厅，似乎真的快实现了。妻子看起来相当开心。

"朋友希望我在计划阶段就加入，包括自宅的改建、装潢、挑选餐具用品，要准备的事情真的多到数不清。"

虽然不是去当大厨，妻子也干劲十足。

"我可能会暂时荒废家务……"

"太太，依你的个性，我赌三百点你绝对无法完全抛开。"

所以，千万不要勉强自己——我只叮咛妻子这一点。

"好的，我保证。"妻子的双眼闪闪发亮。

我、北见夫人和司都遵守与足立则生的约定。不知是漏掉档案、找到却没看出其中意义，还是档案里没提到具体事实，一个星期过去，刑警仍没造访北见家。

理应是头号嫌犯的足立则生，媒体依然报道为"死者友人""报纸贩卖店的店员"。名字没公开，当然也没遭到通缉。对足立则生来说，这是个好兆头，或者只是搜查进度缓慢，只能通过新闻和报纸得知消息的我无从判断。

这起案件中，除了足立则生以外，警方也在找凶器。经过验尸，发现凶器是十二到十五厘米的单刃刀，推测是水果刀，却没找到。足立则生住在后里，并且跟着搭伙，没人晓得他是否持有水果刀。而他也没有在案发前购买的迹象。

至于被害人高越胜巳，是都内一家保健食品商社的员工。那是家新公司，以电视购物为中心扩大事业版图，最近推出热销商品，业绩扶摇直上。身为营业部次长的高越本身是高收入族群，他的住所，也是他失血过多死亡的地点、足立则生送报的公寓，在当地是知名的亿万豪宅。他租下搬进来，还不到一个月。

高越有个妻子，目前怀有四个月的身孕。据说没办理登记，等于是事实婚姻。我在一个新闻评论节目中，听到她接受访谈的声音。平常会感到心痛和同情，根本听不下去，但我想知道她怎么说明这起命案。

案发当天，高越胜巳比平日早回家，留下一句"我要去跟那名恶心的送报员做个了结"便出门。足立则生工作的报纸贩卖店，和命案第一波报道一样，离高越夫妻的华厦不到一百米。

"明明已拒绝订报，却纠缠不清，每天都送来根本没订的报纸。叫他不要再送也不听，硬说什么前一个月免费。"

每次送报都按门铃，等高越或夫人出来应门才罢休。听到这里，种种行径确实与跟踪狂没两样。高越夫人本身没明说，但负责访问的播报员和记者，似乎都认为足立则生对她有非分之想，并根据这样的假设发问。夫人表示，她对足立则生一无所知，丈夫也不认识他，不知为何会惹上那种人，完全是单方面受到骚扰。于是，有些节目拿过去推销订报引发的杀伤案件，与这起命案进行分析比较。

雇用足立则生的报纸贩卖店，不晓得这样的纠纷。他们从没办过一个月免费试阅的活动。

"足立本人应该是打算自掏腰包，但究竟是什么原因？"

老板的脸上打着马赛克，一样仅播出声音。他的声音掩不住疑惑。

足立则生没向身边任何人提到与自身黑暗过去有关的高越胜巳。他只向北见一郎求救。

命案发生得十分突然。下午五点前，高越胜巳拜访报纸贩卖店，先向老板兴师问罪"你们的店员足立一直在骚扰我们"。他来势汹汹，坚持无论如何都要跟本人直接谈判，于是老板告诉他足立则生在二楼的寝室。高越希望两个人私下谈，便走上二楼。老板在楼梯底下，提心吊胆地观望情况。没多久，楼上传出怒吼声，接着变成惨叫，高越胜巳按着西装胸口，连滚带爬地冲下楼梯。

——我会被他杀掉！救命！

高越脸色苍白地叫喊，跌跌撞撞地从后门跑出店外。

足立则生跟着下楼。老板出声关切，他不断辩解自己什么都没做，完全一头雾水。在这个时间点，老板没发现高越胜巳遭到刺伤，既没看到刀子，也没流血。

向足立则生问出高越胜巳的住处，老板赶去，发现门前血迹斑斑。他按了门铃，却毫无反应。门锁着，敲了也没人理。老板无计可施，在原地像无头苍蝇般打转时，高越夫人叫的警车和救护车抵达。

接下来是高越夫人的证词。高越胜巳逃回自家后，立刻锁上门，仿佛害怕对方会追上来。他倒进夫人怀里，左胸下方被刺伤，大量出血，死因是失血性休克。直到昏迷前，他都不断重复道："我遭到送报的足立则生刺杀。"

高越夫人和报纸贩卖店的老板一样，没看到凶器。她抱住丈夫时，胸口没插着刀子，屋内也没有刀子的踪影。是途中掉落，还是在足立则生手上？关于前者，警方沿高越胜巳回家的路线进行搜索，却徒劳无功，目前后者的可能性较大。根据此一假设，警方搜索足立则生逃走的路线，但连个刀影都没有。

碰到我和司的时候，足立则生身上暗藏凶器吗？不知道。是在逃亡途中丢弃在某处吗？不清楚。不过，我确定他的衣服、脸和手脚都没有血迹。他主张自己没有杀人，我知道，司也知道。所以，司迟迟无法摆脱烦恼，联络过我好几次。

"果然告诉警方比较好吧？"

"令堂怎么说？"

"我妈的意见还是一样。"

那只能静观其变了——我们的讨论始终在原地兜圈子。

"你们不能牵扯进来。"

"要好好珍惜你妈。"

足立则生这么说过。如果重视与他的约定，只能等待，并祈祷他能主动出面，洗刷自己的嫌疑。

"他会不会自暴自弃，跑去自杀？"

司越来越烦恼，我推断不可能。

"听起来有些不负责任，但我认为他不会自杀。他很有正义感吧，甚至为不小心参与的诈骗行动耿耿于怀。他不会没有任何辩白就自我了结。"

为了已故的北见，也为了司，足立则生不会做出那种自我毁灭的行为。倘若他告诉我们的是事实——他真的没杀害高越胜巳，就不会以自杀来结束这件事。我忍不住如此祈祷。

对我们来说，这句话是唯一的希望：

——我没伤人，对方陷害我。

命案刚发生时，报纸贩卖店的同事和老板娘都听到这句话。高越夫人打110通报，赶来的警官依夫人的证词去报纸贩卖店前，足立则生看到警车，如此大叫，便开始逃亡。所以，在那个时间点，足立则生应该还不晓得高越胜巳已死。见到我们时"没伤人"变成"没杀他"，想必是在前往南青山箐三住宅途中，得知高越胜巳的死讯吧。

不过，我看到的报道，不怎么重视他情急之下的主张。足立则生的处境就是如此危险。

北见可能不晓得足立有前科。二十二岁时，他在当时落脚的横滨闹区一处酒吧，因为争吵而打人，导致对方重伤，被判伤害罪坐了短暂的牢。一个没有前科的年轻人，在这类案件中没被判缓刑，而是直接处以实刑，不是案情太凶恶，就是没经济能力，无力赔偿被害者。无论如何，这都不是有正面帮助的材料。

在报纸贩卖店，足立一向沉默安分地努力工作。不过，即使是一点小事，一旦说出口就不肯退让，有着顽固的一面。年轻同事描述他一生气，眼神会骤变，十分可怕。这是案发后取得的相关证词，应该掺杂不少附加的印象，但考虑到足立在北见介绍的工作地点，连三个月都没做满，应该不是擅长社交的人。而且，这几年他的生活纵使平静，也不可能是令人满意的。别说这几年，从他交给报纸贩卖店的履历表来看，我甚至觉得今年四十三岁的他，人生大半都是委屈的。

"如果高越先生跑来骂人时，我陪同在场就好了。"

老板这番后悔的话，足立则生应该在哪里听着吧。

我生长在山梨县北部。父亲是公所人员，兼营果树园，现在由哥哥继承。

那是片悠闲的土地，依现代人的说法，我在自然环境中成长。与虚弱的都市小少爷不同，健壮强悍——虽然想这么说，其实我怕狗怕得要命。上小学二年级时，我被邻家的狗追赶，摔进田里，带着浑身泥泞逃跑，从此以后就视狗为天敌。

那是只杂种的中型犬，放养在户外。虽然经常乱叫很吵，但不会咬人，所以我哭哭啼啼回到家时，得到的不是安慰，反而先惹来嘲笑，还挨一顿骂。父亲尤其刻薄：

"你逃跑，狗才会追。狗看得出谁是胆小鬼。"他劈头便如此怒骂。

因为跑，才会被追。这也是一种人生教训吧。不要逃避，要回头对抗。但迄今为止，我从未深切体会过这个教训。

凡事都有"第一次"。

说服司不要说出足立则生的事，是为了遵守和足立的约定吗？或者，我只是想以此为借口，避免卷入新的事件？我一直逃避探究自己的内心，事件却主动找上门，而且是应该已结束的事件。

当时，我在公司大楼一楼的"睡莲"吃午饭。遇到足立则生后，一周过去，电视和报纸都不再提起那起案子。我浏览着财经报纸，享用老板自豪的热三明治。

"总算恢复和平。"

替我斟咖啡的老板冷不防冒出一句，像是什么暗号。

"什么意思？"

"井手先生消失，集团广报室不是总算平静下来？"

你们那里人际问题挺多的，老板抚摩着典雅的花白下巴胡须说。

"两年前，那个女孩惹出风波时我也很担心，但这次弄不好，会是大丑闻吧？毕竟是性骚扰问题。"

"老板，你又跟野本弟多话了吧？"

老板一手拿着咖啡壶，耸耸肩。"那不叫多话，我只是提供必要的情报。"

老板是好人，但这种癖好实在教人伤脑筋。

"那也提供我一些情报吧。井手先生究竟在打什么算盘？他似乎去找森先生商量。"

"找'森阁下'商量？这倒是初次耳闻。"

不小心打草惊蛇了。我懊恼地缩着肩膀，桌上的手机传来收到短信的铃声，是前野小妹。

我拿起手机，打开收信匣前，又收到新信息。我正纳闷，换成电话响起。

"哎呀，真是大忙人。"

老板忍不住奚落。我接起电话，听到疑似紊乱的鼻息。

"喂？"

"杉村先生吗？"

原来是公车劫持事件的人质伙伴，善良市民兼中小企业社长田中雄一郎。

"我是杉村。"

"你有没有收到东西？"他气喘如牛，急切地问，"你应该也收到快递，还没打开吗？"

"稍……稍等一下。"

我连忙站起，逃离好奇睁大双眼的老板，来到店外。

"你说快递是什么意思？难不成……"

会让田中慌成这样的货品，我只想得到一样。

——我一定会支付赔偿金。

——用宅配寄出。

"我收到钱了，是暮木老先生的赔偿金！"田中回答。

我急忙确认，坂本和前野传来相同的信息。从字面就看得出他们多惊慌。

"接下来怎么办？你有何打算？告诉警察吗？"

杉村先生、杉村先生，田中不停呼喊我。隔着电话，我却觉得他就在眼前紧紧抓住我。

"拜托，不要告诉警察。算我求你。"

我仿佛看到田中拿着手机行礼的模样。

"请冷静，田中先生。"

"可是你打算报警吧？"

"我连有没有收到东西都不知道啊。我不会轻举妄动，你先冷静下来。"

稍稍远离手机，田中掺杂鼻息的声音低喃：

"——三百万。"

田中雄一郎收到三百万日元吗？那坂本和前野呢？

"什么一亿，果然是骗人的。可恶的臭老头，居然耍我。"

"你稍稍恢复冷静了呢。"

田中喷一声，笑道："不管是多少，我都求之不得，所以……"

"这我明白。可是，问题没那么简单。"

"为什么？"

"收到赔偿金的不一定只有我们四个，还有园田总编、迫田女士和柴野司机。"

或许有人已通知警察。

"园田是你的上司吧？"

"是的。她在公司，目前应该什么都不知道。"

"那你好好拜托她。"

"田中先生——"

"迫田是那个几乎痴呆的老太婆吧？不用管她和司机，老先生不会送赔偿金给她们。"

"你怎能确定？"

"老先生只跟我们提赔偿金。当时迫田老太婆和司机已下车，所以，这是包括你上司在内，我们五个人之间的问题。老先生做事不是很一丝不苟吗？"

乍听合情合理，但田中忘记重要的一点。

"暮木老人不是把给我们赔偿金的'善后工作'托给第三者？对方应该不清楚我们当中的谁跟老人聊过什么，所以可能会一视同仁。"

田中顿时沉默，我也不禁沉默。

半晌后，田中压抑情绪缓缓开口："那为什么我和两个小鬼的金额不一样？"

原以为金额的不同，只是单纯的年龄差异。暮木老人交付善后工作的某人，面对老人交付的钱，参考我们人质的资料，思考该如何分配。健康的年轻人少一点没关系，女人和老年人多一点，有家庭且正值壮年的田中分多一点，大概类似这样。

那么，园田瑛子和我（应该）收到的金额有多少，更令我好奇。

"我不知道，就算在这里猜测也没意义。总之，我会通知园田，确认有没有收到东西。"

田中显然没听进耳里，抢话般提议："我去你那边，大家碰个面吧。"

"咦？"

"我会集合这边的人质，一起去你那边。我们碰面商量。"

"商量……"

"不面对面谈，你不会懂的！"

"哪里方便见面？"

"总会找到的。我会再联络，你快确定自己的份有多少。"

田中径自挂断电话。我打开陆续收到的信息，是坂本和前野这对情侣传来的。两个人都收到一百万日元，慌得不知所措。

我回"睡莲"结账，最爱的热三明治还剩一半以上。

"怎么啦？"

老板关切道，我露出苦笑。

"我们部门问题多多。"

返回编辑部，园田总编和间野坐在电脑前。

"间野小姐，临时有急事，我和总编出去一下，办公室麻烦你。"

"好，请慢走。"

我示意讶异的总编拿外套，把她拖到外面。

"干吗？"

"现在去你家。事态紧急，理由我晚点说明，麻烦你。"

我并不是强势的人，但园田瑛子也不是迟钝的人。我说事态紧急，她似乎立刻了解。我们跳上计程车。

总编独居的公寓在茗荷谷。我尚未有荣幸以部下的身份送她回家，因此这是我第一次来这里。那是屋顶有装饰、白色外墙的七层建筑，附有令人感激的设备——卡片感应式宅配箱。

液晶屏幕小窗上，显示着园田瑛子的住处号码。

"请打开看看。"

总编讶异又愤怒不安地瞪我一眼，取出宅配箱里的包裹。那是宅配公司的专用信封，纸质相当薄。

"这是什么？"

总编掏出老花眼镜戴上，我望向包裹的托运单。寄件人是"海线高速客运有限公司　营业总务部"，备注栏写着"乘客遗失物品"。不是印章或印刷，全部手写。虽然不到龙飞凤舞的程度，但字迹秀丽，容易辨读。我觉得是女生的笔迹。

"请打开看看。"

总编望向信封内，眼神飘移。

"天哪，杉村，这是什么？"

总编递出信封，里面是一整沓有封条的万元钞票，共一百万日元。

现在是午后不上不下的时刻，周围没半个人影。管理员室的窗口摆出"巡视中"的牌子。我压低音量，说明原委。

园田瑛子脸色逐渐失去血色。

"不要，我不要！"

"接下来大家要集合讨论该怎么办。"

"我不管，交给你。这钱给你，你拿着。"

园田瑛子把信封用力塞给我，缩起肩膀背过身。

"可是，总编……"

"我不希望想起来。"园田瑛子双手掩面，"我不要想起那个事件的任何环节，否则又会陷入恐慌。"

我拿着信封，愣在原地。

"对不起，我就是没办法。我没办法好好去想。所以，拜托你！求求你，我的钱，你帮忙处理掉。"

好的，我答应。园田瑛子的膝盖不停颤抖着。

"钱由我保管。我会听从总编的意愿，请放心。"

随着"咚"的一声，总编往前栽倒，靠在宅配箱上，显然撞到头。她一动也不动。

"对不起，我真的很抱歉。"

"没事的。"

那起公车劫持事件，为何会让你害怕到这种地步？关键就在暮木老人身上。我咽下涌上喉头的疑问。一旦开口不仅是徒劳，更是有害。园田瑛子不会回答，她也无法回答。

"我来联络编辑部，你不用担心，直接回家休息吧。"

总编背对我，默默抱住头。我退后几步，转身离开。园田瑛子并未回头。

我住的公寓也收到快递。柜台有保管单，东西装在宅配箱里。

幸好今天妻子去参加家长会，我不想再拖累妻子。打开宅配箱时，我满脑子都是这个念头。

包括宅配公司的专用信封，字迹端正的托运单，"乘客遗失物品"的文字和寄件人，全部相同。

至于金额，跟园田瑛子、坂本和前野这对情侣一样，是一百万日元。

我犹豫半晌，最后将两个信封连同内容物一起放进公文包。我算是满爱整洁的人，但不擅长背着妻子藏东西，干脆今天带着四处走。

我在厨房喝杯水，打电话给田中，却转到语音信箱。留言请他联络我后，我离开家。

间野和野本弟已在编辑部。

"发生什么事？"

"嗯，上个月的报道被社友会念了。"

即使是做做样子，仍得道个歉，不然会很麻烦，我笑道。公文包里的两百万日元，听着我脱口而出的流畅谎言。

"大企业麻烦的地方真多。社友会就是那些隐居老人组成的团体吧？"

"得顾好他们的面子。总编非常不高兴，直接下班回家。"

接下来只需等待联络，像平常那样工作就行，但我做了件多余的事。耗费了比烦恼把信封和两百万日元藏到哪里更久的时间，我犹豫着打电话到会长秘书室。

我向今天也一样冰冷的"冰山女王"开口："请转告会长杉村最近想见他一面。"

"我这就去确认会长的行程。"

远山小姐很快返回。

"任何时间都可以，请联络会长的手机。"

然后，她语调不变，补上一句："会长说：你总算想来问我了吗？"

田中非常积极，一并解决移动方式和集合地点的问题。他找来一辆迷你巴士，载着他那边的人质伙伴到都心。

约定的集合地点，是东京老街一处宽广的投币式停车场。田中只用手机传地址过来，抵达后我吓一跳。坐在迷你巴士上的前野，透过车窗发现我，向我挥手。

“一直停在这边没关系吗？”

“我可是付过钱的，哪条法律禁止坐在车里吗？”

镇坐在驾驶座的田中，外套衣摆底下露出预防腰痛的石膏。

“就算我开累了，也有人可换手，真教人放心。”

田中说道。我和他提到的预备驾驶员四目相接，诧异地发现是柴野司机。她和前野坐在中间一带的座位。她向我点点头，刘海垂落。柴野司机穿薄线衫和牛仔裤，看起来比穿制服年轻许多。

“司机也拿到钱了。”

田中粗鲁的用语，立刻引来前野的抗议：“不是拿，是对方送来的。”

“还不是一样？”

“不，不一样。”

柴野司机再次向我微微颔首，接着道：“联络不上迫田女士。事件发生后，她搬去埼玉的女儿那里，家里没人在。”

我爬上小巴士的阶梯，在狭窄的车内转身，坐到最近的座位，后方就是坂本。田中关上车门。

“柴野小姐后来和迫田女士见过面吗？”

柴野司机垂下视线，点点头。“虽然只是探望一下。”

“但你去看她，迫田女士想必安心许多。”坂本望向我，“杉村先生，总编呢？”

“她不会来，由我代理。”

“她还是不舒服吗？”

“总编没事。不过，她不想跟这件事扯上关系。我有她的委任状，我们的决定，她也会听从。”

前野忽然眨眨眼：“那杉村先生握有两票喽？”

"哪有这么好的事？能参加多数决议的，只有在场的人。"

幸亏迷你巴士内的照明是功能导向的日光灯，而非暖色系——黄色的灯光。我不愿在那种色泽的灯光中，再度与众人起争执。

白色照明下，田中的脸有些泛红。与其说是兴奋，更像铆足劲。截止到目前为止的果断行动，反映出他的严肃态度。而严肃面对，代表他心意已决。

"那么，如果多数决定要报警，田中先生也要乖乖听从。"我提醒道。

"结果不会是那样的。"他一本正经地回答，"除了你之外，每个人应该都会默默收下钱。"

"才不是每个人！"

前野立刻抗议，但我望向她，她立刻逃避似的垂下头。她没坐在坂本旁边，而是紧挨着柴野司机。坂本也闪避着前野的视线。

"做出决定后，我会说服迫田老太太。万一变成要跟老太太的女儿谈判，感觉反倒更容易。"

我面向柴野司机："坦白讲，我没想到你会在这里，真是意外。"

这次她没有闪躲我的注视。她轻轻点头，小声应道："我也很犹豫。"

"原本她想先向公司报告，而不是报警，简直是忠诚员工的楷模。"

幸好我早一步逮到她，田中显得有些得意。

"我阻止她告诉公司。"

实在是千钧一发，田中又重重喘起气。

"柴野小姐，你不用上班吗？"我问。

"我今天休假。"

"小孩呢？"

"寄放在朋友家。有时我会请朋友帮忙照看，不要紧。"

"她是单身妈妈。"田中像在宣传般扬声说，"一个女人家要养小孩，两百万日元是笔相当大的临时收入，往后的生活会宽裕不少。杉村先生，你忍心夺走吗？"

柴野司机拿到两百万日元吗？

"田中先生，你的心意我很感激。"她小声却坚定地应道，"但我不打算收下那两百万日元。"

"又讲那种话。"

"如果大家要收下这笔钱，我不会阻止。我的份会分给大家。即使大家决定不收下，我也会这么做。不管最后决定如何，我都会遵从大家的意见。"

说到后半，妣望向我。看来，她早就打定主意。之所以来到这里，是为了在公平的情况下，将她的决心告诉我们吧。

"为什么？"我问。

"这是我该负起的责任。我应该留在公车上，却抛下大家逃走。"

她果然放不下这一点。

"你并非自愿逃走，是暮木老人把你赶下公车的。"

我把刚获释后，与山藤警部的谈话内容告诉众人。由于柴野司机和迫田老婆婆难以控制，从一开始就被排除。

"这么一提，我也有同感。"坂本点点头，"柴野司机有她的立场，而迫田女士不时冒出戳中老爷爷痛处的话。"

这一点我也记得很清楚。

"怎么，小子，你想背叛？"

田中怒目相视。坂本可能也不太高兴，眉毛连成一直线。

"请不要用'背叛'这种字眼，我还没决定。"

"说只要有这笔钱，人生就能重来的是谁？是哪张嘴巴说不想一辈子当清洁工？"

坂本垮下肩膀，仿佛身上的塞子被拔掉。前野睨着他。

"小启想重读大学。"

听到她的话，我总算厘清状况。

"他想重读大学，努力用功毕业，希望找到好工作。"

"喏，对吧？"前野寻求坂本的赞同，语尾变得沙哑。

提到好工作，坂本现在的工作没有什么不好，但问题不在此。坂本在海风警署停车场说的话，又掠过我的耳际。姓氏只差一个字，境遇却是天差地远。

拥有大学文凭，或许能变成像桥本真佐彦那样，或许能成为西装笔挺、开着公司车行动的大企业员工。对年轻的坂本而言，是人生的重设与重新出发。一百万日元，完全足以作为踏板。

"芽衣不是也想要学费？"坂本缩着肩膀，与其说是征求同意，更像责备似的嗫嚅，"你明知实现梦想需要钱。"

"我知道。"前野低喃。她的双眼噙满泪水，伸手按住眼头仍止不住，又弯腰垂下脑袋。

"可是，我不晓得是不是真的能收下这笔钱。"

"怎么会？这是老先生的赔偿金，完全依照预告的方式寄来，不是吗？"

不一样的只有金额。

"暮木老爷爷并不是有钱人，他根本不是大富翁啊！"

他一个人孤零零地住在公寓里啊！前野叫道，泪水濡湿脸颊。

"老爷爷无依无靠，交谈的对象只有民生委员。他还用垃圾场捡来的收音机听广播。"

"所以呢？"田中吼回去，"有钱人的钱可以拿，穷人的钱就不能收吗？那个老先生过怎样的生活，跟我们有什么关系？"

"不可能无关吧！"

"就是无关！老先生把我们当人质，任意要弄我们，才会有这笔赔偿金。我有权利收下！"

前野放声大哭，柴野司机抚着她的背。田中别开脸，紧握拳头，用力敲驾驶座旁的窗玻璃。

不是讨厌的黄光，而是日光灯的白光下，在比海线高速客运的公车小两号的迷你巴士中，我们陷入沉默。不像那天晚上的暮木老人，我们之中没有会率先发话，引导我们开口的角色。

"老爷爷如何存到这么多钱？"坂本用力搔着头，"从计划劫持公车起，他就存钱准备在事后付给人质吗？"

真是一针见血的质疑，我点头附和。"而且是交给谁保管？恐怕就是写这些托运单的人吧。"

柴野司机按着前野的背，看了看坂本和我。

"——不如试着调查？"

见我瞪大眼，她立刻退缩。

"啊，不，就是……倘若介意钱的来源，或寄件人的身份，应该有办法调查。"

我之所以惊讶，是因为在想相同的事。

"我也这么想，而且有线索。"

"线索？怎样的线索？"

坂本一脸诧异，我露出苦笑："你是不是忘记前野小姐的特技？"

他猛然想起眍睁大单眼皮的瞳眸。

"对了……芽衣，你还记得吗？"

暮木老人要求警方带到现场的三个人，他们的住址和姓名信息是前野帮忙打字传送。

——告诉我，我记得起来。

前野以手帕支着充血的眼睛，点点头。"你们是指那三个人？"

"嗯，你没忘记吧？"

"我记得，之后我有备份。"

坂本不禁拍手："太好了！"

前野把名单存在手机的备忘录，我请她把资料传送过来。

"这些托运单也可当成线索。"

柴野司机拿着收到的宅配专用信封，但坂本摇头道："从那边查不到的，上面写的是柴野小姐任职的客运公司住址和电话。"

"不过，可以知道是在哪里收取包裹的。"

喏——柴野司机指着托运单一角。她的指甲剪得很短，手指细长。

"不是印章，是用圆珠笔手写的'日出　龙町店'。'日出'是连锁超市吧？我们家附近也有一家。只是，这是'龙町'分店。依我所知，我们的行车路线里没有这样的町名……"

坂本、前野和我立刻从携带的包包取出包裹，确认托运单上的信息。田中带着怒气旁观。

寄给我的那包同样是"日出　龙町店"，坂本收到的是"京SUPER

高桥"。高桥应该是收取宅配的店员姓氏吧。前野的则以潦草的字迹写着"堀川　青野商店"。

"我上网搜寻，'日出'应该不难查。"坂本立刻握紧手机。

"柴野小姐好厉害。"前野红着眼眶感叹。

柴野司机淡淡一笑："光凭这些线索可能不够吧。"

田中哼一声："调查这些又能怎样？"

"心情会舒坦些吧。"

"然后就能干脆地收下钱？那很好。"

"如果田中先生什么都不想做，那也没关系。我们会自己调查。"

前野噙着眼泪回嘴，拿着手机的坂本忽然打断她的话："喂、喂，安静一下，杉村先生、柴野小姐，'龙町'也不在都内，是在群马县！"

"哪一带？"

"前桥市北方的角落。"

"'京SUPER'和'堀川'这些地名或许也在那一区。"

"用家里的电脑可以查得更快。"

我把搜寻任务交给坂本，起身移动到驾驶座旁边。

"田中先生。"

田中鼻翼翕张，脸上的红潮退去。

"就像你听到的，我们先做个决定吧。"

田中只转动眼珠望向我。

"关于这笔钱，我们暂且不告诉警方，当成共同的秘密。不过，我们会用力所能及的方法调查钱的来源和发件人的身份。如果你不乐意，不必参与没关系。"

那还真感谢，田中吐口水般应道。

"我们调查得知的事情也会通知你，然后再集合一次讨论吧。在那之前，请不要动用那笔钱。"

田中眨眨眼："要等多久？"

"一个月如何？"

"哪能等那么久！"

"那请给我们半个月的时间。如果经过半个月，仍然一无所获，我们也会改变方针。"

待在巴士中央的三人盯着我和田中先生。

"半个月是吧？"田中像在呻吟，"我非常需要这笔钱。这笔钱对我帮助很大。"

"我知道。"

"你哪会知道？"

"要是你非动用那笔钱不可，也没关系。只是，如果我们查到钱的来源，认为还是不能收下，应该报警，到时你会很难堪。"

田中的脸上今天第一次浮现兴奋与愤怒以外的情绪，他十分狼狈。

"你……这是在恐吓我？"

"很抱歉，似乎是恐吓呢。"

"想想看，把钱留在身边半个月或一个月再报警，一样会非常麻烦。你们明白吗？"

"我们明白。到时会把我们的想法、做了些什么，毫无保留地告诉山藤警邹。他至少会听听我们的说法吧。"

前野点点头。

"事情过去那么久，警方哪还有闲工夫管？"

田中不禁叹息。只见他皱着脸，眼皮发颤。

"填写托运单，送这么一大笔钱给我们的，是暮木老人的同伴。虽然对方不是公车劫持事件的共犯，但极有可能知道老人的意图与计划。"

"所以要把那个人找出来，交给警方吗？"

"要不要交给警方，等见过面才能决定。这样不行吗？"

田中只是闭上眼摇头，我回望其他三人。

"来分配任务吧。"

三人惊醒般挺直背。

"坂本和前野，请你们寻找龙町的超市和'京SUPER'。我希望你们去当地看看，可以吗？"

当然——两人用力点头。

"工作没问题吗？"

"没问题。我这边总有办法，然后小启上周末辞职了。"

其实坂本没必要尴尬，我早就隐约察觉。

"私底下带着公司名义的包裹去寄送，还蛮奇怪的。要是运气好，店员或许会记得是怎样的人。你们能试着仔细打听吗？"

"好的。那老爷爷指定的三个人怎么办？"

"我来负责。"

听到我的独断，年轻情侣露出意外的表情。

"抱歉，我擅自决定。但关于那三个人，我认为最好慎重调查。与其让你们年轻人去，有名片的我应该比较容易打听。"

"杉村先生提过，"前野一双大眼看着我，"早已习惯被卷入事件。"

"嗯，加上有个朋友是私家侦探，所以我也有点习惯像这样进行调查。"

这是假的，现在没有了。不过，北见一郎会允许我在这种情况下撒谎吧？

"那位侦探能信任吗？"

"可以。而且我不会透露详情，只是请他指导我技巧，请放心。"

柴野司机按着薄线衫胸口，问道："那我要做什么呢？"

"有三件事想拜托你。第一，可以请你保管我们的钱吗？"

我望向田中，他固执地瞪着方向盘。

"田中先生的份，由他自行保管，但园田总编和我们的份，希望柴野小姐帮忙保管。虽然这么一大笔钱放在家里，你可能会觉得不安。"

"没问题，我会谨慎保管。"

"第二，请设法联系迫田女士或她女儿。取得联络后，由我去见对方。"

第三件事有点麻烦。

"暮木老人知道你女儿的名字，对吧？"

约莫是余悸犹存，柴野司机不禁打了个寒战。

"是的，他明确说出我女儿的名字。"

"即使为了事先勘察，搭过几次公车，也不可能连驾驶员小孩的名字都知道。暮木老人恐怕积极调查过你，比方向你同事或街坊邻居打听。可以请你不着痕迹地向周围的人确认吗？"

暮木老人与柴野司机身边的人可能有关系，才会挑选她驾驶的那班公车当犯案舞台。我无法完全割舍这个假设。

"好的，我会查查看。"

柴野司机从叉包取出记事本，写下我的指示。我拿起四百万日元交给她。

"杉村先生，你会立刻去找那三个人吗？"

"嗯。不过在那之前，有一件事今晚就能做到。"

行动要小心，联络要勤快，我反复叮嘱，接着拜托默不吭声的田中千万小心驾驶，把大家平安载回居住地，便走下迷你巴士。我迈出脚步，寻找文具行，有份文件必须马上准备。

第七章

　　我比约定的晚上十点提早三十分钟抵达岳父家，慢慢走在幽静住宅区中也格外醒目的全桧木围墙旁，冷静头脑。

　　偌大的土地上，散布着岳父家和大舅子家等数栋建筑物。短短半年前，我们一家也住在其中——今多本家。那是传统的日式建筑，位于土地最南侧。除了通往正面玄关的正门外，东、西还有两处通行门。若要直接前往本家，东门比较近。这是住进来才发现的事，过去我并不知道西侧有通行门。种种琐碎的事实，暗喻我和今多家的关系。对今多家的人理所当然的事，我却不知道，也没什么机会知道。

　　事到如今又想起这些，是因为藏在外套内袋里的东西吧。我紧张的程度几乎不下于第一次来见岳父，请他答应把菜穗子嫁给我的时候。

　　我按下通行门的门铃，一如往常，回应的是岳父专属的女佣。在今多家为岳父工作的这名女佣，在我们同住（应该更接近寄住）这里的期间，意外地不会在家中碰面。

　　"老爷在等您，请到书房。"

　　听到女佣的话，我感到怀念与安心。对我来说，岳父的屋子，应该是像这样从外面拜访，然后被带过去的地方，而不是自己落脚定居的地方。

　　岳父是个爱书人，他的书房称为书库更合适。岳父一身和服打扮，似乎在休息，刻着深深皱纹的眼角透出些许疲惫之色。

　　"刚刚来了个麻烦的客人。"

　　我在来访时的固定座位——岳父的书桌对面坐下。很快地，女佣推来放着酒瓶冰桶和酒杯的推车，我颇为诧异。

"你今天不是开车来吧？陪我喝一杯。"

岳父在自家穿便服接见，又令他疲倦的客人，看来真的相当棘手。我想到自己带来的麻烦，又轻轻按住外套胸口。

"公枝，你去休息吧。"

岳父吩咐摆好下酒起司小碟的女佣。他总是直呼这个女佣的名字。

"好的。那么，我先去休息，老爷请不要过量。"

女佣微笑，岳父苦笑应道："好、好。"

"我只喝一杯，剩下的都让杉村喝。"

据说产自西班牙北部的白酒冰镇得恰到好处，沁入舌头，口感不甜。

"你是来问园田的事吧？"

间接照明中，被书籍环绕的舒适沉默及红酒带来的安宁，遭岳父这句话戳破。

我把酒杯搁到一旁，重新坐正。"是的。"

"花了很久的时间呢，原以为你会更早过来问我。"

"远山小姐也这么说，但我起先并不打算询问会长。"

岳父挑起掺杂白毛的浓眉："你没从工联的委员那里得到信息？"

全被他看透了。

"我听到总编以前的传闻。只是传闻，而且内容反倒让谜团更深。"

既然总编健康地复职，就没必要继续追究。

"嗯，确实像是你的作风。"

岳父轻轻点头，斟满我的酒杯，犹豫一下，也斟满自己的杯子。

"别告诉公枝。"

"是，我知道。"我总算也能露出笑容。

"然后呢？你之所以更改方针过来，是状况有变化吧？"

我从怀里掏出匆促到文具行买来信笺写成，收进信封的东西。

"在告诉会长前，希望您先收下这个。"

我起身立正行礼后，双手递交给岳父——今多财团的会长今多嘉亲。

岳父没收下。他瞥一眼我递出的信封，应该也看到上面的字，却问：

"那是什么？"

"辞呈。"

岳父困倦般缓缓眨眼，杯中酒液没晃动。

"放在那里。"

我照做。小心翼翼放好收着辞呈的信封，没让信封歪斜。

"总之先坐吧。"

我顺从地坐下。

"如果是必须压低音量才能谈的内容也没办法，但今天助听器的心情不太好，可以尽量用平常的音量说话吗？"

约一年前，岳父开始使用助听器。他感冒躺了几天后，变得有些重听，尤其左耳的听力大幅衰退。立刻定制的助听器是德国产品，配合使用者的听力一个个手工制作，性能非常卓越。但岳父说，助听器的心情不好，每天都不太一样。或许有时岳父的身体状况和助听器的状况不太对盘。

我坦白道出一切。连今晚在投币式停车场的迷你巴士里，与人质伙伴的对话内容，都尽可能正确重现。

这段期间，岳父喝光一杯，又毫不犹豫地斟满。

"原本我应该直接询问园田总编，当时她与暮木老人的对话是什么意思。"

"不，没办法吧。"岳父当场否定，"园田不会告诉你。不，是说不出口。"

"观察总编的情况，我也这么认为。"

"嗯，你的判断是对的。"

"不过，接下来的推论有问题。"岳父继续道。

"即使分析暮木与园田的对话，推测出他的身份，不见得能成为找到金钱来源的直接线索。"

"可是，如果知道他的职业——"

"就算知道，也是以前的事吧？不可能是现在的职业。追查暮木希望警方带来的三个人身份，想必会事半功倍。"

说到这里，岳父略微偏头。

"不过，要让那三个人开口，也许先厘清暮木的底细比较好。"他自言自语般低喃，把玩着酒杯。

"底细？"我复述，岳父缓缓点头。

"你对他的印象如何？"

"他可能当过教师，负责谈判的山藤警部也有同感。"

"嗯。"岳父小声应道，"这种情况怎么形容？虽不中亦不远矣。不是有一个词就能表达的说法？年轻人用的……"

我努力思索："差一点？八九不离十？"

这只能算是一般说法吗？

"不——对对对，是擦到边。"岳父终于想起，笑道，"不过，我纯粹是从园田的言行来推测，一样仅仅擦到边，搞不好根本落空。你就以此为前提，姑且听之吧。"

暮木这个人——岳父放低音量。

"应该是'教练'吧。"

教练。听到这个词，我想到的是跟在运动选手身边，训练他们、帮助他们进行健康管理的人。

"跟运动员没关系，最近这个词应该已不用在我说的那种意义上。"

岳父放下酒杯，双肘靠在桌上，十指交握。在书房摆出这种姿势时，比起企业家，今多嘉亲更像学者或思想家。

"六十到七十年代中期，也就是高度成长期，企业的新进员工研修和主管教育中，会掀起一股 sensitivity training 的风潮。"

有时也取字音，称为 ST。直译过来，就叫"敏感度训练"，但日语译文不太普遍。

"是训练企业人士的——敏感度吗？"

可能是我表现得太惊讶，岳父苦笑道："这种情况，应该说是'训练企业战士'吗。"

能够二十四小时，为公司卖命的战士吗？

'借由挖掘个人的内在，活化个人的能力，同时培养协调性，让个人能在小团体中发挥适当的功能。"

"挖掘内在，听起来像心理治疗。"

"没错，ST 是心理治疗。不过，跟最近一般的心理咨询不一样。最终目的是锻炼个人，让个人的能力开花结果，或全面提升，因此并非治疗性的。ST 的要求更严格。"

我有股不好的预感。

"ST 的教官就称为教练。"岳父接着道，"教练不是一对一指导学员。学员就像我刚才说的是小团体，五至十人，最多二十人左右。每个小团体有一名或两名教练，负责教育与统率成员。"

"以那种形式挖掘个人内在……"我低喃，"还是很像团体心理咨询。让参加者抒发内心，然后针对发言进行讨论，对吧？"

这是各种成瘾治疗常用的方法。

"没错。不过，指导的教练并非医生。这一点和正式的心理治疗大相径庭。"

说白一点，任何人都能当教练。岳父的语气相当苦涩。

"只要熟悉 ST 的效果与手法，自身也能从中获得各种意义上的好处。脑筋转得快，口才流利的人，谁都能当教练。"

心理学与行动心理学的门外汉，认为只需学习该领域一部分的方法论，就能够发挥巨大效果，基于这样的信念带领小集团进行"教育"。

隐约掠过我鼻头的臭味，变成明显的臭味。

"如果是员工研修，通常是在公司命令下参加，根本无法反抗教练。"岳父望着我，点点头。

"不管教练采取何种指导方法，都不能违抗。一旦告知这是最适切的新人研修或主管训练，学员便会渴望获得成效，进而变得服从。"

身为上班族，想出人头地是理所当然。如果相信在研修中取得好成绩，就能直接提升工作表现，会拼命去接受"好的研修"也是人之常情。

"在这样的状况中，进行深入学员个人内在的'教育'，万一教练的个性或指导方式有偏差，可能会引发骇人的结果。"

"事实上，真的就演变成这样。"岳父说，"当时 ST 发生过好几起事故，主办单位压下不少，但毕竟纸包不住火。"

"是怎样的事故？"

"学员自杀。"

再怎么样，岳父的书房都不可能有缝隙让外头的风吹进来，我却感到脖子一阵冰凉。

"有些案例以未遂告终，有些无法完全阻止。当时我掌握到的事故报告有三件，但每一件发生的过程都很类似。"

团体中会有一个人被逼到绝境。

"学员会挖掘彼此的内心深处。这种形容很好听，至于具体上怎么做，就是先让每一名学员描述自己是怎样的人。我的优点是什么、缺点是什么，这是我对自己的认识。有时是口头发表，有时也会采取书面报告的形式。"

接下来的阶段，是以这些自我介绍为基础，进行讨论。

"由教练担任主持人，让学员针对个人的自我认识做出评价。在此一阶段，越是肆无忌惮、直言不讳，评价就越高。可以无视年龄差距或资历深浅，与职场上的职位也完全无关。在这个场合，每个人都是平等的，可以把想说的话一吐为快。"

岳父拿起酒杯，喝一大口。

"当然，在这种相互批评与讨论中，有时也会建立起职场上不可能建立的、新鲜而富建设性的关系，或者激发出个人潜力。实际上，ST就是有这样的效果，才会形成风潮。"

"但也有随之而来的危险吧？怎么样都会变成相互攻讦。"

岳父点点头，放下杯子。

"每一个学员都平等地批评彼此的话，倒是还好。"

不过，人类是不知适可而止的。只要众集三个人，便会结党营私，这就是人。

某人批评某人，另一个人赞同。有人持反对意见，于是团体分裂成两派，针锋相对。但这种暂时性的派阀不稳定，视争论的发展，轻易就会产生变化，组成分子也会改变。一下联手，一下反目。

"就算说在场每个人都是平等的，但人没那么单纯，一声令下便回归白纸。ST的情况，职场上的人际关系与权力大小、嫉妒、羡慕与好恶，会直接带进来。"

在相互批判的场合，这样的感情会完全摊在光天化日之下。

"这种情况，只要稍有闪失，批判就会集中在一个人身上。"

如此一来，很快就不再是正当批判，而会发展成集团式的霸凌。

"ST的会场，绝大多数是山中小屋之类远离日常的场所。有时是主办单位提供场地，有时是公司邀请ST的教练到自家公司的研修所或招待所，但不管怎样，全是与外界隔绝的地方。研修期间，学员不能外出，从起床到就寝，都要根据教练安排的行程，遵守规定生活。"

所以无路可逃，岳父说。

"另外，体力训练也是ST的重要项目。据说，即使是平日完全不运动的人，每天早上起床后，也会被逼着慢跑十千米。如果无法跑完全程，就要接受暴力式的惩罚。"

"不仅是精神上，体力上也会被逼到绝路。"

真是令人毛骨悚然的体制。

"讨论为时漫长，甚至会持续到三更半夜，所以会睡眠不足。虽然三餐供应充足，但如果体力和精神不济，也提不起食欲吧。"

"就像军队一样。"我脱口而出。

"若要用军队来比喻，应该说只挑出军队训练体系中不好的部分。"

岳父说得轻松，眼神却十分阴沉。

"不管在任何意义上，我都不认为ST是一种训练。我觉得ST是让人自我崩坏的毁灭行为。"我回道。

"然而，当年许多企业人士信奉ST，认定ST才是打造企业战士的正确途径。"

"会长也是吗？"

我就是不这么认为，才会毅然问出口。

"会长讨厌流行吧？尤其是受到许多人吹捧就变成流行的事物。"

岳父不吭声。

"我也是企业人士。"半晌后，他低声开口，"听到有效果出类拔萃的新式员工教育，我相当感兴趣，于是到处搜集信息。"

岳父又拿起酒杯，这回没有喝，又放回桌上。

"最后我决定不导入ST，并非得知有人自杀，而是听到足以抵消事故消息、令人惊叹的实例——现在想想，那就像大本营发表[1]。由于太过美好，反倒忍不住怀疑真实性。"

我感觉到岳父沉静的愤怒。

"我之所以无法接受ST，是认为ST的体系中，有个非常脆弱的部分。"

"脆弱的部分？"

"就是教练。"

ST赋予每一个教官过于强大的支配力，岳父解释道。

"如你所说，这一点和军队十分类似。欺凌新兵的老兵，只因身为老兵，就能以维持规律和训练等名目，释放在过去和平的日常生活中，连自己都不会发现的兽性。有时在极端封闭的上下关系中，只是掌握一点权力、地位稍高的人，明明没有相应的能力与资格，却一手掌握底下人的生杀大权。我就是厌恶这一点，比世上任何事物都要厌恶。"

岳父曾经从军，但始终没深入谈论过。至少我没听闻。

然而，现下我听到一小部分。

"'二战'爆发，我在末期受到征兵，但当时已无输送船，所以我没被送到外地。为准备本土决战，我们在九十九里的沙滩挖洞，挖着挖着，战争就结束了。"

但我已充分见识到种种令人作呕的事——岳父说。

"从此以后，我内心萌生一股信念——人基本上是善良乐观的。可是，一旦被放入特定的状况，就会分成始终都能维持善良乐观的人，及被状况吞噬、失去良心的人。所谓'特定的状况'，最典型的即为军队、战争。"

1 指"二战"时，日本陆军部及海军部的大本营做出的官方战况报告。基本上报喜不报忧，且大幅偏离现实情况。

那是封闭的极限状况。

"在我眼中，ST 的教练无异于陆军的上等兵。若是有能力、冷静，能够妥善控制自身力量的教练，就能在 ST 中带来良好的效果。我听到的员工教育成功案例，便是这种情形。而有人自杀的案例中，错的都是教练。不是方法错误，而是身为一个人错了。"

沉醉在极限状态的渺小权力中，释放内在的兽性。

"有时攻击别人，是一件痛快的事，可以享受将对方逼到绝境的快感。每个人都有如此邪恶的一面，但更邪恶的是，怂恿他人这么做，也就是煽动。灌输别人这么做才是正确的观念。"

ST 这个体制，隐藏着教练如此教唆学员的危险性。所以，今多嘉亲近乎直觉地厌恶、排斥 ST。

"会长做出了正确的判断。"我应道。

书房内一阵沉默。岳父盯着酒杯，而我注视着岳父。凝结出一层水滴的酒瓶，在柔和的照明下幽幽发光。

"到七十年代后半，ST 迅速退热。曾经红极一时的热潮，就像一场梦，急速消退，仿佛从未存在。"

"大概是'员工研修用 ST 这套方法太危险'的信息传播开来了吧？"

"不，或许只是高度成长期结束，企业主眼中的员工理想形象逐渐不同。"

以岳父而言，这是罕见的嘲讽。他眼底闪着锐利的光。

"忘了提，ST 非常花钱。当红的时候，主办者如雨后春笋般增加。因为很有赚头，品质良莠不齐，ST 越发沦为可疑的活动。"

有钱赚的地方，会聚集优秀的专家，却也会引来伪装成优秀专家的冒牌货，导致活动带来的效益下降，信赖度与吸引力自然随之下降。

"不断攀升的成长期缓和下来后，一般企业也不可能为不时闹出人命的危险研修投入大笔金钱。"

ST 的需求减少，风潮过去。

但是——岳父摇摇头。

"和科学技术一样，即使是心理学这种针对人心的学问，从中发现、普遍化的方法论，也不会那么容易消失。ST 消失，但 ST 的技巧——ST 的概念保留下来。不是朝员工研修或主管教育的方向发展，而是延伸到别的领域，逐渐扩散。"

岳父一口气说完，看似难受地舔湿嘴唇。

"讲这么多，其实只是借口，主要是我判断错误。一九八二年四月，我以公司命令派园田等十八名女性员工参加的研修营，内容与 ST 大同小异。虽然有专业心理学家陪同，标榜最大限度尊重学员的意志，不同课程各有专任讲师，而非教练制。不过，就算针对 ST 的缺陷进行补救措施，内容却依然故我，还是具有相同的危险性。"

学员被逼到绝境，面临自我崩坏的危机，陷入恐慌。他们迷失自我，别说提升能力，反而会陷入情绪不稳定的状态。

"园田又是那种个性。"岳父的语气越发苦涩，"不管对方是讲师还是学者，被蛮不讲理地压住头、逼着听话，她绝无法忍受。既痛恨不合理的事，又不能默默吞下抗拒的心情。"

我点点头："这是总编的优点。权威与权力并不代表正确，她有足够的智慧分辨，也有骨气说出来。"

"但是，站在 ST 的角度，认为那种骨气就该锉掉。"

"所以，总编在团体中遭到个人攻击，陷入恐慌状态？"

岳父一时没有回答。沉默中，我忆起在宅配箱前抱头颤抖的园田瑛子。

"园田她们参加的研修，是一个叫'现象人才开发研究所'的团体主办的。完全以企业的女员工为对象。在八十年代初期，就有女员工将成为企业重要战刀，得加强训练的发想，可说是洞烛先机。"

不过，因为对象是女性——说到这里，岳父忽然表情歪曲，扑哧一笑。"这样讲会挨园田和远山的骂。"

"我不会说出去的。"

岳父这次真的笑出声："由于对象是女性，所以并非不分青红皂白严格训练。标榜通过'相互理解与融合'，来激发女员工在企业中遭到压抑沉睡的能力。"

不是攻击，而是相互理解与融合吗？

"研修的方式，基本上不是以团体为单位，而是一对一，重点放在引导各学员的独特性上。不过，正因是这种方式，像园田那样碰上合不来的讲师，就会更难熬。"

"总编的讲师对她做了什么？"我进一步追问。

岳父一时没回答。

"那场研修不像ST那样，采取将学员的体力消耗殆尽，来放松自我束缚的粗暴做法。一天的课程中有自由时间，也有充足的睡眠时间。"

岳父越说越快，像在逃避。

"不过，假如学员的听讲态度不佳，不听从讲师的指导，是可以惩罚的。不是参加的一方同意，而是'现象人才开发研究所'擅自容许的。"

是怎样的惩罚？

"就是把学员关进'反省室'。"岳父继续道，"他们的研修设施有这样的房间。但事先的观摩会上，他们把反省室伪装成储藏室或用品室，绝不会让客户看到。"

"是专门用来关人的房间吗？"

"没错，窗户嵌有铁条，门从外面锁上，空调和照明都从室外控制。室内只放一床被子和毫无遮蔽的马桶。另设有三口屏幕，一天二十四小时不断播放他们制作的、号称具有开发潜能与解放精神效果的影片。"

我听得目瞪口呆。"不仅监禁，还加上拷问，简直比囚犯的待遇还糟糕。"

岳父咬紧下唇，点点头。

"研修第三天晚上，园田就被关进去。第一次两小时就放出来，后来又说她反省不够，在第四天深夜把她拖出房间，关进反省室。她在凌晨试图自杀。"

出于什么原因、用什么方式？我怕得问不出口。

"她用头撞墙。"岳父的声音几近呢喃，"那段期间，她不断吼叫着'放我出来'。室内照明被关掉，里面一片漆黑。"

明明没喝多少，醉意却一下涌上来，我感到一阵恶心。

"有人把她救出来吗？"

"是陪同那场研修，专属'现象人才开发研究所'的心理学家。托他的福，我们才能确切得知园田的遭遇。在这一点上，我必须承认，'现象人才'这个组织比往昔的 ST 主办单位稍稍像话。"

在组织里安排一个具备足够的能力与理性，能判断出这种做法异常，而且错误的人——就是这一点。

"当时有没有报警？"

岳父的表情，像是被我拧了一把。

"我们放弃报警。毕竟园田不是能够承受侦讯的状态。"

我的胸口也痛到仿佛心脏被拧了一把。

"不过，我彻底调查'现象人才开发研究所'，打算对那个组织进行活体解剖，然后大卸八块。为达到目的，凡有必要，我不择手段。"

既然岳父这么想，应该会真的付诸实行。

"一年后，'现象人才开发研究所'收起招牌，但相关人士没有一个受到刑事惩罚，至今我都懊悔不已。"

我很气自己——今多嘉亲紧握拳头，眼底发光，似乎瞪视着某段明确的回忆。

"我和那个组织的每一个人谈过。换我来逼迫他们，把手伸进他们名为自我的臼齿，狠狠摇晃。实际上，他们也叫苦连天，但……"

自我厌恶感仍未消失，岳父接着道。

"为何派园田她们去参加那种研修？明明有疑虑，明明无法接受，为何我会欺骗自己，想着试试也无妨？"

"会长，我不打算帮您找借口，但请让我确认几项事实。"

岳父注视我。眼底深邃的光，如烛火熄灭般倏地消失。

"派女员工参加'现象人才开发研究所'的研修，应该不是会长的主意吧？不仅不是会长，甚至不是公司高层的提案吧？"

岳父没回答。

"那会不会是来自员工——或是工联的要求？"

"我不会允许工联做那种事。"

"那么，是不是女员工主动提出的？"

岳父摇头，像是驱走我的话。"不论过程如何，负责人都是我。是我做出错误的决定，让员工的生命暴露在危险中。这个事实不会改变。"

"我曾听说，从《男女雇用机会均等法》连八字都还没一撇时，会长就在考虑积极擢升女员工。为了实现这一点，跟参加工会的女员工定期举办恳亲会与读书会。"

物流公司在企业中也特别偏向男性社会，而女员工在里面算是压倒性的少数。如果女员工在那类亲近的众会场合提出要求，表示想开发自身的能力、期望能升迁、希望社长提供研修机会，今多嘉亲不可能置若罔闻。

"表面上，参加'现象人才开发研究所'主办的研修是公司命令，其实是出自女员工的请求吧？正因她们是积极向上的人才，会长的后悔才会这么深切。"

都是以前的事了——岳父应道。

"那种细节我早就忘记。"

"可是——"

"不管当初有何想法，实现的方法错误，也只会带来错误的结果。仅仅如此。"

我的手默默伸向酒瓶，想为岳父和自己斟酒。原想好好倒一大杯，但酒瓶里的液体所剩无几。

"别告诉公枝。"岳父小声交代，淡淡微笑。

"那次事件后，园田停职一年。"

回到公司时，园田看起来几乎完全复原。

"当时没有PTSD或恐慌症之类的词汇，专家也很少。帮助园田恢复过来的医生，一定相当优秀。"

但难免留下伤痕。

"那个事件在园田心中留下阴影，或许也让园田长出一种天线。"

园田在暮木老人身上，看到控制别人的支配欲与能力。她敏锐地闻出，才会当面揭发：我知道你这种人。

"若完全是园田的主观认定，未免太武断。可是，暮木回应园田，并且承认对吧？"

"是的，他还向园田道歉。"

"止于这段对话，我才会猜测暮木会是教练，或从事类似的行业。因为那样的人，也有他们特殊的天线。"

意思是，暮木老人碰上园田瑛子，立刻推测或嗅出她过去的遭遇？

"刚刚提到，发生园田事件后，我和'现象人才开发研究所'的人谈过。不仅仅是他们，我找过其他同业者，询问他们的意见。总之，我就是想知道他们的内幕。然后，我发现一件事。"

他们的眼神都一样，岳父说。

"不管是叫教官、讲师或教练，站在指导学员立场的人，在业界越受到高度肯定，越是如此。"

"那是怎样的眼神？"我问。

"那不是看人的眼神，是看东西的眼神。"岳父回答，"仔细想想，这是当然的。人可以教育，但他们的目标并非教育，而是'改造'。人是不可能改造的。能改造的是'东西'。"

他们全都满腔热忱，相信自己做的事是对的。

"他们满怀自信面对我。认为能说服我，让我跟他们拥有一样的信念，并且控制我。他们越是热情陈述，看我的眼神越像在看东西。那表情像得到老旧矿石收音机的孩童般天真无邪，以为拆开清理，重新组装，就会发出更美的音色。"

园田瑛子察觉暮木老人的那种眼神了吗？

"暮木这个人，或许也用看东西的眼神看园田，才会察觉她曾精神崩溃，甚至看出她为何崩溃。"

此即两人哑谜般对话的"解答"。

"你不是提过？暮木老人用三寸不烂之舌，把你们哄得服服帖帖。"

"没错，每个人都被控制。"

"他恐怕会是那个领域的大师级人物，掩藏不住特征，园田会发觉也不奇怪。"

岳父重新坐正，倾身向前把手放在桌上，细细打量我。

"公车劫持事件后，我们第一次谈话是何时？"

"两天后的晚上。前一天我回家，隔天去上班，接到远山小姐的联络，于是过来打扰。"

"是啊，是在这里谈的。"

岳父点点头，把手收入和服袖口，揣进怀中。

"当时我们不晓得园田的状况那么严重，还悠哉地聊天。你提到看见公车外的空地，丢着一辆儿童自行车吧？"

"是的，我确实提过。"

"你反复强调，暮木十分能言善辩。由于你不是那么容易被唬得团团转的人，我觉得对方肯定大有来头。虽然隐隐约约，却也担心起来。"

担心园田瑛子是否没问题？

但岳父注视着我。莫非他的"担心"，指的是担心我？为什么？我寻思着该怎么开口，岳父移开目光。

"假设——完全只是假设，暮木曾是教练，但ST已不再流行，所以他不可能以此为业。要调查他的经历，应该向不同业界打探吧。"

"刚刚您提过，即使风潮过去，ST的技巧仍保留下来，延伸到其他领域。"

"嗯，你认为是何种领域？"

首先浮现脑海的是自我开发研修营。在"改造"人这一点上，算是ST的直系子孙吧。

"那原本就像是ST的好兄弟。其他呢？"

"我觉得只要是标榜'让你的潜能开花结果''带领你的人生迈向成功大道'的广告，全都符合……"

"没错。你不认为在此一延长线上，有个巨大的猎物吗？"

成功、财富、名声、人望、充实、自我实现。

我抬起头："是不是所谓的诈骗行销？"

岳父深深点头。"在那类业界里，对找来的冤大头——会员，加以教育与训练，是首要之务吧。"

直销、空头投资诈骗等恶质行销手法，为逃避法网，不断进化、变化，但最根本的部分如磐石不动。简而言之，就像老鼠会，不持续增加顾客，迟早会崩垮。所以，招揽新顾客，是组织绝对的使命。除了设法让顾客带来新顾客，防止掌握到的顾客叛逃也很重要，必须进行持续性的教育——不，说服。差一步就是洗脑的深刻说服，以笑容包装暴力的说服。

这样的说服手法，谁来传授？起点在哪里？"顾客"原本只是普通上班族、学生、主妇、领年金生活的人。

当中是否有职业"教练"的需求？

"确实如此！"

见我忍不住感叹，岳父苦笑，像咬到不明硬物。

"用不着佩服。我是知道实例才想到的，等于是作弊。"

"实例？"

"差点杀死园田的讲师……"

岳父咬牙切齿，嘴形仿佛猛然咬碎东西。

"'现象人才开发研究所'倒闭后，他改往那方面发展。我非常诧异，简直是目瞪口呆，完全说不出话。"

"'现象人才开发研究所'消失后，会长仍继续追踪那个人？"

"我没做到那种地步，是对方主动捎来消息。"

我不懂。见我一脸困惑，有"猛禽"之称的岳父，皱起标志性的鹰钩鼻，问道："你晓得丰田商事事件吗？"

我不禁一愣。

"不晓得吗？那是一九八五年发生在关西的事件，公司代表遭暴徒刺杀。当时你几岁？"

"十六七岁。"

"嗯，想必不会有兴趣。"岳父苦笑，"那是名留历史的重大诈骗案。卖的是金条——'家庭契约证券'这项商品，就是所谓'空头字据诈骗'的嚆矢。"

丰田商事原本是买卖金条的投资管理公司。

"金条买卖的大原则，是实物交易。投资管理公司是顾客订购、卖出多少金条，就买卖多少金条，并收取手续费。换句话说，营业模式必须能够回应顾客的要求，随时交换纯金与现金。然而，这样一来，投资公司等于没赚头。"

于是，业者想出来的，就是"家庭契约证券"。

"他们会建议顾客购买金条，然后表示：金条保管起来很麻烦，敝公司可代为保管，并在约定期限内加以投资运用，同时支付顾客租金作为利息。"

顾客以为自己买金条托管，还能拿租金当利息，是安全又吸引力十足的投资。"家庭契约证券"引起不少民众的兴趣，丰田商事不断收到会员。

"然而，真正的经营状况却令人胆寒。丰田商事根本没有购入符合顾客订单数量的金条。"

实际上，丰田商事把从会员那里取得的现金，拿去付金条的租金，拆东墙，补西墙。资产运用的母体——金条，根本不存在，自然也没进行运用或投资。

为吸引更多会员，丰田商事开始贩卖契约期限更长、分红利率更高的证券。然而，公司苦于挤不出高额红利，会员之间也出现怀疑与不满的声浪，组织逐渐分崩离析。

顾客自认在"投资"，但"投资"的实体根本不存在，是幻影。幻影的帷幕背后，诈欺师忙着将到手的资金乾坤大挪移，也不忘把自己的那份揣进怀里。

这种投资诈骗虽有规模大小之分，如今已不稀罕，贩卖没有实体的商品的空头字据诈骗案更不绝于后。我们的社会允许这样的诈骗行为，像个傻男人般，不管受骗多少回，仍不由自主爱上的其实是同一个人，但光靠打扮就能狡猾变身的千面美女。

"丰田商事的行销方面，除了直接上门推销的业务员以外，被称为'电话女郎'的女员工也功不可没。"

电话女郎的工作，并非单纯的电话行销，真正的目的是搜集信息。

亲密地与客人闲聊，探听出对方的家庭成员、月收入、资产状况等。对业务员而言，这是极有用处的情报。

"那么，差点害死总编的，是替丰田商事培训电话女郎的教练？"

这个人未免太爱教女学员了吧？

"真是这样也太巧。"岳父轻笑，"丰田商事的干部心知'家庭契约证券'迟早会垮台，于是设立集团公司、涉足休闲产业等，嗯，算是企业该做的努力。集团公司取了个夸张的名称，但业务内容不必要地复杂且不透明，唯一能确定的是，母体挹注莫大的资金。"

那名讲师就是待在这样的集团公司之一。

"他是在内部从事员工教育和业务活动吗？"

"那么深入的细节我也不清楚。"岳父回答，语气突然变得沉重，"只晓得他成为集团公司的员工。"

我望着岳父。

"一九八五年十二月……约莫中旬吧，总之是年关将近，忙得人仰马翻的时期。"

一早，岳父就被警视厅的电话吵醒。对方告诉他，辖区路上发现一具坠楼的尸体，疑似上班族的男性死者身上有岳父的名片，才会联络他。

"考虑到可能是我们的员工，所以我带着远山，赶往警署。"

岳父认得死者，他忘不了那张脸。

"就是差点杀害园田瑛子的讲师？"

听到我的问题，岳父点点头。

"死者并未携带钱包或驾照，一时查不出身份，警方只能联络名片上的人物。"

"会长的名片是在哪里找到的？"

"据说夹在胸前口袋的万用手册，其余还有三十几张名片。"

我的名片是其中之一，岳父低语。

"是那男人认为死前不必处理也无所谓的名片之一。"

"或许是杀害那个人的凶手，判断不需处理、留下也没问题的名片之一。"

那是自杀，岳父应道。

"他不是那么重要的人，值得花工夫灭口。后来查明，他只是个员工。而且，他是从旁边的大楼屋顶跳下的。"

岳父安抚似的望着我。

"欸，总之就是这么回事。"他轻声叹息，"我意外得知那名讲师后续的人生。"

倒也难怪——

"感觉是相当符合一个花言巧语之徒的变身。"

遇上查获投资诈骗案之类集团诈骗的情况，警方和检察官的目标都是大本营，只盯少数的高层人物。边缘的会员不必说，有时连亲信等级的职员都能逃过起诉。与其起诉他们，从他们身上打探出情报，巩固干部的罪状，揭开骗局手法的全貌更优先。

那名讲师也一样，只是集团公司员工之一，算是虾兵蟹将。

然而，我仍怀疑那真的是自杀吗？虽然是组织里的杂鱼，但对于跟他接触的顾客与部下，他是最直接的加害者。即使逃过检警追捕，也可能被他欺骗——"教育"的人追杀，或怀恨在心。

园田瑛子想必也十分恨他。

"那男人把一九八二年见面时，我交给他的名片宝贝地带在身上，是认为派得上用场吧。这件事害我被三十多岁、还很可爱的远山狠狠地骂了一顿，告诫我不要随便把名片交给可疑人物。"

"是啊，在会长不知情的状况下可能遭到恶用。"

"和远山说的一样。"

"想用名片甩他巴掌，您的心情我理解。不过，甩完巴掌，心情舒畅后，应该当场收回。"

"比起甩巴掌，我更想用名片割断他的喉咙。"

岳父居然说得如此直接，我还以为听错了。

"会长。"

"什么？"

"不是会长下的手吧？"

这危险的玩笑，逗得我们哈哈大笑。

"我很好奇，会长始终没提及那男人的名字。"

"他的名字没有意义。"岳父耸耸瘦削的肩膀，"因为他在'现象人才开发研究所'和成为尸体时，名字不一样。"

不仅是名字，连年龄、出生地和经历都不一样。

"连身份都是伪装。"我心中一凉，"难不成暮木老人也……"

岳父点点头。"要是猜得没错，暮木一光并非本名。"

"可是，伪装身份这么容易吗？"

"只要有意，不无可能。"

"我从警方那里听到一件事——"岳父说着，倾身向前。

"丰田商事事件后……嗯，约十到十五年之间，只要破获吸金投资诈骗之类的案件，常会在公司干部或相关人员中发现丰田商事的影子，实在令人惊讶。原来是从丰田商事遗留的家伙，在模仿元祖老店的做法。"

一朵花绽放结果，就会有无数的种子乘风四散，在新的地方冒出嫩芽。只不过，那是一朵邪恶的花。

"那些人的姓名和经历，都与丰田商事时代不同。他们切割过去，脱胎换骨。"

我忍不住呻吟。

"不过，那个业界经历世代轮替，早不见丰田商事的残党，但技术应该已传承下来。所谓的软体，一旦开发出来，就没那么容易灭绝。"

那是邪恶的地下水脉——岳父说。

"熟悉那种技术的人，会寻找能够发挥的舞台。"

比起汗流浃背制作物品或劳动挣钱，一旦尝到靠耍嘴皮子操纵他人，误导他人骗财牟利的滋味，往往会不能自拔。

"教导别人原是非常值得尊敬的技能，也是一种困难的技能，不是任何人都办得到的，所以教育者应该具有相当的素质。可是，只有素质，缺乏分辨教育目的是正或邪的良心，可能会走错路。"

大概就是这样——岳父轻轻摊开双手。"我的简报到此为止。"

"无论是何种形式，暮木老人很可能会从事诈骗工作。我已明白您的想法，但以ST后代的意义来说，不也可能是邪教式的宗教团体人士吗？"

洗脑、哄骗、改变信仰，在这方面上，诈欺师那一套同样能在宗教世界发挥效用。

"我想过这一点。但你不是提到，田中在公车上询问'老先生和宗教有关吗'，暮木当场否认？"

确实如此，岳父的记忆力好得惊人。

"是啊……他说不喜欢宗教。"

"或许是暮木待过那种组织，见识到宗教一点都不宗教的部分，于是厌恶起宗教。所以，也不能完全否定这个假设。"岳父蹙起眉，"不过，我很在意暮木要警方带来的那三人。暮木是怎么说的？"

"他们有罪。"我记得相当清楚。

"有没有谈到是怎样的罪？比如犯了戒，或背弃神明的教诲。"

"没有。"我摇摇头，"他没提到那类事情。至少就我的感觉，他指的是更现实的'罪'。"

暮木老人要求带那三人过来时，曾说"让我见识警方的厉害吧"。对了，当下我相当在意这个说法。

"不觉得很世俗吗？"岳父应道，"考虑到暮木在很早的阶段，就向你们提起赔偿金，怎么想就是会偏向直销、吸金投资方面。"

岳父忽然轻笑，又甩甩手像要打消那抹笑。

"抱歉，想起一些事。"

"您想起什么？"

"不是投资，跟融资有关。年轻时，我也上过卑鄙的诈骗分子的当。"

称号"猛禽"的今多嘉亲也有那种时候啊。

"只能视为一次教训。当时的事业伙伴和前辈都说，就当付钱上了一堂课。"

教育家与诈欺师虽是根本上不同的存在，但诈欺师有时也会留下教育性的训诲。

"诈骗骗局中，除了明知故犯的干部，被招揽成为顾客或会员的一般人，往往会因介绍家人或朋友加入，最后也变成加害者吧？"

是被害者，司时也是协助诈骗的人、加害者，立场十分棘手。尽管是加害者，但在诈骗集团被揭发时，绝大多数都能逃过刑罚。毕竟他们当初是被害者，之所以会变成加害者，也是受骗的结果。

即使如此，做过的事仍会留下痕迹。

"我认为暮木所说的那三个人的'罪'，就是类似的事。虽然已脱离想象，差不多是天马行空的程度。"

"不，幸好下定决心来请教会长。"

感谢指点，我行一礼。

"那么，我要怎么处理这东西？"

岳父视线移向桌上的辞呈。

"可以请您收下吗？"

"收下是可以，但接下来呢？当你们决定收下暮木的钱时，再正式受理就行？还是，等你们把钱交给警方时受理？"

"假如此事闹上台面，会给公司添麻烦——"

我说到一半，岳父便拿起辞呈，打开书桌最上面的抽屉，扔了进去。

"我受理的时机，由你决定。交给我判断，只会让我伤脑筋。你希望我收下的时机到了，我就收下；希望我还给你，我就还给你。在那之前，由我暂时保管。"

我再度默默行礼。

"不过，我有个条件。"岳父的目光严肃且锐利，"把事情全部告诉菜穗子。我不容许你对她有所隐瞒。"

这是夫妻之间的问题，岳父说。

"比起公司，你应该优先为菜穗子着想。"

"非常抱歉。"

"万一菜穗子希望你不要收那种钱，也不要再四处打探，你会怎么做？"

"……我会好好跟她谈。"

"怎么，你不会听从菜穗子的愿望？"

"这件事不只关系到我一个人，其他人也收到钱，而且各人处境不同。"

岳父的眼神稍微动摇。

"若是经营者为筹措资金有多辛苦，不用你说我也知道。"

"是的。"

"我也知道筹不到学费，只能放弃升学有多不甘心。"

"是的。"

"你不认为，与其追查暮木那笔钱的来源，更应该说服人质，尽快去找山藤警部吗？"

我无法回答。耳朵深处响起田中"求求你，不要告诉警方"的恳求声，眼前浮现垂下头说想重念大学的坂本。

"——我明白了。"岳父盯着抽屉，"那我以集团宣传杂志发行人的身份指派你任务。"

"什么任务？"

"记录你接下来的调查过程，写成报道交给我。要不要刊登，由我决定。"

"不，怎么能拿报道——"

"这由我决定。你只要调查，然后写下来。园田已恢复精神，有间野和野本在，平常的编辑业务应该能顺利运作吧。"

期限是两周，岳父继续道。

"务必遵守截稿日，我的要求只有这样。"

我从椅子上站起："谢谢会长。"

"快回去吧，菜穗子会担心。"

我借着常夜灯的灯光穿过通行门，离开今多宅邸。落入黑暗的庭院，传来细微的虫鸣声。是秋季尾声的最后鸣唱。

一回到家，我就发现走廊尽头的客厅立灯亮着。躺在沙发上的菜穗子爬起来。

"你回来了。"

我没告诉妻子是去见岳父，只说有急事要外出，应该会晚归，要她先睡。

"何必等我呢？"

妻子带着困倦的双眼，害臊地笑："我在看电视，不知不觉打起瞌睡。"

平常妻子没有这种习惯，约莫是从我慌张的电话察觉到什么，所以在等我。

"其实，我在管理室听到你中午过后会回家一趟。"

睡眼惺忪的妻子，眸中隐藏着不安。

"很少发生这种情况，你又突然说要晚归……我忍不住担心。"

而且这阵子都没机会好好聊一聊，她说着撩起头发。

"抱歉，让你担心。"

一开口，我便吓一跳。声音在颤抖。

妻子注视着我。

"——发生什么事？"

我娓娓道出一切。妻子和我并坐在沙发上，我说到一半，她就握住我的手。

"亲爱的，"全部听完，妻子有些沉痛地微笑道，"爸给你特别命令呢。"

以一个总是包容丈夫所有任性妄为的妻子而言，这说法十分奇特。

第八章

　　隔天，集团广报室的朝会决定了接下来两周的工作分配。

　　岳父的"特别命令"内容，当然不能在会议上透露。我说明接到指令，负责撰写公车劫持事件的报道。不只包括我的亲身经历，得重新采访人质，整理出事件的全貌。

　　暮木老人留下的钱的问题，也是公车劫持事件的一部分，所以这并非谎言。但野本弟佩服地说"这个提案太棒了！"，间野小姐担心地问"回想起事件不要紧吗？"我的良心隐隐作痛。

　　园田总编酸溜溜地丢下一句"是是是，女婿大人真难为"，没再多说。她应该察觉我在两周期限内的真正任务，却没流露一丝不安或讶异。我松口气，却也颇失望。昨晚和妻子谈过后，我忽然想到：如果说出这个特别命令，总编会不会要求——为了我要求一起调查？

　　"今早我也有件事要宣布。"

　　总编草草结束我的话题，望着间野和野本弟说。

　　"今天工联会送来调查报告。"

　　间野明显一阵惊慌。

　　"是报告吗？不是裁定或处分书？"野本弟反问，总编冷笑道："那份报告的末尾，附有职场环境改善建议。"

　　"呃，建议吗？那井手先生不会受到处分吗？"

　　"相对地，杉村先生被控滥用职权一事，也不会受到追究。"

　　是各打五十大板，园田总编解释。

　　"总编，你用那种条件进行交易吗？"

"喂，注意你的措辞。工联不是警察，也不是法院，不能轻易说什么处分的。这样不是很好？反正井手先生会离开这里。"

她没回答是否做过交易。

"井手先生会被派去哪里？"

"跟打工小弟无缘的地方，他要去社长室。"

"那不是升迁吗？"野本弟相当生气。

"社长室这个头衔很方便，不管是真正优秀战力的员工，还是不属于战力却不知如何处置的员工，都能安上。"

但还是能满足井手的自尊心吧。即使只需成天看财经报纸和杂志，写下没人会受理的报告，坐在位置上也不会接到半通电话的闲差。

"这样我就满意了。毕竟间野小姐被调走，我会很头大。"

"谢谢总编。"间野表情僵硬地行礼，"可是，没有滥用职权的杉村先生等于是被冤枉，这——"

"无所谓，反王相关人士都知道事实。"

"是吗？"野本弟望向我。

"大家都知道啊，这个人才没胆滥用什么职权。"

"没错，我没那个狗胆。"我缩缩肩。

"上班族社会，我实在没办法欣赏。"

"大人真是肮脏。"听野本弟这么说，我们扑哧一笑。

"这不是什么好笑的事啊。"野本弟纳闷道。

"那你就永远像个孩子，纯洁自由地活着吧。"

总编说要去采访，一下就不见人影。我边准备外出，边安慰两人："别放在心上，我觉得是不错的解决方法。"

间野的眼神暗沉，野本弟颇生气。

"井手先生应该好好向间野小姐道歉。"

"为此又要与他有所牵扯，间野小姐不会觉得更讨厌吗？"

"啊……也对。"间野客气地点点头，回道，"对杉村先生很过意不去，但如果能不再见到井手先生，我会比较轻松。而且，工联的委员都仔细聆听我的说辞。"

她原来相当不安，怕对方不会正视她的问题。

"虽然轮不到我自夸，不过我们的工联蛮公平的。"

"调到社长室后，井手先生会若无其事地回来上班吗？"

"应该会隔段时间吧？毕竟有医生的诊断书。"

"社长是杉村先生的大舅子吧？能不能利用这层关系，给他点教训？"

"那才是肮脏的大人干的事。"我笑着说，野本弟羞愧不已。我拍拍他的背道，"那我出门了。"

我快步走到户外。手机算准时机般响起，是田中打来的。

"早——"

"后来怎么样？有没有查到什么？"

昨天刚决定要调查，而且现在才早上不到十点。

"我准备去找那三个人。"

"你没报警吧？"

"昨天不是说好了吗？我不会擅自乱来的。"

"就在刚才，大概三十分钟前吧，警车鸣着警笛朝'克拉斯海风安养院'开去。"

过没多久，又有一辆警车开过去。

"可能出什么状况，但没必要慌张吧？如果是为了钱的事，警方不会去'克拉斯海风安养院'，而是直接来找我们。"

也对——我听见田中的鼻息。"昨天晚上我睡不着，忍不住胡思乱想。我该不会得被害妄想症？"

被害妄想应该不是用来形容这种状态，但我能理解他的心情。

"我也想了很多。不过，与其胡乱揣测，不如实际进行调查。田中先生请照平常那样生活吧。"

"知道啦。"田中意外顺从地挂断电话。

前野似乎具备出色的视觉性记忆。她把暮木老人指名的三个人全名，以汉字完整记下。

第一个人是"葛原旻"，第二个是"高东宪子"，第三个是"中藤史惠"。葛原住在埼玉县埼玉市西区，高东住在杉并区高圆寺北，中藤住在足立区绫濑。传送手机备忘资料过来时，芽衣补充：

——我在打高东的住址时，暮木老爷爷停顿了一下，似乎想不太起来房号。

确实，三人之中，唯独高东的住址有房号，是五〇六。其余两人大概是住透天厝。

依高圆寺、绫濑、埼玉市的顺序找人，应该会较有效率。我前往东京车站，搭上中央线的快速列车。

任职于童书出版社时，我经常拜访高圆寺。交情不错的插画家住在这里，他告诉我不少藏身住宅区巷弄的精致小餐馆和气氛迷人的酒吧。与菜穗子结婚后，我几乎没再来过，所以十分怀念。这是个年轻人很多、充满次文化气息的有趣小镇，菜穗子可能会觉得有点吵闹，但是不是该带她来看看？

一抵达目的地，我就从悠闲的思绪回到现实。

那是一栋红砖色七层公寓，取名"高圆寺北宫殿社区"，约莫有五十户。管理员室再过去是一大片集合式信箱。

五〇六室的名牌是"角田"。与周围的名牌相比，显然比较新。

——要查出一个人的住民登录挺容易，但那个人不一定住在登录的地方吧？

暮木老人这么说过。要找出那三个人见上一面，住址果然仅仅是线索之一。

我折回管理员室。玻璃门另一头坐着穿工作服的五旬男性，正伏案填写某些文件。

"不好意思。"我一出声，他立刻起身来到窗口，鼻梁上挂着老花眼镜。

"不好意思，我来找五〇六室的高东女士。"

汉字写成"高东"，但不是读作"takato"，而是"koto"，颇为特别。

"Koto 女士搬走喽。"管理员回答。

果然……

"这样啊，我都不知道。是最近刚搬走的吗？"

"好像是上个月吧。"

上个月？那么，发生公车劫持事件时，还有那之后，她仍住在这里吗？

"你是高东女士的朋友？"

"是的，由于工作关系，家父曾受高东女士照顾。我说要到东京出差，家父便吩咐我来问候她一声。"

我在话中暗示并非直接认识高东女士，也不是东京人。我不确定这个烟幕弹对管理员有没有效。

"原来她搬走了啊，我爸居然不晓得。"我喃喃自语，管理员表情不变，默默抬起鼻梁上的老花眼镜。

"目前住在五〇六号室的角田，会不会是高东女士的朋友？"

"应该不是吧。"

"那么，你知道高东女士搬去哪里了吗？"

"不，这个……"管理员稍稍结巴，"我不能随便透露住户隐私。"

管理员打量着我。

"令尊大概很快就会收到她的搬家通知。"

"了解。不好意思，打扰了。"

我颔首致意，离开管理员室。刚要走出去，发现玄关大厅墙上有个公布栏，用五颜六色的磁铁贴着几张公告。

我在"管委会通告""消防检查通知"等公告中，注意到一张"棉被清洗　九折优惠中"的传单。店名为"小熊洗衣山本店"，备注"亲自送来，点数加倍送"，等于是有到府收件和送件服务。我迅速抄下店家住址，步出玄关大厅。

循着门牌找到目的地，那是位于两个街区外，面对大马路的大型洗衣店。"小熊洗衣"是连锁店名，"山本"似乎是分店名。招牌上画着可爱的熊图案，店铺外观以向日葵般的黄色统一。

自动门打开，穿着约莫是制服、胸前有小熊刺绣章黄色外衣的男子，朝气十足地大喊"欢迎光临"。他体格结实，染褐发，戴着单边耳环，长相有点像外国人。柜台上堆满衣物。

"不好意思，我想请教一下……"

我受家父之托，到"高圆寺北宫殿社区"拜访高东女士，但她已搬家——我搬出同一套谎言。

　　"没见到人，我这趟差事未免办得太不牢靠。所以我四处打听，看看有没有人知道姑搬去哪里。"

　　年约三十的店员，将还在分类的衣物挂在手臂上，听着伴装困窘的我的说辞。

　　"我们也不知道。"他冷漠地回答，继续分类。衬衫有好几件。

　　"这样啊，果然不会知道呢。"

　　我搔搔头，店员表情一动。他瞳眸颜色很淡。

　　"做我们这种生意的，就算是客人，随着搬家交情也就结束。"

　　"也是。听说高东女士是上个月搬走的。"

　　"这样吗？"

　　店员边工作，状似在寻思。我从他的表现，感觉到异于管理员的反应，或者说蛛丝马迹。是过去经验累积的直觉发动了吗？

　　"我爸一定会很失望。他膝盖不好，几乎无法外出，跟高东女士也很久没碰面。"

　　衣物分类完毕，轮廓深邃的店员以除尘掸清理着柜台，抬起眼道："不好意思，我们不清楚。"

　　"这样啊，打扰了。"

　　我穿过自动门来到马路上。我慢慢走着，在稍前方的电线杆旁回头一看，发现店员从柜台探出上半身望着我。不只他，还有另一名女同事，不然就是他太太吧。穿一样的制服，凑在一起交头接耳。我一回头，两人的脑袋立刻缩回去。

　　果然有鬼。不光是"不能透露住户隐私"，还另有原因。

　　我继续四处打转，找到有宅配服务的超市和像是当地老字号的酒行。超市什么都没问到，但酒行有反应。看店的老妇人对我（胡扯）的说辞毫不理会，劈头就问："你是哪里的记者？"

　　老妇人一头白发染成淡紫色，穿着花纹鲜艳的毛衣，脸上的妆很浓。

　　"记者？"

"你是周刊杂志的记者吧？"

"呃……这是什么意思？"我装傻道。

满脸皱纹的老妇人鼻头挤出更多皱纹，她在笑我。

"放过她吧。"

高东太太很可怜，她说。

"高东女士发生什么会被记者采访的事吗？"

老妇人的小眼睛发亮："怎会没有？别再骚扰她了吧。"

"不，我真的不晓得是怎么回事。父亲什么都没告诉我。"

和刚才的管理员一样，老妇人上下打量我。如果管理员的眼神是 X 光，那么老妇人就是 CT 或 MRI。

"你真的什么都不知道？"

那表情像在表示"听你胡扯"。"放过她吧。"老妇人嘴角抽动，其实她想说得要命。

"发生什么状况吗？"

我一问，老妇人便转向我。她坐在旋转椅上。

"上个月——那时是九月，算是上上个月。千叶的某个地方不是发生过一个神经病老头儿劫持公车的案件吗？"

"对啊。"我倾身向前。

"高东太太似乎插了一脚。警察找上门，媒体记者也来一大堆。"

"原来出过这种事啊。"

我演技很差，但这名老妇人的 CT 或 MRI，也许是想要忽略上头的阴影就能忽略的机型。

"后来高东太太就搬家了。她说要去跟女儿住，可是不知出什么问题，拖了很久。"

公车劫持事件发生时，高东宪子住在"高圆寺北宫殿社区"的五○六室，有警察和媒体找上门。约一个月后，她便搬家去投靠女儿。

暮木老人说要"找出"那三个人，至少高东宪子没必要特地去找。那他为何要举出高东宪子的名字？

答案十分简单。暮木老人希望他们受到公审，想通过警方和媒体的

"权力"，把他们拖到公共场所示众。

我再度感受到暮木老人的恶意与愤怒。

——因为他们有罪。

"可是，她跟劫持公车的老人究竟有何关系？"

看着我的蹩脚戏，老妇人嗤之以鼻。

"谁晓得？去问你爸啊。"

"家父一无所知。原来有警察找上门啊，真可怕。媒体一直纠缠不休吗？"

"大概闹了一个星期。因为劫持犯的老头儿死掉，想从别的地方采访到消息吧，可是高东太太东逃西躲。"

"东逃西躲？"

"那个人蛮有钱，约莫是去住饭店之类的吧？"老妇人眼底冒出恶意的光芒，"你爸也被她骗过？"

背部一阵寒戚，我默默隐藏。

"……被骗？"

"你真的不知道？"

"那我也不说了。"老妇人又旋转椅子，面向一旁，但嘴角还在抽动。

我决定暂时撤退。先去找其他两人，隔段时间再来吧。那样对这名老妇人也比较有效果。

"打扰了，谢谢。"

离开店里时，我眼角余光扫到老妇人期待落空的表情。下次上门，她应该不会再卖关子，会一五一十全告诉我吧。

蹿过背脊的恶寒，在走向车站的途中迟迟没消失。很有钱、被她骗，这些字眼在耳朵深处回响。

绫濑地区的中藤史惠，"原本"住在老旧的灰泥二层楼住宅。她也搬家了。

门牌列出五口之家的成员名字，是小孩的字迹，以黑色麦克笔写的，姓氏是"田中"。狭小的停车场内，停着附辅助轮的小自行车及附儿童座的淑女车。

我按下门铃，随即听到女人应声。

"不好意思，我来找住在这里的中藤女士。"

约莫是身为这个家的主妇和母亲，她机敏地回答："中藤女士是我们的房东，她不住这里。"

"这样啊。现在这里是田中家吗？"

"是的，我们去年年底搬过来。你找房东有事吗？"

"她是我父亲的老友。"

我搬出同一套说辞，她回答：

"我们不晓得房东的住址，可能要去问房屋中介。"

她告诉我，房屋中介公司在站前圆环的大楼一楼。

"谢谢。"

不好继续打扰看似忙碌的田中家主妇，我折回站前。

踏进房仲公司，一名穿西装的年轻男职员招呼我。他请我坐下，毕恭毕敬地询问来意。

"不好意思，我们不能透露顾客的个人信息。"

同为社会人士、有常识的大人，你明白吧？他露出这样的神情。我苦笑着点点头。

"也是。我不抱希望地来问问看，果然行不通。"

"令尊没收到中藤女士的搬家通知吗？"

"不清楚，毕竟家父年事已高，或许收到却忘了。"

我没在绫濑四处问话，直接前往埼玉市西区。中藤史惠在去年年底搬家，暮木老人知道吗？他是何时调查中藤史惠的住民登录？

从心理上来看，不太可能在劫持公车前几个月就调查。假设是一个月前，中藤史惠已搬家八个月。这表示当时她还未申请变更住民登录。

搬家后不尽快重新进行住民登录，生活上会有诸多不便。若中藤史惠有学龄的孩子，上学会有问题；若她的岁数可领年金，不办理住址变更就领不到钱。不过，只要提出迁居申请，一年内邮件会直接转送到新地址。

可是，这未免太不自然。搬了家，住民登录仍留在旧地，不是个性粗枝大叶，就是生病或年纪太大无法亲自办手续，又或者——

不想被人知道搬去哪里？

也就是在躲避什么人。

上个月搬家，和女儿同住的高东宪子，住民登录可能依然留在"高圆寺北宫殿社区"。

要确定这一点并不难。但是，在公所服务窗口虚构身份，满不在乎地撒谎骗到住民卡，和编造说辞哄骗做生意的店员或不会再次见面的好心主妇，程度相差许多。何况，我想快点知道第三人的葛原旻是不是也搬家，又是什么时候搬的。

在高圆寺和凌濑，我拜访的那一带大部分都是住宅，但各处夹杂着店铺和小工厂、作业所。不过，笔记上的埼玉市西区，应属纯粹的住宅区。

找到葛原家的门牌。那是一栋雅致的塔楼，农舍风格的大屋顶格外醒目。

门牌也十分讲究。以五颜六色的小陶砖组合而成的牌子上，拼贴着树脂制的英文字母，显示"KUZUHARA"（葛原），底下则是更小一号的文字"MAKOTO""KANAE"和"ARISA"。

最下面一行是空的。制作这个门牌时，似乎共有四个家人的名字。而第四人的名字被拿下，依稀留有一点痕迹。

那会不会是"AKIRA"（旻）？

我按下门铃。等待片刻，又慢慢按了三次，没有任何回应。

望向整齐划一的街道，贯穿住宅之间的单线马路不见半个人影。我压抑内心的焦急，在周围闲晃。绕一圈再回来，仍没有变化。绕两圈再回来，与葛原家间隔两户的住家大门打开，一个年纪和园田总编差不多、穿衣风格也很相近的女子，推着自行车走出来。

我快步走近，出声说"不好意思"。对方的长相与园田总编截然不同，仔细一看，穿着也比园田御用的民族风衣物高好几个等级。

"我来拜访葛原家的旻先生，但他似乎不在，门牌上也没有旻先生的名字，不晓得是不是找错地方。"

是家父托我来的——对于我这番编造的说辞，女子修整得很漂亮的眉毛，及眼影浓重的双眸都纹风不动。

"葛原家的祖父已过世。"她回答。

或许我由衷地感到惊讶，女子的表情出现涟漪。

"大概是今年二月。"

"这样啊……是生病吗？"

对方顿时瞪大眼，目不转睛地看着我。那不是打量的视线，带有一丝同情。

"你不知道吗？"

我胸口一阵骚动，女子压低声音：

"好像是自杀。"

返回高圆寺途中，我在东京车站吃迟来的午餐，然后前往糕饼铺买饼干礼盒。一路上，推自行车的民族风美女简略告知的事实，不断在我脑中回放。

——家里的人私下办了葬礼。

但葛原旻自杀一事，仍传入左邻右舍耳里。

——他过世的时候，不只是救护车，警车也来了，闹得蛮大。我们家不太和邻居打交道，很担心出什么事。

刚刚来的时候完全没留意，不过老妇人所在的传统酒行叫"播磨屋"。上头是沉重的屋瓦，屋檐下挂着印有店号的木制招牌。

顾店的从老妇人变成老人。老人的头光秃秃的，戴着看起来很沉的玳瑁眼镜，在柜台里读报。

"不好意思。"

老人转动凳子面向我。"你好，欢迎光临。"

"我上午造访过一次……"

"啊，来了、来了——"里头传来兴奋的声音。那名老妇人拨开蓝染门帘，花纹毛衣上套着围裙登场。

善于刺探的她，随即注意到我手上的糕点纸袋。

"如果你一哭就这么做，搞不好骗得过我。"

没错。如果我是为自己捏造的理由，来拜访父亲旧友的正常人，至少该提个伴手礼袋。

"孩子的爸，这个人来找高东太太。"

老妇人对老人说。玳瑁眼镜厚厚的镜片底下，老人的双眸顿时睁大。

"你是自救会的人？"

两人应该是夫妇吧。妻子问"你是记者吗？"丈夫则问"你是自救会的人吗？"

"不，我没加入自救会。不过，如同太太的猜测，跟高东女士有过一些纠纷。"

不是我本人，是家父——我补上一句，老人说"啊，那太可怜了"。

"不要太责备你父亲。老人家就是会忍不住听信那种话，也不是贪心啦。"

只是想尽量不给孩子添麻烦啊，老人加重语气。

"我倒不这么认为。"

老妇人语带冷笑，但接过我递出的礼盒，就搬出凳子请我坐。不是旋转椅，而是有红色塑胶套、脚椅有些摇晃的凳子。我坐下来。

"两位在这里做生意很久了吗？"

老人折起报纸，老妇人从柜台下方取出香烟和烟灰缸。

"很久啦。从我父母那一代开始，已将近七十年。"

"那两位对这一带无所不知喽？"

"高东太太的公寓有很多我们的客人。"老妇人点燃 HIGHLIGHT 牌香烟。

"可是，她诈骗的事，不是我从客人那里听来的。高东太太也常上门推销一些有的没的。"

我统统都拒绝了——老妇人毫不留情面。

"她气得跳脚，说再也不跟我们买东西。求我卖给她，我还不卖哩。"

丈夫安抚火冒三丈的妻子："这样会害血压上升，高东太太也没恶意啊。"

播磨屋双人队，看来妻子负责"攻"，丈夫负责"守"。从店内琳琅满目的酒瓶、壮观的红酒架及写满送货预定的月历来看，他们在过去的人生中想必是攻无不克的无敌搭档。

播磨屋夫摘下眼镜望着我，问道："你父亲被推销什么？"

我早预料会碰到这个问题，马上回答："家父不肯透露，我也不是很清楚。好像是会员资格之类的。"

我觉得这是个安全的谎言，但播磨屋妻立刻应道："是协会要在冲绳盖的度假饭店吧？她也通知过我们，说是协会规模最大的计划案。"

"协会？"

"日商新天地协会，不是吗？"

"啊，没错。果然一样。"

日商新天地协会啊，我暗记在心。

"当初，高东太太是不是来推销净水器？"

"对。她来过好多次，非常难缠。最后来推销的，是那家度假饭店的会员资格。"

所以她有恶意好吗？播磨屋妻捻熄烟。她抽得快烧到过滤嘴。

"一个换一个，成天上门来推销，分明就是要骗人。"

"那个会员资格，总觉得条件太梦幻。"我应道。

"对对对！"播磨屋妻用力点头。"一般提到度假饭店的会员资格，都是买饭店的使用权吧？她的不一样，是投资饭店建设，买下符合投资金额的客房。"

买下的饭店客房，会员当然可自由使用。此外，当客房空下来，就会自动变成租赁给度假饭店的营运管理公司，即使没有会员使用，也一定能得到租赁费。

这样的制度内容，是不是似曾相识？只是把金条换成度假饭店的客房罢了。

"条件太美啦。除非一整年天天客满，不然像那样付房租给每个拥有客房的会员，管理公司岂不要亏大钱？"

依常识来看，确实如此。或者不必想得这么深，也十足可疑。

"那栋饭店盖好了吗？"

"连个影子都没有。"根本不可能盖，播磨屋妻点燃第二根 HIGHLIGHT 说，"等于是画上的大饼。"

"那么，与其说是会员资格诈骗，更接近吸金投资诈骗。"

"那个协会根本没在冲绳买土地。"

我想也是。

播磨屋夫微微偏头说："听父亲提起前，你完全不晓得那协会的事吗？干部被抓时，报纸有登。"

我小心选择答案："我知道那则新闻，但没想到父亲会是受害者。"

"这样啊，也对。"

播磨屋夫从圆凳上站起，打开冰箱取出两瓶凉茶，一瓶递给我。

"来，给你。"

"谢谢。"

播磨屋妻似乎有烟抽就足够。

"近年来，这类诈骗案层出不穷，报纸渐渐不会大篇幅报道。受害金额是五十亿元吗？小意思、小意思。"播磨屋妻开口。

"那个叫什么的团体，不是吸金两百亿元吗？""哦，亏你记得那么清楚。"我边用凉茶滋润喉咙，边听着夫妻俩的对话。

"日商新天地协会非法吸金被查获，是何时的事？"我装傻问，丈夫立刻回答："是去年七月。七月的……嗯，七日，是七夕。"

"所以你记得这么清楚。"

"不不不，"播磨屋夫笑道，"那时我不巧为胆结石手术住院。是内视镜手术，相当简单。不过，我血压高又有糖尿，变得有点麻烦。"

去年七夕是手术前一天，播磨屋妻带着报纸去探病，嚷嚷"高东那婆娘果然是诈骗集团的成员"，他才会记得。

"说她是诈骗集团成员未免太可怜。"

"哪会？她明明就是啊。"

"可是，高东太太也是被骗的吧。"

"一开始被骗，后来换成骗别人，根本一样坏。"

播磨屋夫屈居劣势。

"高东女士也向其他人推销吗？"

播磨屋妻起劲地逐一列举："她也向公寓房客推销，还有三丁目的超市、公车站路上的洗衣店、美容院，连在孙子小学的师生众会上也积极推销，最后根本是见人就推销。"

孙子是小学生，可推测出高东宪子大概的年龄，而且——

"公车站路上的洗衣店，是'小熊洗衣山本店'吗？"

"是啊，就是那间制服是鲜黄色的店。那里的太太拗不过高东太太，加入会员。她丈夫气得要命。"

看来，我的直觉是对的。

"日商新天地协会是经营出现问题，才会被查获吧？"

"是付不出红利给会员。"

"咦，是自救会告发啦。"

看来在被查获之前，就有自救会在活动。这也是此类案件常见的发展模式。

"高东太太应该早点金盆洗手，加入自救会。"

播磨屋夫同情地低喃，越发激怒播磨屋妻。

"如果早早脱身，岂不是更狡猾？赚得饱饱的，看苗头不对，就脚底抹油跑路吗？"

播磨屋夫的秃头泛着油光，对我笑道："虽然店铺这么小，我们也算是家公司。太太是社长，我只是常务，总抬不起头。"

叫"播磨屋酒行有限公司"，播磨屋夫开心地补充。

"待会儿请让我看看红酒，我想买回去当礼物。"

"你好好学着啊。带红酒回去给你爸喝，红酒可以让血液顺畅。"

要不是为了调查，我真想和这对夫妻一直聊下去。

"太太提到，九月发生在千叶的公车劫持案……"

播磨屋妻叼着烟点点头。

"你知道那件案子的歹徒，一个姓暮木的老人吗？他和高东女士似乎有仇。"

"可是，那个歹徒不是我们这里的人。我在报上看到——"

"嗯，他住在足立区的公寓。"

民生委员还建议他申请生活补助，我补充道。播磨屋妻鼻翼翕张，连连点头："高东太太居然连那种人都不放过。"

"不，事实怎样并不清楚。"

"可是，歹徒不是要警察带高东太太过去吗？想必就是如此恨她。那他肯定是日商新天地协会的受害者。"

"除了高东女士，歹徒还提到另外两个人。"

"他们也是一伙的啦。"

我搔搔鼻梁。播磨屋夫也搔搔鼻梁，开口道："高东太太的丈夫，跟我在叮内会有往来，他在新宿开进口杂货的贸易公司。"

家中经济状况宽裕，他说。

"高东太太也是干部，所以夫妻俩人脉非常广。她会推销的，也不仅仅这一带的居民吧。"

"高东女士的丈夫如今在哪里？"

"他已过世四五年。如果他活着，高东女士也不必去干那种骗人的勾当吧。"

"他们原本很有钱吗？"

"嗯，蛮有钱的。"

家父是靠年金生活，我应道。这不是谎言，山梨老家的父亲从公所退休后，便靠领年金过日子。

"高东太太给人的感觉并不坏。她挺时髦，又会说话。"

令尊会受骗也是难怪，不能怪他啊——我又挨训了。

下午三点过后踏进公寓大门，柜台小姐向我行礼说"您回来了"。我同样笑容满面地回礼，心想可能会有新的流言萌芽：这阵子十六楼的杉村先生都在奇怪的时间回来，会不会是被裁员啦？

会想到这么无聊的事，是因为与高圆寺的播磨屋夫妇深谈后，我深切感觉到"人意外地被别人仔细观察着"。即使扣掉播磨屋夫妇（尤其是妻子）是不折不扣的生意人这一点，我不得不想，生活在都市的人，当发生什么问题的时候，要完全不被外人得知地过日子，实际上是不可能的事。

虽然是自行用钥匙开公寓大门，但上楼后我怕突然出现吓到菜穗子，于是先按门铃。妻子随即来应门。

"我出去查点事情，今天早退。"

妻子顿时睁大眼："看你的表情，应该有收获？"

我说出半天来的访查过程，及打听到"日商新天地协会"这些关键字的事。妻子为我冲了杯咖啡。

"那是去年被查获，干部遭到逮捕的吸金诈骗案，上网搜寻应该能知道详情。"

"是啊，总觉得听过这个协会的名字。"

"话说回来——"妻子眼珠转了一圈，"你运气真的很好，还是嗅觉特别灵敏？居然第一天就遇到那对酒行夫妇。"

"我们聊得颇开心。"

日商新天地协会的真实面貌遭到揭发后，高东宪子在"高圆寺北宫殿社区"的生活顿时变得如坐针毡——虽然越说越辛辣的播磨屋妻，与越说越同情的播磨屋夫，两方的看法相当不同。

——不过，她在千叶的公车劫持案发生前，一直努力撑着，算是很有骨气吗？

如同高东宪子、中藤史惠和葛原旻应该会对有交情的邻居、朋友、熟人，当然还有亲戚进行推销。那么，他们在协会被查获后（虽然程度各有不同），想必也坐立不安。

去年七月七日协会被查获，年底中藤史惠搬离绫濑的住家。今年二月葛原旻自杀，九月暮木老人劫持公车。因此，高东宪子不得不逃离"高圆寺北宫殿社区"。

三人都如坐针毡，内心受到重创，葛原旻甚至失去性命。

"要说嗅觉灵敏，有人比我更厉害。"

我无法不细细观察妻子，因为他们的眼睛和下巴线条极像。

"谁？"

"你父亲。"

我在内心感叹连连。

——岳父，您真是个狠角色。

我尚未展开调查，他已预先描绘出相关事实的大框架。

"岳父认为，不是牵涉宗教之类精神上的事物，一定与金钱有关。还有，诈骗行销那种让被害者变成加害者，制造出下一个受害者的制度，就是遭歹徒指名的三人'罪'的根源。两项推论都正中红心。"

"父亲很厉害的。"妻子微笑道。

此时，我忽然发现妻子穿着外出服，妆容非常完整，胸口垂挂着和嫂嫂同款的粉红珍珠项链。

"你要出门？"

妻子反射性地摸着项链。

"我想去接桃子，顺便买个东西。"

进小学后，桃子每周会去音乐教室三天。今天是上课日，预计四点多结束。

"打扮得太刻意了吗？"妻子腼腆地问。

"机会难得，今晚在外面吃吧？"

"你在说什么啊？每次展开调查，你都会一头栽进去，对别的事心不在焉，还是在家里吃吧。"

"你在说什么啊"，妻子也会对我讲这种话，仿佛我们与播磨屋夫妇重叠在一起，我有点开心。

"我带了礼物回来。"

"我一直在想那是什么，红酒对吧？"

我挑这个牌子，播磨屋夫颇为惊讶。

"拉图酒庄。"

看到那特征十足的标签，妻子露出微笑："那今晚吃肉吧。"

接下来，我关在书房，坐在电脑前。

播磨屋妻说，这起吸金五十亿元的诈骗案是"小意思"，但五十亿元可不是小数目。我使用搜寻引擎，很快找到整理日商新天地协会诈骗手法的网站，省下许多工夫。

日商新天地协会创业于一九九〇年，当时叫日商新天地有限公司，主力商品是一款"奇迹名水雅典娜"天然水。卖点是装设饮水机，以交换桶装水的方式贩卖，而非瓶装水。所以，不是通过邮购方式，而是上门推销贩卖。

"以奇迹的名水净化体内！'雅典娜'守护您远离失智与癌症。"

采取的策略是主攻高龄世代，而非一般家庭。

桶装水式的饮料水事业逐渐在一般家庭流行，往前回溯，只是近十年间的事。从这一点来看，日商新天地可谓具有先见之明。即使对自来水有疑虑，顶多装净水器应对，没办法天天去买沉重的保特瓶水。对于这样的高龄者家庭，业者定期送桶装水来交换的制度，确实方便。同时，可预防"失智与癌症"的噱头也很打动人心。

不过，正因如此，"雅典娜"十分昂贵。当时，日商新天地将目标市场瞄准较富裕的高龄者家庭。

——唉，蛮有钱的。

播磨屋夫如此评论的高东宪子，或许是这时期的顾客。

虽然有签约越多年，折扣越多的优惠，但九十年代前期的日商新天地没有会员制度。一九九三年，开始贩卖维生素和深海鲨鱼精华，但会员制度"日商之友"，要到一九九六年四月才推出。契机是他们在日本国内，一座气候与名水雅典娜源头的地中海沿岸最为相似的静冈县海边小镇，兴建叫"日商生命之家"的住宿设施。

这座"生命之家"不是一般的休闲设施，目的是"让会员进行全面性的健康管理与抗老化"，可挑选四天三夜到两周等各种住宿方案，依规划的行程生活，以获得彻底的体内净化与细胞再生。

"无论是疲惫的心灵还是受损的DNA，都可在此得到疗愈。"

看到当时的广告标语，我不禁苦笑。

从这时起，他们向会员宣传"请向朋友介绍""将长寿与健康带给更多人"。当然，如果介绍新会员，除了优惠更多，还有现金回馈，逐渐显露近似老鼠会的一面。

播磨屋夫妇提到的净水器，直到一九九九年三月才成为商品。安装这种净水器，自来水会拥有和"雅典娜"天然水一样的效果。虽然是针对没有空间装设饮水器的家庭开发的商品，但"整理网站"的作者写道："'生命之家'的收益不如预期，业绩恶化，净水器是为了开拓新客源推出的商品。"由于净水器并非针对高龄者家庭，而是把主力放在一般家庭，因此文章强调"只要改变用水，两周就能治好过敏性皮肤炎""减重效果经 FDA 认证"。

FDA，美国食品和药物管理局，负责检验食品和药品的安全性、决定能否上市的机关，也负责监督有害的食品和药品。由于认证严格，不限于美国境内，闻名世界。只是，有些 FDA 认可的药品，日本厚生劳动省却不认可。不过，搬出 FDA，或许比"减重效果经 WHO 认证"更稀罕。不管怎样，都不是大众熟悉的词汇。

从净水器开始，日商新天地明确切换成近似老鼠会的行销手法。打造出金字塔形的会员组织，按每月销售金额分级，包括"小草会员""花朵会员""珍珠会员""黄金会员""白金会员""尊荣会员"等。业绩好的会员，还能在盛大华丽的典礼中受到表扬。"日商之友"改名"日商新天地协会"，成为独立组织。

然后，贩卖的商品变得五花八门，健康饮料、营养食品、化妆品、塑身衣……数不胜数。刚加入的"小草会员"，会拿到一本叫"事业手册"的皮革封面厚重文件。

点开"整理网站"中的影片档，内容是二〇〇四年九月二十日在都内饭店宴会厅举行的表扬大会。在台上向会员演讲，接受喝彩，被众人呼喊"代表！代表！"称颂的是一个满头银发、体格健壮的男人。年纪约六十五，外貌与穿着像歌谣曲全盛时期的人气歌手，十足装模作样。他接受会员狂热的欢呼，脸泛油光。

此人就是日商新天地有限公司的创业社长，日商新天地协会代表——小羽雅次郎。他与担任副代表的儿子小羽辉彦，在去年七月因诈欺与违反出资法的嫌疑遭到逮捕。

在表扬大会的喧闹声中，我搜寻暮木老人的身影，但没找着。没找到就好，他应该藏身组织背后，是幕后黑手才对。

"整理网站"中，除了协会事务局长和会计负责人，还有其他被逮捕的名单，可是上头也没有暮木一光的名字。

最后被起诉的，只有小羽父子和辉彦之妻纱依里。她在二十几岁时，是相当活跃的模特儿。将化妆品和塑身衣带进协会的，或许就是这名女子。

二〇〇四年十月，"日商受害者自救会"成立。也是在这个时候，有会员向国民生活中心投诉"商品功效可疑""这不是老鼠会吗"。自救会的代表人是都内一名公司干部，因为妻子加入会员，被骗走约一千万元。

虽然经济不虞匮乏，但工作上已退休；尽管热爱社交，人生却枯燥乏味，寻觅着参与社会的机会。在日商新天地协会中，这样的高龄者是主要的目标客群。至少，当初他们并未盯上靠年金生活，热切想将宝贵退休金尽量投资在高利率金融商品的长者。协会制造出这种受害者，是拆东墙补西墙到极限，经营走下坡的时候，等于是末期症状。然后，播磨屋夫妇告诉我的冲绳会员制休闲饭店建设计划，是日商新天地协会为了紧紧抓住"我们不是诈骗集团，是正派经营的企业团体"的幻想，是自吹自擂的最后一记起死回生之策。

当然，这是徒然的挣扎。与丰田商事越接近垂死，就越华丽动听的夸张计划非常相似。

不管是对警方还是检方，小羽父子在侦讯中一概否认涉案。雅次郎就像被逮捕前对会员进行的演说般，不停地使用"社会改革"的字眼。

"我们国家是举世罕见的少子高龄化社会。不断膨胀的高龄者医疗费用，早晚会让全民健保破产。我就是想阻止这样的悲剧。

"健康的老人，可以让国家更健康。我要让老人从药罐子式的医疗解放，让他们恢复真正的健康，找到生活的意义，借以改革社会。"

直到警方查获协会前一刻，许多人都还在进行会员活动，但协会的经营真相一被揭露，便倏然清醒般主张自己是受害者。另外，即使小羽父子遭到起诉，有些会员仍对他们信赖有加，热心参与审判旁听，在记者的采访中做出拥护他们的发言。

"代表是社会改革的先锋。"

若说"社会改革"是小羽父子同路人的关键字，那么受害一方的关键字就是"洗脑"。

"我们都被灌输错误的观念，认为只要在协会活动，就能让世界变得更美好，进而得到真正的幸福。"

"依赖社会的照顾度过晚年很空虚。我们想自力更生，为社会作出贡献。这样的心情遭到利用，我们完全上当，我们被洗脑了。"

"整理网站"上记载的前会员证词中，并未提到指导他们的干部或员工的真实姓名，也没发现类似教练的角色。在协会里，是由上级会员对下级会员进行教育，也有指导手册，但没被当成资料放在网站。

不过，找到一项挺有意思的东西。二〇〇二年左右，协会内部鼓励上级会员私下借贷给下级会员购买商品，由协会负责人中介，即当时的金钱消费借贷契约书。换算成年利率，是36%的暴利，其中一成要缴纳给协会。此外，要得到这种个人融资的资格，必须先通过协会的审核，而审核也要花钱。得到资格，在会员之间进行高利贷放款的，大半是白金会员和最高级的尊荣会员。查获时登录的两千七百八十名会员中，有一百四十七名在进行个人融资。

一开始被骗，但后来去骗人，根本一样坏啊。播磨屋妻的话犹如字幕，在我盯着电脑的疲惫眼眸底下闪烁。

暮木一光存在于这个组织的何处，又是出现在哪个发展阶段？他为何挑出高东、中藤与葛原三个人，指责他们"有罪"？身兼受害者与加害者的不只他们。光在里面放高利贷剥削下级会员的，就有一百四十七人。

更令人不解的是，暮木老人劫持公车，要求警方带那三个人过来时，葛原旻已禁不起良心谴责，或受不了如坐针毡的处境自杀。暮木老人不可能不晓得此事，为何要把早就死去的人拖出来鞭尸？

我精疲力竭地关掉电脑，在恰到好处的时机被唤去吃晚饭。菜穗子亲手做的料理和樱子明亮的笑容抚慰了我。

用完饭，我和桃子一起洗澡。在学校发生的事、和朋友交换日记的内容（桃子的学校奖励学生用传统笔记本与朋友交换日记）、上星期在社会课课外观摩时去的糖果工厂，桃子甜蜜的童言童语，驱散通过电脑屏幕也能听得一清二楚的悲叹之声。借钱买一大堆（其实根本不值钱的）净水器，走投无路的老人；推销塑身衣和同事闹僵，不得不离职的年轻女孩；谎称购屋资金向父母借钱，却把钱换成形同废纸的度假旅馆会员资格，无法为后来生病住院的父母付医疗费的中年男子，是这些人的悲叹之声。

"爸爸。"

"嗯？"

"你会来参加文化祭吗？"

是下星期六。

"当然会呀。"

"桃子朗读得很棒哦。"

桃子睡前，我在床边念故事书给她听。这是从她三岁起的习惯。可能是像妻子，桃子本来就喜欢看书，但进小学后，阅读方面的好奇心似乎变得更为强烈。

"我要有很多、很多故事的书。"

回应她的要求，我挑选托尔金的《霍比特人历险记》。开始念的时候，恰恰刚放暑假，现在故事正渐入佳境。

《霍比特人历险记》是托尔金的巨作《魔戒》前传，是以儿童为对象撰写的冒险故事。其中有《魔戒》的故事核心——体现黑魔王索伦力量的"魔戒"登场。桃子非常喜欢《霍比特人历险记》，我说等读完这本，还有更多的《魔戒》故事在等着她，她非常期待。

"如果这个故事有后续，比尔博应该不会怎样吧？"

主角霍比特人比尔博，已成为桃子的心灵伴侣。

"当然。"

我读着比尔博老弟在伟大魔法师甘道夫带领下，碰上恶龙史矛革的故事时，忽然想到一个托尔金在这部壮阔故事中描写的普遍真理。

邪恶是会传染的。

"魔戒"是黑魔王索伦的力量来源，也是他的分身。魔戒污染了回到索伦身边途中遇到的中土大陆每一个人。魔戒腐蚀他们的心，不仅是人格，甚至改变他们的外貌。

邪恶会传染。不，会传染的应该是"负的力量"，能让深藏所有人心中的邪恶，也就是潜伏的邪恶浮上表面，以恶行的形式呈现。

活在现实中的我们没有"魔戒"，但能得到替代品。那就是错误的信念与欲望，还有将其传达给他人的话语。

——阴影笼罩的魔多大地。

我们也活在那里。

接下来几天，为搜寻更进一步的信息，我四处走访。得到有关日商新天地协会的基础信息后，我逐渐厘清该提出什么问题，所以拜访的相关人士及他们的家人容易松口，访查越发顺利。连第一次造访时，只目送我离去的"小熊洗衣山本店"夫妻，也愿意跟我谈话。

"高东太太本来是我们的客人，不能叫她不要再来。就算她上门，也不能赶她走。"山本太太一副现在想起仍吃不消的表情。

"事后回想，去年夏天那家协会濒临破产，内部应该有许多纷争吧。高东太太居然向在柜台排队的客人推销，我们真不晓得该怎么办。"

山本太太被协会吸走的金额约是二十万元。

"她实在太缠人，我拗不过便买下了。害我被丈夫骂，被婆婆酸，简直衰透。"

那笔钱至今都没拿回来。

"我去过自救会，可是一堆都是被吸金一两百万的人，也有许多损失超过一千万的人，我反而吓到了。"

她当成付费上一堂课，放弃那笔钱。这番话似曾相识。

高东、葛原、中藤，他们三个都是尊荣会员。葛原旻最早加入，是"日商之友"时期的会员。中藤史惠资历较浅，仅有三年多，但根据网站掌握的资料，从小草会员（没半途脱离）要升格到尊荣会员，平均需要花六年，因此她的业绩应该相当优秀。三人之中，她被选为"每月表扬会员"的次数最多。高东宪子的会员资历约七年，虽然强势推销，业绩却没其他两人好。三人皆拥有二〇〇二年左右开始的协会内部个人融资资格，而融资金额方面，葛原旻出类拔萃。

上述的资料中，融资金额清单并非在网站上找到，是拜一点直觉与幸运所赐，从某人手中取得。

由于葛原旻自杀，周围的人口风很紧。考虑到那富丽堂皇的塔楼及个人融资的金额，我前往该辖区的税务署。这么一个大富豪，想必会办理蓝色申报。

大厅张贴着"加入蓝色申报会吧！"的海报，上面的联络地址就在附近。我前往一看，那是一家大电器行，由六旬老板担任蓝色申报会的会长。

我猜中了。葛原旻是蓝色申报会的会员，担任会长的电器行老板非常清楚他与日商新天地的事，亲切接待突然造访的我，并且提供清单。

"自救会也看过这份清单，没关系，你拿去吧。"

老板本身并不是日商的受害者。如我猜想，葛原旻在当地的蓝色申报会积极进行推销活动。

"不管怎么制止，他就是不听。我发出传阅文件警告，采取多种手段，仍无法阻止。"

这不纯粹是钱的问题，老板解释。

"身为古来的大地主，葛原先生是当地的门面……我们会里也有几个人受害，等于坐视事态演变成双方都遗憾的结果。"

老板前去自救会，进行一些调查。我拿到的清单便是他调查的成果。

"葛原先生过世时，你有什么想法？"

老板的神情与其说是苦涩，更接近痛苦。

"唉，应该是当成以死谢罪吧。"

"受害者会强烈抨击他吗？"

"我们会里的受害者全是当地人，事情闹开大家都难过，所以……"

老板又露出牙痛般的表情。即使是平日白天，电器行仍偶有客人上门，电话经常响起，女职员多次来唤老板。

"不好意思，吵吵闹闹的。"

我这是穷忙啊，他苦笑。

"我才是，不好意思打扰了。"

"协会倒闭后，葛原先生与个人融资的对象谈判，几乎跟所有人都达成和解。只是取了相当离谱的利息。"

"根据协会的规定吗？"

"光是老鼠会已够恶质，还让会员借高利贷，然后从中抽成，没见过这么没良心的事。"

不过，有几个人……老板欲言又止。

"说绝不能原谅葛原先生的行为——啊，他们不是当地人，是葛原先生个人认识的人。而且不是对葛原先生，是向他儿子的公司打小报告之类……"

葛原旻的长男，门牌上的"MAKOTO"，名叫葛原诚，据说在大型银行上班。

"父亲做的坏事，儿子没道理替他受责备。但毕竟是银行那种保守的机关，每天都接到抗议电话，对方甚至去柜台骂人，害葛原先生的儿子相当困扰。"

葛原旻会自杀，这或许是主因，老板推测道。

"家中不和，老年人会特别难受。恕我多管闲事，府上不要紧吧？"

今多财团也是很保守的公司嘛，老板说。虽然掏出真的名片，但我仍继续沿用"家父被日商所骗"的说辞。

"家父是小草会员，所以目前没事，应该没问题。"

"那就好。欸，真的太好了，令尊相当幸运。你要珍惜老人家啊。"

那恳切的语气，让编造谎言的我十分心虚。

"这份清单，"老板敲一下桌上的纸，"不是我主动做的，是葛原先生拜托我的。"

我颇为诧异，老板露出忧郁的神情。

"小羽父子被捕时，他气愤不平，说他们完全上当了，小羽是骗子，骂得非常凶。然后，警方查获协会后，他也出席自救会的第一次集会。"

葛原干劲十足，主张受害者必须团结起来，揭发日商新天地协会的真面目，弥补受害者。

"他说'日商'大半的受害人，都是完全不懂什么是金融诈骗的门外汉，所以他必须带领大家。"

呃……我有些疑虑，老板也苦笑着叹气。

"但是，周围的人不买葛原先生的账。他们批评：你算什么东西？你和小羽父子根本是一丘之貉，狼狈为奸。明明赚这么多，事到如今少摆出受害者的嘴脸！"

我能理解会员的愤怒。

"葛原先生被一堆人包围，推啊，骂的，欸，总之吃足苦头，狼狈逃回来。然后，他直接找我商量。毕竟他也是这边的会员。"

"所以老板代替他去吗？"

我没办法再去自救会，否则可能会被活活打死。可是，我想知道受害的全貌，弄清自身的立场。葛原旻如此拜托老板。

"他尤其执着个人融资的部分。他不是出于自愿，是协会逼他借钱的。"

葛原会想调查其他个人融资者的状况，是不是认为错的不只他，还有融资更多钱、获取更多暴利的会员？

"我觉得这下麻烦了，不过……"老板搔搔掺杂白发的脑袋，"总不能不管他吧？若说葛原先生想得太简单，的确是太简单，不过那种有钱人，原本就有些自私的地方。"

这是老生意人的话。

"所以，这是就我掌握到的范围内，列出的不完整清单。有人需要，我便提供，不是多了不起的资料。"

"不，这很有帮助。"我行一礼，"家父不愿告诉我是谁邀他入会，实际上付给谁多少钱，也不清楚。"

"一旦上过那种当，就会有许多类似的陷阱找上门。"

会员名单变成"肥羊候补"名单，在地下流通。网站上也有警告文。

"为了以后着想，你得好好告诉令尊'日商'是多么可怕的地方。"

"好，我一定会的。"

忠厚热心的电器行老板，不认识高东宪子和中藤史惠，也不晓得葛原旻与其他两人和九月的公车劫持案有关。不过，葛原旻认识这两名女会员。

"葛原先生要我帮忙调查个人融资状况时，劈头就举出两人的名字，说她们借的钱比倪多，应该赚到不少。"

所以老板印象深刻。

"协会经常举办尊荣会员限定的讲座或茶叙，葛原先生没说得很明确，不过那些活动应该是要撩拨他们的虚荣心，进而传授如何更赚钱的奸巧手法吧。"

葛原、中藤和高东，似乎就是在众会中认识的。

"那么，他们不是从以前就认识的朋友喽？"

"应该不是。听葛原先生的口气，跟她们不太熟。"

中藤与高东的风评极差。

"论起被自救会憎恨的程度，她们比葛原先生更严重。"

"讲座"一词引起我的注意，我取出暮木一光的肖像画。

"这是发生在千叶的公车劫持案歹徒。他挟持乘客当人质，要求警方带葛原先生、中藤女士和高东女士过去。"

老板蹙起眉："他也是被葛原先生骗的人吗？"

"其实相反，比起会员，他更可能是协会的人。或许他在葛原先生参加的讲座担任讲师。"

老板顿时一愣。

"遭警方查获前，协会表面上还欣欣向荣时，你有没有从葛原先生那里听过类似的话？像是有个厉害的讲师，或在协会遇到值得尊敬的人。"

老板拿着肖像画，思忖一会儿。"葛原先生那把年纪，与其崇拜别人，更想受到崇拜……"

山大王类型吗？

"他鲜少称赞别人。而且，在葛原先生风光的时候，私底下我都避免听他谈协会的事。"

老板把肖像画还给我，纳闷地问："如果是协会的人，怎么会憎恨葛原先生他们？"

"我不太清楚内情。不过，与其说是憎恨，更像是想惩罚三人。"

"惩罚？"

这未免太可怕，老板颇为诧异。

"嗯，比方被警方查获，会是诈骗集团一分子的自己已悔改，但葛原先生他们的反省还不够。"

一说出口，我再次认清一点。没错，这才是暮木老人的意图。不是惩罚，他要让那三人察觉自身的罪，要他们忏悔。

"真是不幸的事。"老板低喃。

东奔西走，向许多人打听，是令人郁闷的作业。在日商新天地协会事件中，没有任何人得利。一时之间，仿佛做了玫瑰色的美梦，虚幻的一场梦。若只是梦，不会有实际损害，然而，这个梦侵蚀现实，留下无穷后患。一想到此事可能也渗透我的身体，散发出馊味，内心不禁萎靡。

因此，碰到像电器行老板那样的人，我不禁燃起一丝希望。人基本上都是好人，老板这样的人，不管置身何种状况，都会努力当一个好人吧。不随波逐流，在心中确实明辨是非对错，然后采取行动。

我也想和他一样——怀着这个念头回到公司，却遇上考验我决心的意外事件。

当时是下午一点半。午休时间已过，一楼的"睡莲"空荡荡。我犹豫着先回集团广报室，还是先吃午饭。隔着玻璃窥望店内，却和坐在靠近大厅卡座的客人打了个照面。

是井手正男。

他穿西装打领带，是回来上班吗？或是要和人事部门面谈？

我颔首致意，他点点头，看不出任何情绪。他单独坐在店里，桌上只有咖啡杯和水杯。

不是犹豫，我暗暗思索着，在这种情况下，若是电器行老板会怎么办？佯装没看见，直接经过？还是，考虑到必须把事情做个了结，至少打声招呼？

我选择后者，走进"睡莲"。丢人的是，我竟感到有些呼吸困难。

"好久不见。"

我打招呼，走近卡座，井手抬起头。"睡莲"老板兴味盎然地望着我们。

"可以坐吗？"

"请。"

我在井手对面坐下。

"身体状况如何？"

井手若无其事地把水杯挪到旁边，对着杯子回答："还过得去。"

"你今天是来……"

"我是来拿聘书的。"

荣升社长室职员是吗？

老板送来开水，我随口点杯咖啡。消息灵通的老板相当会察言观色，很快离开。

"由于医生的指示，我下周一才开始上班。"

还在试行运转，井手解释。

确实，和待在集团广报室时相比，他的脸颊有些消瘦。但难缠的感冒，一样会造成憔悴之色。眼中无神，可是从他的老大森阁下走下神坛后，他就是如此，并非这一两天的事。

"虽然发生令彼此心烦的事，多亏工联的调停，应该是找到不幸中的大幸的解决方案。"

请保重身体，祝你顺利——我轻轻行礼。

抬头一看，咖啡送上桌，老板加满井手的水杯后离开。店里只有两个貌似外来的女客，愉快地谈天说地。

"身为成年人，我应该回礼吧。"井手注视着我，冷冷地笑，"但不好意思，我修养没那么好。"

我默默望着他。

以四十后半的上班族来看，井手的外貌算是相当抢眼。请病假的现在虽然略显苍白，但在财务部呼风唤雨时，他的皮肤因打高尔夫球晒成古铜色。不仅长袖善舞，性格爽朗且热爱运动，和追随他的部下交情都很好，在女员工之间也颇有人气。自从他眼中出现嘲讽的阴影，人气如同潮水般消退，却仍英俊飞扬，有些颓废的氛围或许反倒更添魅力。

那张脸竟现不只是嘲讽的神色。早知如此，我应该视若无睹地经过。

"杉村先生的立场十分为难，我非常明白。所以……是啊，还是得先向你道个歉。"

他的声音变低。

"你不是那种会滥用职权的人，我撒了谎。但在战略上，攻击你是最有效的方法，我才会这么做。"

其他人不管怎么攻击都不会有效，他继续道。

"他们没有东西可以失去。"

"什么意思？"

我是真的不懂，不由得反问。

"在这场纠纷里，园田总编和间野小姐都受了伤。"

井手扑哧一笑。"那又怎样？说是受伤，也只是心情上的问题吧？不会有实质影响。间野是准社员，园田运气好是正式员工，实际上跟计时欧巴桑有啥两样？"

只是小角色，他接着道："是公司的寄生虫，吃白饭的。可是，像那种欧巴桑，明明派不上用场，却也没有害处，所以组织想除也除不掉。"

分明不是那种季节，然而意识到时，我发现自己已在冒冷汗。

井手正男直呼园田、间野两位女性的名字时，口气下流至极。

"你似乎没意识到给周围添了多少麻烦。"我提醒道。

"我做了什么？"井手扬起眉，一副打趣的神情，"间野的事也一样，哪有证据？只是那个女的血口喷人。"

这次变成"那个女的"。

"野本弟多次发现间野小姐为你的态度感到困扰，也曾在场目睹。"

井手嗤之以鼻："那种小鬼头，哪懂得我们这种大企业？"

他根本不是能在这里工作的人才，井手语带不屑。

"不过是个打工的，却老爱得意扬扬地装懂。就算参加入社考试，野本连初试都过不了吧。书面审查阶段就会被刷掉。"

我抛弃熟悉（且热爱）的童书编辑工作，来到今多财团，待了十多年。即使如此，依然没办法像过去深爱"蓝天书房"，并以身为一员为荣那样，去喜爱今多财团。对我来说，这个组织过于巨大。

然而，面对井手，我却涌出前所未有的念头。

少在那里"我们、我们"地乱叫，今多财团不是你的东西！

——这是岳父打造出来的公司。

我揩掉额头上的汗水，恍然大悟。我不是为今多财团愤怒，而是为岳父感慨。向我低头拜托关照井手正男的，不是别人，正是岳父。

"杉村先生是今多家的一员，但站在我们组织的角度来看，我的资历比较深。出于一番苦心，我给你个建议吧。"

井手倾身向前，我往后退。

"对园田和间野那些女人，你千万要当心。杉村先生，你对她们太好，应该冷静下来，听听周围的耳语。"

"周围的耳语。"我像只鹦鹉般复述。

"会长千金虽没在集团任职，但毕竟是一家人吧？她的父亲是会长、哥哥是社长，不能否认这个事实。"

而你是她的丈夫——

"身为今多家的一员，坚称你没有任何权力可行不通。"

只要巴着你、讨你欢心，或许会有甜头尝，或许能分一杯羹，总是有这样一群人。

"杉村先生是老实人，不喜欢被奉承，也不习惯被吹捧吧。可是相反地，如果碰上有人向你求助，你就无法拒绝。"

井手动个不停的嘴唇，看起来犹如独立的生物。

"像间野，她就是看透你的弱点，才会依赖你。原本她就是会巴结你老婆，要手段混进我们公司的人。光是这样，便得充分提防。"

"虽然不懂你要忠告我什么，总之，你是想说没对间野小姐性骚扰吗？"我总算找到机会反驳。

他撑起身体，半眯着眼看我。

"是啊，我是清白的。间野是个骗子，她满口谎言。"

谁要骚扰那种女人？井手不屑道。

"杉村先生，以前在财务部的时候，我会陪森先生出差，在冲绳碰到台风登陆。回程班机无法起飞，临时安排的饭店客满，我只好和森先生的女秘书同房一晚，却没发生任何问题，也没传出丑闻。我就是这样一个正人君子，你可别瞧扁人。"

根据你的逻辑，对方是森阁下的秘书，是必须小心应付的正式员工吧？她是"我们公司的人"，而间野小姐不是"我们公司的人"，是来历不明的野女人，所以当成下流欲望发泄的对象也无所谓，不是吗？

我琢磨着该怎么辩驳，井手继续道：

"仔细听听周围的声音吧。要在组织里生存，不能光凭着有限的情报行动，偶尔也得聆听不想听的事。你一定不晓得间野在公司散播怎样的谣言吧？"

"她散播怎样的谣言？"

居然反问，我实在太蠢。

井手的眼中流露出得意之色。他多久没散发出这样的神采了？

"她到处向人吹嘘，杉村先生会对她那么好，是因为你对她有意思。太太是会长的女儿，所以杉村先生连在家里都无法放松。杉村先生在追求可以安心的女人。"

你被间野咬住了，井手说。

"园田不懂得要诈，又人老珠黄，加上现状安逸，不会乱来。可是，间野不一样。她准备紧咬住你不放，如果有甜头可尝，就物尽其用。即使没好处，也不会有损失，没什么好怕。"

对于一个有夫之妇，还有个稚龄孩子的女人来说，这是近乎暴力的中伤。

"在井手先生眼中，那或许是'巴结'。"我忍不住回嘴，"但如你所知，间野小姐会加入集团广报室，是内子的要求。内子难得提出这种要求，因为她明白自身的立场。"

你的这番中伤，等于是在侮辱今多菜穗子。我费好大的劲才压低音量。

"间野小姐是内子相中的人才。我们共事期间，我也渐渐看出她的人品。你刚才的话，我无法相信。"

井手靠在椅背上，目不转睛地注视我。

"欸，也对。尽人皆知，只有本人浑然不觉，现实中会有这种事。所以，自古有一句老话……"

井手停顿片刻，眼珠骨碌碌转，仿佛发现有趣的东西。

"没看见头顶绿帽的，只有丈夫自己。"

那种口气，就像把什么玩意好好咀嚼过，再吐出来让我瞧个仔细。

"总之，我已给过忠告。"

他一把抄起账单，起身恭敬行礼。

"杉村先生才是，请多保重，祝你大展长才。"

我没吃午饭就上去集团广报室，佯装若无其事，检查我不在时留在桌上的字条，和同事讨论工作。办公室里的三个人都没有异状，间野和野本弟谈笑的样子也一如往常。大伙各自忙碌，利落地做事。看来，与井手正男进行第三类接触的，只有倒霉的我。

他在总部领完聘书，没直接回家，而是刻意去"睡莲"，会不会是在埋伏等待间野？与他道别后，我才想到这一点，真是太迟钝，根本就是任由井手大放厥词而已。

这个想象，与其说不愉快，更令人恶心，也不是能随便提出的疑问。我犹豫着该怎么开口，或是最好别说，决定先从公文包拿出笔记本电脑。

访查中愿意收下我名片的人，我会写下电子邮件信箱，请他们如果想起什么，随时告诉我。目前虽然没有收获，但轻易放弃未免太没意思。

前野和坂本也一样，开始寻找托运单的收件地点后，会需要写下较长的报告或附上照片，不是短信联络，而是寄电子邮件的情形变多。柴野司机同样使用电子邮件。

遇见井手前，我刚在电车里检查过信箱，所以没有新的来信。我喘口气，打开"特别命令"专用的资料夹，整理今天的行动成果，打成报告。

间野为我端来咖啡。

"谢谢。"

总编聚精会神地校稿。野本弟对着电脑屏幕操作鼠标，一下皱眉，一下搔太阳穴。

"听井手先生说，他已接到社长室的正式聘书。"

三人望向我。

"他应该……没来打招呼吧？"

总编和间野互望一眼。

"怎么可能？"

"间野小姐后来有没有遇到不愉快的事？"

"没有，我很好。"她的语气坚定。

"这样啊，那就好。"

"那个人去总部后，哪有必要再过来？他没那么傻吧？身为社长室职员，却闹出问题，真的会被开除。"

那还是别说出遇见井手的事，我暗忖着，没想到总编接着道："这么一提，森阁下有联络。"

他打电话来，希望暂缓的出书计划继续。

"听到井手先生的话题，立刻联想到森阁下或许很失礼，"总编耸耸肩，"不过，他想暂缓出书，似乎不是要支持井手先生，真的是夫人病况堪忧。"

"那么，他想继续，是夫人的病况回稳吗？"

"不是，恰恰相反。"

据说失智症越发恶化。

"夫人终于没办法在自家疗养，搬进'克拉斯海风安养院'。不过，夫人很想家，上次还从安养院跑出来，闹到报警找人。"

"这是总编听森先生说的吗？"

"对啊，他在电话里告诉我。森先生也是想找个人倾诉吧。"

"一个人承受这些，实在太沉重。"间野点点头。

我思索片刻，问道："那场骚动是何时发生的？"

总编戴上老花眼镜，瞥向桌历回答："嗯，四天前。杉村先生接到特别命令那天。"

这样啊。我忽然想起，那天还没到车站，就接到田中惊慌失措的电话。

——有警车鸣着警笛朝"克拉斯海风安养院"开去。

原来那是在寻找走失的森夫人。

"那种看护机构，会因入住者不见，马上打110报警吗？通常会尽量私下解决吧？"

听到野本弟的低语，间野应道："是啊，我觉得'克拉斯海风安养院'很了不起。森夫人失智症如此严重，仍能自行离开，表示并未被绑起来或服药昏睡。"

我也有同感。"是在哪里找到夫人的？"

"她在安养院里。据说躲在地下锅炉室，不晓得是怎么进去的。"

终于找到时，她打着赤脚，全身发抖，真是令人心痛。

"连自己家都待不住，却能跑出病房躲起来，她有办法做出这样的判断吗？"

"即使患失智症，也不是什么都不知道。如果想返家，就会自行找路回去。正因找不到路，才会跑进奇怪的地方。"

有些情况很危险。"克拉斯海风安养院"报警协寻，代表是紧急情况，是正确的做法，非常诚实。

"这么一折腾，森先生似乎心力交瘁，才会对我这种人倾诉这么多。"

——对内子很抱歉，但我实在无能为力。

"进行访谈时，他也提到不少夫人的事吧？"

从与夫人的邂逅，谈到她是怎样一个才女、贤妻。森先生不止一次提及，他能跻身成功企业人士的行列，多亏有贤内助。

"他希望起码做成一本出色的书，留下夫人的倩影。"

我会尽力——总编保证。"听到那些话却无动于衷，身为一个女人就白活了。"

"这句话不错。"

等解决"特别命令"，我也来帮忙吧。为了森夫妇，做出一本好书吧。或许这会成为我在此的最后一份工作。

准备关上笔记本电脑外出时，收到一封邮件。我急忙打开一看，是柴野司机寄的，主旨是"联络上迫田女士的女儿"。

迫田女士的女儿听到电话答录机的留言，打给柴野司机。

"公车劫持事件后，迫田女士的状况就不理想，希望我们别再打扰。如果我们继续联络，她会很为难，还强调好几次。"

这几天，柴野司机以温和的口吻留下数则信息。她个性一丝不苟，会逐一通知我今天几点打过电话，留下怎样的信息。好不容易获得回音，没想到——

"这纯粹是我的印象，但听对方的语气，与其说是在提防我们，更像害怕我们。或许迫田女士已收到钱，正不知所措。"

我有同感。

"她叫我不要再打电话，怎么办？"

我立刻回信："请告诉她，关于赔偿金，我们正在调查钱的来源，目前还没通知警方。至于要怎么处理，打算所有人一起讨论再决定。麻烦了。"

不到两分钟，柴野司机回复："好得。"

字都打错了，看得出她多么慌张。

我原本推测，暮木老人调查过柴野司机的周遭，但似乎猜错。暮木老人没接触过她的同事，或母女俩的公寓邻居。

不过，柴野司机轮班时载过佳美。母女俩住在当地，有此机会不足为奇。这种时候，佳美会叫"妈妈"，柴野司机也会喊女儿的名字吧。看到这样的场面，乘客应该会觉得温馨，并留下印象。

为了勘察，暮木老人想必搭过那条路线好几次。若其中一次是柴野司机开车，且载着佳美？老人边随着公车摇晃，边拟劫持计划，恐怕会认为有孩子的女司机可以利用。尾随佳美下车回家，就能确认门牌。暮木老人握有的柴野母女情报，会不会仅止于此？

——我做事一向滴水不漏。

这种做法，是不是他的拿手绝活？即使是微不足道的情报，也能效果十足地加以利用，乘虚而入。得到期望的反应后，再诱导对方。他只是把应用在公车上的我们五人的手法，也拿来对付柴野司机罢了。

话说回来，暮木老人为何挑选那条路线的那班公车？或许是他熟悉附近环境，但案件上新闻后，该地区的民众对他的名字和长相都没有反应，想必是相当久远的事。

另外，调查托运单的前野、坂本搭档仍在奋战。

收到钱的地方，目前共有六处，托运单也有六张。在托运日期的隔天，我们便收到东西。不管是从千叶县或东京都寄出，一天就能送达。

这六张托运单，依收货地点可分为三类：①寄给柴野司机和我的"日出 龙町店"。②寄给前野和园田总编的"堀川 青野商店"。③寄给田中和坂本的"京SUPER 高桥"。收件栏全用圆珠笔手写，不是盖章。笔迹①②③不同，但①的两张、②的两张、③的两张都很相似，约莫是同一个人同时收货写下的吧。①的字迹浑圆，②的字迹杂乱，③则如习字帖范本一样端正。③和托运单本身的字迹也颇像。

①的"日出"是连锁超市，龙町店在群马县前桥市。②的"堀川"这个地名（或町名）全国数不胜数，前野、坂本搭档在搜寻时颇费心力，但"青野商店"为他们打开活路。这是网购直销有机蔬果的公司，宅配的业务窗口似乎是服务当地居民的。大概是公司每天都会寄出大量宅配，顺便接收邻近住户的货物吧。

这家公司一样位于群马县，是涩川市的堀内町。等于三种中，有两种是从群马县寄送出来的。前桥市与涩川市相距不远，依地图判断，开车不用一小时。

问题在于③的"京SUPER 高桥"。

"一般像这样写的时候，'京'是店名，'高桥'是收货店员的名字。"

"所以，我们认为得找叫'京'的超市。这家'京SUPER'，应该是店员人数多到经手宅配者必须写下自己的姓氏，想必规模相当大。"

两人心里有了底，继续努力寻找。

然而，事情没那么容易。叫"京"的超市和店铺多如牛毛，散布全国各地。他们先和①、②一样，锁定群马县内，却找不到符合的店家，于是扩大搜寻范围到关东甲信越地区，这回在山梨县找到一堆，似乎是当地的连锁店。可惜，那是拉面店，不是超市。不过，川崎市内有家"京和果子店"，由于有②"青野商店"的例子，他们打电话去确认，却没有宅配服务。

"或许SUPER不是超市的意思。"

"从'京SUPER'这个名称来看，会是什么行业？我想到的是柏青哥店。"

柏青哥，斯洛[1]，本日大放送优惠！"京SUPER"。确实很像，可是柏青哥店不会有宅配业务吧。

烦恼的两人，从前天就暂时放下③，前往拜访"日出　龙町店"和堀川町的"青野商店"。他们在这两个地方，总共见到约十五名员工，但拿出暮木老人的肖像画都没有反应，也没人记得顾客拿那样的东西来托运。"日出　龙町店"位于私铁车站前，地点很好；"青野商店"的店面也贩卖有机蔬菜，两家店都门庭若市，生意繁忙。

"请求'日出'让我们看监视录影带，他们拒绝，说只有警方才能调阅。"

前野传短信通知。

"既然来到群马，我们用当地的黄页电话簿调查每一家超市。可能有些小店家，用网络搜寻不到。"

在现代社会，如果网络搜寻不到，形同不存在——这话是谁说的？果真如此，那就轻松许多。

于是，今天两人也在群马县内，开着租来的车子四处奔波。"日出"的店员说得没错，若我们是警方，就不必这么辛苦。只要请宅配公司调查托运单号码，一下就能得知是何时、在哪里受理的货物。

但两人仍拼命调查。他们同心协力行动，也会发生口角。通话时感觉不出来，但短信文字直接反映出两人的心情，有时也能从短短的字句中看出他们的迷惘与烦躁。

---

1 两者皆是游戏机。

"小启今天一直臭着脸，都不跟我讲话。"

"芽衣查得很起劲，却忘记追根究底，这是和钱有关的问题。"

前野不是忘记，而是尽力不去想吧。有时应该会心生犹豫，觉得不必这么大费周章，赶快收下钱算了。然后，她的脑海是否会浮现，暮木老人独自听着捡来的收音机的瘦削身影？接着她会想：我得查出老爷爷是如何又是怀着怎样的想法存下这笔钱的。

将联络上迫丑女士的女儿一事，发短信通知两人后，我把笔记本电脑收进包包，决定进行下一场访查。是中藤史惠下线会员的女子，告诉我日商新天地协会委托外汇的业者。这名下线会员做过外汇业务，因"日商"供应的轻食类品质实在太糟，会提醒事务局"你们被坑了"，但没人理会。

——在饭店举行的表扬大会，摆出的料理也都徒有其表。不肯为餐点花钱的公司，不会是什么好地方。现在想想，实在是见微知著。

离开集团广报室时，我的手机响起。

第九章

起先，我完全不懂对方在说什么。

电话是北见夫人打来的。我只听得出她在道歉"给你添麻烦了"，于是反问："不好意思，你说谁来拜访？"

"对方自称是高越先生的妻子……虽然我还不确定。"

北见夫人我行我素，十分沉着。

"高越？"

"喏，就是那个高越胜巳啊。"

这几天，我不断与几乎是初识的人见面谈话，报上名字、听到对方的名字，脑袋有点饱和。高越胜巳？

停顿一拍，记忆总算成功对焦。是报纸贩卖店店员，足立则生杀伤案。高越胜巳不是那名死者吗？他的遗孀怎会去拜访北见夫人？

"我十分钟后过去！"

匆匆赶往，只见来到玄关的北见夫人，竖起食指示意我保持安静。

"我请她在屋里休息。"

新闻报道过，高越的妻子身怀六甲。我蹑手蹑脚跟着北见夫人进屋。

北见母子居住的都营住宅，摆有一张以前北见侦探接待访客的双人椅。那名女子就仰躺在上面，头枕着靠垫，一张毛毯从脖子下盖到脚尖。大概是北见夫人帮她盖上的吧。

女子脸色苍白，眼周有黑影，似乎化着淡妆，但嘴唇严重干裂。我觉得仔细打量太失礼，别开目光。

我和北见夫人在厨房餐桌前悄声谈话。"她是什么时候来的？"

"约莫三十分钟前。她出现时便毫无血色，说要借洗手间，我马上让她进来了。"

"是害喜吗？"

"她怀孕五个月，早过了害喜的阶段。"

玄关有一双民族风刺绣带滚边的可爱平底鞋。

"她真的是高越先生的妻子吗？"

北见夫人点点头。"她给我看过母子手册。由于没办理登记，她的姓氏不是高越。"

她名叫井村绘里子。

"可是，我想她就是和高越先生同居的女子。"

"你怎么知道？"

案发后的媒体访谈，以马赛克遮住井村小姐的脸，北见夫人应该不晓得她的长相。

"她有这样东西。"

桌上放着 A4 尺寸的牛皮纸信封，北见夫人取出内容物。

蓝色封面上，中规中矩地写着标题与日期。那是私家侦探北见一郎的调查档案。

"这是十月初足立先生来访时，我亲手交付的。井村小姐说，足立先生在杀伤事件前拿给她。"

我脑袋一团混乱。足立则生偶遇高越胜巳，前来拜访北见夫人，得知北见侦探去世的消息，只拿到一份档案，失望而归。后来，他设法（以极为笨拙的方式）不断与高越接触，却成为杀害高越的头号嫌犯，目前逃亡中。

"杀伤事件后，警方一直没来找我，原以为是足立先生的档案没被发现，其实是他交给高越胜巳的妻子。"

"这未免太奇怪。"我提出质疑，"读过这份档案，不就知道足立先生有杀害高越胜巳的动机？足立先生以前受骗，协助高越胜巳的不动产诈骗。档案上应该记载着事情始末。"

"所以，足立先生才会交给高越先生的妻子吧。"

为了揭露"你的丈夫会涉足这样的坏事，是诈骗集团的一分子"，这一点不难理解，但井村绘里子为何没把档案交给警方，而是藏起来？

"不清楚她是否有意隐瞒，也许只是说不出口。"

"说不出口……"

"没有这份档案，足立先生也够可疑了，实际上他正受到警方追捕。就算她觉得高越先生那种不光彩的往事，不说出去比较好，亦是人之常情。"

"不，我是刻意隐瞒的。"

一道虚弱的声音传来。有时风吹过枯木间隙，会发出这样的声响。

井村绘里子从椅子上坐起，毯子推落到膝盖，脚放下坐直。

北见夫人立刻走近，劝道："不用勉强起来。"

"对不起，我没事了。"

她刚刚头晕——北见夫人向我解释。井村绘里子似乎觉得很冷，北见夫人扶着她的背说："我来开暖气。"

北见夫人操作遥控器，挨坐在井村绘里子旁边。房间狭窄，厨房和客厅的距离也近，我决定不要太靠近两位女士，留在厨房椅子上。

"敝姓杉村，曾委托北见夫人过世的丈夫调查，与他交情不错。"

井村绘里子垂着头，环抱身体点点头。

她腹部的隆起并不明显，菜穗子怀孕五个月时也是这样。身上盖着毛毯，与其说是孕妇，更像是病人。

"我一个人实在不安，所以请他来支援。"北见夫人柔声解释，"外子的工作我完全不清楚，但杉村先生帮过忙，对这些事情颇了解。"

这些事情是哪些事情？听起来有点含糊。

"方便请教你一些问题吗？如果觉得不舒服，请立刻告诉我。"

"好的。"井村绘里子细声细气应道。

"这份档案，是足立则生给你的吗？"

她又点点头。

"什么时候？"

"案发一周前。"

中午买东西回家，足立则生追上来。

"他表示没有要做什么，叫我不要害怕，浑身冷汗。看上去反倒是他怕极了。"

她的语调像念稿般平板，但感觉不到迟疑。

"他开口请求：太太，拜托，请看看这份文件。"

足立则生把档案塞进她的购物袋，她无法拒绝。接着，足立则生便转身离开。

"我考虑要和高越商量，可是……"

她对档案的标题颇在意，忍不住打开。

"然后，我终于明白高越和那个人起争执的原因。"

井村绘里子的眼神茫然，落在脚边。

"你有没有告诉丈夫这件事？"

沉默片刻，井村绘里子开口："我没马上告诉他。一提到足立先生，高越就会勃然大怒，激动不已。"

——那家伙又来了？他有没有对你动手？他说些什么？

"那个时候，你丈夫和足立先生已发生好几次冲突了吧？"

"高越说：那个男的在跟踪你。"

此时，井村绘里子第一次抬头看我。"请不要叫他'你丈夫'。"

北见夫人不禁眨眼。

"我不是高越的宠物[1]。"

轮到我忍不住眨眼。我知道有些女性和夫妻基于某些观点，嫌恶"夫君、贱内"之类的称呼。不过，为了主张这种观点，当场抬出"宠物"的字眼，未免太极端。

"抱歉。"我行一礼，"那么，后来你也没向高越先生提起档案的事吗？"

井村绘里子垂下头，垮下瘦削的肩膀。室内因空调渐渐暖和，但她依然感到很冷。北见夫人拉起毛毯替她盖上。

"我……会觉得可疑。"

1　日语中，先生、丈夫亦有主人之意，所以井村绘里子才会这么说。

树干中央开了个洞。在寒风中颤抖、形单影只的瘦弱树木，叶子片片飘零。无力落地的叶子也已枯萎。从小声讲述的井村绘里子身上，我联想到这样的意象。她本身，以及从她口中吐出的话语都是干枯的。

"你是指高越先生吗？"北见夫人问。

"他有钱和没钱的时候，落差非常大，而且好像经常换工作。"

"你们交往很久吗？"

"我和他约莫是三年前认识的。他是我们店里的客人。"

语毕，她的眼神淡淡含笑。

"我完全不适合当酒店小姐，业绩非常差，没办法在同一家店久待。可是，每次换店，高越就会来光顾，还只找我。"

我默默听着。

"他就是这么重视你吧。"北见夫人微笑，缓缓抚摩井村绘里子的背，"你们交往三年，一起生活，也有小宝宝，想必很幸福吧？"

听到"幸福"两个字，井村绘里子忽然睁大眼，仿佛在端详过去，再次确定那是否称得上幸福。

"我们会同居，是因为我怀孕。搬到那栋公寓前，我是一个人住。"

房租那么贵的公寓——她摇摇头。"我觉得我们配不上，可是高越乐昏头，说要让我们的孩子在最好的环境中长大。"

家电和家具，都是在搬到那栋豪宅时，高越花钱新买的。

"他开口闭口就是'我们结婚吧'，可是我……"

就是无法下定决心。

"我晓得不办结婚登记，小宝宝就太可怜了。不过，我实在不清楚自己是不是真的想生下高越的小孩。怀孕是个过错，告诉高越，也是个过错。"

早知道就打掉，她低喃。声音干枯，眼神干燥。

"所以你们没去登记？"北见夫人的问话，也变得轻声细语。

"高越找到那栋公寓，办理租屋契约时，他的公司遭举发。"

他在一家贩卖健康食品的公司工作。

"说是新产品广告违反药事法。他们宣传，只要吃那款产品，癌细胞就会消失。"

这类夸大广告并不罕见，这类检举也并不稀奇，应该没变成大新闻吧。我没印象，北见夫人似乎也不知道。依我的调查，那家公司的官网并未登出类似的道歉启事。

"我非常讨厌那种事。"井村绘里子摇头，"我希望他辞职，质问那不是诈骗吗？可是，高越说那是广告代理商擅自做的宣传，完全不放在心上。"

她频频眨着干燥的双眼。"我觉得这个人果然不对劲。他自称是脚踏实地的上班族，但不是在公司上班的人，就是脚踏实地的好人吧？在形同诈骗集团的公司上班，明明知情却助纣为虐，跟骗子没两样。难道不是吗？"

我以为井村绘里子终于停止眨眼，没想到她脸一歪，笑出声。

"不是跟骗子没两样，高越真的是个骗子。看过档案，我总算明白。他在认识我前，就靠诈骗赚钱；认识我之后，为我在店里砸下的钞票，也都是骗人赚来的。"

她发出痉挛般刺耳的笑声，突然捂住脸。

"我居然和一个骗子上床，还怀着他的孩子，怎么办？"

她抱住头用力摇晃，然后挺起身体，几乎要咬上去般逼近北见夫人。

"那份档案是真的吧？上头写的是真的吧？"

北见夫人不慌不忙，伸出右手搂住她的肩膀，左手温柔地按着她的胳膊。

"你上门拜访，就是想知道这件事吧？"

井村绘里子眼眶湿润，一次又一次点头。"是足立先生告诉我这里的。"

拿到档案三天后，井村绘里子在从医院回家的路上被叫住。虽能理解足立则生的心情，但观察井村绘里子的行动，在她身边徘徊，遭指控是跟踪狂，或许也是自找的。

——太太，你看过档案吗？

"我说想和写这份档案的人碰面，进一步了解，不料足立先生表示……"

——那名侦探已过世，可是他太太还在。她应该会告诉你，她丈夫生前是个正派的侦探。

"他要陪我一起来，但我拒绝了，请他告知地点，并表示我会独自前往。可是，足立先生担心我只身行动，于是我回嘴说会带高越同行。"

足立则生非常惊讶。

——高越承认那份档案是真的？

"他似乎认定高越不可能承认。大概是我很激动，脸色骤变……"

——对不起，你先冷静下来，这样对肚里的孩子不好。

"我匆匆逃回家，但他当时的表情，像随时会哭出来。"

即使和周围的人沟通有问题，足立则生并非心性恶劣的人，反倒具备有些不知通融的强烈正义感。他应该晓得高越胜巳的所作所为，井村绘里子没有任何责任。尽管明白，却不断纠缠她，向她揭露腹中孩子父亲的过往，他或许也感到羞耻。

"绘里子小姐，我端杯水给你好吗？"

听到北见夫人的话，不等井村绘里子回话，我就从椅子上站起。拿起倒扣在沥水篮的杯子，我扭开水龙头，北见夫人的声音传来：

"杉村先生，请倒宝特瓶的水。那是天然水。"

我倒好水，只见两名女子依偎在沙发上。空调静静吐出暖风。

"常温的水比较好，喝太冰的水对身体无益。"

北见夫人把杯子交给井村绘里子。接杯子的手颤抖，嘴唇也在发抖，井村绘里子像刚学会怎么用杯子的孩童，小心翼翼地啜饮。

"绘里子小姐，你一个人住在公寓吗？"

井村绘里子拿着杯子点头。

"有没有人能陪你，或让你寄住？父母或兄弟姐妹住在附近吗？"

冷不防地，仿佛刚喝下的水直接溢出，泪水滚落井村绘里子的眼眶。

"我没有父母，他们都已过世。"她的话音哽住，眼泪滴进水杯。

"我上小学二年级时，他们被债务逼得一起自杀。"

父亲是一家小工厂的老板，她哭着继续道："虽然规模小，不过在当地颇有名，专门制作泥水匠的抹子。利润很少，日子总是勉强过得去而已，但他是个了不起的父亲。"

他是被骗了，井村绘里子悲痛道。

"他碰上支票诈骗，背负一大笔债，房子和工厂都遭查封。"

北见夫人搂住她，像拥抱一个被噩梦惊醒而哭泣的孩子。

"——你一定很难受。"

"我没有人能依靠。因为欠债，亲戚都对我非常冷漠。我一直是一个人活过来的。我没上过什么学，找不到工作。即使明白自己不适合，还是只能做酒店小姐。可是、可是……"

我活得正正当当。

"我一个人活得正正当当，怎会跟那种——"

那种诈欺师。

"我跟一个能够满不在乎行骗的男人在一起，甚至怀上他的孩子。怎么办？"

怎么办？怎么办？她哭着不停地问，双手抓住救命绳般紧握杯子。北见夫人温柔地拿开杯子递给我，使个眼色，我点头回应。我们的想法一致。

我尝过那种膝盖颤抖，或者说膝盖以下瘫软的滋味。

那不是什么舒服的感觉，也不是初次经历的感觉，我碰过两三次。当谜团解开、迷雾散去，看见原本隐藏的事物时，总会陷入那种感觉。

"爸妈一定很气我，他们绝不会原谅我。"

"不会的，没有那种事。"北见夫人吟唱似的说，哄婴儿般轻轻摇晃她。

"你就是没有别人依靠，才会过来吧？"

这个选择是对的。

"你一直独自承受，一定很苦吧。你哭没关系，但千万不能认为爸妈在生你的气。他们怎么可能不原谅你？爸妈会担心你。他们担心你，也担心你肚里的孩子。"

毕竟是他们的宝贝女儿和外孙子啊，北见夫人笑道。井村绘里子紧紧抓住她。

"我真的没想到会变成那样，我真的不是故意的。"

"嗯，我知道。"

"我拿出档案，高越吓一跳，却还想笑着蒙混过去。他说足立则生脑袋有病，怪我被他的花言巧语欺骗，这根本不像诈骗那么严重。"

对她来说，那番话也形同诈欺。

"高越知道我爸妈是怎么死的。我以前告诉过他，结果他为我哭了，觉得我实在太可怜，然而……"

他却在她的面前，辩称自己做的不是诈骗那么严重的事。在她眼中，这才是诈欺。

"我提出分手，表示要搬出去。"

"高越先生阻止你……"井村绘里子紧紧抱住夫人，我对着她的背继续道，"但你是认真的。"

井村绘里子哆嗦似的吸气，抽噎又颤抖，仍接着说："高越一阵慌乱，气急败坏。他认为我不可能独力养育宝宝。"

——你要怎么生活？那宝宝是我的孩子，怎么能让你乱来？开什么玩笑！

"没错，开什么玩笑。我告诉他，我是认真的，会独自养大孩子，不会让孩子变成跟你一样的人渣。"

就算被骂人渣，高越胜已依然笑着。你一个人才养不起，明明是个落魄的陪酒小姐。

——你跟你爸妈，都是抽到坏签。不过，我会帮你补回来。我是要让你幸福啊，为什么你就是不肯乖乖听话？

——这世上说来说去就是一个字：钱。弱者只能任强者剥削。

谁教那些人笨，活该被骗。

"我气昏头……"

回过神时，拿着厨房的水果刀。

"我高举刀子吼着，如果他不肯分手，我就要去死。我是认真的，没想到高越扑上来……"

换句话说，那并不是预谋，而是一场意外。高越胜已想抢下井村绘里子手中的刀子，井村绘里子抵抗，两人扭打之际，刀子刺进高越的胸口。

"我没想到会变成那样。"

高越的左胸插着刀子，衬衫渗出血。但他站得挺直，张开双手，不明白自己发生什么事。

"他还会说话，也没倒下，只是傻在原地，感觉似乎没那么痛。"

人被刀刃刺中死亡的情况，大部分是失血过多。若是剧痛或一口气大量失血，引发失血性休克，会失去意识，不尽快抢救就会丧命。

但偶有刺入的刀子堵住伤口，发挥栓子作用的情形。虽然是暂时性的，但本人不会感受到太大的创伤。当然，体内已缓缓出血，要是拔掉刀子，就会血流如注，也会产生剧痛，必须让插进身体的刀子维持原状。

"他反复安慰我：'不要紧，绘里子冷静点。'"

——我没怎样啊，只是有点痛。没事的，别叫救护车。

"他表示会想去法解决。"

实际上，他的确想到一个很棒的"办法"。

高越胜巳认为，只要推给足立则生，坚称是他刺伤的就行。

"我完全不懂他在说什么。"

但是，高越胜巳把混乱的井村绘里子留在原地，重新穿上外套，遮住插在身上的水果刀，走出公寓。

"他吩咐我，在他回来以前，绝对什么事都不要做，也不要见任何人。"

然后，他前往足立则生工作的报纸贩卖店。

单程距离一百米。平常的话，应该是再轻松不过的路程。然而，高越胜巳胸口插着刀子。即使运气好，出血被堵住，一旦走动就不可能不疼痛。

"高越先生平常注重健康吗？比方在慢跑之类的。"我出声。

井村绘里子点点头，流露"为何问这种问题"的困惑眼神。

"他是健身房的会员，很在乎身材，认为有啤酒肚很逊。"

大概是幸运，再加上平素的锻炼吧。肌力强，心肺功能佳，而且体力充沛。多么惊人的体魄，多么敏捷的思维啊。

刚出事的时候，高越胜已脑中浮现的解决之道，确实是神来之笔。只要全部赖到足立则生头上，不仅能守住井村绘里子和肚里的孩子，还能除掉惊扰他人生的绊脚石，真是一石二鸟。

"高越先生知道足立则生有伤害前科吗？"

"当时他会提及，说没问题，警方一定会怀疑他。"

如果蒙上莫须有的嫌疑，足立则生会全力辩驳，也会吐出与高越胜已的宿怨，有这样的风险。

然而，若足立则生逃亡，情况就不同。

高越胜已脸色大变，闯进报纸贩卖店骂人，大叫"他想杀我"，再落荒而逃。这出戏最大的目的，当然是做给周围的目击者看，但应该有次要的目的：让足立则生发现自己被逼到棘手的死胡同。我陷害你喽，你要怎么办？

足立则生选择逃亡。高越胜已是不是早料到这种可能性？他以前利用过足立则生，再次利用他，根本不费吹灰之力。他对足立则生的个性了如指掌。在高越眼中，足立则生只是颗棋子、受骗的傻蛋。受骗的人是自己笨，上当也是活该。

"他回来的时候，脸色苍白……"

但高越胜已仍握紧井村绘里子的手，反复叮嘱，要她套好说辞。非常简单，弄对顺序就好。我回家，听到你又被足立纠缠，火冒三丈地跑去找足立算账，却被那伙刺伤。记住没？这就是事实。那家伙是骚扰你的跟踪狂，记好了吗？

"他摇摇晃晃，与其说是坐下，更像是腿软，可是嘴巴还讲个不停。他求助般抓住我的手……"

井村绘里子的手往孕妇装抹了抹，像沾上什么脏东西，仿佛那污秽残留至今。

"他不停强调是为了宝宝，为了宝宝……"

她毫无血色的脸颊上，不再出现泪痕。从眼睛和嘴唇吐出的话语，也都干透。

"刀子呢？你拔起来了吗？"

不能就这样扔着，那是凶器。如果被发现凶刀来自高越和井村的自宅，那场戏等于白演。

井村绘里子眼神迷茫飘移，摇摇头。

"是他自己拔的。"

流好多血。她低喃着，双手掩面。

"他要我把血冲干净，我照做后，打电话叫救护车。"

那把水果刀是高越胜巳为两人的新生活买的，是银器餐具组之一，收放在天鹅绒内里的盒子。刀子至今仍放在原处，警方没怀疑，也没进行调查。

井村绘里子浑身发抖，北见夫人抚着她的背。

"我知道刀子一拔掉，他的性命也会跟着消逝。"

——啊啊，他要死掉了。

"地板上蓄积出血泊，越来越多，可是我……"

还在洗水果刀，擦干后放进收纳盒。

"是为了宝宝，为了宝宝……"

低沉的呢喃也在颤抖。

"全是为了宝宝。原本甚至不知道自己究竟想不想生，那个时候，却满脑子想着是为了宝宝……"

她放下手，垮下肩，抬起头。那双眼睛十分空洞，没有注视任何事物的力量，尽是一片虚无。

"如果说出一切……"

她又开始摇头，似乎没办法静静不动。

"我的宝宝就会变成诈欺师的小孩、杀人犯的小孩，岂不是太没天理？"

听见她寻求回答的呢喃，北见夫人意外强烈地反驳："没错，太没天理。你的想法错得离谱，宝宝是你们的孩子，但孩子不是生下来背负你们的罪。"

井村绘里子顿时一愣，眨眨空洞的双眼，望向北见夫人。早该干涸的泪水又涌现。

"对不起！"

对不起，对不起。

我的脑海浮现一个画面。奢华的公寓一室，倒在血泊中的高越胜巳。他逐渐死去，生命慢慢脱离身体。井村绘里子望着这一幕，是不是也像这样不停呢喃？对不起、对不起、对不起。

仿佛时间冻结般，只有两人的场面。警车和救护车的警笛声靠近。

她以为不可能顺利。

她以为一定会有人怀疑，识破真相。她以为这种谎言不可能成功。

然而，没有人怀疑她，没有人揭穿她。

"我一直在撒谎。"

因为肚里的孩子父亲命令她这么做，恳求她这么做。

"每个人都被我骗了，却没人发现。大家都对我好，同情我。"

可是——井村绘里子抱住肚子。

"这孩子知道我是个骗子，因为他流着我的血。我不能再继续骗下去。"

井村绘里子放声大哭。这不是即将成为母亲的年轻女子的哭法。在她腹中成长的孩子，不久足月呱呱坠地，过两三年后，一定也会是这样的哭法吧。妈妈，我跌倒了。妈妈，肚子饿了。妈妈、妈妈、妈妈。

"那就不要再继续撒谎。你已这么决定，对吧？所以你才会过来这里，不是吗？"

井村绘里子紧闭双眼，不断点头。

"我们去找警察吧，我陪你。"

在母女般相拥的两名女子旁，我只能束手无策地看着桌上的档案——北见一郎留下的档案。

报道非常迅速。尽管这起案件十分离奇，报道内容却相当正确。

这表示井村绘里子的供述就是如此前后一贯，值得信赖吧。傍晚的新闻只有相关事实的报道，但晚上九点的新闻，还播出搜查总部的记者会情况。

我没告诉妻子，我也参与此事。光是公车劫持事件和"特别命令"，就够让她操心的。我在书房用电脑偷偷看新闻，看到搜查总部负责人回答记者的问题，说警方并未认定列为重要关系人、下落不明的足立则生就是命案嫌犯，忍不住苦笑。

虽然从谎言中解脱，但井村绘里子的未来绝不能说是光明的。她的决定很正确，为了总有一天能够沐浴在明亮的阳光下，这是必要的，只是需要时间。不涉过苦水，没办法取得甘甜的水。

对于素未谋面的高越胜巳，我怀有一种感叹。对他的智慧与行动力的感叹。难道他不能将才智发挥在更好的地方吗？虽然这样的喟叹于事无补。

被骗的人是自己活该。

他应该是以自己的方式爱着井村绘里子吧。他是真心想要和她一起打造幸福的人生吧。当他发现两人的价值观——说是正义感也行，南辕北辙时，一定打从心底惊讶不已吧。

我没办法对这孩子撒谎。

我灵光一闪，逡巡起书架。那是几年前的事？我和菜穗子一起去上野的美术馆参观伦勃朗展，买了画集。

我翻找到的作品，是收藏在阿姆斯特丹国家博物馆的画作《圣彼得不认主》。这么说来，我们会聊到，总有一天要去当地看原画。

圣彼得是耶稣十二门徒中的大弟子。他不是多愁善感的年轻人，原本是乡下的渔夫，是个朴实的中年男子。

拥有强大权力的罗马帝国，对基督教的警戒日益加深，展开打压与迫害。耶稣即将被捕时，十二门徒各自表达自身坚定的信仰，发誓效忠耶稣，但是"神子"已看透弟子心中隐藏的迷惘。

用三十枚银币卖掉耶稣的背叛者是犹大，但彼得也背叛过耶稣。耶稣被官员和群众抓住，只有彼得直到最后仍跟随在耶稣身边。然而，经过一整夜严厉的讯问，他终于屈服，发誓自己绝不是耶稣的弟子。在这桩悲剧发生前，耶稣早已预言此事。

"在鸡啼前，你将三次不认我。"

对于自己的谎言及心中的想法遭耶稣看透，彼得羞愧难当，后悔不已，说出真相后，被倒吊在十字架上殉教。建在他墓上的，便是基督教的大本营，梵蒂冈的圣彼得大教堂。

圣人彼得是个骗子，是为自身谎言悔过的人。他一度为求苟活而撒谎，最后无法背负谎言活下去，选择壮烈牺牲。

伦勃朗画笔的魔术建构出的美丽明暗中，《圣彼得不认主》里的彼得撒谎："我不认识什么耶稣。"遭官员拖走的耶稣，回望彼得。光打在耶稣的脸上，彼得的脸则没入阴影。

真实与欺瞒，生与死，人心的坚强与脆弱。这是将种种对比的瞬间切割下来的美丽名画，但菜穗子不是很喜欢。她认为这样太残酷。

——其他门徒都逃走，只有彼得留在耶稣身边不是吗？由于他坚持留到最后，才会禁不起严厉的逼问而撒谎。

——如果彼得胆小一点，根本不需要撒谎。因为他有勇气和信念，落得备受侮辱折磨的下场。因为他是个正直的人，结果背上了罪。

这太令人难过，菜穗子说。

谎言之所以会摧残人心，是因为谎言迟早会结束。谎言不是永远的，人没那么坚强。越想活得正直、活得善良，无论是如何逼不得已撒的谎，还是会无法承受重担，总有一天会道出真相。

既然如此，能够不把自己的谎言当成谎言、能够摆脱谎言重担的人，不是幸福得多？

不管是怎样的彼得，都有回头注视他的耶稣，所以我们才会无法承受谎言。但是认为自己没有耶稣、不需要耶稣的人，将肆无忌惮吧。

井村绘里子可以选择贯彻谎言，因为肚里的孩子一无所知。不能对孩子撒谎，是她一个人的想法。或许当孩子长大成人，会希望母亲贯彻她的谎言。或许孩子会责怪母亲为何不撒谎撒到底，保护他的人生？

真相绝不美丽。世上最美丽的不是真相，而是没有终点的谎言。

摆在旁边的手机响起。

显示的是北见家的号码。接听说"我是杉村"，传来的却不是北见夫人的声音，也不是司。

"杉村三郎先生吗？"

那是客气、胆怯的低沉嗓音。

"你——"

是足立则生。

"不好意思，在这种时间打电话。"

我望向时钟，将近晚上十一点。

"我在北见先生家，太太叫我联络你一下。"

我借用他们家的电话，他补充。

"你看到新闻了？"我问。

"嗯。"

"你何时过去的？"

"八点左右。"

原本只想打声招呼——他有些难为情，声音渐弱。

"没想到太太留我吃晚饭。"

今天北见夫人马不停蹄。她陪井村绘里子投案，理所当然，应该也做了笔录，总算回到家，足立则生又登场。

"我还是得向警方报到一下吧？"

我早就期待、预测到他会这么说，但实际听见仍松一口气。

"明天我会去警署。"

在那之前，他想先看看北见夫人和司，便上门造访。

"害他们为我这种人担心，心里实在过意不去。"

电话另一头隐约传来司的声音。感觉像日常对话，似乎在和北见夫人聊天。

"太太真是个好人。"足立则生感叹，"她很了不起，不愧是北见侦探的妻子，儿子也一样。"

这回传来北见夫人的笑声："别这样啦。"

"是真的啊。"

不是对我，足立则生对北见母子说。最后，换司来听电话：

"晚安，杉村先生。抱歉，这么晚打扰。"

"哪里。"

"足立先生比想象中有精神。"

"那就好。"

"警方不会太严厉地询问他吧？"

"嗯，或许该担心会被媒体记者追着跑。"

"果然会变成那种情况。"

其实我们家也一样——司压低音量。

"直到三十分钟前，电话和门铃响个不停，吵都吵死了，现在总算安静下来。多亏自治会长过来斥责：你们有点常识好不好！"

我妈真是太热心了——司不禁叹息。"就爱多管闲事。可是，还是没办法袖手旁观吧。"

跟我爸一样，他笑道。

"想到我爸过世，感觉就像他附身到我妈身上。"

"少胡说八道。"北见夫人的声音响起。

足立则生接过电话："看到电视新闻中，高越太太在女性友人陪伴下投案的消息，我马上想到可能是北见夫人。"

没有任何根据，纯粹是直觉。他想确定这一点，于是登门造访。

"你进公寓时，居然没被任何人看见。"

"这部分……嗯……"

又躲在垃圾桶后面？

"今晚你有地方住吗？"

"怎么跟北见母子担心一样的事？"

我不要紧的，他开朗道。

"我当过一阵子游民，现在也晓得怎么露宿街头。"

原来如此，我恍然大悟。

"所以你没必要逃到很远的地方。"我语带惊奇。

是啊，他笑道。"去哪里都用走的，是游民生活的基本。要是随便跑到地方都市，因为不熟悉环境，反而会混不下去。"

他一直待在都内，才能这么快回来。

"可是，明天去找警察，必须穿得得体些。太太借我北见先生的衬衫和长裤。"

我会感激地穿去报到，他继续道。

"感觉像北见先生陪着我。"

我也这么想。

"报纸贩卖店那边怎么办？"

"警察那边处理完，我会去道歉。虽然不晓得他们肯不肯再雇用我。"

毕竟我有前科的事曝光了……他声音变小。

"欸，总有办法吧。如果不想出办法，也太对不起北见先生。我会好好加油，不再让大家担心。"

他忽然冒出乖巧中学生会说的话。

"就算去警署，我也见不到高越的妻子吧？"

"应该见不到。"

"我想也是。"

我想向她道歉——他解释道。"是我害高越太太犯下那种罪。"

我保持沉默。

"我自以为在做对的事，自以为在进行正义的告发。"

居然是错的吗？他低喃。

"关于井村绘里子父母的事，北见夫人提过吗？"

那是新闻还没揭露的情报。

停顿片刻，传来回答：

"——嗯。"

"你不可能会知道那样的内情。高越先生和绘里子小姐的关系不稳定，也是你无从得知的事，对吧？"

"嗯。"

"自责之前，最好确实划清界限。不能所有事都想往身上揽。"

我也一样，没资格讲别人。我拿着手机，望着朦胧倒映在关机的电脑屏幕上的自己。

"如果晓得下手的是高越的妻子……"

我已猜到足立则生想说什么。

"我可以永远逃下去。我会请她不要泄露，扛下这个罪名。"

"这不是好主意。"

谎言会结束，总有一天会结束。

"况且，实际上也没办法这么做。做不到的事，就别再想东想西。"

"你真的很不可思议。以为你心地善良，却说那种冷酷的话。"

倒映在屏幕上的我，有些疼痛般皱起脸。

"或许我有点古怪。"

"不是有点，是非常怪。"

那是亲近的口吻。

"高越太太的罪不会太重吧？"

"依我所知，那是一场意外。说要把罪诬赖到你头上，也是高越先生的主意，我想不会有问题。"

是吗？他说。

"你所能做的，就是将前后的事实坦白告诉警方。与其无谓地包庇，说出真相才是最有效用的。啊，对了。"

我想起一件细微，但十分重要的事。

"高越先生的太太名叫井村绘里子。他们是事实婚姻，所以不同姓氏。她相当在乎这一点，今后别再喊'高越太太'，称呼她'井村小姐'吧。"

"可是，他们看起来感情很好。"

"感情应该不差吧，不过，他们也有自己的问题。"

这样啊——足立则生应道。

"与其说高越是三寸不烂之舌，更接近强势的人。他会牵着对方的鼻子走，耍得对方团团转。他和我合作时，都是这样。"

听到这番话，我才想到，足立则生也晓得会传染的邪恶及谎言的罪恶。他与回头的耶稣对望过，不知他会怎么评价暮木老人？

"等你稳定下来，方便见个面吗？"

"为什么？"

面对直率的疑问，我不禁一笑。"让我看看你过得好的模样吧。"

"这样啊，那我会再打电话。"

"嗯，就这么约定。"

给你添麻烦了，足立以亲近的语气做结，挂断电话。静谧的书房中，我身子一动，椅子压出声响。或许是我的心在倾轧。

对外汇业者的访查，由于发生出乎意料的状况延期，本身没什么收获，不过内容挺有意思。

这家公司的负责人是三名三十多岁的女子，从念大专时感情就很好。八年前，她们实现一起创业的梦想。

"关于日商新天地，是我们主动寄广告文宣过去，才开始合作。那时经营尚未上轨道，我们想设法开拓新客源，拼命打广告。"

服装、化妆、发型，甚至连发质都相似的三名女老板都十分健谈。嗓音不同，但说话的语调都一样。即使把收下的名片搁在眼前，我还是分辨不出谁是谁，有如三胞胎姐妹。

"我们早就晓得这个客户不太好。"

"整体气氛就是可疑。"

"可是，我们只提供外汇，又不是要加入会员。"

"虽然他们缠着要我们加入会员。"

"开口闭口就是'我会让你们发大财'。"

"对对对！那个代表公司的老头油滋滋的，儿子更是差劲透顶。"

"就是那种一夜暴富，自以为了不起，没人要的典型！"

热闹得像女子更衣室。

"我们摸着良心做生意，估价都照规矩来，也会配合对方的活动内容提出各种方案。"

可是，日商新天地办会——或者说小羽父子想要的不一样。

"他们只求外观好看，味道怎样都无所谓。"

"说什么反正不会有人吃。"

"还说最后都会变成厨余，花工夫是浪费资源。"

甚至问大冷盘能不能用蜡制食物样品代替，不必用真的食物。她们觉得实在太离谱，当场反对。

"我们也有自尊心。"

小羽父子对细节要求很多，但付钱相当大方。

"身为女老板，真的经常遇到不合理的状况。"

由于是女人，经常被瞧不起、砍价，或拖延付款。

"可是，小羽父子看我们是女人，想让我们见识他们的威风。"

"展现‘我超阔气的！’之类的姿态。"

"想必也是别有用心。"

"我们被约过好几次，说什么‘要不要一起去喝一杯’。"

日商新天地协会的会员，多是上了年纪的人。

"即使是我们这种年过三十的女人，在代表大人眼中仍是鲜嫩欲滴吧。"

"儿子也一样，一副‘没有女人不为我痴迷’的态度。我们不理他，他就像笨蛋般发动追求攻势。"

听着有趣，但当下发生过许多不愉快的纠纷吧。

"的确，相比其他业者，以那种菜色来说，我们收取较昂贵的费用。可是，谁教我们开多少，对方就付多少嘛。"

"我们适当包括精神赔偿金。"

她们一面安抚小羽父子，一面接着他们利润极佳的案子，同时搜集日商新天地协会的相关信息，留意自救会动向。

"光看自救会的网站，就晓得日商新天地差不多快完蛋。"

日商新天地被查获三个月前，她们要求停止交易。

"真是千钧一发。"

"再晚一些，或许我们也会蒙受池鱼之殃。"

"学到宝贵的一课。"

不论男女，坚强的人都会将活力带给身边的人。在这件事的访查中，我第一次分享到活力。

女老板啊……菜穗子和朋友也会像这样"学习"吗？思及此，我忍不住说出内子在帮朋友开餐厅的事。她们七嘴八舌地吵闹起来。

"哇！"

"那真的只是帮忙吗？还是有出钱投资？"

"如果来得及，最好说服太太退出。"

"做生意可不是什么漂亮好看的事。"

"太太可能会一口气失去金钱、朋友和年轻等宝贵的资产。"

"确实会变老呢，一口气老个十岁。"

"细纹会变多。"

"还会自律神经失调。"

等一下啦——三人中个子最高的女子笑着制止。

"讨厌，搞得我们好像《麦克白》里的三个女巫。"

我和三个女巫一起笑，答应她们会好好劝妻子。

"抱歉，说了些无聊的话。"

临别之际，她们致歉。

"我们不是要挑剔你太太的工作。"

"只是创业真的很辛苦，想高高在上地忠告几句而已。"

对吧？三人互相点头。

"这短短八年，我们多次差点闹翻。"

"可是，还是撑到现在。希望太太的工作也能顺利。"

来到外头，走在秋阳下，我想着要找段悠闲的时间，进一步询问菜穗子帮忙餐厅经营的细节。

这阵子，我都只顾着自己的事。只顾着自己，还有自己的伙伴。因为菜穗子和桃子总会等我回来，所以我放心投入眼前的事。这是我的坏毛病，不仅仅是这次而已。我忍不住搔搔头。

今天买束花回家吧。

隔天，我收到一封电子邮件。寄件人自称是日商新天地协会代表小羽雅次郎在半个世纪前，仍是年轻上班族时的同事。

当时刚吃完晚饭，正在休息。在我们家，为了配合下周六文化祭表演桃子要穿的衣服与鞋子，把发型也"SET 一下"，掀起一阵骚动。

"人家不要绑辫子，想绾起来。"

像这样露出后颈的头发——比画着的女儿，唯有那一瞬间异样成熟，我心头一惊。"后颈的头发"，她何时学到这种词的？

"妈妈不喜欢小女孩装大人。"

小孩子有小孩子的发型，妻子劝道。女儿双手叉腰对抗："人家就是不要绑辫子！"我留下一句"我去厕所"，顺便进书房瞄一眼，发现有邮件通过正打开的博客传来。

寄件人自称"古猿庵"，主旨是"关于小羽雅次郎。"

"突然致函，不揣冒昧。小生曾与小羽雅次郎共事。在搜寻小羽雅次郎的名字时，偶然发现您的博客。"

从字面也看得出，对方是与小羽代表年纪相当的人物。比起写电子邮件，写实体书信的时间更长久的人。

"小羽雅次郎因数项罪名，遭判处刑罚。我回顾人生时，为此感慨良多。小生是退休的老者，或许回忆并非您想追查的情报，但若能帮助您了解小羽雅次郎的为人，幸甚。"

对方没留下联络方式，我回信致谢。

一会儿后，我调停母女内战，回到书房。这次又收到长篇信件。

"感谢您郑重回信。小生与小羽曾在昭和三十七年（一九六二年）四月至三十九年三月，位于神田骏河台下十字路口附近一家叫森山堂有限公司的英语会话教材公司任职。"

那是家有二十名左右员工的小公司，但时值令全世界惊奇的经济高度成长期初期，为了光荣回归国际社会，日本的英语会话风潮如火如荼，因此业绩傲人。

"小生当时十九岁，小羽二十岁。如同字面，我们同桌共事，每日外出跑业务回来，一起填写日志。在业绩表上，两人的名字也并列在一起。"

从协会的纪录影片来看，小羽代表即使上了年纪，仍是仪表堂堂的伟岸男子。

"小羽外貌出众，虽是半带玩笑，但上司甚至会劝他转行当影星。此外，他能说会道，是优秀的业务员。然而，讽刺的是，小羽似乎缺乏英语会话天分。反过来说，意味着他的业务能力就是如此杰出，足以弥补缺点，成功推销教材。"

两人经常结伴去喝酒。由于是年轻人，也会去跳舞，或和女孩一块出游。

"只要和小羽出门，就不愁没有女伴。"

如果是年轻人，应该会在后面附上一个冒汗的表情符号。

"附带一提，小生是所谓的猴子脸，'古猿庵'这个网络代号，也源于这副相貌。年轻的时候，即使是男人，也很在乎外表。而外表往往带给小生无名怨愤，但小羽经常笑我：日本男儿长得像日本猴有什么好羞耻的，要抬头挺胸。"

昭和时代，日本在战败中重新来过，焕然一新。我仿佛听得到，在这个时代青春活跃的年轻上班族的声音。

"小羽个性阳光，如同前述，工作表现十分优秀。因此，对小生而言，他是同事，也是像兄长般值得信赖的人。不可思议的是，小羽几乎不谈论自己。我从没听他提过家人的事。小羽谈论的，总是对未来的野望。"

——总有一天，我要成为一方霸主，拥有令每个人刮目相看的雄伟城堡。

这是小羽雅次郎的口头禅。

"小生与小羽在同一时期离开森山堂，不过我认为那是巧合。小生原本就预定要继承家业，是暂时领一份薪水。小羽则说要存钱开公司，看到森山堂发展不大，便想跳槽到其他更好的公司。"

这段文章后面的内容，跟我的感想相同。

"当时，出于这种动机转职的人极为罕见。成功的例子应该也比现在少。"

我对着电脑点点头。

"离开森山堂后，约一年之间，我们偶有联络，但毕竟去者日以疏，我们渐行渐远。小生继承家业，长久以来，整日为筹措资金奔走。即使如此，对小生而言，小羽仍是年轻时日的美好回忆，唯有贺年卡我每年都不忘寄给他。小羽也会来信，只是住址迁徙不定。不过，这是他的大志逐步实现的佐证？抑或相反？每逢新年，小生总是内心复杂。"

分量这么多的文章，一个小时不可能写得出来。在不确定我会不会回信时，古猿庵就写好这篇文章。或许他花了一星期来写。

我和古猿庵都不晓得彼此是怎样的人。我只是一个征求情报的窗口，而古猿庵只是寄一篇文章过来。正因有这样的联系，古猿庵才能道出往事。

像这样回顾过去的你，一定过着平静的晚年吧——我心想。无论是播磨屋夫妇那种热闹的平静，或高东宪子那种带着孤寂的平静。

"昭和四十二年的秋天，小生偶然到神田，顺道拜访森山堂，从女职员那里听到关于小羽的意外事实。"

离职约三年的员工，忽然回来打招呼。怀念、亲近与放松，让女职员禁不住泄露口风。

"她说小羽会辞掉森山堂，是小生辞职的缘故。当时只是小生不知道而已，其实小羽在社内的评价颇有问题。"

据说小羽蒙上盗用公款的嫌疑。

"那名女职员是会计人员，应该相当了解内情，但说得模模糊糊。小生在公司内是少数的小羽信奉者之一，如果小生离开，小羽势必难以容身，才会匆匆离职。"

这表示两人在同一时期离职，并非偶然。

"小生闻言，非常讶异。小羽连零钱都没向小生借过，反倒是个慷慨大方的人，小生经常让他请客。"

我忽然想起，后来成为日商新天地协会代表的小羽雅次郎，不停向外汇公司的三个女巫展现他有多大方。

"我向女职员埋怨，如今告诉我这种事，我也无从反应。但女职员似乎是出于一番好意，想给我忠告。"

——如果你和小羽先生仍有来往，最好快点断绝关系。我很清楚他的为人。

"女职员曾和小羽发展成亲密的男女关系。森山堂禁止职场恋爱，他们是地下情侣。"

深知小羽雅次郎有多吃香的古猿庵，对两人的秘密恋情并不惊讶。他惊讶的是别的事。

"当时她认真考虑和小羽结婚，但小羽总顾左右而言他，推托逃避，最后甚至告诉女方，和他结婚会变得不幸。"

与其说是夸张，更像是做戏。我仿佛看到日后接受会员喝彩，在讲台上顾盼自雄的小羽代表的萌芽。

"于是，她询问小羽理由。小羽做了一番辩解。当然，这些都是小生初次耳闻。"

小羽雅次郎的老家，在近畿地方的某地方都市。小羽家是当地的世家望族，也是大富豪，代代都有贡献地方发展的优秀人才涌现，雅次郎的曾祖父还担任过县议会议长的要职。

然而，到雅次郎的父亲那一代就跛了脚。在当地的山林开发案中，雅次郎的父亲因收贿嫌疑遭到逮捕。如果只是钱的问题，负起政治责任也就罢了，但其中有黑道介入，为了利益分配问题，甚至闹出杀人命案。

雅次郎的父亲并未直接参与杀人，但他协助事后的灭证工作，因此遭到杀人实行犯集团的恐吓。对政治家来说，这也是致命伤。

"由于父亲的丑行，十六岁的小羽遭故乡放逐，高中无法毕业，只能辍学。但在森山堂任职时，小羽告诉小生，他是神奈川的县立高中出身。从不谈论自己的小羽难得主动提起，小生记得相当清楚。"

这是本人两三下就会忘掉的谎言吧。

"小羽对女职员说，故乡憎恨他，而他也憎恨着故乡。总有一天，他要在社会上获得成功，让那些对他扔石头、把他赶走的家伙，见识到他的厉害。在目标实现前，包括结婚、在公司飞黄腾达等一般人追求的平凡幸福，他都要暂且抛下。"

——所以，你不能跟我这种受诅咒的男人结婚。

我决定赚大钱，娶名门千金为妻，以妻子为垫脚石，跻身上流社会。即使如此，若你还是爱我，我可以让你当我的情妇。小羽雅次郎这么说……

"女职员目瞪口呆，决定和小羽分手。"

亲密交往时，她借一笔相当可观的钱给小羽雅次郎。或者该说是供养他？那笔钱也没拿回来。

"她也想过要报警，控告小羽骗婚，但考虑到世人的眼光，还是作罢。她谴责那男人是信口雌黄的大骗子。向我诉说时，她的愤怒与伤心似乎仍未完全平息。"

古猿庵困惑不已。

"那个时候，小生与小羽的往来逐渐疏远，就算听到这件事，也没有任何损害。但是，虽为期短暂，毕竟会是我视为兄长景仰的人，得知小羽这一面，还是未经历练的年轻人的小生，受到相当大的打击。"

我拉动屏幕卷轴，看到电子邮件末尾。

"后来，小生与小羽的交往如同前述，但小生又和小羽见过一面。"

约莫是一九九九年，邮件上写着。

"小生没有写日记的习惯，回忆并不确实，不过见面时，和小羽聊到世界会在一九九九年七月灭亡的预言，最后没有实现。"

那不是偶然的再会，是小羽雅次郎主动联络古猿庵。

"小羽做起新生意。他在贩卖、出租家庭用的高性能净水器，说饮料水产业绝对会有巨大的成长，问小生要不要投资。"

我翻开手边的笔记本。日商新天地协会推出号称只要安装，就能让自来水拥有和奇迹之水"雅典娜"相同效果的净水器，是一九九九年四月。古猿庵的记忆是正确的。

"光是经营继承父亲的小公司，小生已焦头烂额。即使深受小羽的提议吸引，或全面信赖他，也不可能投资。"

这表示，自昭和三十九年分别以来，暌违三十五年忽然被找去，阔别重逢的小羽雅次郎提出的投资案，对古猿庵来说缺乏吸引力与可信度。

"小羽看起来经济状况非常好，小生认为他已实现年轻时的大志。然而，这样的想法中，不免掺杂一抹不安。"

小羽雅次郎成为手头阔绰的中年欧吉桑，就像男性古龙水，散发年轻时古猿庵没能看透，如同月球背面般隐藏的可疑气息与撒谎天性。

"小羽介绍一位和他一起来的先生。自称经营顾问的那个人的气质及小羽仿佛恋爱中少女般为他痴迷的模样，都令小生担忧。"

单肘撑在桌上盯着屏幕的我，忍不住直起身子。

净水器销售，是小羽雅次郎创立的日商新天地协会明确转换到老鼠会诈骗的契机与转折点。

当时，有个令代表小羽如同热恋少女般痴迷的"经营顾问"……

"那位经营顾问与小生几乎没有对话，小生对他的印象也很薄弱。但小羽对年纪相仿的顾问不停喊着'老师、老师'，还告诉我'这位老师不是随便就见得到的''机会难得'。"

这位经营顾问，或许就是在这次的查获行动中，与小羽父子一同被逮捕的干部之一。

"不知不觉变得冗长。谢谢您奉陪老人家回忆，谨此致谢。"

结语后面空一行，又写道：

"小羽雅次郎欺骗众多善良市民，诈骗牟利，造成社会严重不安。对于他的罪行，小生不打算袒护。但他是活生生的人，纵然天性善于撒谎，要是没在人生行路上做出错误选择，或有人将他引上正途，也许不致身陷囹圄。小生不由得做此想。"

我有同感。小羽雅次郎推出的健康食品和"雅典娜"是一种安慰剂生意。虽然可疑，但光是这样，不至于造成多大伤害。可是，一九九九年四月后的发展，却一头栽进不同次元。不是贩卖商品和服务给会员，而是利用会员来销售商品和服务，驱使许多活生生的人变成敛财机器。

如果这个手法不是小羽雅次郎靠自己脑袋想到的呢？如果是有人指导他，或教给他这样的坏主意呢？

"通过一连串报道，小生有机会见到小羽现在的模样。他的言行和表情，让我感觉过去他告诉女友的往事——被赶出故乡、憎恨故乡，想出人头地让乡亲刮目相看，或许有那么一丝真实性。"

没错。小羽雅次郎不断高谈阔论"社会改革"。他通过改革之法，来称霸贬抑他、指责他的社会。再也不愿屈就于社会劣势，这就是他生存的目的，与人生对抗的意义。

倘若他背后有个军师？

我取出几乎不用的扫描器，扫入向媒体公开的暮木老人肖像画，写信给古猿庵。

"一九九九年，与小羽雅次郎同行的经营顾问，是这位先生吗？"

我急得打错字。

"可以请您从这张肖像画想象年轻十岁的样子吗？身高约160厘米，体形瘦小。此外，希望能告知那名经营顾问如何自称。"

传送后，我焦急不安地在书房踱步。很快就收到回信，对方应该也在等我的反应吧。

"据小生记忆，当时小羽痴迷的经营顾问，并非这名人物。"

膝盖以下一软，我瘫坐在旋转椅上。

"小生不记得那经营顾问的名字，但曾收到他的名片。小生没有写日记的习惯，但名片全都保存起来。我想翻找一下，应该能寻获。"时间跨入隔日，古猿庵打算现在开始翻箱倒柜吗？

"感谢，您的一席话助益良多，我深为感谢，但请千万不要勉强。"

我又在书房踱步一会儿，心想今天就到此为止，决定去洗澡。桃子早就入睡，菜穗子在客厅翻杂志。

"今晚是我读绘本给她听的。"菜穗子微微噘着嘴。

"比尔博故事的高潮你来负责。"

"嗯，谢谢你。不好意思。"

坐下后，我告诉妻子古猿庵的事。妻子圆瞪双目，感叹："网络真是厉害！"

"嗯，不必四处奔波，情报也会自行送上门。"

这天晚上睡眠很浅，我清晨六点起床，检查邮件，发现没回音，不禁觉得自己太性急。用完早饭，换上衣服后，传来收到邮件的提示声。

"小生把当时小羽给我的名片扫描成档。"

那是扫描的名片图档。

"御厨尚宪。"

字旁附有读音，不是念"Mikuriya Takanori"，而是"Mikuriya Syoken"。

没有头衔。除了名字，只有住址和电话号码。门牌号码在涩谷区，没有房号。我立刻用电脑的地图软件查询，那是个不存在的门牌号码。

我试着拨打电话。一接通，立刻传来传真机的"哔"声。这个号码想必老早就转卖，换别人使用。

门牌号码六剌剌地使用假号码，而这罕见的姓氏也极有可能是假名。我原本推测暮木一光是他的本名，或假名之一，但与古猿庵的记忆"不是这张肖像画的男人"相互矛盾。那位顾问与小羽雅次郎年纪相当，就算他是暮木老人也不足为奇，只是……

烦恼之前，还有别的事情要做。我急忙将这项新情报告诉田中、柴野司机、坂本和前野搭档，并附注：请你们留意"御厨"这个姓氏，如果在哪里看到，请告诉我。

先前访问过的人，我以邮件和传真通知他们，并写信到自救会网站。日商新天地协会中，有没有叫"Mikuriya Syoken"的人？若和暮木老人一样是假名就没辙了，但期待万分之一的侥幸也没损失吧。能得到古猿庵的情报，已是奇迹。

我也写信向对方道谢。按下传送键前，我略微犹豫，又添一句：

"古猿庵先生，你会去旁听即将开始的小羽雅次郎代表的审判吗？"

我在迟到前一刻赶抵办公室，在集团广报室大致确认过早上的业务后，检查自家电脑信箱的邮件。有回信了。

"至少小生一个人，要守住小羽雅次郎年轻时日的形象。"

第十章

在我小时候，小学每一班孩童表演儿童剧，或举行合唱、演讲比赛，总之是这类文化性活动，然后邀家长前来参观，都叫"才艺发表会"，究竟何时变成"文化祭"？

"这样岂不是和高中的活动没有区别？"

"因为要跟中学部一起办啊。"

前往参加桃子学校文化祭的路上，我和妻子谈论着这个话题。这天是十一月的第三周，大好晴天的星期六。头顶的蔚蓝天空，让人想断定日本四季中就数秋季最美，而即使如此断定，也几乎不会引来异论。

今天一整天，让心思远离种种事件吧。一早起床，我就这么打定主意。我的小桃子今天要粉墨登场，大出风头。她会在同学的钢琴伴奏下，朗读三篇与级任导师讨论选出的诗作。这种时候，怎能分心想别的事？

其实，桃子想加进一篇自己写的诗，但……

——跟别的诗比起来，桃子的诗太差，还是不要了。

她说的两篇"别的诗"，选自编给小学生阅读的《美丽的诗歌世界》。菜穗子有点生气，认为比起诗作优秀与否，小孩子朗读自己作的诗更有意义，老师根本不懂。我个人则觉得，照桃子喜欢的方式去做就好。她那么拼命练习，我只能祈祷正式登台时，也能顺利表现。

老旧的校舍被万国旗、假花等装点得像庆典般热闹。桃子一定会很开心——我不仅这么想，也满心欢喜，脚步不禁变得轻盈。

"你果然是那种文化祭型的男生。"

"那是什么定义？"

“我刚想到的定义。”

“相反的类型是什么？”

“当然是运动会型的男生啊。我要提醒，运动会型与运动社团型的男生可不一样。”

轻快谈天的菜穗子应该也很开心。同时，因为身为母亲，她会紧张得情绪高涨吧。

诗歌朗读得到与戏剧表演相同规格的待遇，在礼堂举行。桃子她们的一年Ａ班预定上午十一点登场。在那之前，我和妻子四处参观学校的展览。美术社的特别展览非常精彩，主题是“未来”，有描绘正统科幻未来都市的作品，也有抽象画。

“这所学校的孩子，对未来怀抱的意象似乎并不阴暗，太好了。”

妻子已逝的母亲经营画廊，一家人都喜欢绘画，也很有鉴赏眼光。

“依你继承自令堂的鉴赏眼光来看，觉得怎么样？这里头有没有代表未来日本画坛的遗才？”

“你不知道吗？十五岁以前，喜欢画画的孩子每一个都是天才画家。我们家也有一个啊。”

小学部一年级的学生都为文化祭画图，展示在各间教室里，主题是“我喜欢的人、事、物”。桃子画了一只黄金猎犬，耳朵、鼻子和毛都很长，看起来正悠哉笑着，取名为“大家的波诺”。

“瞧，真是天才。”

波诺是菜穗子大哥一家养的狗。不是从小养起，而是两个月前，工作调派到海外的朋友寄养的。不过，它十分乖巧懂事，迅速和大家打成一片。桃子非常喜欢波诺，每逢假日就去找它玩。这张图是在学校画的，没有任何范本照片可参考，却画得非常棒。为表现波诺的身体多么庞大，故意画出纸面，令人拍案叫绝。

“真的是天才。”我们像盲目溺爱孩子的父母，相视笑道。

然而，到一年Ａ班的朗读时间，笑容倏地从我们脸上消失。两个人都紧张得要命，菜穗子甚至发起抖来。妻子和我在坐满观众的礼堂角落，握着彼此的手，全身僵硬。穿粉红色洋装登场的桃子，远比她的父母从容。

然后，她完美地进行朗读。

伴奏的曲子优美。小小的桃子捧着朗读用的剧本，独自站在舞台中央。弹钢琴的女孩偶尔向她微笑，像在鼓励她，桃子以目光回应。不是单纯地朗读，但也不是配合钢琴歌唱，这是一场崭新的朗读表演。不光是桃子，登场的一年 A 班同学，每一个都非常棒。

表演结束，孩子们出场敬礼。妻子和我跟着挤满礼堂的家长热烈鼓掌，拍到手都痛了。

菜穗子在拭泪，我也差点掉下泪。

"光是 A 班，就有能在这种场合弹钢琴的孩子，真厉害。"

明明想称赞更多，却故意假装佩服这一点的妻子，实在可爱。

接下来，孩子们进入午休时间。一年 A 班下午有合唱表演，是和中学部的大哥哥、大姐姐相互较劲的校内比赛。为了到时候能握紧拳头加油，我和妻子外出，照菜穗子说的去"饱餐一顿"。

我们混在离开礼堂的家长人潮中，慢慢往出口前进时，在众多的人群里，似乎看到熟悉的面孔。那是站在墙边，半背对这里的男人。不只是脸，身材完全就是那个人。我语带保留地说"似乎"，是因为那个人今天不可能在这里。

妻子刚刚感动落泪，十分介意眼线有没有糊掉，以手指拂拭着，所以没发现。

"欸。"我呼唤妻子时，那个人沿着墙壁往礼堂前方走。那一侧有紧急逃生门，从那里也可离开，因此男人的身影随即混进人潮，消失不见。

"什么？"菜穗子仰望我。

"岳父今天会不会偷偷跑来？"

妻子摇摇头。"父亲不会来，他想看桃子表演，但不喜欢人群，最后还是作罢。礼堂的椅子对父亲的腰也不太好。"

会为物流业带来新气象的风云儿、在财界被称为"猛禽"的今多嘉亲，现在依然散发出强大的摄人气魄，但毕竟已年过八十。

"他很期待看到学校发行的纪念 DVD。"

校方禁止前来参观的家长争先恐后疯狂为孩子摄影，会统一制作DVD。当然，得花上一笔不小的金额购买。

"这样啊……"我疑惑地偏着头，"那果然是我看错，或是长得像而已。"

"怎么？"

"我看到一个很像桥本的人。"

也就是今多财团真正的公关人，服侍君临会长秘书室的"冰山女王"首席骑士——桥本真佐彦。

"如果他在这里，一定是陪岳父来吧？"

我们在家长队伍中，总算靠近礼堂正面出口，感觉得到户外空气十分冰冷。风似乎吹进菜穗子的瞳眸，她眨着眼，别过脸。

"是啊，认错人了吧。"

我又纳闷："不过，桥本是单身吗？"

妻子看着出口方向："应该是。"

"哦，其实我没问过他。我们没谈过这类私人话题。可是，像他那种人，如果结婚就一定会戴婚戒，但又没有，所以我私下认定他是单身。"

出口格外拥挤。我牵着菜穗子的手，来到充满校舍庭院的秋日阳光下。

"桥本是单身，"妻子被阳光刺得眯眼，"可能是他的侄子或外甥念这所学校。"

"啊，也对。"

无论何时何地，一有需要，就会像一阵风般赶来的桥本，也是有私生活的。

"有几家不错的餐厅可以吃午饭，不过得先打电话问问看。"

早知道就先预约，妻子说着从包包取出手机。仿佛在呼应，我外套胸前口袋里的手机振动。

不是短信，是来电。柴野司机打来的。

"不好意思。"

我搂着妻子的肩膀，引导她到附近的长椅，在铃声结束、切换成语音信箱前按下通话键。

"我是杉村。"

"我是柴野。不好意思，突然打电话，现在方便吗？"

"没问题，请说。"

柴野司机总是沉着有礼，今天语气也不焦急，但提起的事相当紧急。

"我要和迫田女士的女儿见面。"

对方打算去千叶的家拿迫田女士的物品，可顺便见面。

"她就和我见这么一次面，希望我以后别再骚扰她。怎么办？"

妻子坐在长椅上望着我。

"我们收到钱的事……"

"是的，我说了。"

所以才愿意见面吗？

"了解，我立刻过去。但再怎么快，至少也要一个半小时。"

"没问题，对方是从埼玉过来。"

"地点约在哪里？"

"如果方便，请到我家。我也这么告诉对方。"

毕竟不好被别人听到，她解释道。

"我家很小，但今天我休假。佳美跟我爸妈去动物园，白天没人在。"

其实她本来也要一起去动物园吧。但状况突然生变，她只好对女儿爽约。佳美，对不起。

"谢谢你。"

我迅速抄下地址。见我手忙脚乱地翻找笔记用品，妻子递出便条纸和圆珠笔。

"要告诉其他人吗？"

"不，就柴野小姐和我见她吧。要是谈着谈着，田中先生勃然大怒，会对迫田女士的女儿过意不去。"

这倒也是。柴野司机一板一眼地应道，挂断电话。

"你要离开？"菜穗子叹息。

"对不起。"我合掌道歉，"对桃子也真的很抱歉。"

"没办法，这跟爸的'特别命令'有关吧？"

她从长椅站起，握紧拳头轻捶我的胸口。

"快去吧，侦探先生。"

我前往东京车站，幸运搭上时间刚好的特急列车。天气晴朗，自由座客满。我勉强找到空位，买车厢推车贩卖的三明治和咖啡匆匆解决午餐。和菜穗子说的"饱餐一顿"，落差真大。

今天笔记本电脑放在家里，就算着急，路上也无事可做。我只能枕着椅背，茫然想着这阵子所有事情的经过。

后来完全没有关于"御厨尚宪"的情报。一九九九年前后的某个时期，小羽代表师是某位经营顾问，好像小姑娘般为他疯狂，目前也没有任何信息能印证。不知是单纯没人知道，还是刻意对会员隐瞒？

应该是假名的"御厨尚宪"策动小羽雅次郎——怂恿他、"教育"他，让日商新天地协会变身为超越小羽构想的恶质、强大的诈骗组织，或至少协助此一计划。从时间上推敲，我认为这一点几乎没错。无论小羽雅次郎想变成有钱人、想受群众尊敬、想变成大人物的欲望多么强烈，缺乏智慧和技术，无法将"日商"塑造成那样一个庞大的组织。

那么，后来"御厨"的境遇呢？受小羽代表所托，进入"日商"内部，成为干部之一吗？这种情况，除非他抛弃假名"御厨"，换上别的名字，否则会员毫无反应就说不通。古猿庵也是，即使名字不同，见到干部不免会发现："咦，这不是当时对方介绍的经营顾问吗？"媒体并未揭露所有干部的相貌，但在网络上是毫不留情地公开，自救会的网站亦有不少内部活动的照片。古猿庵似乎颇熟悉网络，理当有机会看到。

况且，"御厨尚宪"会是那么傻的人吗？

或许我有些沉醉于自己的想法，在"邪恶会传染"这个发现中放进太多意义。

不过，我忍不住要想，邪恶确实会传染，但不会自行传播。在"日商"新天地协会内部，也是在会员之间传播而已。

小羽雅次郎初次感染这种恶质行销术的邪恶时，也有感染源，就是经营顾问"御厨尚宪"。那么，让小羽代表感染邪恶的"御厨"，目的是什么？他怀有何种动机，才会接近欲望和个性都特别强烈的古怪公司老板——小羽雅次郎？

当然，首要目的是钱，是金钱欲。如果让日商新天地协会化身为强大的吸金机器集团，小羽代表会毫不吝惜地犒赏引导其成立的军师"御厨"吧。"御厨"约莫就是为此煽动、教育小羽。

但是，长久维持这样的关系，也是"御厨"的企图吗？将日商新天地协会改造成诈骗集团，深入其中，永久停留，吸取报酬，是"御厨"的目的吗？

我不这么认为。

担任小羽雅次郎的军师，教导他近似老鼠会技术与构造的"御厨"，应该知道诈骗行销迟早会破灭——越是成功，就越快速逼近毁灭。不明白这一点的人，会想自行打造组织，站在顶点。而且，即使一开始是利用小羽雅次郎与他的"日商"，迟早会想自己当上龙头吧。

设下圈套赚了钱，然后早早脱身。一个聪明的诈欺师，想必会奉行这样的信条。

所以，"御厨"不会露面，而是把小羽雅次郎拱出来。不管发生任何事，都不会站在第一线挨枪。当然，绝不可能担任干部。只要赚到一定程度，就再寻找下一个目标。反正世上有太多冤大头等着被骗。

或许我从古猿庵的陈年回忆进行太多想象。况且，即使我这番妄想般的假设正确，除非查出"御厨尚宪"与暮木一光的关系，否则无法再前进任何一步。

古猿庵说"御厨"与暮木老人不是同一个人，而是不同人。如果他记错呢？经过十年，即使是大人，面貌也会改变。因为胖瘦变得判若两人，也不无可能。古猿庵见到的"御厨尚宪"是西装笔挺的经营顾问，派头十足；暮木老人则是外貌穷酸的清瘦老人。

倘若"御厨"就是"暮木一光"，暮木老人与"日商"的关系就能解释清楚。接下来的谜团，便是过去以"御厨"的身份打造日商新天地协会的暮木老人，为何要挑出那三名尊荣会员，让他们受世人评断，惩罚他们？

直截了当地想，暮木老人应该是步入晚年后，对过去的行为感到后悔。

日商新天地协会本身已瓦解，小羽代表等干部也被逮捕。但暮木老人的后悔，并未因此平复。熟知这类诈骗集团如何发挥功能、会员之间如何传播邪恶的暮木老人，明白有罪的不只是那些被抓到司法领域审判的干部。会员是安静的，同时是积极的共犯。尤其靠协会内部的个人借贷制度大捞一笔的尊荣会员，更是名列第一吧。

所以，他从中挑选出那三个人。若是私下恐吓、伤害，做出犯罪性的行为，纵然能让当事人害怕，也没什么惩罚效果。最有效的就是，把他们拖到公众眼前，剥下他们伪装成被害者藏匿的面具。

事实上，高东、葛原、中藤，不像暮木老人期待的那样遭到媒体炮轰或被网络揭发。即使如此，他们的私生活仍受到影响。高东宪子和中藤史惠就是名字出现在公车劫持事件中，才必须像逃亡者一样偷偷摸摸过日子；而他们身边的人，也才会以冰冷目光重新检验他们过往的言行，以及他们在"日商"的所作所为，认定"那个人果然做了招惹怨恨的事"。

至于葛原旻，可能比其余两人惨，他在二月自杀。葛原旻死后的安宁被打乱，家属得再次遭受痛苦折磨。尽管偷偷摸摸，高东和中藤还能亲口辩白，葛原一家显然更煎熬。

为何暮木老人选择那三个人作为惩罚的对象？依借贷金额的多寡，还是会员资历长短？由于本人已过世，要查明细节，似乎相当困难。不过，他们无疑是"日商"被害者式的加害者代表人物。

这么一提，我后来从整理借贷金额清单的电器行老板那里获得了新情报。老板完全不晓得"御厨尚宪"这号人物，但两个月前的公车劫持事件余波，仍在日商自救会里荡漾未平。据说尊荣会员中，又有两人自杀。

现在不只尊荣会员，连总括来说是被害者，但有段时期获得莫大收益的会员之间，也持续引发寂静的恐慌。他们担心，会不会又有会员像公车劫持事件的歹徒一样，豁出一切告发他们，指控"你们欺骗我，甜言蜜语把我们拐进"日商"的你们是诈欺师"。

即使新的两名自杀者，不全是被这样的恐惧逼上绝路，仍占有几分要素。如果暮木老人早看透后续影响，他的计划可说是大获成功。

公车劫持事件尾声，暮木老人毫不犹豫选择自杀。从一开始，他就

297

有此觉悟吧。高东、葛原、中藤自不必提，对于其他被害者式的加害者会员，他也给予符合他们恶行的惩罚。他对他们的名誉宣判死刑，可能同时对他们的生命判下死刑。

夺走他人生命的人，应该付出性命来偿还。所以，暮木老人第一时间选择死亡。在他之后，会有许多生命的死亡、名誉的死亡及灵魂的死亡吧。暮木一光走在那条送葬队伍的第一个。

我在特急列车中摇晃着，以双手抹了抹脸。

倘若"御厨尚宪"就是暮木一光，这段情节就不是单纯的幻想。我开始祈祷事实就是如此。

恶人可能萌发善心，诈欺师也可能改过自新吧。我希望我们这些人质参与的，是被这样的悔改之心驱动的寂寞老人——会是恶人的男人，生涯的最后一幕。

正因暮木一光改过向善，才会有人愿意继承他的意志，协助他善后吧。撇开评论他的行为能否算是正义，的确有人谅解他的心情，并理解他。

坂本与前野为寻找"京SUPER"奋战，却陷入瓶颈。地毯式作战也没成果，前几天收到他们的来信，说这个周末要休息。

和迫田女士的女儿谈过后，不论她打算怎么处理那笔钱，我们最好再集合一次。如果可能，我想揭开暮木一光的真实身份，但我们这些人质中，应该有人差不多已对调查感到疲倦。毕竟不是警察，对我们负荷太大。

"随便啦，默默收下钱吧。"

要是这样的意见占多数，也无可奈何。即使剩下我一个人，我仍想继续调查（至少在岳父决定的期限前），现实问题是，没那种空闲的成员似乎不只田中。

坂本和前野拍档传来的信息，在这四五天之间，语气的落差更明显。坂本好像累了，或者说在怄气，而那似乎不是与前野之间的问题。他辞掉清洁公司的工作，便全心投入调查。没有工作，老不在家，常与父母起冲突，这是前野偷偷告诉我的。

"我还不是很清楚，但听小启的说法，他的爸妈很好，感觉是他一个人在耍叛逆。

坂本从大学退学，后来找到工作却不持久，但双亲都没责备他。实际上，在公车劫持事件中，坂本与暮木老人对话时，他也提到从大学退学时，父母没严厉逼问原因。

"他的父母并未看得太严重，小启却独自耍乖僻，把事情往坏的方向解释，闹脾气。所以，父母可能也被他搞到生气。"

然后，她提到更叫人担心的事。

"我的名字叫前野芽衣（前野メイ[1]）。"

上小学一年级时，前野不太会写片假名的"イ"，经常不小心写成"リ"。于是，"まえのめい"变成"まえのめり（冲过头）"。

"我这人很冒失，容易没搞清楚就自以为是，完全就是'冲过头'，父母和亲戚都常笑我。"

之后，她虽能好好写出自己的名字"メイ"，但这个绰号留了下来。和我们不同，因普通的邂逅而与前野熟识的许多人中，每当她表现出慌张冒失的一面时，就会笑："不愧是冲过头小姐。"

这次调查中，前野不经意提起此事，坂本竟脸色大变。

"别人瞧不起你，你还笑！"

然而，在调查过程中，要是她做出冒失的举动，或对迟迟没有成果感到疲倦，为了振作而说出乐观的想法时，坂本就会完全忘记曾为此愤慨，当面骂她：

"你就是这样，才会被笑是冲过头！"

"你是真傻了吗？"

于是，两人不止一次发生争吵，关系紧绷。

如果坂本只是为迟迟摸不到吊在眼前的大把钞票——可能改变人生的财富而烦躁，迟早会平静下来。若这样的烦躁与其他思绪产生化合作用，就有些棘手。

不管众人做出何种结论，唯独不欢而散，我想避免。感觉田中会骂

1　如果用平假名来写，就是"まえのめい"。

"多大年纪的人啦，说那种漂亮话有什么用"，不过我对于共度那段不仅是异常及特殊，更是特别的几小时的人质伙伴，怀有特别的感情。

决定与菜穗子共度一生时，我将过去人生得到的、身边绝大部分的关系都切断。至今我仍不后悔，但很难再禁得起断绝关系的痛。

在千叶车站下特急列车，我在站前搭上计程车。柴野司机的公寓旁有个大邮局，几乎不用找，约五分钟就抵达。那是一栋整洁的三层公寓，似乎有空房，挂出房屋中介公司的看板。

二楼的二〇二室。我按下门铃，柴野司机神情有些紧张地现身。

"谢谢你特地过来，对方刚到。"

她望向里面的房间。整洁的脱鞋处，疑似佳美的小运动鞋旁，并拢摆着一双黑包鞋。

"不好意思，屋里很乱。"

随柴野司机进屋，一名穿正式裤装的中年女子，从双人座布沙发站起。头发绑成一束，几乎脂粉未施，也没戴饰品，只戴腕表。

"这是杉村三郎先生。"

柴野司机介绍，我们笨拙地互相行礼。女子的嘴巴抿成一字形，显得非常僵硬、顽固，教人怀疑是不是遭到缝合？

我掏出今多财团的名片。

"我知道各位都是正派人士。"

迫田女士的女儿拿着名片，发出意外软弱的声音。

"我是迫田丰子的女儿，名叫美和子。"

她再次深深行礼。

"当时家母受到大家照顾了。我从柴野小姐和警方那里听到很多。家母是那种状况，一个弄不好，可能害大家遭遇危险，大家却仍保护她，非常感谢。"

"不是我们，全是柴野小姐的功劳。是柴野小姐保护迫田女士。"

柴野司机低头沉默着。我们呈三角形围坐在树脂圆桌旁。在三角的顶点之上，将建构出怎样的建筑物？从迫田美和子险峻的眉毛角度及再次紧抿的嘴唇，仍看不出端倪。

"听说事件以后，迫田女士的状况不太理想，不知现在呢？"

美和子的薄唇开启："身体状况稳定。她的宿疾不少，不过有在吃药……"

"她的膝盖不好吧？"

"是的，这是没办法的事。年纪大，加上长年看护太劳累。"

看护？当时迫田女士说她母亲住在"克拉斯海风安养院"，还提着大波士顿包。

可能是看到我的表情，美和子细声继续道："家母独自照顾她的母亲——我的外婆，超过十年。从外婆脑梗倒下后，她就一直陪在身旁。"

迫田丰子是独生女，没有兄弟姐妹能帮忙。

"头两年，外公身体还好，能一起照顾外婆。讽刺的是，外公反倒先走……"

要是我住在附近就好了，美和子说着，嘴巴又抿成一字形。

"但我单身，工作经常调动，没办法帮忙。"

虽然辛苦，却非罕见的例子。

"家母很早就和家父——和丈夫死别。她的人生相当劳苦。"

美和子垂着头，盯着自己的手，声音虽小，但有些急促。

"去年九月外婆过世，家母总算能轻松一些——虽然这么说对外婆过意不去。至少我是这么想的，没想到错得离谱。"

从她说话的方式，我联想到某个景象。只能在电影和戏剧中看到的景象。

——告解的信徒。

我犯了罪。在天主教堂的小告解室里，面对只看得见影子的神父忏悔的信徒。

"家母出现痴呆的症状。卸下照顾外婆的重责大任，她顿时失去支柱。如两位所知，家母不是完全痴呆，但自从外婆过世，她有时会说些牛头不对马嘴的话。外婆直到最后神志都很清醒，是个坚强的人。"

我望向柴野司机，她点点头。

"恕我冒昧，"我平静地问，"迫田女士的母亲——你的外婆，早就过世了吗？"

迫田美和子挺直腰杆，转向我，犹如隔着告解室门缝接受神父的询问。

"我们在公车里，听到迫田女士说，她是去探望住在'克拉斯海风安养院'的母亲。"

迫田美和子双手在膝上交握，这姿势也像祈祷的信徒。

"家母如此深信。在家母心中，的确是这样。"

她闭上眼，眉间挤出浅浅的皱纹，忽然摇头。

"不，家母其实知道外婆已死，没能住进'克拉斯海风安养院'。"

可是她不想承认，美和子解释道。

"她希望外婆还活着，住在'克拉斯海风安养院'，受到完善的照顾，过着比母女挤在狭窄老旧的家里更舒适的生活。若不这么想，她无法承受。"

所以，迫田女士就像真有年迈的家人住在"克拉斯海风安养院"一样，定期去探望。

"每周一到两次，她会在中午或晚饭时间外出，说要协助外婆进食。偶尔会一大早过去，在'克拉斯海风安养院'待到太阳西下。"

虽不忍心，我仍不能不问："实际上，她都在做些什么？毕竟你的外祖母不可能在那里。"

"地方那么大，总有事情可做。"

确实，"克拉斯海风安养院"的占地中，也有对外开放的公园。

"会面期间，设施里的访客空间都是开放的。虽然没办法进安养院的建筑物，但若独自坐着，呆呆地打发时间，应该不至于被指责，或被赶出来。"

美和子总算抬头，放在膝上的手握得更紧。"其实，我随家母去过两三次。我也会担心，家母到底都在做什么？"

"嗯，这是当然。"

美和子微微耸肩一笑。看在我眼里，那表情像在哭泣。

"说来好笑，漫无目的地前去，坐在开放空间的长椅或公车站，望着往来的人群，总觉得心情平静许多。我渐渐觉得外婆真的在那里，就住在奢侈漂亮、令人安心的机构，过着幸福的日子。"

然后，我无法再责备家母，要她别做这种傻事——美和子接着道。

"幸好家母没给任何人添麻烦，所以我想让她做到满意为止。我反倒经常打电话给家母，问她今天外婆怎么样？"

她一手按着脸，露出笑容。这次看起来像在呜咽。

"家母总是开心地告诉我：外婆过得很好。连三餐的菜色、机构里有些什么活动，她都了如指掌。比方今天的午餐是焗烤，体操教室的时间更改，下周有烟火大会。"

这些信息看'克拉斯海风安养院"的公告栏就能得知吧。

"我也不是毫不期待家母能回到现实，但我不想硬拉她回来。家母失去外婆，活在梦里。如果她这样幸福，那就好了。"

美和子放开手，重新坐正。束紧的发际，掺杂着降霜似的白发。

"让外婆住进'克拉斯海风安养院'，是家母一直以来的心愿。"

柴野司机缓慢地深深点头。

"家母做了许多准备。她说将过去省吃俭用存下的钱、外公留下的保险金和存款，还有把能卖的都卖掉，勉强能凑到入住时的保证金。"

据说几年前，当地人就晓得那片广大的土地，要兴建大型综合医院和养老院。

"业者开始收购土地，然后我从家母那里听到消息，已是五六年前的事。市政府的刊物上也有公告，说设施名称叫'克拉斯海风安养院'，提供县民优先入住名额。"

迫田女士因此燃起希望。

"私立养老院费用太贵，实在负担不起。而公立养老院，排队的就有几百人，不知何时才轮得到。"

当然，"克拉斯海风安养院"也是一处要价不菲的设施。不过，如果是县政府为了弥补公立养老院的不足，提供补助租下房间，让县民优先入住的名额，只要抽中，凭迫田女士的财力，也能勉强支应。

我点点头。迫田女士在公车里对我和总编提过：幸好抽到县政府补助的房间。

"但还是比公立养老院昂贵，所以家母想要设法……"

美和子说到一半，不只是抿嘴，而是用力咬住下唇。看得见露出的门牙。

"虽不知抽不抽得到，我说会出一点钱，但家母不愿给我添麻烦。"

"克拉斯海风安养院"开幕时的优先入住抽签落空，不过，只要有空房，就会再进行抽签。迫田女士登记等待空房，不断筹钱，以便抽到能立刻搬进去。

"即使勉强筹到入住时的保证金，仍有每个月的管理费、消耗品费，外婆还需要医疗费。家母的收入只有年金，想必十分不安。为了设法增加手头的资金，家母绞尽脑汁，毕竟现在的存款利率实在太低。"

一股如又冷又黑的地下水般的预感涌上胸口。不知是从哪里涌出来的。漆黑、毫不留情、沉重，是不可能存在于世上的，绝对零度的水。

"难不成迫田女士……"

我的嗓音沙哑到连自己都觉得难堪。美和子冷静回望，点点头。

"各位应该已知道。没错，家母掉入日商新天地协会的诈骗行销陷阱。"

我愕然失声。

"至今家母都不肯告诉我，是谁找她加入，恐怕是顾虑到对方吧。虽然现在可能是真的想不起来。"

美和子声音渐大，听得出相当愤怒。

"在那之前，家母是明理的人。她乐观开朗，勤劳能干。虽不精明，但具备一般常识。既然连这样的家母都会相信，我猜是以前职场的同事找上门。她们认识已久，感情很好。"

"迫田女士会在哪里任职？"

美和子微微一笑，我仿佛能看到她的过去。我妈妈很能干哦，一个聪明可爱的少女如此炫耀。

"她是市政府职员，在厨房工作。三十年间，一直为小学的学童提供伙食。"

她本身或许也是吃母亲做的营养午餐长大的学生。

"除非是那么要好的对象，否则家母不会轻易心动。居然动用最重要的人生保证金，简直是本末倒置。"

八成是受到极巧妙的煽动，如今我明白这是极有可能的事。

"迫田女士花钱买了协会的什么？净水器吗？"

"度假饭店的会员权。"

是日商新天地协会在末期垂死挣扎推出的计划。

"何时发现被骗的？"

美和子叹气："去年七月，那个姓小羽的代表被捕，警方进入协会搜索的时候。"

"在那之前呢？"

她摇摇头。迫田女士看到小羽代表被捕的新闻，惊慌失措地打电话给女儿。

"我也……说不出话。"

一开始，美和子忍不住吼母亲，随即担心地赶回家，发现母亲甚至忘记照顾外婆，把存折和"日商"送来的各种文件摊在桌上，茫然若失地坐着。

我们三人分享短暂的沉默，如默祷般地沉默。一辈子正正当当，勤奋工作的女性，卑微地梦想着，希望能陪老母安乐度过最后一段人生，却遭到欺骗，失去一切。这样的情景浮现在眼前。

那是小小的死亡，梦想的死亡，希望的死亡。因此，我们安静默祷。

"损害金额是多少？"

美和子眉头又挤出皱纹，摇摇头。"钱都是家母在管，后来调查，也不知道正确的金额。可是，应该有一千万元。"

"有没有报警？"

"我们报了案，被问很多问题，但没下文。"

"自救会呢？"

"参加那种团体又能怎样？以前发生过许多类似的诈骗案吧？但不管哪一个案子，被害者聚在一起活动，有任何帮助吗？就算能拿回一点钱，比起损失的金额，往往是九牛一毛，而且得花时间，根本没意义。

法院和警方对诈骗案的被害者也很冷漠。法律和社会都认为是受骗的人不对，不是吗？"

吐出这番责难般的话，美和子似乎忽然感到内疚，低喃一声"抱歉"，从放在脚边的皮包取出手帕，按住脸颊。

"何况，我更担心家母。起初，她无法理解自己被骗、钱拿回不来、投资的钱血本无归，脑袋一团混乱。连负责"日商"会员的刑警，都无法跟她沟通。"

总算了解情况后，迫田女士开始责备自己。

"她每天以泪洗面，边照顾外婆，边哭个不停。我……觉得家母可能会动傻念头，担心得要命。"

"傻念头是……"我低声问。

"我觉得她会跟外婆一起寻死。"

我懂——柴野司机呢喃。

"我要为家母的名誉辩护。她不像一部分的会员，砸下大笔金钱在小羽那个诈欺师身上，成为他的信徒，家母完全是被害者。或许她思虑不周，或许她应该更小心，我也有义务好好监督家母。我们都有过失，但家母并非崇拜那个协会，只是投资会员权。即使有人邀她买其他东西，她都拒绝，自然没向任何人推销。"

美和子像律师般振振有词。身为迫田丰子的女儿，这是必须守住的、重要的一点，现在的我非常明白。

"外婆不知道发生什么事，至少我没告诉外婆。不过，外婆应该看出家母的样子不对劲，所以……仿佛被家母的灰心传染，日渐衰弱。"

去年九月底，美和子的外婆过世，就在日商新天地协会被举发的两个月后。

"从此以后，家母频频前往'克拉斯海风安养院'。"

搭乘那班公车，定期去报到。

"第一次听家母提起时，比起吃惊，我更害怕。我觉得家母崩溃了，不能刺激她，所以提议'我今天陪你去'，跟她一起出门。"

然后，她目睹母亲的行动，目睹母亲的表情。母女共享心灵平静的不可思议时光。

"家母有点迷失现实，但应该不会给周围的人添麻烦……或许我太乐观。"

"事实上，她并不会给人添麻烦啊。"柴野司机开口，"她搭乘我们的公车时，总会和我寒暄。"

不难想象迫田女士提着大大的波士顿包，经过投币箱时，向司机说"午安""麻烦司机了"的模样。

美和子又咬住下唇。

"可是，我怕会出事，像是被警卫抓住之类的，便让家母随身携带一封信。虽然不能点明理由，但我写着'这个人是我的母亲，如果有什么事，请联络我'，并注明自己的姓名、地址和电话。"

站在相同的立场，我也会这么做吧。

"然后，勉强平静度日。"

美和子的双眼好似忽然失焦，撇下嘴角。

"遇上公车劫持事件，搬来我家后，有阵子她天天叨念着得去探望外婆才行。"

迫田女士以为年迈的母亲住在"克拉斯海风安养院"。

"我告诉她事实，耐心解释外婆已不在。不在'克拉斯海风安养院'，也不在任何地方，妈是在做梦。"

她的声音消沉，随即又振作起来。

"这阵子，她的情绪总算稳定。上星期，我们讨论起外婆的纳骨问题。"

"在那之前呢？"

"没错，骨灰一直留在家母身边。真的很不可思议，外婆的骨灰坛就在眼前，家母也会供花，每天上香，却持续前往'克拉斯海风安养院'。在家母心中，两种行为一点都不矛盾。"

说到这里，美和子双眼泛泪。她很快拿手帕拭去，泪水并未滴落。我感受到她的决心——现在不是哭的时候。此刻，她看起来已不像在忏悔。

面对坦承秘密的女性，最近我才有过类似的经历。井村绘里子是真正的忏悔者，一个劲儿地哭。她渴求安慰、宽恕与解放，如迷途孩童般害怕。

迫田美和子不一样。虽然她有秘密，但不害怕也不迷惘。她想保护母亲。

但是，从谁手中保护？

"发生公车劫持事件时，你告诉过警方这件事吗？"

"我只说出家母前往'克拉斯海风安养院'的理由。家母想让外婆住进去，但没抽中签，觉得很遗憾。"

"有没有提到迫田女士是日商新天地协会的被害者？"

"没有。"她突然露出要咬上来的眼神，"不说有什么关系？事到如今，就算告诉警方也没任何帮助，警方也不可能给我们任何协助吧？"

我有点吓到，不禁缩起下巴。

"但事件刚发生时，警方应该不晓得暮木老人与他指名的三个人的关联。即使很快查明，如果知道人质中有日商新天地协会的被害者，警方的应对或许会不同。这是重要的情报，完全没必要隐瞒……"

我倏地闭嘴，美和子的视线扎在我身上。

这个人还没和盘托出。她一定知道什么，她还有所隐瞒。

"杉村先生。"柴野司机怯生生唤道。我与美和子同时回过头。

"为了让美和子小姐见我们，我说出收到钱的事……"

是我拜托她这么做的。

"嗯，没错。"

"但被指名的那三个人，呃……"

我没说——柴野司机逃避似的垂下头。

对，没错。我也陷入混乱。在见到迫田美和子前，柴野司机不可能自作主张提及。

"没错，这件事是我提出来的。"

美和子一副紧迫盯人的模样，不屑道。

"这样多少能替各位省一点麻烦。要是晓得他们是人渣，各位心理上会轻松一些吧？"

柴野司机缩起身体。

迫日美和子早就知道吗？在我们调查前……在我们通知她前？

"你怎会知道？"我像傻子般问。

美和子突然厉声大吼："我才想问你们！"

她焦急地握拳跺脚。

"为何大家不默默收下钱？为何要调查？收下又有什么关系？你们被抓去当人质，生命受到威胁，收下补偿金是天经地义。那个暮木也说是赔偿金，难道不是吗？"

粗声粗气的质问，听起来近似惨叫。

"别再多想，收下钱，让这件事落幕吧。拜托你们！"

她突然离开沙发坐到地上，双手扶地低头行礼。"拜托，求求你们！"

柴田母女的生活空间，简素明亮的 2DK[1] 里，突兀的叫声拖出长长的尾音。

我和柴野司机僵在原地。

"如果可以……就轻松了。"

一回过神，我含糊细语。

"我知道那样就轻松了，但就是做不到，做不到啊。"

美和子跪坐在地，深深垂着头，看不见脸。

"五百万。"她小声地说，"事件发生后快一个月，钱就寄来了。"

时间跟我们一样。

"五百万呢。"美和子对着地板重复道，"我立刻拿给家母看。妈，虽然只有一半，可是被骗走的钱拿回来了。好心人帮我们拿回来了。"

喃喃细语变成惨叫般凄厉，美和子抱住头。

"不必再担心，讨厌的事都可以忘记。我一再如此告诉家母。她把那包钱供在外婆的骨灰坛旁，每天合掌膜拜。请不要抢走，请把钱还给家母！"

---

1 指两室一厅一厨的格局。

那是家母的钱啊!

柴野司机捂着嘴,闭起双眼。我无力地坐在椅子上。

美和子颤抖似的叹息,直起身。

"我是独生女,家里只有母亲和我。"

她的眼角湿润,脸色惨白。

"绝不会泄露秘密,我对天发誓。"

我注视着她,看到湿润的瞳眸。看到她和母亲一样勤劳,却因此无法陪伴母亲。看到她的后悔与心痛,我理解她想保护的珍贵事物。

好的。短短两个字,我却说不出口。

"请告诉我。"我不得不反问,"你知道什么?难道是暮木老人的真实身份?"

所以,她毫不怀疑地对母亲说:"是好心人帮我们拿回来的。"

美和子凝视着我。"如果告诉你,你就能接受吗?就能默默收下钱吗?"

我无法回答。

柴野司机抬起头,眼神坚决。"我会把事情原委告诉大家,请求大家收下钱。"

"柴野小姐……"

"对不起,但我想这么做。"

美和子不禁叹气,仍坐在地上,背靠着沙发。她筋疲力尽,垮下肩膀。

"我没见过他。"

美和子茫然望着半空。

"只通过两次电话。"

第一次是今年的六月五日。

"傍晚五点多手机响起,来电显示为'公共电话',我吓一跳,以为家母出事。"

电话另一头的男人语气沉稳恭敬,首先报上名字:

"我住在'克拉斯海风安养院'附近,名叫暮木。"

我与柴野司机互望一眼。

"然后,他说出家母的名字,表示是看到家母带在身上的信才打电话联络。"

——太感谢了。家母有没有给您添麻烦？

"暮木先生回答：没有，我不是安养院的员工，也不是警卫，请放心。然后……"

美和子停顿片刻。

"他说常在那一带散步，也常看到家母，从不觉得家母有什么不对劲。但是，今天他发现情况有些不一样，便出声向家母攀谈。"

——令堂坐在"克拉斯海风安养院"前的公车站牌长椅上哭泣。

"迁田女士在哭？"

美和子点点头。"一个人哭得稀里哗啦。'克拉斯海风安养院'前的公车站牌，是靠近发车地点的地方吧？你们知道是哪里吗？"

"嗯，知道。"

"从那里能清楚看见安养院，但很少有人搭车，几乎是没人。所以，家母才喜欢坐在那里吧。"

然后，独自哭泣。

——我十分担心，虽然觉得冒失，还是出声关切。

"听到温暖关怀的话，家母大概非常开心。她告诉暮木先生许多事。"

——您的外祖母没能住进"克拉斯海风安养院"，她感到相当遗憾。我只是个路人，却打探这种事，真不好意思。

"家母哭个不停，脸色也很糟，所以……"

——如果方便，我联络你家里好吗？请家人来接你吧。

"暮木先生这么提议，家母便递出我给她的信。家母告诉他，女儿住得有些远，工作忙碌，没办法来。她一个人可以回家，也晓得要搭哪班公车。"

——聊过一会儿，令堂应该已恢复平静。她搭上恰巧到站的公车，我刚目送她离开。

"暮木先生解释，他觉得联络我一声比较妥当，于是打了电话。"

暮木老人实在亲切。

我惊讶不已，简直像童话故事《青鸟》。在外头的世界寻寻觅觅，青鸟其实近在身边。迫田女士不仅和日商新天地协会有关，也与暮木老人有关。

柴野司机比我能干，提出重要的问题："那么，当时迫田女士能清楚认知到现实喽？"

美和子的表情痛苦歪曲。"没错，我赫然一惊，仿佛被刮一巴掌。"

迫田女士虽然定期前往"克拉斯海风安养院"，但绝不是一直处在恬静的美梦中，有时她会回到现实。老妇人的心总在梦与现实之间来回摆荡，在溃散的希望、后悔与自责煎熬中，搭上那班公车。

"我太震惊，没能好好道谢就挂断，随即联络家母。但家母愣愣的，我们的对话完全搭不上。对方好意帮忙，她却完全不记得，只说'外婆今天心情也很好'。"

"会忘记呢。"柴野司机出声，"她在幻想与现实之间来回，中间的事情都遗漏了。"

杉村先生，你还记得吗？她问我。"公车劫持事件中，迫田女士对暮木先生说：我记得你，常在诊所看到你，对吧？"

"嗯，我记得。"

"但是，她完全没提到在公车站与暮木先生交谈的事。我不认为那是装出来的。"

我有同感。迫田女士的记忆不稳定，且断断续续，思考也非直线性。

"那时只谈到这些。"美和子继续道，"我满脑子担忧，觉得不能再让母亲单独生活，得接过来一起住。没想到——"

约一个星期过后，暮木老人再度打给美和子。这次是晚上九点多的时候。

——我是前些日子致电打扰的暮木。后来，我也在"克拉斯海风安养院"见到令堂。

"家母气色不错，他感到放心，但家母似乎把他忘得一干二净。我拼命向他道歉。可是，暮木先生却说忘了他比较好。"

——看到令堂的情况，其实有件事想拜托您。

——前些日子，令堂说您的外祖母没能住进"克拉斯海风安养院"，是遭到诈骗，失去积蓄的缘故。

"我非常惊讶，家母居然对一个萍水相逢的人吐露这么多。"

美和子捂住胸口。

"母亲遭到诈骗的事，我没告诉身边任何一个人，当然也没跟别人商量。家母又是那个样子，不会说出去。连在我们之间，'日商'的话题都成为禁忌。总之，我们想快点忘掉这件事。可是家母……果然还是……"

希望有人倾听。即使得不到劝慰也没关系，即使被责备太不小心也无妨，只要有人听她说，碰到这样的事情很难过，非常后悔。这样的对象，萍水相逢的陌生人反倒好。如同我们有时会对着深夜的计程车司机背影，不停大吐家庭或职场苦水。

"我向暮木先生道歉，说不好意思，让他听到这么丢脸的事，然后换他开口。"

——令堂说到诈骗的事，一直提到"日商"这两个字。难不成是去年七月警方查获的日商新天地协会？

美和子颇为惊诧，但只能承认。

——这样啊。

暮木老人语气恭敬沉稳。

——那么，我多少能帮上一点忙。

"我一头雾水，只好把手机贴在耳上，听着暮木先生的话。"

我非常了解美和子当时的心情。如果暮木老人认真想说服对方、让对方听从自己，或加以"教育"、操纵，没人能抵挡。

——接下来几个月内，我想做一件事。如果成功，虽然不够弥补令堂被骗的金额，不过，我可以送一笔钱给令堂。尽管无法直接惩罚欺骗令堂的人，但应该能让与那协会有关、欺骗令堂之类的家伙，多少陷入恐慌吧。

——钱我会寄给你，请转交令堂。

美和子望向我，然后瞅着柴野司机继续道："那个人说：我的名字叫暮木一光，这件事绝对会上新闻，请留意。"

美和子听着，渐渐感到害怕。她通话的对象，会不会神志不正常？

"我提到日商新天地协会的代表和干部早就被逮捕，但他认为那样根本不够。"

——坏的不只有小羽代表和那些干部，还有很多人现在装出一副被害者的嘴脸，其实是欺骗令堂这样的人得利，知道司法惩罚不到他们，逍遥度日。

——我答应你，即使金额不多，也一定会送钱给令堂。所以，请务必帮忙，让令堂忘记我。万一她想起，小姐，务必要她忘记这件事。

"对方似乎就要挂电话，虽然我脑袋一团混乱，还是急忙问：为什么你要帮家母？明明有那么多受害者。"

于是，暮木老人回答：

——是啊，没办法补偿到每一个人。

——所以这也是种缘分。

接着，他便结束通话。

"从此再杳无音信。"美和子缓缓摇头，"这种事你们相信吗？"

我和柴野司机默然不语。

"几天过去，我开始觉得这是恶劣的玩笑，我被奇怪的人糊弄。家母忘了会在公车站哭泣，我也打算忘记。"

但是，九月那一天，发生公车劫持事件。劫持公车并自杀的歹徒，新闻报道是"暮木一光"。

"得知歹徒以人质要挟，希望警方带几个人过去时，我灵光一闪。"

遭指名、被拖出来示众的，肯定是日商新天地协会的会员。

"可是钱呢？我疑惑那笔钱该怎么办。"

一个月后，答案以宅配包裹的形式揭晓。

"这么贪财实在丢脸，但事件发生后，我一直坐立不安，期待钱会不会真的送来？"美和子打心底羞愧般捂住脸。

"然而，下班回家后，发现招领单时，我突然感到害怕，怕得不得了。"

但是，她仍前去领包裹，看到包得严严实实的五百万元。

"除了钱，还有我让母亲带在身上，也就是当时母亲交给那个人的信。"

这是不动如山的"铁证"。

柴野司机顿时沉默。

"托运单呢？"我僵硬地问，"你有没有保留？"

"我丢掉了。"

包装也丢掉，只留下钱。

"我决定当成上天的礼物。"

——这也是种缘分。

"我决定想成是神明怜悯母亲，赐给她的恩惠。"

然而，我们这些人质却吵起来，开始调查钱的出处，并且联络她。迫田美和子会恐惧不已，设法远离我们，也是难怪。

"很抱歉。"

我没多想，自然而然脱口而出。

"真的很抱歉。"

没关系——美和子应道，声音恢复刚见面时的细微。

"世上没这么好的事，神明也不可能逐个同情像家母那样渺小无知的老好人。"

这一点我也明白——美和子的眼神干涸。

"要是大家把这件事告诉警方，家母也不可能逃过追究。默默收钱被发现，家母会受到更大的伤害。"

我绝不允许这种情况发生，美和子继续道："所以，今天我才会上门拜访。"

抱歉，柴野司机出声。

"查得出暮木先生的真实身份吗？"

美和子径自切换语气，坐回沙发望向我们，仿佛在说：不要再谈梦想，来讨论现实吧。

"各位调查后，有什么发现？请告诉我。"

我说明迄今为止的相关经纬。

"暮木先生不必提，那个叫'御厨'的人也不是日商新天地协会的干部。我没看过这个名字。”

“是的，至少在被逮捕的人里，没有这个名字。”

“但我认为，暮木先生是‘日商’的相关人士。我一直这么认为。”美和子语气坚定，“即使不是干部，借用杉村先生的话，也是‘加害者式的被害者’？”

“是获得超乎某程度收益的前会员吧？”

“是的，应该是这种身份的人。那么，钱的来源也解释得通。”

美和子聪明且实际，这才是她原本的样貌吧？

“在电话中，暮木先生确实是用‘补偿’这个字眼吗？”柴野司机问，“他说没办法补偿到每一个人。”

“是的。”

“若身份是会员，这种说法有点太沉重……”

“会吗？个人的感受不同吧？”

“可是，杉村先生认为，那个姓‘御厨’的经营顾问，就是暮木先生吧？”

我自以为公平地陈述，终究倾向支持这个看法。

“说他们是不同人的，只有古猿庵。不过，能证明‘御厨’这个人存在的，目前也只有古猿庵。”

“暮木先生就是煽动小羽代表，指导他做出那些事的罪魁祸首？”美和子瞪大双眼，“这一点我存疑。假如暮木先生是幕后黑手，又自觉责任比小羽代表重大，跟我通话时，应该会讲得更明白。”

“会不会是无法坦白到那种地步？”

“但是，一个人的变化会这么大吗？一个奸诈的幕后黑手、诈欺师的指导者，突然彻底悔改向善……”

“需要一个震撼性的契机。”柴野司机点点头，“那就是所谓的‘洗心革面’吧？不是有点后悔，或自我反省的程度。”

“抱歉，我有点混乱……”她低喃。

“我也一样混乱。”我回道。

三人不禁叹息。

"不管暮木先生会是'日商'的幕后黑手，还是如今才感到后悔的前会员，"美和子咬紧嘴唇，接着道，"我都不认为他是恶劣到底的坏人。即使没有将牟利的会员拖出来示众、没有为了这个目的劫持公车、没有像这样留下钱，我还是不认为他是坏人。"

那个人主动关心家母。

"对前往'克拉斯海风安养院'，独自坐在公车站哭泣的家母，他感到十分担忧，现今找不到这种人了。"

我内心浮现恶意的反驳。诈欺师喜欢与人有关。虽然不知诈欺师是讨厌人还是喜欢人，但他们总想接触人。在表露本性前，他们是亲切善良的。即使洗心革面，那位老人依然擅长操纵别人，也喜欢操纵别人。

我没有说出来，只表达谢意。

"谢谢你今天过来。我会转告大家，好好讨论。请早点回去陪令堂吧。"

柴野司机也深深点头。

"讨论后，我会通知你结果。虽然柴野小姐似乎已做出结论。"

柴野司机一脸腼腆："不好意思。"

迫田美和子离开后，柴野司机开口："我忍不住想象，我和家母，还有我和佳美，总有一天会变成迫田女士与美和子小姐那样。"

母女一同迎接人生的秋季与冬季。

柴野司机为何会成为单亲妈妈，无须多问，只要看到客厅还崭新的佛坛及上头年轻男子的遗照就明白。

"还早得很。"我笑道，"好了，召集大伙吧。"

"那笔钱不能收。"

田中雄一郎反对。

我们在国道旁一家家庭餐厅的角落集合。这家店是田中推荐的，说这里不敌其他餐厅竞争，无论何时过来都门可罗雀，能安心讨论。实际上，就算扣掉来的时间还不到晚饭时段这一点，也空荡得教人同情，免费续杯的咖啡煮得过浓。

"怎……怎么突然这么说？"

坂本脸色大变。许久不见的他，下巴蓄起流行的短须。看在我眼里，像是病人没刮的胡楂。坂本就是没精打采到这种地步。

"田中先生，你怎么啦？明明之前那么想要钱。"

前野不是讽刺，而是纯粹的惊讶。田中苦笑："我只是换了信条，别那么诧异。"

那是诈欺师赚来的钱，他继续道。

"我不能收。我的钱送给迫田老太太。"

我大吃一惊，内心如遭重创。这位"社会人士"先生，为何总是轻易跳脱我的预期？原以为他会说：这样啊，为了迫田老太太，我们快点收下这笔钱吧。

"可……可是，那是我们的赔偿金啊。"坂本出声。

"我的想法是，不管是赔偿金还是什么，诈欺师的钱我就是不能收。那笔钱应该还给被害者。"

"被害者很多啊，不只迫田女士。"

"所以就放任他们去死吗？小鬼。"田中眼中燃起怒火，"你要说很多人被骗，只救一个人不公平吗？哼！"

田中咄咄逼人，但他的腰最近又痛起来，原想扑向坂本，随即皱起眉。

"这就是你的'平等'？学校这样教你的吗？凡事讲求自由平等最重要？"

"我不是那个意思。"

"那是什么意思？"

"小声点！"前野插进怒目相视的两人之间，"拜托，不要吵架。"

站在厨房门口的女服务生望着别处。

"日商新天地协会的诈骗案我不太清楚，也没兴趣。这类诈骗行销案件到处都是，"田中的语气稍稍和缓，"所以我没那么善良，想救助那个协会的被害者。可是……"

我认识迫田老太太，他继续道。

"你是指，她也是公车劫持事件的人质之一吗？可是，迫田女士是第一个离开公车的，跟我们不一样。"坂本反驳。

"你这小鬼未免太啰唆。"

"对不起。"前野小声替坂本道歉。

"我想说的是，既然钱是怎么来的已渐渐查清楚，接下来就各自决定吧。然后，我的那份要给迫田老太太。"

"所以我才问，为什么只给迫田女士？"坂本纠缠道。

田中闻言，露出一副受不了的表情，细细打量坂本。

"你啊，知道'来生不安'这个词吗？现代的年轻人应该不晓得吧。"坂本求救似的觑着前野。冲过头的芽衣小妹一言不发，轻轻点头。

"'日商'其他的被害者怎么样我不知道，但我知道迫田老太太的事。我知道她的长相，也得知她的处境。公车劫持事件时，那个老太太的言行举止，我都记得。既然知道这么多，我不能把骗老太太的诈欺师送来的钱收进口袋，否则会卧不安枕。啊，你们也不晓得卧不安枕？就是晚上睡不好啦。"

坂本的鼻子愤怒涨红。

"我有收下赔偿金的权利。老先生是有钱人还是穷人，都不关我的事。"坂本揶揄地模仿当初田中的语气。

"你不是说，你开小公司，钱永远不嫌多吗？"

这不只是反抗，简直是侮蔑。然而，田中那种疼痛的笑仍挂在脸上。

"随你爱怎么讲，我不收诈欺师的钱。如果被骗的是认识的人，就更不能收。我不懂六道理，但想顺着良心去做。"

我故意大声叹气，引来众人的视线。

"换句话说，不能直接把钱交给警方？"我放慢语调提醒，"得先决定这一点。"

田中满意地点点头。"没错，顺序反了。钱要放进各人的口袋里，不然迫田老太太未免太可怜，不是吗？"

"各位都同意吗？"

坂本沉默着。前野望着他的侧脸，然后向我点点头。

"是的，这样就好。"

柴野司机浮现安心的神色，看来用不着她低头求情。

田中隔着桌子，脑袋歪向坂本。"喏，这样行了吧？小子，何必闹别扭？那笔钱是你的，不会有人没收，放心吧。"

"我不是在说那个！"坂本忽然大吼，女服务生不禁看过来。

"小启，别这样。"前野缩起身体。只见坂本抓着桌角发抖。

"不要把我讲得像守财奴。明明是你最贪财！"

田中一阵心虚："是啊，让大家见笑了。"

"你明明想要一亿元！"

"小启，不要这样。"

"事到如今再来要帅也太迟。说什么要把钱给迫田女士，反正只是嘴上工夫，其实你想暗杠吧？"坂本骂道。田中一脸扫兴的样子。

"钱各自收下，大伙一辈子守住秘密，不再提起。杉村先生，这样就行吧？"

田中丢下这句话，抓住椅背，准备起身。

不料，坂本突然揪住田中的衣领，碰翻桌上的杯子。

"少摆出一副了不起的嘴脸！明明你最想要钱！你是骗人的吧？说什么要把钱给迫田女士，是骗人的吧？"

幸好看起来很闲的女服务生消失到厨房里。我把坂本的手从田中的衣领上扯开，柴野司机撑住田中，而前野抱住坂本。

"小启，不要这样！那不重要了吧？"

坂本一脸苍白，瞪着田中坐下，开口道："我要把钱交给警察。大叔，诈欺师的钱不能收吧？那交给警察才合理。"

田中的眼珠子几乎要迸出来。柴野司机拉扯他的衬衫，把逼近坂本的他拉回来。

"这小鬼究竟是蠢到什么地步？你也为迫田老太太想想吧。"

"被害者不只迫田女士。"

"那把我们拿到的钱凑在一起交给警察，对那一大堆被害者就有帮助吗？警察会把那些钱分给被害者吗？怎么可能！只会被当成证据没收，变成一笔死钱。"

没错，这是很实际的推测。

"不要再惊动迫田老太太，拜托。"

田中不是对坂本，而是对我们说。喏，拜托啦。他双手合十。

"你还年轻，也许很难体会。可是，等上了年纪，全身到处是毛病，还要照顾老父老母，真的非常难熬。就算只是金钱上稍稍宽裕，也是莫大的帮助。看到那个老太太，我实在不觉得事不关己。"

我望向坂本问："你认为呢？"

坂本固执地垂着头，渐渐恢复血色。但不是变红，而是变成土黄色。

"好啦，是我不对。"田中意外干脆地认输，"大伙一起收下钱，要怎么用，随各人决定。我也真是的，不该在这里说嘴，对不起。"

柴野司机把倒在桌上的开水擦干净。女服务生走出厨房，又闲闲地站着。

"我那些话，不是逼你学我。你有权利收下赔偿金。"

坂本不吭声。

"所以，请你不要把钱交给警察，那样一切等于白费。好吗？拜托你。"

田中再次行礼，缓缓离座。我搀扶着田中，带他到餐厅门口。

"不好意思。"田中向我道歉，"我不该劈头就讲那种话，对吧？"

"没错。"

坂本想要那一百万元，却感到内疚。那是"诈欺师的钱"，他恐怕比田中更强烈意识到这一点。他觉得应该还给被害人，另外，却也无法只因内疚死心。田中丝毫没发现坂本内心的天人交战。

坂本十分同情迫田女士，而且比田中感情更深。可是，田中毫不理会坂本的心情与矛盾，只晓得摆出大义凛然的模样，宣告诈欺师的钱不能拿，我也气恼不已。第一次讨论时，借用坂本的话来形容，那个"贪得无厌"的田中率真许多。

田中是好人。虽然是好人，却也是自私的人。因为自私，会说些不该说的话。

"那你要怎么做？"

田中在餐厅门口问我。那种请示般的眼神又令我一阵火大。

"我接下来再想。"

他面露冷笑，随即应道："骗人，你也想把钱给迫田老太太吧？"

"不，我会遵循自己的心意，田中先生也请自便。"

我无法不补上这么一句："不过，迫田女士的女儿也许不会收下你的钱。"

田中意外地蹙起眉："……是吗？"

"她可能会表示，田中先生收下应得的份，她心情上会较轻松。"

这样啊——田中清醒般眨眨眼。

"如果是那样，我会收下自己的份。这样就不会卧不安枕。"

田中笑道，疼痛似的弓着身子，走向停车场。我简直累坏了。那开心的笑脸是在搞什么？

回到店内，坂本仍瞪着脚尖，旁边的前野泫然欲泣。柴野司机不在，我四下张望，发现她在稍远处讲手机。她很快结束通话。

"女儿要回家了，我差不多该告辞了。"

但她暂时回座，对年轻的两人展露笑容。"这样就好，我松一口气。"

前野以纸巾擦泪，只见她双眼通红。

"柴野小姐打算怎么做？"

"如同之前答应大家的，我会尊重各位的结论。"

"可是，柴野小姐以前说，即使我们决定收下钱，你也不能收下自己的份，会分给大家。"前野应道。

"我分给大家，大家愿意收下吗？"

前野无力地摇头："——我不能收。"

柴野司机点点头。"如果我是前野小姐，也会回答不能收。那个时候的我没深思熟虑。既然做出结论，把钱分给大家，等于是在逃避责任。"

"那你也不会把钱给迫田女士吗？"

"不会。"柴野司机声音坚定，但很温柔，"我想迫田女士的女儿也不会收吧。"

光是能想到这里，证明柴野司机比田中成熟。

"我不认为田中先生的想法是错的，也不认为全然是对的。前野小姐，你也按自己的心意做就行。"

他也——柴野司机急忙换个称呼："暮木先生一定也这么希望。"

前野浑圆的双眼直盯着柴野司机。

"你真的觉得这样就好？"

柴野司机点点头。

"那笔钱，真的能随便用吗？"

前野自问，脸痛苦得皱成一团，泪水又涌出眼眶。

"我没办法这么想。不管怎样，就是没办法。"

她啜泣起来。

"我觉得不能收下这种脏钱。如果用了这笔钱，会变成跟诈欺师一样。"

"不是这样的，芽衣。"

听到我的话，前野激烈摇头。在她旁边，坂本像尊石像一动也不动。

"暮木老爷爷错了。与其付赔偿金给我们，不如把钱给'日商'的被害者。"

"'日商'那件事，与公车劫持事件不一样，不能混为一谈。"

前野看也不看依旧沉默的坂本，默默掉泪，然后叹口气，抬起头。

"我想再调查一阵子，请多给我一点时间。而且，还没找到'京SUPER'在哪里。"

那么，坂本和前野永远无法安定下来。想要钱，但不能动用这笔钱。他们无法摆脱这样的纠葛。

两人像这家店的咖啡一样，煮到都快烧焦。即使田中没那么多话，最后依然会演变成这种局面吧。

对两个年轻人来说，那笔钱太沉重。比我想象中更沉重。

"坦白讲，我认为找不到'京SUPER'。毕竟你们已调查这么久。"我推断，"调查由我继续。我会设法努力，直到查出暮木老人的真实身份。但是，芽衣和坂本，你们收手吧。那笔钱是给在公车劫持事件里被当成人质的我们的赔偿金。即使收下，也不需要感到羞愧。我们都会收下。"

"既然这样……"

传来一道低沉的吼叫，是坂本。

"为什么不干脆一开始就收下？根本不用调查钱的来历，直接收下就好了啊！"

"以结果来说是这样呢，抱歉。"

我同意坂本的话，于是向皱着眉、面色如土的他道歉。

"但在当初的阶段，我认为不清不楚地收下那笔钱很危险。"

"……我有同感。"柴野司机从旁帮腔，"万一收下钱后，引来可怕的麻烦就糟了。"

"就是啊，小启。那时我们不是讨论过，这笔钱或许和黑道有关？你不记得吗？你还说暮木老爷爷有枪，搞不好是道上的人。"

原来两人有过这样的讨论。暮木老人是黑道分子，我想都没想过。

"你很白痴耶，真的在怕那种事？"

这阵子，坂本有时会粗鲁地和前野说话。虽然知道，但亲眼看见还是不好受。

"坂本，你语气变得真差。"

对不起，前野带着鼻音道歉，骂人的坂本却充耳不闻。

"刚刚田中先生说会变成'死钱'。"柴野司机沉稳开口，"现在最应该避免的，是不是那种状况？就是不要让暮木先生留下的赔偿金变成死钱。相反地，不管以何种形式，只要能让那笔钱变成'活钱'，我认为就是正确的用法。"

这话说得真不错。

"所以你别再哭了。"柴野司机笑道，"这笔钱会是越来越沉重的秘密。各位——不，我们决定要共同扛起这个秘密。光做出此一决定，对迫田女士和她的女儿就能有点帮助。这是诈欺师会做的事吗？即使如此，你还是觉得自己跟诈欺师一样吗？"

前野泪汪汪地眨眼。

"请用暮木先生的赔偿金，去开创新的人生吧。如果收下这笔钱，怎么样都会感到愧疚，就当暂时借用，总有一天还清就行。将你们在开创的人生中赚到的钱，拿去帮助有困难的人就行。请用在助人上吧。"

"柴野小姐真是能言善辩，我第一次知道。"坂本开口。

我也是第一次知道，短短一个月之间，原本善良开朗的年轻人，居然会变成满嘴挖苦嘲讽的人。

柴野司机顿时僵住。

"够了。"坂本作势起身，"我要回去了。"

"小启，你怎么啦？"

前野呼唤，但坂本头也不回，顽固地绷紧全身，离开店里。

"或许暂时让他一个人比较好。"

柴野司机感叹。她没生气，而是伤心。

"你们一起调查时，碰上什么不顺心的事吗？"

前野摇摇头："没有，只是小启变了。"

语毕，她像对自己的话感到奇怪似的蹙眉。"或者说，其实我并不了解小启。现在才这样想似乎很傻，但近来我感触颇深。"

两人是在公车劫持事件中结识。

"那时候的小启十分温柔，护着只知道害怕、完全派不上用场的我。他非常可靠，是个好人。"

"嗯，我记得很清楚。"

"可是，大概是身处险境，他才那样表现。毕竟是特殊状况。"

因为是在诡谲的黄色灯光下，枪在鼻尖晃动的状况。

"或许不是小启改变，只是状况不同。我不晓得小启原本是怎样的人，所以他可能只是恢复本色。"

对于现在的坂本，前野应该是最了解的人。她的话相当有说服力。

"这……也许有这样的事，"柴野司机无法接受，"但我还是认为，是坂本先生变了。虽然见面的次数没那么多，仍感觉得出来。他跟上次在小巴士里讨论时，变得判若两人，眼神和表情都不一样。"

前野沮丧地点点头。

"那笔钱对坂本先生的折磨，是不是远远超乎我们的想象？所以，我刚刚才会问你们，调查期间是不是碰上不顺心的事。"

"不顺心的事……"

"这样问太笼统。比方，一开始坂本先生说，为了重返大学，他想要钱吧？是不是发生什么比起上大学更急需要钱的状况？"

这个着眼点不错。

"但是，暮木先生的一百万元不能立刻动用，而且越调查越难以动用。可是，需要钱的状况无法解决。坂本先生是不是夹在其中，独自烦恼？"

"有这样的事吗？"前野拿纸巾擦擦鼻子下方。

"你有没有听到类似的事？像是他家里有人生重病，或父亲失去工作。"我问。

前野困惑地摇摇头。

"想要学费的心情应该很真切，如果发生杉村先生提及的情况，那是不同次元的问题，坂本先生恐怕无法独力解决。"柴野司机推测。

"可是，若家里出事，小启会悠哉地跟我去调查吗？"

"或许他认为早点调查结束，就能早点得到一百万元，所以才会焦急。实际上，他在调查期间渐渐变了个人吧？"

前野思索片刻："假如是钱的事，我们这阵子几乎没谈到。独处时，我们从未深入讨论究竟能不能收下那笔钱。"

这倒是令人意外。

"所以，刚刚我才会忍不住哭出来，对不起。跟大家讨论前，我只能一个人胡思乱想。每次我一提起赔偿金，小启就会露出恐怖的表情，不愿多谈。"

"会不会是不想让你担心？"柴野司机问。

不清楚，前野又变成鼻音。"之前我们经常讨论赔偿金的事。就是钱还没寄来，公车劫持事件刚落幕的时候。"

——你觉得我们真的会拿到赔偿金吗？

"从警署回来后，他真的满脑子都在想这件事。想着老爷爷的话是真的吗？小启发许多短信来，我甚至劝他最好不要过分认真。"

啊，所以——她带着手势。

"是事件后第三天吗？老爷爷的名字被查出来，对吧？"

"嗯，查出他的身份。"

"当时小启超失望。杉村先生有没有听到他说什么？"

坂本没向我表现出那种情绪。只记得他传来信息，内容充满同情，觉得老爷爷的身世太孤寂。

"小启好似整个人萎靡，嘟哝着：原来老爷爷是个穷人，不是有钱人。"

——不可能拿到赔偿金，世上果然没那么好的事。

"至于我，比起老爷爷很穷，他无依无靠这一点更令我震惊。所以，小启一直计较老爷爷贫穷，我还发脾气，怪他太冷血。"

坂本一阵惊慌，连声道歉辩解。

"他说自己居然只在乎赔偿金，简直逊毙了。"

——可是，还是忍不住会做梦。

"他太过期待，才会失望。"

那种心情我也懂。

"于是，他决定努力工作赚取学费。后来进入清洁公司，虽然工作相当累。但小启非常努力。"

不过，坂本提到要边做这份工作，边准备重考大学太勉强，所以在考虑找其他的工作。

"他想找不会太累，时薪不错的工作。我回一句'那就只能当牛郎'，他还笑说'就是啊'。"

"可是他辞掉了清洁公司的工作，对吧？"

前野咬住下唇："这件事大家能帮忙保密吗？"

我和柴野司机点点头。

"尤其不要告诉田中先生，那样小启太可怜。"

"当然不会。"

坂本会辞掉清洁公司的工作，是遭到恶意刁难。

"小启在派遣前往的工作地点，碰到以前的高中同学。"

同学是那家公司的正式员工。

"小启跟对方是死对头。或者说，在高中时代的小启眼中，对方是个无所谓的人。那个人是书呆子，成绩优秀，在班上却是受到排挤的类型。"

"坂本在学校应该是人气王吧。"柴野司机开口。

我有同感。坂本个性阳光，又是英俊的运动型男孩。

"小启去那个同学上班的公司做清洁工作。"

过去的人气王与被排挤的书呆子，以这种形式再会。

"小启坦白告诉我，他觉得很不甘心、很窝囊，可是不会认输。他也是认真在做分内的工作。"

然而，对方不这么认为。

"对方动不动就向公司抗议清扫不仔细、有东西被弄坏等，不仅点名小启，甚至向小启清洁公司的上司告状。"

清洁工作是在公司下班后开始的，但那名同学——

"不管怎么看都不像在加班，却等到小启来打扫，在一旁看着说'如果没人盯着，坂本就会偷懒'。"

坂本隐忍下来。为了学费，为了再一次进大学。

"而且，小启的上司真的很了不起。他鼓励小启，不要输给那种可笑的恶意刁难。"

上司答应坂本，只要调到人手，就会把坂本派去别的单位。就在这时，发生不仅仅是刁难程度的问题。

"那家公司的寄物柜有钱被偷了。"

不是那名同学的钱。

"由于是盗窃案，警方也来调查，并向员工询问状况。"

这个时候，有人做证清洁公司一个叫坂本的员工相当可疑，导致坂本遭警方针对性的彻底讯问。

"当然是那家伙告的状，小启的同学想嫁祸给他。"

虽然坂本没被诬赖为窃贼，但嫌疑也没完全洗清。那起窃盗案到现在都没侦破。

"于是，小启的公司和那家公司的契约告吹。"

——是我害的。

"小启主动辞职。上司挽留，但小启不顾慰留，还是选择离开。"

柴野司机难过地噘着嘴点点头，问道："不能拜托负责公车劫持事件的山藤警部吗？"

"辖区不一样。那里不是海风警署管的。"

"部门也不同。"我出声，"就算去拜托，山藤先生应该也无能为力吧。毕竟坂本不是被当成嫌犯抓起来。"

只是被抹成灰色。

"可是辞掉工作后，小启变开朗了。我虽然担心，却也觉得与其穷忍耐，不如干脆离开，工作再找就有。况且，小启看起来并不焦急。"

——得更有计划、更有效率地赚钱才行。

"小启去找朋友，或上网搜寻工作信息。一星期后，我们收到那笔钱。"

然后，两人着手调查三种托运单。坂本的心情越来越糟，缩在自己的壳里，变得暴躁易怒。

"现在他似乎很焦急。"前野继续道，"小启想要一百万元，因为知道那不是什么危险的钱。当初实际看到钱，小启真的害怕暮木老爷爷是黑道分子。他还推测，暮木老爷爷会过那种生活，可能是偷盗组织的钱在逃亡。"

"简直像电影情节。"

如今，这个可能性已消失。那一百万元，是没有后顾之忧的钱。只要能抛开那是"诈欺师的钱"的心理障碍。

前野也这么认为："但小启和我一样，觉得那笔钱不属于自己。不能占为己有，应该是'日商'被害者的钱。"

"这个想法不对。那是你们的赔偿金，你能冷静和他谈谈吗？"我劝道。

"我没自信……不过我会试试。"

柴野司机的手机响起。她看着屏幕，频频道歉。我和前野目送她回到女儿身边。

第十一章

我着手撰写要交给岳父的报告书。将截至目前查明的事实，及悬而未解之谜写下来，也能整理思绪。

我硬要自己整理好心情。

收下那笔"赔偿金"吧。这是人质伙伴一起决定的事，我并不后悔。但是，将来那笔钱由于某些原因曝光的危险性并非为零。

我应该辞去今多财团的工作，不能再继续添麻烦。得请岳父收下辞呈。

不知幸或不幸，岳父突然前往美国。即使约定的两星期已过，我仍无法见到岳父。据说是去参加财经人士的跨国高峰会议，原本是大舅子要出席，但行程配合不上，请岳父代为出马。

我告诉妻子原委，菜穗子没太惊讶，也不反对。

"我明白你的心情。"她说。

很抱歉，我向妻子行礼。

"原本应该先跟你商量再写辞呈，顺序颠倒。"

"那无所谓，没关系。"

没关系，妻子这阵子常说这句话。我为中途离开桃子的文化祭道歉时，她也这么说。没关系，不用在意，别放在心上。

然后，她冒出那时候没说的话："我早习惯被你抛下。"

听起来像玩笑话，语气却很认真。

"不要习惯啦。"

"是是是，侦探先生。"妻子笑道，"如果辞掉公司，你工作怎么办？

就算父亲和哥哥同意你辞职，对于你上就业服务中心，应该不会有好脸色。"

"可是，一般都会去就业服务站看看啊。"

"你的身份不一般，不觉得吗？"妻子笔直注视着我。

"也是。"

妻子的目光从我脸上移开。"抱歉，我不该这样说。"

"你没说错啊。"

"不，不一般的是我，而不是你。"

我从未和菜穗子谈过这样的事，顿时一阵惊慌。

"你果然生气了？这也难怪。"

妻子没回答，问起另一件事。

"你拿到的钱，还有寄放在你那里的园田小姐的钱，决定怎么处理了吗？"

我点点头。"我尚未告诉总编，不过就算告诉她，她也会说'交给你，帮我处理'吧。"

"是啊。"

"我想匿名捐给从事社会活动的团体。"

"不是捐给'日商'自救会？"

"这我也想过，但我认为不必拘泥于'日商'。"

我觉得这样做，比较容易把钱当成是在公车劫持事件中，被抓来当人质的赔偿金。

"司机小姐会怎么做？你问过她吗？"

我没问，但柴野司机主动告诉我。

"如同你的提议，柴野小姐会捐给'日商'自救会。她说那种自救会，应该也需要活动资金。"

"全额捐出？"

"应该是。"

"我倒觉得可以多少留一点给自己用。如果大家都捐出去，那两个年轻人就太可怜了。"

"我不会再对他们说什么。就算他们问我钱怎么用，我也不会告诉他们。"

这样啊——妻子点点头，露出微笑。是我多心吗？总觉得那是勉强挤出的笑。

"我不会去就业服务站的。我会拜托以前的朋友，看看能不能挤进哪家出版社或编辑公司。终究我还是喜欢编辑工作。"

所以，要离开集团广报室，我相当难过。《蓝天》是很棒的社内报。

"如果你离开，园田小姐会顿失依靠吧？"

"她一定会骂我不负责任。"

"是因为寂寞才会骂你，'你要把我一个人抛下吗？'"

我注视着妻子。"抛下"这个字眼，今天已是第二次登场。这是符合我和妻子关系的形容，但并不适用于我和园田瑛子的关系。

"园田小姐没那么依赖我。"

"有的，只是你没发现。"妻子说完笑了，看起来又像勉强在笑。

"对不起，我好像在找你碴儿。"

然后，她不自然地转移话题："间野小姐最近好吗？"

"嗯，她很好。"

"听说她持续参加研修，以便随时能回去当美容师。我主动提议，请她来我们家做居家美容，我给她当练习台，却被她拒绝说绝对不行。"

——等我回归第一线，再让夫人看看我巅峰的技术。

"真像间野小姐会说的话。"

"我真是爱管闲事。"

这是指她自愿当美容练习台的事，还是指把间野小姐挖角到集团广报室？我听不出来。

"间野小姐每天都神采奕奕。"

"那就好。"

妻子起身，像是结束谈话，我追上去说："我私自决定要辞职这种大事，真的对不起。"

"讨厌啦，一直赔罪个没完，好不像你。既然你这么深切反省，一瓶'拉图酒庄'就放过你。"

"乐意之至。"我一口答应。

我造访播磨屋，社长不在，是常务在看店。在这个季节，常务兀自汗流浃背，全秃的头都发光了。

"这家伙好蠢啊。"老板努努下巴，示意手边的笔记本电脑，"电脑喜欢下将棋吗？"

我们闲聊一会儿，我拜托他如果有关于"日商"的新情报，随时告诉我。我也造访蓝色申报会会长开的电器行，拜托一样的事。老板有些惊讶地问："还有什么好查的吗？"

通过网络上的交谈，感觉还有几个人可以碰面深谈。除此之外，只能等待消息进来。关于"御厨"，依然没有任何消息。

我灵机一动，打电话给朋友。他是我在两年前的事件中认识的年轻记者，但这么称呼，他会非常不开心。要是叫他社会学家，他会更不爽。他中意的是"评论家"。

他虽然忙碌，但最近也才刚出一本书。内容是浅白解说日本面临超少子高龄化社会，今后该采取何种经济政策。

"好久不见，步步为营、安全第一的杉村先生。"

会这么奚落我的，只有这位秋山省吾。

"久疏问候。我看到您十分活跃，又推出畅销书。"

"你一定不晓得这几年的畅销排行榜水准有多低吧？"

"现在方便聊多久？"

"十分钟整。"

我隐去真名，说明小羽雅次郎与神秘经营顾问的事。由于受到"御厨"这名军师的影响，"日商"改变路线，投入诈骗行销。这是我的假设，没有佐证。况且，一名企业领袖，可能像这样受到外界人士影响吗？事到如今，我又有些不确定，但我想听听秋山的意见。

"有啊。"他当下回答，"还有高层受到一些怪人影响，砸钱研究超能力，或寻找幽浮的例子。"

他采访过类似的对象。据说是一家规模虽小，但拥有杰出技术的老字号机械零件厂的老板，被自称发明永动机的科学家迷惑，最后毁掉公司。

"很可笑的例子，机械厂商的大老板，居然连能量守恒定律都不懂。"

融资诈骗的话，更是数不胜数，他继续道。

"虽然年代有点久远，不过像 M 资金诈骗案就非常有名。因为有一堆大企业上当，还被写成小说。"

"这种情况，欺骗老板的人，能隐瞒真实身份到最后吗？"

"你是指，不被警察机关抓到？"

不知为何，他喜欢讲"警察机关"。

"这是当然。不过比方说，甚至不会接触到老板身边的亲信，如果是老鼠会或恶质行销，就是连一般会员都不知道有这号人物，像这样隐身到底。"

秋山思索片刻："很有可能。通常，聪明的诈欺师想蒙骗的组织越大，越不会一次与多人周旋，他们会集中针对要害。杉村先生，你问的例子，确实是诈骗行销吗？"

"是的，警方已查获，首脑和干部都被逮捕，但疑似军师的人物却连个影子都没有。"

秋山像在打键盘，停顿一会儿才开口："你说的是日商新天地协会吗？"

还是一样，敏锐至极。"您真是明察秋毫。"

"这是近一两年之间规模最大的经济案件嘛。我看看……"

又停顿一会儿，他笑道："这个代表小羽是个爱出风头的家伙，就是恨不得成为万人迷的那种类型。"

他似乎在浏览网络上的信息。

"那么军师会躲起来吧，比较好操纵小羽代表。"

"可是，有段时期，小羽代表像小姑娘般疯狂崇拜这名军师。"

"那就更是如此。"

为军师砸大钱、热烈信奉他，照着他的话去做，一切无往不利。

"这种类型的人，一旦获得成功，就会全当成自己的功劳。是老师指点我的没错，但执行的是我、伟大的是我。因为我这么伟大，才能改革社会。"

秋山惟妙惟肖地模仿小羽代表在会员面前演说的口气。

"这么一来，要是军师觉得时候到了，也能轻易离开小羽代表喽？"

"聪明的诈欺师就会这么做。"

秋山说，像小羽雅次郎那种人，无论何种形式，都无法忍受有人地位比他高，或有第二把交椅在下面虎视眈眈。

"倘若执着于地位，赖着不走，就会被赶走。不仅如此，还有被抹杀的危险。"

我一阵心惊。"御厨"可能被小羽雅次郎杀害？

"'日商'的活动期间相当久吧？"秋山问。

"明确展开诈骗行销，是在一九九九年四月。"

"那么，杉村先生在找的军师，早就离开'日商'。小羽代表一旦自诩为魅力巨星，他就会消失。该拿的应该也都拿完，反正凯子遍地都是。"

我与秋山的想法相同。

"后来他在哪里做些什么，实在令人好奇。下一个凯子在更小的地方吗？毕竟目前警方丞没破获'日商'级的大规模诈骗事件。"

"那类组织都会被查获吗？"

"若超过一定规模，只是迟早的问题。"

警察机关也不是傻子，秋山补充。

"话说回来，杉村先生，你还是一样在做些奇怪的调查。这跟你在公车劫持事件中被当成人质有什么关系吗？"

"你知道？"

"放心，真弓不知道。"

真弓是秋山的表妹，以前在集团广报室工作。

"请当成没关系。"

"好。不过，你可要珍惜安全第一的招牌啊。"

"我会铭记在心。"

虽然有点为时已晚——挂断电话后，我搔搔头想着。

这天下午，我接到足立则生的联络。

"我真的打电话给你了，方便吗？"

他的话音很客气。

"当然。后来怎么样？"

"我在工作。"

他继续留在那家报纸贩卖店。

"那太好了！"

"我是很好啦，可是有两个人不想跟我共事，决定辞职。对老板夫妇实在过意不去。"

"你好好加油来弥补就行。那我们开个庆祝会吧。"

"不用。"足立一阵惊慌。我说服他，约好在野本弟之前介绍的那家中餐厅见面。

依约现身的足立则生理了个清爽的发型，穿着笔挺的衬衫，还有学生风味的格纹背心。本人似乎也很害臊，解释道："这是老板儿子的旧衣。"

"非常适合你。"

我们用冰啤酒干杯。

"害杉村先生为我担心，我请客。"

"哪里的话，我什么事都没做啊。"

"我和杉村先生素昧平生，你却真心为我着想。"

足立说从北见夫人和司那里听到许多事。

"既然你这么说，这杯啤酒就让你请客吧。"

看见端上桌的料理，他既惊讶又开心，边吃边称赞"真美味"，忽然停筷看我。

"我啊，因为有前科……"

"嗯。"

"杉村先生知道吧，拘留所和监狱的饭……"

不可能有这么好的菜色，他说。

"只有饭量特别大，所以会越吃越胖。高越的太太——不对，井村小姐，在那里一定很难熬吧。"

井村绘里子犯下伤害致死罪遭到起诉，已被保释。她会拿起水果刀，并不是出于杀意，但法官认定她有恐吓不愿分手的高越，视情况想伤害他的意图。

"听说律师人很好，是一个女律师。为了肚里的孩子，她会努力让判刑轻一些。"

至于保释金，是她以前工作的店家妈妈桑和同事帮忙筹措的。

"她说自己无依无靠，其实并不是呢。"

足立则生感触良多，是在对照自身的处境吧？

"两人闹分手的原因，也会在公判时被搬出来吧？"我说。

"那当然。"

我在足立又要陷入自我嫌恶前，急忙开口："那样一来，警方也会针对高越先生的过去进行调查。"

"……嗯。"

我也被警方找去问话，他接着道。

"是住宅贷款诈骗。"

以购买塔楼或公寓为由，向金融机构贷款购屋资金，但实际上并未买房，直接卷款潜逃。

"我呢，是负责当'演员'的。"

"演员？"

"假装购屋者的角色，是签约的当事人。"

当然，凭足立的经济能力，贷款不可能通过。

"所以要捏造一个假身份。我需要的只有这副身体，还有照着高越那伙人的交代说话的嘴巴。"

这些"演员"，多是从生活穷困者挖来的。

"游民也一样。如果是完全习惯那种生活的人就没办法，但我这种半吊子就颇受器重。"

只要把外表打理干净，看起来就像鼓足劲要首次购屋的上班族。

"要买的是住宅，所以不能找年轻人。同样是'演员'，从学校退学，也没有工作，想要吃喝玩乐的钱而四处游荡的年轻人，顶多只会被找去做手机或消费者信贷的诈骗。"

"当时你常接到这种有赚头的工作？"

他点点头。"我想尽快脱离那种生活。即使得少吃几顿饭，我也会注意自己的穿着，保持清洁。所以高越那种人一眼就看出：啊，这家伙一定会上钩。"

足立说，高越胜巳并非住宅贷款诈骗的首脑，而是底下受雇的工作人员。

"那家伙有自己的业绩要顾。做的虽然是诈骗，还是有业绩要求。"

"你知道诈骗集团的母体是怎样的组织吗？"

"原本好像是代理店。高越喊社长的那个人，乍看之下是个和善的大叔。"

足立跟那个人讲过一次话。

"只要干一笔差事，就算是我这种傻子，也知道自己成为住宅贷款诈骗的爪牙。所以，我向社长抗议怎么可以这样，不料——"

社长一副快哭出来的表情。

"不是生气或恐吓你？"

"就是啊，他露出像小孩子般快哭出来的表情。"

——比起我们，那些银行员工干的勾当更恶劣。

"他说，我们是在为那些被银行害死的伙伴报仇……"

事实如何，不得而知。那可能只是诈欺师操纵别人的话术，但对当时的足立则生似乎效果十足。

"你做了多久？"

"也没多久，我当演员总共上阵三次。"

这样算多的。

"因为怎么样都会被监视器拍到，不管是变装或留胡子，三次已是极限。大部分的演员都只做一次，拿点钱，用过就丢。"

高越等人的集团在首都圈四处流窜作案，但社长似乎是从关西过来的。

"社长的上面，是不是还有什么人？"

"社长的上面？"

"这样说挺怪，就是幕后黑手。"

足立笑出声："即使有，也不会出现在我这种小喽啰面前。"

这倒也是。

"不过，或许跟黑道帮派有关。"

"有没有人负责训练你们这些演员？"

"我那时候是高越，还有他喊'前辈'的人。"

据说不乏女员工。

"她们会扮成演员的老婆。通常购屋时，都是夫妻一起去签约吧？"

"是啊。"

"可是，很难找到适合的女演员。年轻女孩的话是有啦。"

"高越先生他们是怎么加入集团的？"

足立则生靠在椅背上，望着我："我没想过这个问题。嗯，说得也是，他们不可能像我这样，是在路上被招揽的。"

诈骗集团伪装成公司组织，便可招募员工，募集人手吧。但实际执行的阶段，一定会有人表示"我不能做这种工作"，临阵脱逃或报警。

"面试的时候，是由社长筛选吗？好比觉得这个人没问题、这家伙做不来之类。"

虽然不太庄重，但想象起来蛮好笑的，足立"扑哧"一笑，我也跟着笑。

"从那之后，我就没办法踏进水族馆。"

水族馆不是都有动物表演吗？他继续道。

"像是海狮或海豚的表演。看到那些表演，我就受不了。"

我觉得自己和它们一样。

"训练师会拿着食物在它们面前引诱，加以调教吧？就跟那时候的我一样。"

足立急忙摇头，仿佛要打消这句话。

"这样说对训练师太失礼，而且其实也不一样。比起我，能逗观众开心的海狮和海豚高级得多。"

我替他斟满啤酒。

"那时候我什么都没想，满脑子都是赚钱，过正常的生活。"

"你认为高越先生和社长在想什么？"

足立则生眯起眼。

不知道，他摇摇头。

"高越对他太太——井村小姐的父母自杀的事……"

"嗯，高越先生知道。所以，他告诉井村小姐，我会替你拿回父母亏损的部分。"

"但挖我过去的时候，高越还没认识井村小姐。"

笑眯眯的老板，送来热腾腾的炒饭。蒸汽另一头，足立则生遥望着远方。

"他可能什么都没想，也可能想很多我根本猜不到的事。"

肯定是其中一边，他说。

"没有中间。不是空白，就是填得满满的。要不然没办法像那样骗人，我是这么认为的。"

换个说法，是不是"没有自我"和"只有自我"？

"高越碰到我，甚至吓得脸色大变。他非常害怕，但现在还是一样从事类似的诈骗工作。"

高越有在做坏事的自觉，却没反省。之所以害怕，是因足立则生很愤怒，对他纠缠不休。是因用过即丢、垃圾般的"演员"，竟以一个人的身份出现在他面前。

"我实在不懂。我气到不行，却完全不懂他。"

我们吃着热乎乎的炒饭。过去的话题到此为止，我们谈起足立则生的未来。他想上函授高中，取得高中同等学力。

"下次休假，夫人和司先生要带我去给北见先生扫墓。"

"也请替我祭拜一下。"

我会的——他回答，看着我的眼神明亮。"杉村先生是中规中矩的上班族，却是十分奇特的人。"

"哪里奇特？"

"你对我这种人很友善。在公司，你是不是不太容易升迁？"

"确实是升迁无望。"

"但是，杉村先生是北见先生的朋友。"

"嗯，嗯。"足立则生兀自点头，一脸满足。

"跟北见先生合得来的人，就得是杉村先生这样的人。欸，你干脆别当上班族，继承北见先生的工作就好。"

以前也有个可爱的女高中生这么说：你怎么不像北见先生一样，当个私家侦探？

"我倒觉得自己不适合当私家侦探，就像我不适合当诈欺师一样。"

"没那回事，你蛮有胆识。"

我甚至不晓得自己的胆长在身上哪个地方。

"欸，好吧。人生不知道会在哪里怎么变化，也许杉村先生那稳健经营的公司哪天会倒闭，到时请考虑一下私家侦探这个选项。"

足立则生敞开心房笑道，看起来十分幸福。如果私家侦探是能时常见证人生这种场面的职业，就太美好了。没有井村绘里子，也没有高越胜已那种例子，只见证这种场面。

"杉村先生，来为北见先生干一杯吧。"

我们啤酒杯互碰，发出"锵"的一声。

岳父在十一月底回国，比预定晚两天。

"父亲在那边身体有些不适。"

岳父开完高峰会后，又是拜访定居在那里的老友，又是访问以前就感兴趣的企业，精力旺盛地排许多行程，所以疲倦一下爆发。

"听说回国后，为慎重起见，要住院检查。我想带桃子去成田机场接父亲。"

"这样不错，岳父也会开心。"

"其实我希望你一起来……"菜穗子欲言又止，困窘地苦笑，"但三田的姨妈和栗本的伯父也要去接机，你应该不太想见到他们吧？"

全是今多家的亲戚。

如同妻子察觉的，我不太会应付这些人。奇妙的是，对大舅子他们这些今多家中心成员，我从未感到隔阂，却与这些外围的人处不来。

——来历不明的野小子。

他们露骨地用这种眼神看我，甚至对我的寒暄问候视而不见。之前几次在家族众会上，他们冰冷的眼神弄得我手足无措，大舅子和嫂嫂看不过去，替我解围，所以应该不是我单方面的被害妄想。

"嗯，谢谢。"

但妻子也一样，至少她与三田的姨妈关系不算良好。三田的姨妈是岳父亡妻的妹妹，对于岳父的私生女菜穗子，心存不少怨怼。而她又毫不隐瞒那种怨怼，说好听是坦率，说难听是傲慢。

"我没事。桃子出生后，姨妈的态度也软化许多。"

"秘书室的人会跟你一起去吧？"

"嗯，所以我不用做什么，只要跟桃子一起挥挥手，笑着说'欢迎爷爷回来'就行。"

在岳父心中，这是最好的特效药。

"呃，关于辞呈……"还有特别命令的事，妻子有些难以启齿，"是不是能暂缓，等父亲不必担心身体状况再提？你要离开公司，对父亲应该也是个打击。"

"我明白。等你觉得时机恰当，方便告诉我吗？"

"我会负起责任通知您。"妻子打趣似的敬礼。

这个星期，会长身体不适的消息也在公司内部掀起相当大的波澜。集团广报室里，野本弟非常担心，惹来园田总编一顿骂。

"你未免太不知斤两。哪轮得到你这种'小虾米'担心？"

"我很清楚自己是'小虾米'，还是会担心，会不知如何是好啊。会长就是这么重要的人物。"

"杉村先生和夫人一定也十分忧虑吧？"间野关切道。

"会长跟我们这种凡夫俗子等级不同。他会健康欠佳，也是在美国跑太多行程的缘故。稍微休息一阵子，马上就会好起来。"

森信宏也亲自打电话来。不是打给总编，而是找我。

"听到消息我真是吓一跳。我想问你应该能得知更清楚的情况。"

森先生没透露在哪里得知消息，我也没问。这表示他在公司内部依然保有自己的人脉。

"抱歉，让您担心。据说是感到心悸、胸闷，但在饭店休息一晚就能恢复。"

"在美国没看医生吗？"

"似乎没有。"

"会长是去西雅图吧？"

"目前在纽约。"

"他还是一样精力旺盛。"森先生的话音总算稍稍放松，"得要他考虑一下自身的年龄，这也是为了菜穗子。"

"我也有同感。"

"耗费你们许多工夫，不过我的书顺利完成。你听园田小姐提过吗？"

"是的。您看过封面打样和装订样本吗？"

"看过了，感觉像成为大作家，挺不赖。"

森先生的语气一下恭敬、一下随性，是他与我的距离感的缘故。可说是反映出我微妙的立场。

我略微犹豫，忍不住问："夫人的情况还好吗？"

"哦，让你担心了。"

她的病情稳定。

"只是，她一直想回家。我会和主治医师讨论，要是情况好，会暂时让她回家。"

"森先生也请保重身体。"

"谢谢。"

我们互相道别，刚要结束通话，森先生像突然想起般问道："杉村，你那里一切都好吧？"

"是的。"

"菜穗子也都好吧？"

"托您的福，她很好。"

是嘛、是嘛，森先生重复两次。

"变成现在这样，我才体会到老婆的好，忍不住想对年轻夫妻说教。

你们要和睦相处，珍惜彼此啊。"

"我会铭记在心。"

虽然不是什么不自然的对话，却教人耿耿于怀。

我一如往常在"睡莲"吃午餐时，发现一则周刊报道：

"诈骗行销的黑暗　受害者血淋淋的斗争　下一个被部下控告的就是你？"

内容是日商新天地协会的前会员，对邀请他入会的前会员——公司的上司提出民事诉讼，要求赔偿。如果是自救会内部的事，我应该早有耳闻，所以报道中的前会员，原告和被告都没加入自救会吧。

原告是三十五岁的上班族，被告是原告所属部署的次长。这起案例不同的地方，在于两人有职场间的上下关系，原告主张他与其说是被邀请入会，实质上根本是被迫入会。此外，"日商"被查获后，原告想将一连串的事实向公司高层控诉，被告却打压原告，想逼原告辞职。

身陷诈骗行销，甚至延伸为滥用职权。这确实悲惨，我忍不住叹气。

但用完午饭，外出去拿某个连载企划的稿子时，发生一件事，彻底驱离这点小忧郁。

那篇连载的撰稿人是集团企业的干部，公司位于幡谷。公司大楼旁有座铁丝网包围的露天停车场，在零星停放的汽车中，只有一辆自行车。那是散发出红色光泽的越野自行车，用牢固的铁链锁在围栏上。

看到的瞬间，我脑中的记忆复苏。我看过像那样放置的儿童自行车。我从被囚禁的公车里呆呆看着——

不，不对。

自行车后方有一辆紧贴着围栏停放的大型厢形车。这个相关位置，恐怕也是唤起回忆的原因之一。

我确实看过那样一辆自行车，同时心想，如果能骑着远走高飞就好了，但那并不是在公车劫持事件中。因为那时候暮木老人指示柴野司机，把公车的车门紧贴着围墙停下。

我僵立在人行道正中央。若非后方自行车按铃，我一定还戳在那里吧。

究竟怎么会发生这种记忆错乱？难怪我说出自行车的事时，岳父会面露诧异。要是看过案发当时的公车影像或照片，马上就会知道我说的不可能是事实。

我上下班时不坐公车。为了长篇访谈而定期造访"森阁下"以前，在进行其他采访时，也没有机会搭乘公车。最近我也未曾进行巴士之旅。我完全不明白自己是将其他什么状况与公车劫持事件混在一起。

内心一团乱，如烈火灼烧般难受。我无法忍受自己的记忆不可靠。我气自己怎么没能更早发现。

我把这件事告诉妻子，她显得比我惊讶，那反应强烈得超乎我的预期。

"值得这么吃惊吗？"

"因为这一点都不像你啊。"

"也是。"

"那时事件刚发生，你果然还处在混乱中吧？"

"不，和岳父说话时，我已完全平复。"

"或许只是你这么觉得，其实自己并不明白。"

跟心理创伤一样——妻子解释。

这个星期，日商新天地协会的前会员又有人自杀。报纸上只用小篇幅报道，但自救会的网站做出详细的报道。过世的是六十八岁的退休男子，他把绝大部分的退休金拿去投资"日商"，导致与家人的关系恶化。为慎重起见，我翻阅名单，发现这名男子并非尊荣会员，会员资历也很浅。

是牺牲者。或者言越胜巳会说"是被骗的人自己活该"吗？播磨屋夫妇会说"世上才没那么美的事，真是太傻了"吗？

到了月底，岳父回国的时间越来越近。另外，桃子的床边故事时间，《霍比特人历险记》迎向终点。今多嘉亲与比尔博都结束在异乡的冒险，踏上归途。

"爸爸，听说后面的《魔戒》拍成了电影，是真的吗？"

桃子是在学校听朋友说的。

"嗯，是三部曲，很长的一部电影。"

"桃桃好想看。"

哄女儿睡觉后，我把这段对话告诉妻子，她严肃地考虑起来。

"我比较想让桃子先看小说，在脑中建立起自己的意象，再看电影。"

"我很清楚您这位书虫的想法，太太。"

"不过，那部电影是杰作。问题在于过长，三部曲加起来有十个小时吧？"

"有那么长吗？"

"细节我也忘了……"

"看来我们先恢复一下记忆比较好。"

如此这般，隔天的午休，我经过"睡莲"前面，踏进距离最近的一家大型电器行。我搭电扶梯要去 DVD 卖场时，胸前口袋中的手机响起，是前野打来的。

"不好意思，突然打给你。现在方便讲电话吗？"

"我换一下地方，等我五秒。"

楼梯间的平台比较安静。

"怎么？"

前野会突然打电话来，相当稀罕。

"其实，我们好像找到了。"

找到"京 SUPER"。

前野与坂本在进行地毯式搜索时，无论战果如何，两名年轻人都结识许多人。其中也有年纪与两人相仿，与他们成为好友的人，就是通过这样的交友途径找到的。

"现在不叫那个店名，是以前叫作'京'的小超市，如今已变成商超！"

靠近栃木县与群马县境的县道旁，有个地方叫"畑中前原"。

"就是那里的超市。现在是连锁店，叫'畑中前原县道二号店'，不过以前就是'京 SUPER'。"

芽衣真的快"冲过头"般滔滔不绝，我打断她："请等一下，你的朋友是怎么查到这件事的？"

"也不到调查那么夸张，是朋友在博客发布我们在找'京SUPER'的事，然后有知道'京SUPER'的人在上面留言。"

"芽衣，你怎么跟那个朋友说'京SUPER'的？"

"我随便编了个故事，说小时候旅行经过那家店，十分怀念之类的，然后感叹不晓得那家店现还在不在。我也强调记忆模糊，不确定地点。"

于是，好心人提供情报。留言者表示，那家"京SUPER"已变成商超。

"'京SUPER'变成现在的商超，是四五年前的事。杉村先生，我有点吓到。"

为了让说辞更逼真，前野记忆中的那家店有卖烤芋头、熟食是店家自己做的，看起来很美味，并且有温柔的大婶在顾店等，她添油加醋，没想到——

"这些真的都有，留言者说'京SUPER'以前真的是那样一家店！"

"前野，你冷静一点。"

不管是烤芋头或熟食，只要是贴近当地生活的小商店，都可能贩卖。

"况且还不确定。"

"不，确定了，绝对就是那家店。杉村先生，刚才我打电话去店里问过。"

是一名男子接的电话。

"我问那里以前是'京SUPER'吗？对方回答'是'。我不晓得接下来该问什么，结结巴巴，没想到——"

对方主动问："你是我妈的朋友吗？"

那我请她接电话，对方说。

"我听到男子喊'妈，你的电话'。"

然后，接电话的人，嗓音就像在前野编出的故事中登场的温柔大婶。

不好意思，突然打电话过去，前野先道歉。

"然后……没办法，我向对方解释，其实我接到一包宅配，上面的托运单受理店写着'京SUPER'。由于一些缘故，无论如何都得找到寄件人。杉村先生也知道吧？我很容易紧张，又冒失，总之一个人讲个不停。我强调一直在找，都找不到，费尽千辛万苦什么的，一开口就不晓得怎么停下，不小心都说出来。"

接电话的女人默默听着，完全没打断，也没反问。等前野解释完毕，再也无话可说时——

"对方冒出一句'对不起'。"

电话另一头的温柔大婶向前野道歉。

"她说，请不要找寄件人，直接收下包裹，拜托。"

然后逃也似的挂断电话。

"这下就确定没错了吧？"

不光是找到"京SUPER"而已，前野还找到那些包裹的寄件人，是嗓音温柔的大婶。

"我们立刻去见她。"

"现在吗？"

"我一个人也行。"

"我随时都可以，小启也说要去。杉村先生还有工作吧？"

"我会请假。你和坂本和好没？他现在情绪稳定吗？"

"依刚刚交谈的感觉，蛮稳定的。"

我用力合上手机。

租车驾驶座上的坂本，脸色比上次众会讨论时好，胡须也剃干净了。不过眼睛充血，似乎睡眠不足。

"芽衣提到的那个大婶，就是受暮木老爷爷所托，寄钱给我们的人？"

可能是感冒，坂本话音沙哑。

"然后，大婶从自己开的超市把东西寄出去吧。但是，托运单上写的是以前的店名，不是现在的超市名。"

"只有我一个人太笨吗？"坂本有点乖僻地说。

"这未免太莫名其妙。为什么要这么做？而且，如果自己的店也做宅配业务，全部一起寄出不是比较省事，何必分成那么多地方？"

车内后照镜，倒映出后座的前野不安的表情。

"直接问本人是最快的，不过，我猜一定是她和暮木老人约定，要从不同地方寄出。"

为防止有人循线追查。

"但是，寄件人没遵守这个约定。她没把每一个包裹都从不同地方寄出去，而且七件里有两件是从自己的店寄出。可能是太忙碌，或认为不必那么严格遵守。"

不过，从自己店里寄出的两件，托运单还是不敢写上现在的店铺名称，而是用的旧店名。如果收货时被宅配公司的人员发现，只要借口说不小心就行。如果没被发现，便会直接寄送出去。宅配公司在管理货物时，重要的不是手写信息，而是能用电脑查询的号码。

"我觉得只是心情的问题。"

"也是。"

坂本对着前方急速行驶的小轿车蹙眉，性急地应道："何况，她未免太瞧不起人了吧？动这种手脚，如果我们通报警察，东西是从哪里寄来的，一查便知。"

"她是赌我们不会报警吧。"

嗓音温柔的大婶，是暮木老人的遗嘱执行人。他们是什么关系？是什么关系，才会愿意帮这种忙？

"会是怎样的人呢？"

"我猜是老爷爷的妻子。"前野推测。

"怎么可能？不可能啦。"坂本当下否定，"老爷爷在东京的公寓独居。"

"所以是分手的妻子。"

很久以前分手的——前野的话音变小。

"但是，暮木老爷爷对她还有感情，想在离开世上前，把重要的事托付给她，顺便向她道别。难道没有这种可能吗？"

"要看是怎么分手的吧？"

坂本相当冷淡。以为态度比上次好一些，也只有一开始，他依旧有点自暴自弃。

看他情况这么严重，与其说是觉得不舒服，我忍不住筑起戒心。除了这件事以外，坂本是不是碰上别的麻烦？

"从芽衣和对方讲电话的样子，对方似乎完全没想到，我们会像这样找出她。"

"是啊，比警察找上门更意想不到吧。"前野瞪大眼，"所以，杉村先生才说要立刻去见她吧，大婶可能会逃走吗？"

"不，她不会逃走吧。"

"那是更糟糕的事？难不成会自杀——"

说到一半，前野慌张捂住嘴巴。

"别想得那么恐怖。"我朝后照镜笑道，"但是，对方一定很不安。如果我们找上门，她也许会很害怕。所以，我们要尽量温和有礼貌地沟通。"

我祈祷坂本能收起不悦的情绪，他却毫无反应。

目标店铺面对双线道的县道，夹在竖着"大好评热销中"看板的新建案与杂木林之间。那是一栋平房组合屋，屋顶上立着加盟连锁超市的标志——小小的红色时钟塔。经过店旁小径往上爬，后方小丘上露出好几栋漂亮的住宅屋顶。

专用停车场在店铺对面。时间将近五点，外头天色已暗。店铺内外都亮起灯，可看见玻璃墙另一头的商品架及收银台。

一名褐发年轻女子在对面左边的饮料冷藏柜前补充商品。收银台旁坐着一名六旬妇人，视线朝下。两人都穿淡蓝制服外套。

店内没客人，行车也稀稀疏疏。

坂本把车钥匙揣进口袋下车，我回头看他：

"不好意思，你可以等一下吗？"

可能是察觉到我的意图，前野也向他点头："我和杉村先生先过去。"

坂本退后，望向只有两个女人的店内说："那我在车里等。"

分隔店铺与停车场的县道，有装设按钮式交通灯的斑马线。前野规矩地按下按钮，在等待信号灯转绿的期间，搓着双手说："好冷。"她的呼吸是白色的。

原本是小超市的这家超市的土地，与周围的住宅土地是怎样的权利关系？我总会介意一些小地方。

行人通行灯变绿，前野和我穿过斑马线。店里，褐发女店员利落地继续作业。收银台的老妇人一动也不动，像在打瞌睡。

前野开门，清脆的铃声响起。欢迎光临，褐发女店员手不停歇地招呼。

收银台的老妇人鼻梁上戴着老花眼镜，在填写账册之类的东西。那几乎可算是银发的美丽白发，剪成时髦的短发造型，脸上略施脂粉。她也抬头。刚要说"欢迎光临"，随即打消念头。嘴角微微痉挛。明明我们一句话都没讲，什么都还没做，看起来应该像一对普通客人，怎么会被认出来？

"你好。"

前野主动打招呼，走近收银台。只有短短几步，她却右手右脚一起伸出，动作古怪。

我在原地颔首致意，收银台老妇人摘下老花眼镜。

"呃……中午过后，我打过电话。"

前野的话音细如耳语，歉疚地垮着肩膀。冲过头的芽衣就快哭出来。我默默再次向老妇人行礼。

"加奈。"老妇人呼唤褐发女店员，"我出门一下，收银台麻烦你顾着。"

"好。"

"加奈"应声，穿过饮料箱旁边，探头望向这里。她对我微笑，顺便对前野点点头，以询问的眼神看着老妇人。

老妇人十分平静。

"他们是东京来的客人，以前关照过爷爷的朋友的家人。"

"这样啊。"

"真的好久不见。"

"请里面坐。"

"不用、不用。"

老妇人急忙打断，小心翼翼地从柜台里站起。她稍微往旁边挪动，拿起靠放的拐杖，将重心压上去，一步一步慢慢走。

"时间不多，对吧？"老妇人问，我也配合道："是的。我们来办别的事，想顺便打声招呼。"

"我们出去喝杯茶。"

"好，路上小心。"

看来加奈十分担心老妇人蹒跚的脚步。

"可是奶奶，今天'雪兔'公休。"

"咦，真不巧。"

老妇人从柜台底下取出一只小肩包，望向我和前野。"走吧。"

"好，那我们先失陪。"

我向加奈道别，在她的笑容目送下离开超市。前野扶着老妇人，低着头免得被加奈看见她快哭的表情。

一来到户外，寒冷的空气便包围我们。

"我们是开车来的，要怎么做？"

老妇人没有畏怯的样子。她用拿拐杖的手，指着停车场角落的白色小轿车。

"那是我的车，用那辆车吧。"

"你要开车吗？"

"当然。"老妇人厉声应道，"虽然走起路有点不方便，但开车没问题。我的脚使得上力。"

"冒犯了。"

我们又穿过按钮式交通灯斑马线。坂本从租车驾驶座探出头，我吩咐："跟着那辆白色小轿车。"

"你们是三个人一起来的？"老妇人眼尖地看见我们交谈，出声问道，"不是应该有七个人？"

"一大群人过来未免太冒昧。"

老妇人的小轿车有干燥花香氛的味道，副驾驶座放着混色手织围巾及色调十分搭配的大衣。

在县道行驶约五分钟，找到一间家庭餐厅。老妇人的驾驶技术安全平稳。停好下车时，她只围上了围巾。透过薄暮，夜色笼罩四周。

"事先声明，我从没来过这家店。"

老妇人看见堆积在家庭餐厅门口的落叶，蹙起眉。

"这里招牌换个不停，但都开不久就收起来。当地人谁也不会来。"

所以才会选择此处。

"至少咖啡还能喝吧？"

我推门让老妇人先进店里。拐杖前端的橡皮套，在油毡地板上摩擦出吱吱声响。

意外宽广的店内，有三个单独前来的顾客，分坐在不同处。我们占领店内深处的卡座。如此冷清没有人气，外头的风甚至从缝里吹进来。

这么一提，在讨论钱的问题时，田中也选择他评为"不管任何时候去都门可罗雀"的家庭餐厅。我们总是这样避人耳目，暗中商量。那家店与这家店的差别，只在于那里有个看起来很闲的女服务生，而这里的是无所事事的年轻店长。

坂本走进店里。他缩着肩膀般朝老妇人颔首，默默在旁边的四人座坐下。

开水和咖啡都送上桌。不约而同地，我们三人在与老妇人间隔均等的位置坐下。大家想的都一样，不希望做出包围老妇人，或逼问她的举动。连坂本也收起沿途的不悦和不耐烦，现在看来，只像在紧张。

前野拿起桌上的纸巾拭泪。

"我是杉村三郎。"我率先开口，前野接着说："我是前野芽衣。"

坂本又缩着脖子："我是坂本。"

老妇人依序看看我们，伸手拿起咖啡杯。

"和我年纪相同的是——"

"迫田女士。"

"她还好吗？"

老妇人啜饮一口咖啡，皱起眉："不加糖和奶精，根本喝不下去。"

这话是对前野说的，只见芽衣拘谨地微笑。

"目前迫田女士和女儿住在一起，应该过得不错。"

老妇人在咖啡里加糖和奶精，用汤匙搅了老半天。

"钱收到了吗？"

"是的，每个人都收到了。"

老妇人把汤匙放回托盘，发出"锵"的一声。她叹口气，望向前野。

"那也没必要来找我。我都那样拜托你了，你为什么就是不听话？"

前野顿时双眼泛泪。对不起，她低喃。

"怎么能不找？"坂本开口。听起来像气势汹汹的反驳，但老妇人一看他，他立刻别开视线。

"我们没办法默默收下钱。"

老妇人的双手并放在膝上。像这样端正坐着，看起来犹如戏偶剧或卡通里登场的老婆婆，娇小、高雅、可爱。

"我叫早川多惠。"她略施脂粉的脸有点紧绷，"如你们所见，是个老太婆，请手下留情。"

然后，她低头行礼，温柔地笑出声："欸，别一副守灵的表情。各位又没做什么坏事。"

老妇人眼角的笑纹变深。

"不过，你们真是了不起，究竟怎么找到我的？"

我催促前野，芽衣结结巴巴地说明。

"一点都不了不起，我并不是靠自己的力量找到早川女士。"

她的口气像在辩解。

"原本都放弃了……"

"那么，如果你打电话来时我装傻，你们就不会找上门？"

前野闹别扭似的垂下目光。那表情就像小孩子在迁怒：我会恶作剧，全怪奶奶不懂我的心！

早川女士低喃："果然还是该遵循阿光的吩咐。"

我们三人面面相觑。早川女士仿佛没看到我们的反应，自言自语般继续道："他的话总是对的。按照他的指示，就不会出错。"

"这是指寄出包裹的方法吗？"我平静地问。

早川女士点点头。"他希望每件包裹都从不同的地方寄出，每个地点要拉开距离。若是可能，最好七件都从别的县市寄送。只要开车，这一点并不困难。"

但是，她没这么做。

"我不想让阿光担心，所以没告诉他。可是，手术后的情况不太好，我没办法离开拐杖。"

走起路很折腾人，她叹道。

"你动了手术……"

"那是一年前的事。我换过人工髋关节，手术颇顺利，但我年纪大，懒得复健，常常翘掉没做，所以恢复得不太好。"

她的眼角又挤出笑纹。

"一开始我只寄一个，还为此跑去大宫。"

那是迫田女士没留下托运单的包裹吧。

"当时，店铺受理的人几乎没看托运单。我们也一样，不会仔细看，只会量尺寸、填运费而已。"

所以才疏忽了。

"接下来，我一次寄两包，最后完全懒了，干脆从自己家寄出。由于这个地区连日下雨，儿子也在问：你一个人开车跑去哪里？怎么出去那么久？"

"但是，你在托运单上写'京 SUPER'。"

"怎么说呢，我想至少得稍微掩饰一下……虽然是故弄玄虚。"

"迫田女士姑且不论，要查出我们正确的地址，应该相当困难吧？"

早川女士眨眨眼，瞅着我。她年轻时，肯定是个好胜美女。

"你以为我这种老太婆不懂电脑吧？"

"不，我没这么想。"

"我在网络上有三百个朋友，可别小看我。"

失言了，我郑重道歉。早川女士顿时笑开。

"阿光说，等他引发事件后，一定会变成这样。大伙的身家资料，会被详细公开在网络上。我也这么猜想，但在现实中发生，我颇为诧异。世上爱凑热闹的人真多。"

早川女士注视着前野。

"前野小姐，陌生人得知你的姓名和住址后，有没有碰到什么可怕的事？"

"有……有一点。"

"这样啊，对不起。"

"不是早川女士害的。"

"不过，是阿光害的，我得替他道歉。希望你们收下赔偿金。"

这也是阿光的遗愿，她强调道。

"阿光是指暮木一光先生吧？"我问。

那是他的本名吗？"名字叫一光，所以绰号叫'阿光'吗？"

早川女士的神情一僵。

"我们不只在找早川女士，也在调查暮木先生。"

然后查到一些事，我解释。

"但是，不懂的情况更多。这只是我们私下推测——"

"他是个诈欺师，"坂本冷不防冒出一句，"对吧？"

早川女士和坂本对望。坂本的目光中带着怒意，早川女士注视那愤怒的双眼。

"公车劫持事件发生时，暮木先生指名要找的三个人成为线索。"

我说明迄今为止的追查经过。

桌上的咖啡凉透，奶精化为浑浊的油膜。

"我最想知道的是早川女士提到的'阿光'，是不是暮木一光？会不会也是叫'御厨'的人？或者，阿光不是一光，而是'御厨'的绰号？[1]"

半晌，早川女士坐在椅子上，不发一语。连整齐搁在膝上的指头，都没动静。

"暮木一光，不是阿光真正的名字。"

她的目光转向我。

"但也不全是假名。阿光和真正的暮木先生交换户籍。当然，他付过钱，而且真正的暮木先生变成阿光的户籍后，也不会惹上任何麻烦。因为阿光在工作的时候，绝不会使用本名。"

工作。不能使用本名的工作。

"不过，他决定金盆洗手时，想要完全抛弃过去吧。所以，他换了

1　一光（Kazumitsu）与御厨（Mikuriya）同样有 Mi 音，绰号皆可能是 Mi-chan（阿光）。

个户籍。真正旳暮木先生无依无靠，世上孑然一身，似乎刚好。"

早川女士拿起水杯，啜一口。她的手微微发抖。

"阿光也不是御厨先生，他们是不同的人。"

前野倒吸一口气："那么，真旳有御厨这个人？"

"有的。该说他是阿光的伙伴，还是……"

早川女士撇下嘴角，像咬到什么苦涩的东西，不停眨眼。

"是啊，他们会是搭档。"

她在过去式旳地方加重语气。

"见到各位时，阿光已不是过去的他。他洗心革面，和御厨先生断绝往来。而且，他非常后悔跟那种人混在一起。"

哎呀——早川女士悄声道，眩晕似的按住额头。

"各位调查到这么多？怎会这么好奇？"

"毕竟收到那么一大笔钱。"我应道，"不晓得那是什么钱，我们实在不能收下。"

"那是补偿各位的钱，是赔偿金啊。"

"但还是会在意。"

"阿光真是的。"早川女士骂道，仿佛在埋怨不在场，甚至也不在世上的对象。

"怎么跟他讲的都不一样？阿光告诉我，只要他说服大家，事情一定会顺利。不会被警方知道，也不会有任何人怀疑。大家一定会默默收下钱，事情圆满结束。"

哪里圆满？早川女士颇生气。

"阿光果然不如从前，我不该完全相信他。"

在公车上与巧舌如簧的暮木老人交过手的我，忍不住想：他那样算是不如从前，过去究竟有多厉害？

而这个老妇人知道。

"因为老爷爷过世。"前野出声解释，"即使被警察抓住，要是老爷爷还活着，我们也不会如此迷惘困扰。"

早川女士双手捂住脸。

"御厨这个人，真的是经营顾问吗？"我开口。

早川女士深深吐出叹息，直起身子。

"经营顾问，只是他众多头衔之一。"

"果然是诈欺师。"

坂本又毫不留情地丢出一句，早川女士点点头。

"依我从阿光那里听到的，御厨先生做过许多事。他待过像是催眠学习研究所、演讲训练讲座、能力开发教室等地方。"

他是在人生各个局面，从事各种事业，招揽人与金钱的事业家。但刚才早川女士提及的三种事业，与经营顾问有个共通点，就是以某种形式"教导"别人。

"阿光近似御厨先生的助手。"早川女士接着道，"我不是在包庇他，说是助手罪状会比较轻。阿光是御厨先生的小弟，或者说就像他的左右手。他们是一对搭档。"

忽然，早川女士露出意兴阑珊的眼神，疲惫地靠在家庭餐厅的廉价沙发上。

"日商新天地协会——"

我们三人一阵紧张。

"是他们最后一次合伙。御厨先生和阿光教育那个叫小羽的代表，把'日商'栽培到那么大，拿走该拿的报酬后退休。"

"那是什么时候的事？"

"请等一下，我想想……"早川女士屈指计算，"大概是前年吧。是我母亲十周年忌日，阿光来找我那一年。"

"日商"投入诈骗行销的转折点、小羽雅次郎向古猿庵介绍经营顾问御厨这个人，是一九九九年的事。五年后的二〇〇四年，"日商"这颗黑色果实变得硕大成熟，足以采收。对操纵小羽代表的军师及他的助手，是恰当的收手时机吧。

"退休？"坂本语带嘲讽，"原来诈欺师也有退休这回事，真令人惊讶。"

早川女士没回话。

"御厨先生和'阿光'为日商新天地协会做了些什么？"

"他们组织了那个协会。"

"两个人一起？"

"把小羽那个人拱出来。打造协会组织，是御厨先生的工作，而阿光负责教育人员。"

向来都是这样分配，早川女士解释。

"阿光很会教人，所以在御厨先生自行举办的讲座活动中，好像也做出不少贡献。"

"那么在'日商'内部，应该很多人知道他们吧？"

早川女士眯起眼，反问："有吗？有会员认识阿光他们吗？"

不，我摇摇头。

"御厨先生绝不会现身第一线，阿光也一样。他们教育干部，但应该从未直接面对会员。"

我是听本人说的，早川女士补充。

"他说他们是影子，这样就好。"

"但是，如果询问'日商'的干部，他们应该多少知道阿光的事吧？毕竟他们直接受到他的指导。"

"应该吧。"

"那么，'日商'被查获时，暮木老爷爷为何没被警方盯上？"

前野提出疑问，早川女士笑道："为什么阿光会被警方盯上？阿光只是对'日商'的管理储备人员传授如何提升会员向心力、经营协会的技术，还有理想的销售方法而已。那种内容，各种地方都有类似的研修吧？那并不是什么坏事吧？"

况且，"日商"遭查获时，御厨军师与他的助手早就脱离组织。"日商"是小羽父子的天下。

"不折不扣就是坏事。"坂本回答，双眼充血得更严重，"他们明知'日商'会变成那样，小羽代表会变成那样，仍不收手。"

他们设计一切，也收取报酬。

"然后在大事不妙前早早开溜。他们比小羽更坏，更奸诈。"

"小启……"前野出声劝阻。

"你刚刚说他们一向这么分配角色吧？'一向'，看你说得轻巧，他们究竟做过多少次这样的事？"

"小启，声音太大了。"

早川女士垂下目光。"我认为在阿光眼中，'日商'是个大案子。他想在退休前，放个最灿烂的烟火。"

"你是指，其他诈骗都是小规模？这算哪门子借口？"

我搭着坂本的肩。他吓一跳，瞪向我。

"责怪早川女士也没用啊。"

坂本鼻翼翕张，顿时沉默。

"早川女士，可否告诉我，'阿光'究竟是谁？你们是什么关系？"

早川女士双手覆住脸，像要用掌心温热脸庞，或融解双颊上的紧绷。

她放下手，注视着我。"畑中前原，如今已合并变成一个町，但直到十年前，还是不同的两个村子。前原在更北边的山里，而我和阿光都是畑中村的人。"

七十岁，她继续道："我们同年，家住在附近，是青梅竹马。从会骑三轮车的时候就在一起。"

"暮木一光"是六十三岁。我一直以为，他看上去比年龄衰老是环境所致，原来他的实际年龄更大。

"对了，阿光和暮木先生交换户籍的时候，有点介意年龄差距。"

虽然名字里有同音字。

"他的本名叫羽田光昭。"

所以才叫"阿光"吗？

"羽田家从战前就是木材加工厂，非常有钱。可是，阿光十岁时，他的家人离世。"

家里发生火灾，毁于祝融。光昭的祖母和父母、大他三岁的哥哥，全葬身火窟。

"阿光身手矫健，在火苗延烧前，就从二楼窗户跳下，保住一命。但还是吸入许多浓烟，在医院躺了半个月。"

光昭成为孤儿，被祖父的弟弟——叔公收养。

"那位叔公问题不少。"她略显犹豫，觑着前野。

"年轻女孩应该不想听到这种话题，没关系吗？"

前野抬起脸，然后点点头。

"火灾发生前一年，阿光的祖父过世。对叔公来说，阿光的祖父是哥哥，却为遗产继承起纠纷。"

羽田光昭的祖父，把公司留给儿子——光昭的父亲。这样处理，在法律上没有任何问题，但祖父的弟弟对此提出抗议。

"他闹起来，宣称哥哥答应把公司一半股份给他。"

众人谈判，始终没有结果。光昭的父亲不希望家丑外扬，叔公利用这一点，得寸进尺。据说他甚至闯进羽田家，引发暴力事件。

"所以，阿光的父亲忍无可忍，告上法院。就在这时，阿光家发生火灾。"

坂本眨眨通红的双眼。

"关于失火的原因，最后也没查出个所以然。"早川女士叹口气。

"因为房子很旧，有人说是电线走火。毕竟是那么久以前，发生在山村的事，没办法像现在这样缜密地调查吧。"

"有纵火的嫌疑，对吧？"我毅然决然问出口。

早川女士点点头："我父亲是消防团的人，会私下告诉我母亲，那起火灾疑点重重。"

成为孤儿的羽田光昭，不得不与蒙上纵火嫌疑的叔公一同生活。那肯定是比如坐针毡更难受的诡异生活。

"乡亲都在传，叔公会收养阿光，是为了当他的监护人，夺取公司的掌控权。"

事实上也真是如此。据说，光昭成年时，他的手上已没有任何像样的资产。

"阿光常说，他无法相信任何人。"

不管是在家中还是学校，光昭都是孤独的。他没有朋友。只有早川多惠陪着他。

"他总是跟我在一起，所以遭同学嘲笑'你是女人屁股上的金鱼粪吗？'然后又因此被欺负。"

高中一毕业，光昭随即离开村子。

"他要去东京找工作。"

早川女士知道，那是他个人的意志。但看在旁人眼中，就像是光昭被叔公逐出家门。

"一个只有乡下高中学历的男孩，在都市一定吃很多苦吧。阿光经常换工作，数量多到我都记不得。"

但光昭还是说东京很好，很自由。他对故乡没有任何眷恋。

"即使偶尔返乡，阿光也不会靠近叔公家。他总是回来为家人扫扫墓，顺道看看我，不管时间多晚，都一定当天回东京。"

有一次，拜访早川女士家的光昭说要回东京，在末班电车早已驶出的时间前往车站。担心的早川女士和父亲一起去看情况，发现光昭蜷缩在无人车站的候车室睡觉。

"我们把他接回家，让他睡一晚。从此以后，阿光反倒客气起来，再也不会在很晚的时间造访我家。"

光昭孤独的人生没有变化，经济依旧拮据。

但也有好的变化。

"去东京后，阿光变得开朗许多。"

他在学校的时候，是个像石头般沉默寡言的少年。但是去东京后，反而变得喋喋不休。

"不是单纯变得爱讲话，也许该说是变得头头是道吧。他能配合对象闲谈。"

忌惮身边的大人，屏声敛息度过的少年时代，让光昭培养出观察别人的专注力。他经常"看"人。他的洞察力，告诉他该如何应付对方，该选择怎样的话题交谈。

在隐瞒自己真心的情况下。

"而且，阿光在学校虽然表现不好，但那是他被关在那种家庭的缘故。他本来是个聪明人，我知道。"

早川女士说光昭是个爱书人。

"那就叫作书虫吗？阿光一本接着一本，不停看书。深奥的事，也都靠自己独学。"

各位知道吗？早川女士的眼神变得明亮了些，这么问我们。

"阿光英语很好，甚至能帮外国人指路，而且是靠自学。"

工作他什么都做。从推销员到粗工，他从事过五花八门的职业。

"阿光认为这样能积累社会经验。"

光昭没结婚，也没交女友。在能独当一面前，他不能有家累。

另外，早川女士虽然挂念前往都会的青梅竹马，仍在当地相亲结婚，生下小孩。她写信告诉光昭结婚和生产的消息时，光昭便很快带着贺礼来访。

"刚才店里的加奈，是我二媳妇的妹妹。她高中毕业，但还没有找到正式工作，所以先来帮忙。"

早川女士身为妻子、母亲都十分充实，身上的责任越来越重。光昭总把"我唯一引以为傲的，就是多惠"挂在嘴上。

而这样的光昭也碰上人生最大的转机。那是光昭三十二岁，三月底的事。

"当时我刚生下女儿没多久，记得很清楚。之前两个孩子都是男的，所以我很想要一个女儿。阿光也为我生女儿开心，买下可爱的布娃娃送她。"

然后，光昭笑着开口：

——多惠，我要当老师了。

"不过，不是学校的老师。问他是怎么回事，他说参加现在的公司研修，拿到资格，所以将来可以担任叫作'教练'的老师，轮到他来教学生。"

早川女士也记得稍早之前，光昭找到一份工作，安顿下来，说那是个很有意义的职场。

"教练。"我复述，不禁一阵毛骨悚然，"你记得当时光昭先生工作的公司名称吗？"

"好像叫人才什么的，名称很长。"

简单的加法就能算出，羽田光昭当时三十二岁。一九六八年，那是ST 的黎明期。

"你会听光昭先生提起'敏感度训练'这个词吗？或是'ST'。"

早川女士的眼底的快乐回忆光彩消失。"哎呀，你怎么连这个都知道？"

我在心中低喃：岳父，您说中了。

"那家公司的主要业务，是不是召集企业的新进员工或主管阶层进行研修，通过教育提升员工的能力？"

"没错。在电视打广告的那种大企业，会派很多员工去阿光的公司研修。"

羽田光昭提及的有意义的工作，就是 ST 的教练——

我惊讶的模样令早川女士不知所措，但她接着说："阿光和御厨先生也是在那家公司认识的。"

"那么，御厨先生也是教练？"

"应该吧，他们一起工作。御厨先生资历大阿光一年，年纪则是大他两岁。"

军师与助手的前身，原来都是教练。

"后来经过十年吧，阿光一直在那家公司打拼，最后成为总教练之类的。"

公司业绩蒸蒸日上，光昭跻身高收入族群，手头越来越阔绰。这个时候，虽然为期短暂，光昭与一名女子订婚，但还没把她介绍给早川女士，婚事就告吹。

"他觉得工作太有趣，没空结什么婚。"

前野像从惊奇箱里跳出的人偶一样，真的轻晃着头说："老爷爷是喜欢早川女士啊。"

早川女士瞪大眼。冲过头的芽衣连忙道歉："对不起……可是，我认为，光昭先生喜欢早川女士，才不想跟其他女人结婚。"

早川女士尴尬地垂下头，看起来有些腼腆。

"他在那里当了十年左右的教练吧？做十年就辞职吗？还是去别的公司？"

"后来御厨先生独立创业，计划开教练公司，邀阿光一起去。"

但在那之前——早川女士稍稍蹙眉："公司出了一点事故。"

"事故？"

"来参加研修的学生受伤了。"

当时是光昭担任总教练，因此事故的责任在他身上。但地位比他更高的御厨解决此事，让光昭免于被追究责任。

"不过，就算没有这些事，御厨先生也早就酝酿要创业。"

不舒服而不祥的想象，在我的眼底跳动。研修发生事故，没有闹上台面，暗地里被压下。是什么事故？真的只是受伤吗？

"阿光不愿多谈那件事，我也没问，不晓得是不是很严重。"

"现在也无从追查吧。"

不管怎样，从此御厨在羽田光昭心中，不再是普通的前辈或朋友，而是恩人。

"御厨是本名吗？"

可能是我的语气太尖锐，早川女士神情有些惊吓。

"这……我也不清楚。"

"光昭先生在与早川女士谈到他时，是称呼'御厨先生'吗？"

"有时也会叫他尚宪先生。'崇尚'的'尚'，'宪法'的'宪'。"

"早川女士见过御厨吗？"

"没有。"

骗人，我心想。虽然是直觉，但我认为直觉是对的。羽田光昭不可能一次都没将长年搭档的大哥介绍给早川多惠。

"因为他使用众多假名，做过许多事业。"

是个很可疑的人，早川女士说。

"如果不是阿光那么依赖那个人，我也——我也会提醒他一两句，叫他跟那种人断绝关系。"

早川女士的语气变得像在辩解，带着责怪。

"阿光会开始做些可疑的工作，就是被御厨先生带着辞掉 ST 的公司以后。"

"进入八十年代，ST 急速退热。即使继续待在原本的公司，也没有前途吧。"

御厨尚宪创立的公司，迟早会碰上"瓶颈"。然后，两人逐渐涉足各种事业——充分活用在教练时代学到的掌握及控制人心的技巧。

"然后，诈欺师拍档从此诞生？"坂本不屑地嘲弄。

"既然两人都使用各种假名，御厨也可能是假名之一，但这个姓氏特殊，容易留下印象，搞不好意外是本名。除了假名，或许偶尔会使用本名。"

坂本不快地叹气。

"事到如今，哪边都无所谓。"

"幸好御厨先生不是老爷爷，我松口气。"

听到前野低语，坂本反驳："就算不是老爷爷，但老爷爷和御厨是一丘之貉啊，有什么好松一口气的？"

"跟御厨先生没关系。"早川女士插进两人之间，"阿光会劫持公车，跟御厨先生没有关系。因为他们早就分道扬镳。他们一直合作到'日商'那时候，后来就各奔东西。"

早川女士忽然激动起来。我注意到老妇人的手又微微发抖。

"是啊，他们潇洒分开。口袋赚饱饱，七十岁以前就退休，过着优游自在的生活。"

坂本挑衅的双眼发亮，顶撞早川女士："为什么老奶奶重要的阿光要劫持公车？害我们全被卷进麻烦。我们明明跟'日商'什么的一点关系都没有，却平白遭殃。"

"小启，不要那么没礼貌。"

但坂本就是不住口："你解释一下，让我们也能明白啊。阿光到底是怎样？明明金盆洗手，干吗又突然挑出一手培植的'日商'会员，用那种方法惩罚他们？"

早川女士注视着坂本。可能是注意到自己的手在抖，她双手紧紧交握。

"——因为没办法惩罚所有人。"

她声音沙哑，眼神游移。

"惩罚？"坂本的话音激昂，"真是冠冕堂皇！那他应该第一个惩罚自己才对！"

"他早就惩罚了自己！"早川女士也高声回答，"阿光够痛苦了！他彻底忏悔过！"

坂本还要继续反驳，我伸手制止他。他双目通红，尤其左眼有个地方特别严重。看来，不是单纯的睡眠不足或结膜炎造成的充血。

"坂本，"我总算发现，"你的眼睛被谁打了吗？"

他急忙揉眼睛。

"没什么。"他揉到眼皮都要翻开，"朋友发酒疯，拳头打到我的眼睛。"

眼药水没了，坂本摸索裤袋，却找不到。他咂一下舌头："放在车上。"

"最好冰敷。"

早川女士仰起头，呼唤看起来很闲的年轻店长："不好意思，请给我湿毛巾。"

店长立刻送来湿毛巾。老妇人撕破胶膜，把湿毛巾折得小小的，递给坂本。

"去看过眼科吗？"

坂本默默接下湿毛巾，捂在右眼上。

"没有吗？你点的眼药是市面卖的吗？那样不行，得好好去看医生。"

眼睛很重要——早川女士小声叮嘱。

坂本像挨母亲骂的小孩，撇下嘴角。

半晌，众人陷入沉默。看起来很闲的店长，消失在玻璃隔板另一头。

"人呢，"早川女士开口，"是会改过向善的。"

不管再怎么坏的人都一样，她说。

"光昭先生也是？"

"对，没错。"

"是不是有什么契机？"

"你为何想知道？"

"光昭先生的悔过实在太戏剧性。后来他做的事也非常夸张。我认为，光是时间流逝，不太可能突然产生这样的心理变化。"

早川女士注视着我："你是杉村先生吗？你真的在意很多细节。"

听起来不像称赞。

"退休后，阿光走遍全日本。与其说是旅行，更接近勘察吧。他在寻找一个适合的地方，好度过余生。"

没有家累的单身汉，而且有钱，想去哪里就能去哪里吧。

"有段时间，他会在房总租屋。他十分中意那里。"

前野睁大眼："难道是在'克拉斯海风安养院'附近？"

早川女士点点头："那个时候诊所还没开业。听说那里有块广大的别墅区？"

"是的，叫'海星房总别墅区'。"

"'多惠，你知道吗？房总半岛在东日本，是春天第一个开花的地方。'"早川女士语调一变。

"由于黑潮流经，是个温暖的好地方——阿光这么解释。"

"那么，他在那个别墅区……"

"对。那里马上就要盖大医院，感觉也会开养老院，他想住在那个地方。"

所以，他才对那里的地理环境了如指掌。

"他也知道那条公车路线，说总是空荡荡的。"

劫持公车——早川女士低喃："我这种老太婆吐出这种词，恐怕会教人想笑。"

与暮木老人也格格不入。

"阿光想到那个计划时，会挑选那班公车，是看中车上总是没什么人。在东京近郊，乘客又那么少的，只有那条路线。"

然后，他在勘察时碰到迫田女士。

"啊，对不起，顺序颠倒。"早川女士缓缓摇头。

"总之，阿光在全日本四处行走途中，差点丢掉小命。那个时候，我当然什么都不知道，事后听他告诉我，我都快吓死了。"

据说，光昭差点溺毙。

"阿光喜欢钓鱼，尤其是河钓。他不是去多险峻的地方……你们知道吧？"

"嗯，大概。"

"阿光小时候喜欢钓鱼。我经常跟着一起去，看他钓鲫鱼之类的。"

去东京后，没钱也没时间钓鱼。与御厨一起工作后，虽然有钱，但没时间。退休后，终于两者都有，羽田光昭又重拾孩提时候的兴趣。

"然后，他是去信州那边的时候出事的。"

光昭前往据说能钓到嘉鱼的地点，在穿越浅滩时，失足落水。完全习惯都市生活，且年事已高的光昭，完全忘记河川的可怕。

"他以为是浅滩，却沉入水中，被海浪冲走。"

幸亏附近的钓客发现不对劲，赶来救他。但从初春的冰水中被救上来时，光昭已陷入心肺停止状态。

"听说呼吸全停了。"

那里是知名的河钓胜地，一到河钓季节，岸边就会搭设起专做钓客生意的店铺和休息处。

"休息处有那个……叫什么？用电击让心脏恢复跳动的机器。"

"哦，AED 对吗？"

"有那个 AED，然后钓客里恰巧有医生，大家合力把阿光救回来，把他从鬼门关又拉回来。"

恢复清醒的羽田光昭，身上跌倒时撞伤的地方还贴着药膏，第一件事就是去找早川多惠。

"他的眼神啊，整个变了。"早川女士描述，"变得清澈透明。表情豁然开朗，显得十分兴奋。"

然后，光昭向早川女士倾诉：

——多惠，我看到另一个世界。

"他见到父母和哥哥。"

——他们说我还不能去那里，把我赶回来。

"我本来在一条大河的河畔。那就是三途川，一定是的——阿光坚称。"

——爸终于和我说话。

你在现世干了坏事吧？不好好赎罪，没办法来到家人身边。所以，你还不能来。

"阿光说，家人叫他回去重新活过。"

不知是太震惊，还是傻掉，坂本拿下按在右眼的湿毛巾，眼睛眨个不停。

"是濒死体验。"我出声。

"对对对，"早川女士露出吃到酸东西的表情，"关于阿光看到另一个世界的事，我大儿子也提到'濒死'之类的。可是，差点死掉的人，见到早一步过世的家人或朋友，被劝诫来这里还太早，叫他们回去，这种事以前就常听到。我家儿子搬出很深奥的解释——在电视上看到什么……"

我也在书上看过，一度濒死又复活的人，会描述当时的体验，内容有各种形式，大致可分为几类。

在另一个世界的入口与故人重逢。离开肉体，看到自己接受急救的样子。过往的种种场面像电影一样，以惊人的速度，但一清二楚地回放。遭地狱的狱卒或恶魔追赶，吓得回到这个世界。在目击或体验到这些怪事的前后，经常会有穿越漆黑隧道，来到充满光辉的地点，或有刺眼的光团靠近，被亮光包围之类的体验。

有人主张，这类体验证明死后的世界是存在的。另外，也有说法认为，濒死体验纯粹是生理现象，大部分的情况，都是大脑缺氧引发的幻觉。据传，可利用某种麻醉药和止痛剂，让受试者经历极为接近濒死体验的状况。

幸运的是，我还没有经历过濒死状态。但根据符合现代人常识的判断，我支持日新月异的脑神经科学提出的后者说法。不过，无论原因是什么，如此冲击性的体验——暂时前往异世界的神秘体验，绝对会对后来的想法与感性造成重大影响。

此外，有人因濒死体验开始信神。即使没投身宗教，不少人领悟到活着的喜悦、生命的宝贵，过着截然不同的生活，毋宁是超越宗教的虔诚。

原来让羽田光昭戏剧性洗心革面的，是这样一件事。他的情况，是与幼时死别的父母和哥哥重逢。由于亲人的死，在他人生投下浓重的阴影，重逢的幸福与温暖越发强烈。

你还不该来，回去现实重新活过。

光昭说父亲这么劝他。但我认为，这是光昭自己的声音。是他在骗人、操纵人，行走于社会负面人脉期间，沉眠在他内心深处的声音。是他良心的呐喊。

"那是什么时候？"前野问。

"去年春天，三月中旬。"早川女士有些疲累地垂下肩膀，"从此以后，阿光做过好多事情，多到我都跟不上。"

"他做过什么事？"

"他把钱捐出去，自己赚的钱。他把预备用在逍遥养老的钱不停'吐'出来。"

捐给从事社会活动的非营利机构及家庭扶助中心、犯罪受害人支持团体等。

"当然是匿名。他在银行汇钱时，也会使用以前的假名。一次捐太多钱给同一个地方，会引来注意，相当麻烦。"

"他怎么查到那些团体的？"

"用电脑查就知道。他和我也都是用网络联络。"早川女士露出苦笑，"不好意思，我这老太婆实在不太会说明。我会用电脑，是阿光教我的。他在退休后，特地到家里教我：多惠，电脑非常方便，比讲电话好玩。"

"所以，你们频繁联络。"

"嗯。阿光本来工作上就会用到电脑，相当厉害，况且……"

她欲言又止。

"况且……怎么样？"

"退休后，他不想再跟人面对面打交道。如果不小心跟人打交道，他怕自己又会骗人。"

这句"不小心"，透露的一样是他良心的呐喊吧。

前野勉强挤出笑容。"可是，就算是青梅竹马，早川女士成天用电脑跟羽田先生约会，你丈夫不会生气吗？"

"我老伴不在了。他已过世五年了。"

"……对不起。"

"没关系啦。阿光也挺介意这一点，告诉我：如果太常去你家露脸，你在儿子和媳妇面前会觉得尴尬吧？所以用电脑联络较方便。而我也担心阿光，想知道他的现况。"

"公车劫持事件后，我看到电视新闻，报道暮木一光搬到足立区的公寓大概一年。"坂本低语。

"是啊，我也在新闻上看到。"我附和。

"那么，老爷爷去年三月发生意外，至少九月的时候，他在那里……"

过着被民生委员担心，用垃圾场捡来的收音机听广播的生活。

"不只是钱，阿光把身上的东西全处理掉。他认为那些都是用骗人的钱买来的。"

"光昭先生变成暮木一光，是在二〇〇四年退休的时候。"

"对，没错。"

"差点在河里溺毙时，他已是暮木先生。当时救他的人，看到公车劫持事件的报道没发现吗？新闻有他的名字和肖像画。"

"即使发现，也不会特地做什么吧。"

"但不会很吃惊吗？"

"当场救助阿光的人，也许不知道他的名字。即使记得长相，阿光在公车劫持事件的时候也判若两人，不会有人发现。"

我内心一凛。前野也是一样的心情吧，她看起来有点害怕。

"他改变那么多吗？"

"变得可多了，阿光——"

早川女士转动眼珠，寻思该如何形容。

"他变得像个僧侣，修行中的僧侣。他不怎么吃，也不让身体轻松。他越来越瘦，外貌寒酸，像借由这样惩罚自己。"

把骗人赚来的钱作为净财还给社会，鞠躬尽瘁，仿佛要让自己消失。

"他没想过要自杀吗？"坂本平板地问。眼中的怒意消失，变得模糊，像是感到困倦，"他没提过，要自己做个了结吗？"

"他应该是这么打算的。"早川女士有些气愤地回道，"事实上，他不就选择那条路了吗？"

"他是何时提出劫持公车的想法？'日商'是在去年七月被查获的吧？他是因为这样才想到的吗？"

"没错，是一时兴起！"坂本愤愤难平，"那是诈欺师的新手法。"

"不要那样讲！"

早川女士脸色骤变，坂本吓一跳。

"捡回一命重生后，阿光一直拼命在想，究竟怎么做，才能把播下的种子斩草除根？虽然为时已晚，但有没有他能做的事？"

"当然有啦，就自首吧？向警察坦白在'日商'干什么事就行。"

早川女士咬紧下唇。

"你懂吗？阿光撒播的种子，不只'日商'啊。"

没错。日商新天地协会，是羽田光昭播下的种子中开出最大、最丑陋花朵的一株，但并非唯一的一株。

"所以……是啊，'日商'被查获一事，确实是个契机。阿光非常清楚那种组织被查获后，会有怎样的发展。通常会被问罪的，只有顶端的一小群人。光是这样不够，还有许多身为加害者却毫无自觉的人没受到惩罚。这样什么都不会改变。"

"所以，他才想到那一招？"

在"日商"尝尽甜头，却不会吃上刑责的人——从这些人中挑选出几个人，杀鸡儆猴，来断绝邪恶的传播，进行负面的宣传。

"太傲慢了。"怒意重回坂本疲倦的眼中，"追根究底，明明是自己的责任，却不知反省——"

"等一下。"我探出上半身，像要插进两人之间，"早川女士，请再描述得更具体一点。光昭先生为何挑选那三个人？有没有说明理由？"

早川女士失去劲道，从我身上别开视线。"那是——呃……"

"老爷爷是不是去过自救会？"前野低喃。

是不是？她望向早川女士。"这是最快的途径。只要去参加会议，便能拿到资料。会员都不知道老爷爷这个人，也不必担心被认出来吧？"

"那么，看到公车劫持事件的新闻时，应该会有人注意到啊。"

"混在许多会员里，应该不会被记住长相吧。"

想象那幕情景，我感到一阵冰凉。在后悔、责难、哀诉的言辞交错的集会里，唯独一名瘦削老人屏气凝神观察着这些前会员。观察着每一个人，搜集着总有一天要执行的审判材料——

早川女士垂着头："我跟着去过一次。"

真的只有一次，她强调。

"假装成夫妇一起去，是我拜托他的。"

"为什么？"

"我也想阻止阿光啊。"

这么多受害人。说辞、意见、受伤的程度都不同，要从中挑选出什么人来惩罚，未免太奇怪。阿光不能做这种事，阿光没有这个资格。

"我想劝服他。"早川女士扭动身体，呻吟似的说，"但我根本辩不过阿光。"

羽田光昭这么说：

——多惠，这些人是从我耕耘的田里长出来的邪恶秧苗。我得设法除掉他们。

"太自私了！"坂本又激动起来，"什么邪恶秧苗！他们全是被老爷爷害的！"

"小启，安静点。"

看来很闲的店长从隔板后方探出头。

"没错，大家都是受害者。"早川女士双手掩面，忍不住哭泣，"对不起，真的对不起。"

我们陷入沉默，店长讶异地缩回上半身。

葛原、高东、中藤，这三个人是尊荣会员，个人借贷金额特别高。或许在羽田光昭眼中，这是关键的要素，其他的个人状况并不在他的考量中。或许他不晓得葛原旻早在二月自杀身亡。

即使如此也无所谓。连他本人的生死，其实都与这个计划无关。重要的是，让世人知道他们是假冒人形的邪恶秧苗。

自私、残酷，而且傲慢。这是相当符合一辈子操纵别人的羽田光昭的审判形式。

他说很后悔，但他并没有变。

"老爷爷毫不犹豫吗？"前野希望他会犹豫，"他没想过，打消这个念头比较好吗？"

早川女士大大叹口气，抬头望着前野。

"他应该没有犹豫，甚至碰上激励他的事。"

"激励……"

"是在'克拉斯海风安养院'遇到迫田女士的事吧？"我推测，"虽然完全是个偶然，但这次邂逅，推了光昭先生一把。"

不过，我认为安排那场偶然的，并非坏心的恶魔。"日商"在首都圈活动，会员中有许多高龄人士。出入"克拉斯海风安养院"的人也都来自首都圈。而出于设施的性质，高龄者理所当然占绝大多数。这纯粹是概率问题。

"没办法补偿每一个人，也没办法惩罚每一个人。"

所以，羽田光昭挑选尊荣会员中的三个人。然后，巧合挑选迫田女士与他会面。

"早川女士，"我重新坐好，语气尽量平稳，"你一定累了吧？最后请再回答我一个问题。"

御厨尚宪现在何处？

"他还在人世吗？"

如果羽田光昭为自己的行为后悔，那么，在铲除他耕耘的田里长出来的邪恶秧苗前，他应该有别的事要做，就是打倒一同耕耘这片田地的农夫。

"御厨是阿光的共犯。不管谁是主犯，谁是共犯，都不能逍遥法外吧？"

早川女士逃避我的问题。见面后，老妇人第一次表现出慌乱。她这样的态度，等于给我答案。

"我不知道。"

这句话听起来像异国语言，像在念诵意义不明的暗号。

"我不知道，我真的不知道。阿光什么都没透露。"

然后，她的话语转为呜咽。

"我唯一知道的是，阿光本来没有手枪，而且他跟御厨不一样，没有门路可以弄到那种东西。"

前野赫然一惊："早川女士，那就是……"

我制止她。我们对望一眼，感受得到前野的恐惧。

手枪是御厨的。御厨藏在身上的枪落到羽田光昭手中，运用在劫持公车上。

不可能是借来的，也不可能是要来的。阿光是从御厨那里得到的手枪。

"御厨先生不会再给任何人添麻烦。"

也不会欺骗谁、操纵谁。如此断定的早川多惠，眼神十分阴沉。

御厨尚宪死了，大概是被阿光处死。

"老爷爷——"前野语带哽咽，"从一开始就打算死在公车劫持事件里。"

警方攻坚时，他面露微笑。他笑着把枪指向自己的脑袋。

他亲手杀过人，所以他只有死路一条。那是他对自己的审判。

"他不是死了。"

早川女士对前野说，像在订正孩子冒失的口误。

"阿光是去他爸妈和哥哥那里。"

所以，早川多惠没阻止，没有阻止阿光。

因为无法阻止，只能这么想吧？要责怪她很容易，但这样说，又对谁有好处？

太自私了，坂本又说。以细微的声音，不断重复着。

"没错，我是个既自私又愚蠢的老太婆。"

随便别人怎么想都无所谓，早川女士泪湿双眼。

"可是，我很珍惜阿光，我想帮阿光实现他的心愿。"

不管重来多少次，我都会这么做，她强调道。

"我能够像现在这样，也都是托阿光的福。"

早川女士用手背揩掉鼻涕，逞强似的扬起双眉，激昂地说：

"看到我家的店没？"

那里是租的。她解释。

"以前那一带全是农地，住的代代都是农家，只有我们一家是开超市的。'京'是我父亲取的店名。住在那一带的客人，全是我们家的客户。"

那是家业，她说。

"外子本来是店员，我父亲赏识他，让他入赘继承家业。我们夫妻非常拼命，认真工作。"

但是七年前，地主放弃务农，决定把土地卖给住宅开发商。

"地主不再续约租给我们。由于太突然，我们真的不知该如何是好。"

早川女士走投无路，找阿光商量。在东京见多识广的阿光，也许有什么好主意。

"没想到阿光立刻赶来，表示交给他办。"

然后，羽田光昭展开谈判。他对不愿续约的地主和开发业者力诉留下"京 SUFER"的好处，对数据拿出数据，对法律拿出法律来对抗。

"最后，他成功说服地主，我们得以继续开店。因为继续在那里做生意，当大儿子失业时，我才能立刻把他接回家。"

五年前，早川女士的丈夫病逝时，早川女士的长男提议把个人经营的"京 SUPER"改为加盟连锁超市。一开始早川女士反对，但——

"那个时候也是阿光给我出的主意，他劝我还是该听年轻人的话。他不是随口敷衍，而是好好调查过，做那个市……市场什么……"

"市场调查吗？"

"对，市场调查！"

早川女士眼中噙着泪，声音明朗得与现场格格不入。

"阿光用电脑给我看许多资料，安慰我：多惠，放心吧。你儿子跟你老公一样，相当有生意头脑，眼光十分精准。虽然那些数字和图表，我完全看不懂。"

阿光是设身处地地在为她着想。

"我们现在能一家子住在一起，都是继续开店的缘故，全是托阿光的福。阿光是我们一家的恩人。"

虽然他是孤苦伶仃的一个人——早川女士又以手拭泪。

"他常提醒：多惠，你要好好珍惜家人，世上最宝贵的就是家人。"

他孑然一身，说起来格外刻骨铭心。

"我无法为阿光做任何事。阿光寂寞的时候、难过的时候，我什么都没办法帮他。"

所以，至少在最后帮他一点忙，她继续道："我只有这个想法。"

是个笨老太婆。

"我要连阿光的份一起道歉，所以请你们原谅阿光吧。"

早川女士抓起湿毛巾，捂住双眼。

窗外，树林在风中摆动。

前野冷不防冒出一句："杉村先生，我们回去吧。"

她一把抓起身旁的包包，像要甩开什么似的挣扎着站起。她离开卡座，穿过店内走出户外。

接着，坂本慵懒起身。

我问早川女士："你一个人有办法回去吗？"

早川女士以湿毛巾捂着脸点点头。

"开车请小心。"

"不劳你担忧。"毛巾底下露出老妇人哭得红肿的眼睛，"你们才要留意别迷路。"

"没问题。"

早川女士叫住准备离开的坂本："年轻人。"

坂本露出病狗般的眼神回头。

"我本来不知道。我不知道阿光在东京做的是那种事。直到阿光告诉我之前，我什么都不知道。长年以来，我什么都没有发现。"

我不是想辩解，她强调。

"如果我发现，一定会阻止他。但我没有发现，一切为时已晚。到阿光和我这把年纪，就算觉得做错，人生也没法重来，只能结束。"

一口气倾吐后，她的眼神忽然变得柔和。

"谢谢你们找到我，能告诉你们太好了。接下来，我这个老太婆会守口如瓶，把一切带进坟墓。"

所以请大家也忘了吧，她说。

我和坂本默默离席。结完账离开店里，只见前野紧抓着皮包，抽抽搭搭地哭泣。

夜晚的县道阴暗，租来的车子里冷飕飕的。

回程由我驾驶。坂本坐副驾驶座，前野坐后座。不过，我觉得两人的距离，变得比单纯前后分开更遥远。

经过时惊鸿一瞥，以前是"京SUPER"的便利商店里有几个客人，收银台站着穿水蓝制服的男人。加奈一定在担心，说要和访客出门一下的奶奶，怎么到现在都还没回来吧。

在熟睡般静默的住家包围中，超市的灯光显得格外明亮。过了七年，这块土地上依然挂着"大好评热销中"的牌子，地主应该觉得留下这家店是对的吧。羽田光昭的眼光很正确。

"总算结束了。"

前野的头靠在窗玻璃上，可能是哭得太累，茫茫然低喃。

"什么都还没结束。"坂本低声应道，"什么都没有结束。"

事情还没完，他喃喃自语。他也累了，眼眶凹陷。

"老爷爷做的事没有意义，一点效用也没有。"

只是给一堆人添麻烦，只是把人害死了。坂本继续道：

"往后也会有人死掉。'日商'的自救会不是有人自杀？这是老爷爷的功劳啊。但是，那又怎样？这个社会就干净了吗？"

那话音听起来像诅咒。

"什么悔改、罪啊罚的，都没有意义。就算'日商'消失，诈骗行销也会像雨后春笋，源源不绝。没有人学到教训，大家一样为眼前的甜头利欲熏心，一切都没有改变。"

我再也听不下去，语气强烈地抛出一句："不想改变，就不会改变。"

所以改变吧。回到各自的家，明天开始过新生活。

小启——前野唤道。

"我们分手吧。"

坂本没有回话。

第十二章

今多嘉亲回国后，结束为期一周的住院检查，返回会长室。医师认为高血压与动脉硬化恶化是个问题，但目前的健康状况不必担心。即使我不是他的亲人，不知道这些信息，光是看到会长在屏幕另一头训示的红润脸色，就能放下心吧。

一段休养让岳父重新振作起来，但这段时间保留的业务又紧追而来。我完成特别命令报告书，托给"冰山女王"，接到岳父匆匆通过内线打来的电话。

"工作告一段落后，我会挪出时间，你到家里来吧。我们好好谈谈。"

"我知道了。"

"你还是我们的员工，不许提辞职的事。"

"当然。"

从畑中前原回来后，我分别给柴野司机和田中雄一郎打过一次电话。田中对于负责为暮木一光——也就是羽田光昭善后的人是一名女性，感到极为吃惊，但柴野司机不一样。

"我一直认为应该是与他要好的女性。"

要怎么处理那笔赔偿金，两人的想法没有改变。田中埋怨了一阵腰痛毫无改善、最近的日币汇率高涨（我们这种小公司，也是有在做海外生意的），但话音充满活力。

我回归日常。在忙碌的十二月中，我们一家三口挑了个星期天，从早到晚，花整整一天时间观赏电影《魔戒》三部曲。原本担心一口气看完会把桃子累坏，结果只是做父母的杞人忧天，途中好几次打起瞌睡的反而是我。

"爸，到罗斯萝瑞安森林，精灵女王出来了。"

每回被她这么摇醒，我都要辩解："爸爸早就看过一遍，才会睡着。"但这天晚上可能还是太累，桃子没要求念睡前故事，就像电池耗尽，转眼睡着。想必会做个美梦吧。

森信宏的著作完成，我们在讨论把书送过去的事宜，没想到他要求先拜访集团广报室致意，还说想设宴表达感谢，希望我们赏光。

"不只请总编，我们也有赏吗？"

"对啊，森阁下真是慷慨。"

间野和野本弟非常惶恐，但我们决定恭敬不如从命。讨论顺利进行，在《蓝天》校稿结束的十二月十三日，森阁下来访集团广报室，参观一下后，招待我们到赤坂一家老字号意大利餐厅。

"我和内人都很喜欢这家店，是这里二十年以上的老客人。"

是所谓的私房餐厅。料理和红酒都令人赞不绝口，不过让紧张到连笑容都僵硬的间野及野本弟放松心情的，应该是店家毫不做作的气氛及森先生友善的话语。对此我也感到相当意外。

森先生亲切地与两人对话。他知道间野是个美容师，也知道野本弟在大学念的科系。

"如果情况允许，你会辞掉公司这边，回去原来的地方工作，对吗？"

森先生这么一问，间野坦率地点点头。

"我是这么打算的。在集团广报室学到的技术，我也会好好发挥在往后的工作上。"

"请务必这么做。不论从事何种专业，有时也需要不同的经验来拓展视野。一定会派上用场的。"

然后，话题转到森夫人身上。

"内子以前也会上美容沙龙，但搬进安养院后，就没有那种机会。她神志还清楚时，对外表似乎仍十分讲究。她一定觉得很难过吧。"

森先生热心谈论针对老人看护机构的女性住户，量身打造访问美容服务的商业模式可行性，间野专注聆听。

除了甜点以外，还送上据说"意外酒量极佳"的森夫人喜欢的意式白兰地。

意式白兰地颇烈。喝了不少红酒的野本弟满脸通红，而看到间野和同样"意外酒量极佳"的总编畅饮的模样，森先生开心地眯起眼睛。

"早知道，你们来采访的时候，就不端出咖啡，直接拿酒招待。"

每个人都相当尽兴。过去称呼森先生为"阁下"的部下们，并不只是出于敬畏而献给他这样一个绰号吧。我亲身体会到这一点。

准备离开店里的时候，森先生有些羞赧地对我们说："各位应该很累了，但能再陪我一小时吗？附近有家不错的酒吧。"

那家店地点相当隐秘，若非有人引路，根本不会发现。店内只有吧台座，上了年纪的老板笑容满面地出来迎接森先生。

"好久不见。"

没有其他客人。其实我已事先预约——森先生悄声告白。

"我这人很强势，从一开始就打定主意要把各位拖来这里。"

墙上挂着几张裱框照片，其中一张是森先生与夫人去旅行时拍的。

"是圣彼得大教堂。"野本弟说只在电视上看过，"我在世界遗产的节目上看过。"

"往后机会多的是，去看看吧。"

每逢假期，森先生就会带夫人出国旅行。屈指算算，他们到过二十二个国家。听森先生活灵活现地描述夫妻俩的回忆，我们不时感到惊奇，欢笑不断。

不止一小时，超过两小时的时候，森先生忽然收住话，竖起右手食指，像要催促众人注意。

"你们知道这首曲子吗？"

店内的背景音乐是器乐曲，我也听过这个旋律。

"这个啊。"园田总编开口，"是《田纳西华尔兹》。"

"对。你知道的是日语歌词版本吗？江利智惠美唱的。"

"我有CD，我喜欢江利智惠美。"

"真的吗？怎么不早说？内子也是江利智惠美的歌迷，认为她唱的

《田纳西华尔兹》，没有任何一个歌手比得上。"

　　然后，森先生配合旋律哼唱起来。老板稍微调高背景音乐的音量。

逝去的梦

那田纳西华尔兹

怀念的情歌

缅怀你的容颜　今晚也歌唱着

美好的　田纳西华尔兹

　　"这首歌是唱一个被闺密横刀夺爱的女人的哀伤。"

　　森先生对年轻的野本弟说明。

　　"在跳一首华尔兹的期间，男友的心已被夺走。"

　　人生也是有这种事的，他说。

　　"其实，内子在念女子大学的时候，曾经被学妹抢走论及婚嫁、预定一毕业就要结婚的男友。她对人生感到绝望，甚至认真考虑去当修女——她念的是天主教大学。虽然最后打消念头。"

　　"为何打消念头？"

　　"当然是因为我出现啦。"

　　森先生挺起胸，我们都"扑哧"一笑。森先生也笑出来。不只是因为喝醉，他的眼眶变红，眼眸湿润。

　　早川多惠也像这样噙着泪，边哭边诉说。调查告终后，那张哭泣的脸依然盘踞在我脑海中。

　　而我现在总算感觉那幕情景逐渐远离。森先生的眼中，除了泪水之外的温暖情意，令我那天在畑中前原萧条的家庭餐厅冷透的心又恢复常温。

　　我们一直坐到酒吧要打烊。目送森先生雇车离去后，为了醒酒，我们走到能招计程车的地方。

　　"森阁下今天整个人乐滋滋的。"

　　这种说法是园田瑛子的老毛病，但语气十分温柔。

　　"满口内子、内子的。"

"这对夫妻真正是 better half——完美的另一半。"间野感触良多,"夫人状况不好,森先生一定很难受。"

"但是不管怎样,森阁下和夫人很幸福啊。毕竟能住在医疗和看护水准一流的地方。"

"话虽没错……"

"为了迎接那样的晚年,必须在人生旅途中一马当先,赢得胜利。你做好心理准备了吗?"

这么一问,野本弟有些踉跄,打了个嗝。

"我今晚醉得好舒服,请不要把我拉回现实,让我留在梦里。"

总编送间野,我送野本弟回去。两个男人坐上计程车后,野本弟立刻打开车窗。

"我一定浑身酒臭。"

知道就好。

"睡着没关系,到家我会叫你。"

"不好意思。"

野本弟回答。一会儿后,他小声开口:"我喝醉了,不吐不快。我可以说吗?"

"说什么?"

"你没听间野小姐提起吗?"

野本弟告诉我,应该结案的性骚扰事件还有余震。

"有些人一直在讲间野小姐的坏话,像是井手先生太可怜,间野小姐因为有杉村先生罩她,她就得意起来。"

井手正男本人也到处散播这种闲言闲语。

"我又没特别关照她。"

"间野小姐长得漂亮,就算什么也没做,一样会惹人眼红,被人怀疑。"

"野本弟,你对女员工之间的钩心斗角真清楚。"

"钩——心——斗——角。"野本弟笑得就像个醉鬼,"没错,我是个情报通。而且大姐姐都喜欢我。"

"这样很好。要在上班族人生中一马当先,赢得胜利,这是难能可贵的资质。"

野本弟又醉鬼般傻笑一阵，全身瘫软，忽然正色道："这么一提，杉村先生知道吗？井手先生出车祸了。"

我初次耳闻。

"什么时候？"

"两三天前。我听社长室的庶务大姐姐说的。"

正确地说，不是碰上车祸，而是自撞。

"还是酒驾。喝得醉醺醺，方向盘没打好，开到人行道上撞到电线杆。"

居然发生在凌晨两点，井手至今还过量饮酒到那种程度吗？真教人无言。

"有人受伤吗？"

"幸好没有。"

对现在的今多集团来说，这是不幸中的大幸。如果车祸殃及第三者，绝对会变成新闻题材。

庶务女员工说，到公司来报告的井手先生右臂打石膏吊着，额头有缝合的痕迹，鼻梁肿了起来。

"没住院吗？"

"不过，这下又要停职。可以这样吗？杉村先生。如果我是社长，当场就把他开除。惩戒解雇！"

野本弟扬言，但呼吸充满酒臭。

"这回一定会有处分吧。就算要开除他，也得照手续来。"

井手现在是工会成员，劳联想必会出面。

"可是他酒驾耶？而且是非常恶劣的酒驾。根本没资格当一个社会人士。"

森阁下那么令人尊敬，怎么会让井手那种人当他的亲信？野本弟咕哝一阵便睡着了。

不妙的是，野本弟似乎是那种一睡就吵不醒的人，计程车到他的公寓，想叫却叫不起来。加上喝醉，浑身脱力，得有人扛着他，否则甚至站不住。

野本弟的住处在三层公寓的三楼，没有电梯。室外阶梯的扶手冰凉地反着光。我忍不住叹气。

"感觉有点麻烦，我在这里一起下车。"

我费尽千辛万苦，好不容易把野本弟搬到他房间的床上。汗流浃背的我，在意外整洁的厨房喝一杯水。锁上玄关门，把钥匙丢进报箱里，唉声叹气地走向室外阶梯。

三楼的楼梯平台处，夜风吹上脸庞。舒适的凉意让我忍不住停步深呼吸。我从宛如飘浮在黑暗中的室外阶梯，俯视陌生的夜晚街景。

这里是郊外的住宅区。大小公寓和大厦之间，掺杂着造型各异的塔楼。我被其中一栋坐落在石砌围墙中的日式房屋吸引。整体格局虽小，但与岳父的住宅外观有着共通之处。那类房屋在过去，应该是当地的豪农吧。一定是地主。

从这个高度可眺望全景，枝叶扶疏的庭院亮着长明灯。

庭院一隅，一棵形状优雅的树木枝头绽放着花苞。不，现在已十二月半，不可能是花。只是浓密的树叶反光，看起来像白花而已吗？

但景致仍十分美观。我怀着愉悦的心情就要下楼，却赫然一惊，抓住扶手。老旧的铁梯发出倾轧声。

我想起来了。

四月中旬，我去八王子欣赏晚开的山樱。当时，我从车体很高的豪华观光巴士座位，望见远方有棵色泽淡雅、树形纤细的樱花树兀自矗立。怎么会只有一棵樱花树长在那种地方？遭到排挤，不觉得寂寞吗？不，也许乐得轻松。我想着这些事。

那是当天来回的赏樱会。今多家的亲戚，"栗本的伯父"每年都会固定举办活动，这年，我、菜穗子和桃子初次参加。

每年都会收到邀请函。栗本的伯父是岳父的堂弟，与各种感情复杂交错的今多嘉亲亡妻那边的亲戚不同，从小就很疼爱菜穗子。

只不过，对我另当别论。在今多集团高层占有一席之地的栗本伯父，反对我和菜穗子的婚事。虽是私生女，但菜穗子仍是堂兄嘉亲的宝贝女儿，对于堂兄允许我这样的蝼蚁与她结为连理一事，他现在也动辄表达出自己的不快。

——你一定觉得很麻烦吧？没关系，我会找理由拒绝。

每年菜穗子都这么说，每次我都感到心虚。所以，今年我主动提出，至少该参加一次。

除了搭乘豪华旅游巴士，也有开自家轿车参加的成员。其实，我也想自己开车，但桃子想坐巴士。

那场活动中，绝大多数是我不认识的面孔。即使是认识的人，像这样处在只有他们自己人的圈子里，也会一下子变得距离遥远。连一起去的二哥、二嫂，甚至是菜穗子，都不例外。

去程途中、赏樱的时候、接下来的餐会，我都一直装出合宜的笑，笑得脸快抽筋。举手投足、举目所见，在提醒着我，跟这里是多么格格不入。菜穗子在人群里开朗谈笑。结婚后，她一直为我忍耐，拒绝与这么亲近的人们欢乐出游的机会吗？

我决定溜出那个场子。离开会场餐厅，我前往后面的停车场。巴士安分地等待众人回来，司机在外头抽烟。

我站着和他闲聊一会儿，拜托他让我在车子里休息。我借口从中午开始就喝酒，觉得很困。司机爽快地为我开门，我偷偷摸摸逃到车上。我想一个人独处。

然后，我透过车窗看到远方那棵孤零零的樱花树，觉得它与我同病相怜。

这是青少年式的感伤。我害怕任何一点失态，几乎不敢喝酒。我根本没醉。我为自己感到羞耻，却也觉得气愤：我会如此自惭形秽，不是我的责任。

最起码，如果我是凭自己的力量进入今多财团的员工就好了。如果我毕业的大学再有名一些就好了。如果我家里更有钱一点就好了。但明明今多家变成日本屈指可数的资本家，是岳父那一代的事。他不也是个暴发户？我默默思索着。

我和那棵樱花树一样，孤单、寒碜。这座森林山樱灿烂盛开，今多家族甚至安排豪华旅游巴士前来参观，然而，都心的居民完全被排挤出去，甚至不得其门而入。因为两者从根本上就不同。

不能一直躲藏下去。不回去会场，菜穗子会担心。即使这么想，身体也动弹不得。

对——然后，我发现有辆红色自行车停放在角落。大概是餐厅员工的吧。保养得很好，看起来跑得很快。

好想骑着远走高飞，我内心一阵渴望。

与其偷偷摸摸躲起来，不如跨上那辆自行车，早早跟这种地方说再见。我不属于此处。我要头也不回，像一阵风般消失。

如果能这么做该有多好——我心想，打从心底这么想。

红色自行车的记忆，是赏樱会的记忆，是反映我那天心境的景色。

为何会与发生在五个月后的公车劫持事件的记忆混淆在一起？两者都是透过公车窗户望出去的景象？没那么单纯。这段记忆是因岳父询问而勾起，但我的心为何要恶作剧？是什么把这两件事联结在一起？

是无助感，是闭塞感。我被囚禁着，我被剥夺自由，被禁锢在这里。

谁来释放我吧。我想去外面，我不想待在这种地方。

我紧紧抓住生锈的扶手，在夜风中伫立。

"这么突然不好意思，今天午休时间能不能碰个面？"

意外的是，话筒另一头传来的是老家的哥哥——杉村一男的声音。上班时间刚过不久，我才在位置坐下，间野就把电话转给我。

近年来，我和父母处于音信不通的状态，和姐姐也一年比一年疏远。哥哥的联络不频繁，但唯有哥哥，即使没有特别理由，仍会说"一阵子没听到你的声音"，特地联络我。不过，平常他都会打我的手机，为何今天是打职场的电话？我颇为讶异。

"你要来这边？"

"嗯，我准备去搭'AZUSA 号'。"

哥哥继承父业，经营果园。

"那中午我请客。约在新宿车站附近好吗？"

哥哥偶尔来到东京，总是四处忙碌奔波。他会去拜访想打声招呼的客户，参加想出席的活动。哥哥是管理农家的生意人，也是个热心学习的人。

"不，我去你公司。我有事要到那边。"

既然这样，我便指定"睡莲"。哥哥在甲府站月台的喧闹声中确定地点，慌张地挂断电话。

"杉村先生，令兄要过来吗？"

"还令兄呢，没那么高级。"

"你应该没发现，不过你们声音很像，简直一模一样。"间野笑眯眯地应道。

"咦，真的吗？"

"是的。他说'敝姓杉村'时，我吓一跳。"

"睡莲"的老板也一样，我和哥哥在窗边座位坐下后，他送来开水说："令弟总是惠顾小店，请慢坐。"

哥哥惊讶地眨眼："你怎么知道我是他哥哥？"

老板过来点单时，揭晓谜底："你们的体态一模一样。"

我们兄弟三年没见。我这么说，哥哥马上订正是"三年五个月"。

"你看起来很好，我放心了。"

"哥也是。"

我的哥哥是个不苟言笑的人。他不会废话，个性冷冷的。但今天似乎比平常沉默，气色不佳。应该不是那身穿不习惯，本人也说拘束讨厌的西装之故。

家里出事了。即使身心都远离老家，我还是看得出这点事。

"哥似乎有急事，怎么了吗？"

我主动起头，哥哥便松口气似的垮下肩膀，低喃："是癌症。"

我屏住呼吸。

"是爸，上个月的银发族体检时发现的。"

"……这样啊。"

"目前安排住进县立医院，但该不该动手术，主治医生意见分歧。然后，风间医生说他大学学长在东京的专门医院，会帮我们写介绍信。"

风间医生是镇上的医生，杉村家父子两代都受他照顾。

"那个叫什么……呃……"

"第二意见？"

"对对对。"

"今天等一下要去？"

"预约两点。"

"要我一起去吗？"

"太赶了，不用。今天我出门也没告诉喜代子他们，太啰唆了。"

喜代子是我姐姐，哥哥的妹妹。"他们"是包括姐夫洼田时的称呼。两人都担任教职，喜欢讲道理，所以我可以理解应该是一片混乱的这种状况，哥哥会有对他们敬而远之的心情。

哥哥断断续续说明父亲的病情。

"……爸知道吗？"

哥哥喝口开水，点点头。

"爸说年纪大了，有心理准备。他开始整理身后事。"

的确像是爸的作风。

"妈怎么样？"

"嗯，没事吧。"

午餐套餐送来，哥哥和我沉默一会儿。

"其实，我很犹豫要不要告诉你。原本想等状况更明朗再通知你。"

我的立场没办法说"怎么这么见外"。

"本来想打手机，但那时间你可能还在家。我也想过留话给你的办公室。"

"我九点出门上班。"

"也是。你不会像大干部那样，想上班的时间才上班。"

不善言辞的哥哥像父亲，毒舌的姐姐像母亲。这话出自姐姐口中，听起来肯定恶毒万分，但哥哥的话里，只有单纯的惊奇。

"别告诉菜穗子啊。"

对我的妻子，哥哥和姐姐的距离感也相差很多。哥哥一心对菜穗子客气，而姐姐对菜穗子十分生气。不是恨，只是生气。气这个都会的千金小姐一时心血来潮，把她的傻弟弟绑架到魔窟。

"我暂时不会说，但也不能一直瞒着她。"

哥哥困窘地望着我。

"过年我会回去看爸，我一个人回去。"

哥哥垂下目光，盯着套餐吐司，小声说"抱歉"。

儿子去探望得重病的父亲，有什么好抱歉的？这是天经地义的事。如果要道歉，该道歉的是我才对。

菜穗子没有见过我的父母。桃子甚至不清楚有他们这号人物。这一切全是因为无论如何都想跟菜穗子结婚的我，背对涨红脸怒骂的母亲，抛弃故乡的缘故。

——我养你养到这么大，不是要让你当有钱人家小姐的小白脸！

"也许爸妈的态度会软化些。"哥哥虚弱笑道，"难搞的反而是喜代子。"

"她从以前就是这样。"我不禁微笑。

送哥哥到车站，我回到职场。不管收到怎样的通知，人都要工作，要接电话，要应付同事的对话。我没变得魂不守舍，我尽量不去想哥哥似乎有点苍老，以及他离开的背影很像父亲。

然而，我却不停地想到那辆红色自行车。

与森先生的酒宴经过两天，宿醉消失的同时，我也从深夜的怔忡之中清醒。当时喝得醉茫茫，才会觉得格外重大。那种程度的错觉，不管是什么身份的人都会发生。我告诉自己，没必要为了仅仅一次的愤懑爆发，感到如此内疚。

然而，现在我又把哥哥的背影，和那辆红色自行车重叠在一起思考。想起那以绝妙的角度靠在墙上，邀请我"走吧，一起远走高飞，离开这里吧"的银轮。

那是不是在邀请我"回去吧"？回到我原本的归宿。

下班时间过后，我前往洗手间，卷起袖子洗把脸。今晚我格外不想怀抱着这样的忧愁回家，菜穗子和朋友去参加年终联欢会，我要和桃子一起度过。我们准备去桃子喜欢的餐厅，回家再次观赏《魔戒》三部曲。我们要挑选出最喜爱的场面，制作属于杉村父女的十大名场面。

菜穗子已准备好外出，等我回家。今晚她也戴着那条粉红珍珠项链。这场联欢会的干事，是那个要在自家开餐厅的朋友，全是女性。但菜穗子打扮得光彩夺目，感觉在女伴之间，一定也鹤立鸡群。

"餐厅怎么样？"

"过完年就要开幕，今天也算是预祝会。不过，我不会玩到太晚。"

"别说那种扫兴的话，慢慢玩吧。"

妻子凌晨一点回家时，我和桃子开着 DVD，在沙发上睡着。桃子温暖得令人陶醉，摇醒我的妻子的手，也带着些许暖意。

今年的圣诞夜，决定家族群众到岳父的宅子庆祝。

"爸年纪也大了。"

起因于菜穗子的大哥这样一句话。过去大舅子和岳父的行程总是满档，根本没空办家庭派对，但今年决定设法挪出时间。岳父的身体不适宜住院检查，也造成影响。

虽然是家庭派对，仍邀请一些宾客，并不全是自家人的活动。因此，包括料理在内，当天的流程会有专门人士控管，听说还请钢琴与弦乐四重奏的现场演奏。我每年都会为桃子打扮成圣诞老人，但今年妻子的二哥要代表扮演。妻子和嫂子们都非常起劲，忙着购物和准备。于是，为家人采买礼物这项大任务，一直拖到二十三日。

这天到出门前一刻，菜穗子都还在忙着确认清单。里面的一个房间，摆着堆积如山的礼物，是要送给岳父宅子的用人们，以及前来祝贺的会长室和社长室员工的礼物。当然，也有"冰山女王"的份。我不知道礼物的内容。

"你猜猜看。"

"不必了。倒是送给桥本的礼物，我似乎猜得到。"

面向咖啡桌，背对我站着填写清单的妻子停下手。

"为什么？"

"因为我们都是男的。"

妻子回头瞥我一眼："那你猜猜看。"

"皮夹，要不然就是名片夹，对吧？"

妻子转过身，"咦……？怎会这么猜？"

"对桥本那种职位的人来说，皮夹和名片夹都是消耗品啊。不能用太破旧的，也不能是便宜货。"

其实，我也想要新皮夹，有一半是乱猜——我招认。

"那你的礼物就决定是皮夹。"

"我这个老公很好懂吧？"

"真的，省下麻烦，太感谢。"

我个人的清单有北见夫人和司，还有足立则生。我准备今天去一趟北见家，送给他们。北见家明天也要举行晚餐会，足立则生受邀参加。他没自信地打电话来，问像他这样的人去打扰北见母子好吗？我鼓励他："对方特地邀请你，不能糟蹋别人的好意。你可以带香槟去当伴手礼。"

"我不知道香槟要在哪里买。"

我本来想叫他去播磨屋，但有点远。

"百货公司地下街应有尽有啊。不过，当天会挤得要命，最好趁早去买。"

"带蛋糕是不是比较好？"

"不行、不行，北见夫人也会准备，可能会重复。"

"也对。"

过一会儿，我接到手机短信的续报。"一起送报的初中生建议，既然是派对，可以买拉炮，会砰砰响的那种。"文字看起来相当期待。

我和妻子在上午出门，把桃子送去大哥家。她要和表兄妹练习后天表演的合唱。

"不是合唱，是无伴奏重唱。"

"无伴奏重唱不是只有男生吗？"

"现在不一样啦。"

先买送岳父的礼物，是羊毛大衣。接着买桃子的衣服，然后开车前往大型书店。

"我去取订购的书，一下就好。"

"《魔戒》吗？"

"对，不过是原文的。"

其实，有一半是我自己想要。边查字典边看也行，光是瞧着都赏心悦目。能和桃子一起分享，更令人欣喜。

我们在书店旁的餐厅用着稍迟的午餐，计划接下来的购物时，发生第一次异变。手机响起，屏幕上显示"田中雄一郎"。

与早川多惠见面，向众人汇报，告一段落后，我没和任何人联络。连原本联络得最勤的前野，都没再发短信过来。那天她低声说"小启，我们分手吧"，之后的事我不想知道，两个年轻人也不希望别人知道吧。

人质伙伴的蜜月期结束。往后逐渐疏远，才是为大家好。这也是比其他人质稍微熟悉事件的我，从经验中得到的体会。不能把非日常的残渣带到日常。这次的情况，有非日常留下的赔偿金这个巨大遗留物，更是如此。

我留下妻子离席，在通道上轻声接起手机："我是杉村，怎么啦？"

除非发生非这么问不可的事，否则田中不会突然打来。

"今天假日，不好意思打电话吵你。"田中的语气并不是特别急迫。

"现在方便吗？"

"坂本有没有去你那里？"田中问。

"那个小哥，从前天就下落不明，似乎是离家出走。"

"离家出走……"

"他没留下字条，但也不是小孩子，应该不会被抓走吧？"

"前野不知道他的下落吗？"

"他们分手了吧？"

我没想到田中居然会发现他们在交往。

"坂本不必提，我没听到前野说什么。"

"那位小姐是不好意思惊动你。她说杉村先生不是当地人，不能再为这点事给你添麻烦。"

所以我才蒙受池鱼之殃啊，他说。

"我反而在猜，既然那小鬼去东京找工作，可能会去投靠你。"

不知幸或不幸，坂本并没有来投靠我。

"他的父母怎么说？"

"他们一阵慌乱，打听小鬼认识的朋友和熟人的电话，寻找他的下落。"

这表示坂本的"离家出走"，有令人担忧的因素。

"我还不清楚详情，一有消息，我会通知——可以通知你吧？"

"当然。要是接到坂本的联络，我也会通知你们。"

我挂断电话，回到座位。妻子从咖啡杯抬起目光，问道："怎么了？"

"没什么大事。"

我们在商量要送菜穗子本人什么。往年我会绞尽脑汁悄悄准备惊喜，但今年是公开询问。虽然轻松，却也少了点刺激。

"您中意的品牌的鞋子如何，太太？那种您不好主动购买，色彩和款式都另类大胆的皮鞋。"

"鞋子我太多双，得有章鱼脚才穿得完。"

"还只是章鱼而已。变成鱿鱼怎么样？"

妻子呵呵笑："那你买运动鞋送我吧。"

"那除非是超高级的运动鞋，不然你送我皮夹可划不来。"

"所以还要附赠别的礼物啊。"

妻子扶着桌面，稍稍凑近。

"想请你带我去一个地方。"

我们从以前就在讨论，要全家一起去欧洲旅行。桃子的第一个春假，或许是好时机。岳父的健康状况暂时也不必忧心——我刚这么想，没想到妻子悄声说："想请你带我去坐那班公车，你坐的那班公车。"

海线高速客运。

我惊讶到一时无法回话。

"为什么？"

我自认为应该不至于脸色大变，但妻子还是受到惊吓："对不起，果然不行。"

"不，也不是不行。"

"会让你想起不好的回忆。"

"那是不必要的担心。不过，那班公车虽然沿路风景不错，却是很普通的市区公车，不值得特地去坐——"

说到一半，我忽然想起："难道是岳父拜托你的？"

这次轮到妻子愣住："为何这么想？"

"哦，我以为你想参观的不是公车，而是'克拉斯海风安养院'。"

岳父已八十多岁，或许这次的住院检查，让他考虑到隐居后的生活。况且，"克拉斯海风安养院"里也住着森信宏的夫人。亲自勘察还太早（而且可能惹来多余的揣测），但他会不会拜托爱女先去参观？如果岳父要住在高级养老院，菜穗子应该会更频繁地前往。

"你想太多了，"妻子笑道，"父亲要是听到会生气的。"

"抱歉。"

"父亲就算隐居，也不会离开市中心。他打从骨子里是个都市人，如果待在充满自然的环境，反倒会害起思乡病。"

不是怀念山里，而是怀念城市的灯火。在各种意义上，岳父都不是热爱灯红酒绿的人，他的情感纯粹是对住惯的土地的依恋吧。

"没关系，忘记我的话吧。对不起，提出这么怪的要求。我只是想拥有跟你一样的体验。即使是事后体验也行。"

"我由衷庆幸你和桃子没经历那种遭遇。"

"嗯，我知道。"妻子坦率地点点头，又低声补一句，"可是，园田瑛子有跟你一样的体验。"

我真嫉妒，她继续道。

"我好羡慕园田小姐。明知大家都平安回来，才能讲这种悠哉的话，但我就是忍不住嫉妒。我真是醋坛子。"

我来不及开口，菜穗子就起身说"走吧"。

之后我们专心购物。即使未来有实现男女平等的一天，奥运比赛中不再区分"男子"或"女子"项目，在购物方面仍做不到男女平等吧。这种情况，能获得让步的应该是男人。女人则在"购物能力"方面特别发达，包括爆发力、持久力、恢复力，还有专注力。

不敢吐露"累了，想休息"的丈夫前往洗手间。第二次的异变，发生在我上完厕所，正在洗手的时候。这回是柴野司机打来的。

"抱歉，在假日打扰你。"

我性急地打断她："找到坂本了吗？"

"还没。"

柴野司机今天要值班，现在是休息时间。她是从更衣室打来的。

"我刚看完值班期间收到的短信。"

"知道是怎么回事吗？"

"前野小姐表示，她也是今早接到坂本先生母亲的来电，才知道出事了。"

前天，也就是十二月二十一日中午左右，坂本说要出门一下，两点多回来的时候，带着两个朋友。三人进入他的房间，交谈一会儿，不久便发展成争吵，连家人都听到争吵声。

"然后，两个朋友回去，坂本关在房间一阵子。"

接着，他忽然提一袋垃圾到庭院，开始烧东西。

坂本家有时会像这样焚烧可燃垃圾，所以庭院放着专门用来烧东西的方形金属罐。

"后来好像又外出了。"

之所以说"好像"，是因为没人看到他出门。坂本的房间里，他平时随身携带的背包不见了。

"那天晚上他没回家，隔天也没回来，不过坂本先生是个年轻男孩，母亲以为他可能是去朋友那里。"

然而，今天早上，家人发现不得了的事。

"坂本先生的祖父在打扫庭院，顺便收拾金属罐的时候——"

在淋了水变得泥泞的余烬中，发现掺杂许多烧剩的万元钞残骸。

"是那笔钱吗？"

不可能是别的东西。

"家人对那笔钱似乎毫不知情。"

"他没告诉家里人。"

坂本家的人吓坏，开始寻找失踪的儿子，于是也联络前野。

"居然做出那种事，这就是他得到的结论吗……"

坂本很想要那笔钱，却也忌讳着那笔钱。想要，但不能据为己有。不能收下诈欺师的钱，要送人又舍不得。干脆消灭这笔钱算了。

这么痛苦地折磨自己的钱，不如烧掉。

同时，他也消失不见。

"柴野小姐，你待会儿要回去工作吧？"

"是的，今天的班到晚上八点。"

"如果想东想西，会对工作造成影响。接下来交给我们，你先忘掉这件事吧。即使慌张也没用。田中先生也说，坂本不是小孩子，不必太担心。好吗？"

"谢谢，我会这么做。"

我回到妻子身边，继续购物。快一个小时过去，妻子在某家精品店试穿，手机又响起，画面显示"前野芽衣"，但我还没接，铃声就切断。

我刻意没回拨。从冲过头的芽衣个性来看，也许是拨给我后，觉得不可以这么慌张。如果有进展，她应该会再打来。

手机陷入沉默。

我要自己不去想被烟熏得漆黑的金属罐，还有贴在底部烧剩的万元钞票。坂本烧掉多少？他收到的一百万元全额？还是用掉一些，剩下来的钱？

坂本"消失不见"——我在心里不断抹去这个念头。他只是外出而已。或许就像田中说的，明天左右，他就会突然现身来找我。杉村先生，我还是想在东京找工作，但第一步该怎么办？

清单上的购物全部解决，前往最后目的地的百货公司停车场时，已快晚上七点。今晚约好要在大哥家和孩子们一起吃比萨。

妻子爱车的后备厢和后座都塞满一包包礼物，我坐上副驾驶座，在系安全带时，手机响起，是足立则生打来的。

"喂，杉村先生？"

背后传来电视声，似乎也有人声。

"啊，晚安。不好意思，我在外面。"

足立不听我回答，匆匆接着道："你没看电视吗？你在哪里？外面？

我在店里跟大家一起看到新闻，简直快吓死。杉村先生，你没事吧？"

没事？为何这么问？

"我和内子去了百货公司。新闻怎么了？"

足立则生旁边有人说话，他"嗯、嗯"应着，然后回答"我朋友没在车上"。没在车上？什么车？

"杉村先生，幸好你平安无事。呃，快去看新闻。警察可能会联络你。"

怎么回事？看到我的表情，妻子不安地瞪大眼。

"又发生公车劫持事件。"足立则生解释，"那班公车……海线什么的，跟九月那时一样的市区公车，停在一样的地点。歹徒挟持人质，关在公车里。"

妻子搭着我的手臂，询问："什么状况？"

我默默抓住她的手。

"歹徒自称坂本，是个年轻男子。他告诉警方，他是九月公车劫持事件的人质，要求把当时和歹徒谈判的警官带来。"

我的手机差点滑落。

"从电视画面看不到，但现场记者说他带着生鱼片刀。人质数目还不清楚，但司机在车上。"

"女司机吗？"我问，"是柴野小姐吗？"

"我不知道名字，不过是个男司机。"

杉村先生、杉村先生，听得见吗？足立则生的声音忽然变得遥远。

我安排妻子去大舅子家，招计程车前往公司。从这里可搭计程车短程抵达任何地方。我知道"睡莲"的老板在厨房放了台电视，而且那家店全年无休。

不出所料，老板在没有客人的店内看电视，十四英寸液晶小屏幕上映出熟悉的公车。老板的表情明显松一口气。

"啊，这回你没被卷入。"

抵达"睡莲"时，我陆续收到其他人的来电。先是田中，然后是迫田女士的女儿美和子、北见夫人与司。与足立则生相同的时刻，大伙都在电视上得知发生新的公车劫持事件。我们激动地讨论。

"联络上柴野小姐没？她今天的班到八点。"

"她应该是开别条路线吧。客运公司应该已联络她。"田中出声，"那小鬼到底在想什么？你什么都没听说吗？"

"我什么都不知道，但坂本的样子一直不太对劲。"

"那个小姐会不会也掺一脚？她都不接电话。"

"请继续打打看。"

"杉村先生有没有接到海风警署的联络？"第一个担心这个问题的是迫田美和子，"坂本先生究竟想干吗？怎么会做出这种事？"

"不清楚。总之，请别慌。坂本提出什么要求——不，还不确定那个人是不是坂本……令堂的状况如何？"

"家母什么都没发现。"

北见夫人和司只是想确定我没事："抱歉，这么惊慌。可是，看到一样的状况……"

"嗯，真的会慌乱。"

不知为何，唯独前野完全没联络。打过去直接进入语音信箱，传短信也没回复。

电视画面的影像没有变化。三晃化学围栏上的那些电灯泡，即使从外头望去，一样绽放着混浊的光芒。公车内很暗，只有驾驶座亮着。司机不在那里，但根据现场报道，人质是包括司机在内的两人，疑似被吩咐坐在地板上。

x歹徒的身影晃过车窗。确实是一名年轻男子，但无法确认长相，也看不到刀子。真的是坂本吗？他会拿着生鱼片刀乱挥吗？

有来电，是田中："喂，小姐真的不接电话。"

"我也打不通。"

"山藤警部有没有联络？"

"我这边没有。"

"嗯……冷静想想，这跟我们无关。我们一无所知。"

田中的语气像在说服自己。

"如果坂本要求我们去现场，我们应该会接到联络。"

"他叫我们去干吗？"

"谁晓得？我只是提出这种可能性。就我听到的，坂本想和山藤警部谈话。"

"我怎么不知道？你在哪一台看到的？"

说着说着，手机没电了，通话中断。老板借我充电器，离开厨房，把"营业中"的牌子翻面，接着泡起咖啡。

"这孩子一开始就报出身份。"

老板从新闻节目打出速报便守着电视。

"他表明自己是九月的公车劫持事件的人质，要警方确认。"

"是本人打电话报警的吗？"

"不是，他让两名乘客下车，要他们传话。"

他十分镇定，还说只要警方听从他的请求，就不会伤害人质。

"欸，喝杯咖啡吧。"

老板不是拿平常的杯子，而是用马克杯端来咖啡。

"这次的事件，杉村先生你们不需要惊慌。你们跟此案无关吧？"

之所以是疑问句，是老板听到我先前的对话有些不安吧。

我盯着蒸汽升腾的马克杯："我不晓得能不能说无关。"

老板站起身："今天有蛤蜊巧达汤，要不要热一下？你还没吃晚饭吧？"

从电视画面看不到警方的行动。在黄色灯光照耀下，公车静静地停在原地。

手机响起。看到来电显示，我立刻接听。另一头传来慌乱的喘息声。

"杉……杉村先生！"

是前野，她在哭。

"我一直试着打给你！你在哪里？在做什么？"

对不起、对不起，她哭着不断道歉。

"我……我在小启家。"

"他的父母呢？"

"刚刚跟警察去现场，希望能说服小启。"

我膝盖一软。错不了，歹徒就是坂本。

"傍……傍晚五点过后，小……小启打……电话来……"

"他说什么？"

"他要亲手做个了结。"

坂本也不停道歉。

"说是只能这么做。"

"你为何不立刻通知我？"

"对不起。可是，我不晓得小启在……在想什么……"

我不知该如何是好。

"今天早上，我一直在找小启，但都找不到。"

坂本还没向家人介绍前野。尚未进入那个阶段，两人就告吹。

"可是，我去打过招呼，所以小启的妈妈知道我打工的面包店。今天早上她打电话去店里……

"一直询问两人共同的朋友，还拜访坂本前职场的人，寻找他的下落。

"小启带走手机，家里的人不晓得他朋友的联络方式。"

此时，坂本打电话给前野。于是，前野冲去坂本家，发现坂本打给她后，也打给父母。

"他对父母说什么？"

"这么不孝，对不起。"

"关于烧掉的钱，有没有任何说明？"

"没有，坂本妈妈一问，他就挂断。"

"前野，你在坂本家看新闻吗？"

我听到抽噎声。

"现在警方呢？"

"在调查小启的房间。"

"你一个人在那里？"

"还有小启的爷爷。"

是发现金属罐余烬的祖父。

"我们也在寻找有没有小启去向的线索。"

她颤抖似的叹息，接着道："我只说跟小启交往过，没透露其他事。"

赔偿金的事，我们的调查。自称暮木一光的老人真实身份及他的意图。

"其他的事我都没说。"

"——你不必操多余的心。"

虽然要看坂本接下来会怎么做、提出什么要求，但我们的秘密极有可能无法再保密。

"那样太对不起迫田女士了。"

前野又抽噎起来，我实在听不下去。

"不能讲太久。等一下我会打过去，你先冷静，好好休息。"

等我结束通话，老板指着电视画面说："警方的谈判人员已靠近公车。"

这回公车也是车门紧贴着围墙停放。有个人朝后车窗轻举双手，慢慢走近，是山藤警部。

他放下手，把右手的手机贴在耳上，进行通话。

"刚刚现场转播的记者说，歹徒在离家出走前发生过争吵？"

"疑似与朋友吵架。"

"好像是为了钱。会不会是有金钱纠纷？"

这未免太奇怪。坂本会有金钱纠纷？他与钱有关的纠葛，应该是要如何处置手边的一百万元，不会与第三者有纠纷。

不会有纠纷——应该吧。

我默默思索。坐在老板为我加热的蛤蜊巧达汤前，我逐一回想九月公车劫持案后的每一件事。

坂本确实不太对劲，甚至对前野不假辞色，顶撞田中，对早川多惠则是冷嘲热讽，有时会破口大骂，冷漠地闹脾气。

他开始变成这样，准确来说是何时？

我们本来就不是朋友，是在公车劫持事件中认识。要看清什么是那个人的本性、什么是变化，相当困难。但我们是何时察觉坂本与当初不太一样？是收到钱的时候吗？是我提出调查钱的来源才能收下的时候吗？

当时他陷入天人交战，或许是想保持形象，对调查表现得很积极。

他的眼神变得阴沉，态度变得冰冷消极，是不是在渐渐看出"暮木一光"与日商新天地协会关系后？

那时我们通过电话和短信，一点一滴报告彼此的调查成果。我调查暮木老人，坂本和前野调查"京 SUPER"，柴野司机边检查身边有没有暮木一光的影子，并努力联络上迫田美和子。

我们的调查一步一步前进。前进——再前进——

不，在那个阶段，只有我的调查有进展。我试着通过调查暮木老人指名的三个人身份，来厘清老人的真实身份与意图。

过程中，坂本越来越消极。

完全就是"消极"。他是不是有不能告诉我们的秘密？只属于他一个人的秘密，连对前野也不能透露的秘密。

据说，九月的公车劫持事件刚结束，他向前野吐露过心声：真的会收到赔偿金吗？前野生气地骂他太不庄重，令他消沉不已，但仍渴望拥有那笔钱。事件落幕后第三天，报道揭露暮木老人的身世，他大失所望。老爷爷不是有钱人，赔偿金的事是骗人的，世上才没那么美好的事。

金钱纠纷。与他发生争吵的朋友。他在就职的清洁公司遇上的麻烦。如果有一笔钱，就能重读大学，让人生重来的愿望。

——姓氏只差一个字，境遇却是天差地远。

坂本看着英姿飒爽的桥本真佐彦，喃喃自语。

一个想法掠过我的胸口。那并非单纯的灵机一闪，而是从以前就在那里。一直在脑中潜伏萌芽，只是我从未细想。

金钱纠纷。

电视画面没动静。我兀自沉思时，山藤警部的身影消失。

我打给前野，她立刻接听，但说"请等一下"，似乎换了个地方。

"喂？呃，还有警察留下监视，所以我走到庭院。"

那正好。

"前野，庭院还有坂本用过的铁罐吗？"

"应该有。"

"里面的灰烬呢？"

"警方拿去调查。"

晚一步吗？我急忙思考。

"那你可以看看坂本的房间，或是家里的垃圾桶吗？不是可燃垃圾，而是不可燃垃圾。我想应该有样本或是文件之类的东西，也许体积还要更大。"

"更大？"

"对，好比净水器。你能帮忙问问坂本的祖父吗？这一个月之间，坂本有没有购买这类东西，囤积在家里？"

我挂断电话静待。公车劫持事件的现场陷入胶着，没看到山藤警部的人影，现场连线的记者也一直在重复相同的话。

前野打电话过来："杉村先生。"

"找到了吗？"

"有一本很奇怪——该说很奇怪吗？有一本相当豪华的文件被丢在垃圾桶，坂本的爷爷没有看过这种东西。"

我的背脊蹿过一阵恶寒："怎样的文件？"

"封面看起来像皮革——是人造皮吗？里面是空的。"

被坂本烧掉了。

"封面上写什么？"

"我看一下，呃……《精英事业手册》。"

老板很惊讶，因为我哆嗦了一下。

"上面有没有企业名称？"

前野结结巴巴地念："美丽＆健康＆幸福 宫间有限公司。"

公司名称听起来简直像个玩笑，所以才会留存在我的记忆一隅。我在调查的时候看到过。

不是在暮木老人的调查中，而是一开始关于足立则生与高越胜巳的调查。

高越胜巳任职的健康食品贩售公司，涉嫌夸大广告与违反药事法。遭足立则生威胁揭发诈欺师身份的高越胜巳，现下仍不学乖，在这种可疑的公司任职牟利。当时我为了进一步了解健康食品及化妆品的通贩和邮购，看了几个整理网站，以及似乎能作为参考的新闻网站，发现"美丽＆健康＆幸福 宫间有限公司"。

除了进口化妆品及健康食品，这家公司也贩卖号称具有提升肌力与瘦身效果的小型健身器材。有人控诉这款器材毫无效果，告上法院。此外，这家公司采取会员制，对业绩良好的亲友会员设有奖励制度。虽然规模与贩卖的商品不同，却是日商新天地协会的同类。没错，所以我在浏览日商新天地协会的相关网站时，才会在讨论中"感觉下次就是这里要被抓了"看到这家企业的名字。

坂本有那里的文件。而《事业手册》《会员手册》，都是这类组织发给新会员的指南手册典型的名称。

"前野，"我重新握紧手机，慢慢地问，"听说前天坂本在离家出走前和朋友吵架，你知道那些朋友是谁吗？"

"小启的妈妈也问过我……"

可能是我的语气造成前野不安，她的声音变得微弱。

"有一个叫熊井。"

"你认识的人吗？"

"是小启的大学朋友。"

前野、坂本和熊井三人一起去过居酒屋几次。

"他很好相处，我不敢相信他会和小启吵架。"

"你知道那个人的手机号码吗？"

"——知道。"

我以手势要求，老板随即递来纸笔。

"前野，"我对着电话叮嘱，"除非警方——也许是山藤警部，要求你说服坂本，否则你不可以离开那里。请你和坂本的爷爷留在屋里。不可以依自己的判断跑去现场附近，也不可以联络坂本，明白吗？"

"杉村先生……"

"明白吗？"

"——我明白了。"

我挂断电话，立刻打给熊井。由于是陌生的号码，不晓得是不是心生警戒，对方迟迟没接听。拜托，拜托接电话吧。

"喂？"

"你是熊井吗？"

"是……"

老板目瞪口呆地看着，我重新在厨房的高脚凳坐正。

"抱歉突然打电话给你，我叫杉村，在九月海线高速客运的公车劫持事件里，和坂本一起成为人质。"

啊，电话另一头传来惊呼。

"我们在寻找说服坂本的材料，想劝他投降。我想请教一下，前天和坂本发生争吵的是你吗？"

嗯，是啦……含糊的话音传来。

"你们争吵的原因，是为了宫间有限公司吗？坂本曾经邀你加入会员，或是央求你购买商品吗？"

一阵沉默。

"刚刚警方才问过我一样的问题。"

我闭上眼睛。

"我是跟坂本一起加入会员的。"

"——那是什么时候的事？"

"九月底吧。一股五万元，所以我出十万元。坂本买一股。"

个性敦厚的熊井，说话有些含混不清。

"是坂本邀你加入的吗？"

"原本是他还在上大学的时候，社团学长邀他的，后来就没下文。可是，最近他才又想起似的跟我提，说他仔细调查过，绝对会赚。"

原来是这么回事，坂本从以前就有牵连。

不过，当时他并没有抓住这个赚钱机会。公车劫持事件时，暮木老人提起巨额赔偿金，他忽然做起美梦，而这个美梦在老人死后三天，由于老人身无分文的报道瞬间破灭，于是他想起这件事。

"那家伙蛮投入的，努力寻找新会员，但这阵子忽然冷却。大概是这个星期初，他突然跑来我家，塞十万元给我，说就这样结束一切吧。"

"叫你退出宫间的会员？"

"是的。我问他理由，他说那是诈骗集团。我因为邀研究室的朋友加入，丢脸丢大了，所以跟那个朋友一起去找坂本谈判，可是那家伙净说些莫名其妙的话，我们才吵起来。"

熊本还在说话，但我道声谢，挂断电话。冷汗泉涌而出，我用手拭汗，闭上眼睛。

"杉村先生，你不要紧吧？"

电视传来现场记者的报道：歹徒要求热饮和餐点——

这是诈欺师的钱。大叔，诈欺师的钱怎么能拿？坂本的声音在耳畔复苏。

那看起来像是在责怪暮木一光、羽田光昭，其实是呐喊，是坂本的告白。我也是诈欺师！我干了一样的坏事！我是一丘之貉！

手机骤响，我和老板都吓得跳起来。

"喂？"

"杉村三郎先生吗？"

是忘也忘不了的山藤警部声音。

"抱歉，突然打来。你知道目前发生的事件吗？"

"是的，我在看电视。"

"你认识坂本启吧？"

"那起事件后，我们有联络。"

一阵空白。

"嫌犯坂本现在劫持人质，据守在公车里。他刚才提出要求，希望警方找出一名人物。"

我紧紧握住空着的手。

"是一个叫御厨尚宪的人。你听过这个名字吗？"

我无法回话。

"其实在你之前，我依序联络那起公车劫持事件的相关人士。我请田中先生和柴野司机到警署，等一下前野小姐就会过来吧。我们也联络到迫田女士的女儿。"

"——这样啊。"

"大家都知道那个叫御厨的人，但详情要我们问你。"

换句话说，人质伙伴一致同意交给我决定该怎么做。

我能怎么做？

"警部。"

"是。"

"很抱歉，我不能透露。"

我坐着一阵哆嗦，抢在警部出声前一口气说下去："但我能找到这个人，可以给我一点时间吗？"

语毕，我不只切断通话，还关闭电源。然后，我向老板要求：方便借我车子吗？

"你这人啊，居然叫我借你车子？厚脸皮也该有个限度。"

老板的爱车是部破宾士车。此刻，他坐在驾驶座耸着肩膀握紧方向盘。

"这家伙跟我一起度过波澜起伏的人生，我们是一心同体，比我老婆重要。居然叫我借人？"

"对不起，我认错，请不要开太快。"

"你不是很急吗？"

"万一出车祸可不妙，对老板的太太也过意不去。"

"咦，没提过我单身吗？"

"你刚刚不是说，这部车子比老婆重要？"

"所以离婚了啊。"

关越高速公路十分空旷。返乡车潮尚未涌现，是不幸中的大幸。

"我的事不重要。"老板觑着我，"你是不是应该先联络要去碰面的对象？"

坐在副驾驶座的我握紧手机："应该吧。"

"那就快打电话。"

"如果打电话，那个人可能会逃走。"

早川多惠仅仅是执行青梅竹马阿光的遗书。她一定不想卷进这种麻烦，揭发自己做的事吧。

但我能依赖的，还是只有那个可爱的老奶奶。

手机响起，是园田瑛子打来的："到底出什么事了？"

她劈头就骂我。虽然不到吵闹，但她所在的地方似乎颇热闹，背后有人声及细微的音乐声。

"你看到电视新闻了？"

"我完全不知道好吗？我在 KTV 包厢唱歌。"

我觉得这样就好。

"请继续欢唱吧。"

"哪唱得下去？刚才山藤警部打电话来。"

"那你现在要去莓风警署吗？"

"我该过去吗？"

"不，总编没有这个义务。"

园田瑛子什么都不知情。

"我一头雾水，所以告诉警部与我无关。"

"这样就好。你在跟谁唱歌？"

停顿片刻，总编冷冷回答："以前当劳联委员时的朋友。"

"如果是现下还在当委员的人，请代我致意，谢谢他们多方照顾。"

"杉村先生，你在哪里？"

我没答复，挂断电话。

菜穗子传两则短信来。

"平静下来后，请联络我。"

紧接着的一则是："父亲说不管出什么事，务必冷静行动。"

我再三重读这则短信，关掉手机电源。

车上广播新闻一直在传达公车劫持事件的状况，没有特别的进展。坂本提出的要求细节，及御厨尚宪的名字，都还没出现在报道中。

破宾士驶下关越高速公路，进入县道。老板开得飞快。

汽车导航通知接近目的地，车速减缓。畑中前原的城镇，和那天晚上一样处在寂静中。"大好评热销中"的招牌沉入黑暗看不见，但超市的灯光显得格外明亮。圣诞节蛋糕和炸鸡的宣传立旗在夜风中摇摆。

"那家店吗？"

"停车场在马路对面。"

隔着玻璃，看得见坐在收银台的早川多惠。不只老妇人，还有别人。

"可以请你在车上等吗？"

"你一个人不要紧吗？"

"对方是个可爱的老奶奶。"

我走下宾士车，脚步沉重，真想掉头回去。其实内心也觉得应该回去。前往海风警署吧，随便找个理由向山藤警部搪塞就行。

搪塞。怎么搪塞？就算我能打马虎眼，也没办法模糊坂本的话和他切实的要求。

或者他——

我想到那个可能性，用跑的穿过斑马线。不能回头。

还没到超市入口，早川多惠就发现我。以圣诞节色彩装点得气氛欢欣的店内，那张脸苍白得像天上被扯下来的满月。

老妇人身边站着一个面容肖似她的男子。大概跟我同年代，是早川家的长男。早川多惠注视着走近的我。长男流露担心、不安与愤怒的眼神，交互看着母亲和我。

他先出声："欢迎光临——"

我摇摇头。我不是客人，我不是客人啊。

我在收银台前停步，深深行礼。

"良夫，就是这位先生。"

早川多惠双手抓着柜台边缘。老妇人的儿子良夫盯着我，缓缓站起。

"非常抱歉。"我低着头，"如果能够，我不想给早川女士添麻烦。"

没有回应，早川多惠保持沉默。

"妈。"早川良夫唤道，然后，他问，"你找我妈有事吗？"

我抬头望着他："我……"

"不必，你们是哪里的什么人，妈都告诉我了。"

我很惊讶。早川多惠俯下苍白如明月的脸。

"全是阿光害的吧？"她像在喃喃自语。

"阿光干的事，害得那个年轻人失常，对吧？"

店里没有广播或电视的声音，但后方有一台笔记本电脑，屏幕上映出被黄光照亮的海线高速客运公车。

早川多惠泪眼盈眶。她低着头，触碰儿子的手。

"你们也是，我对不起你们。"

早川良夫的鼻翼翕张。

他年迈的母亲对我说："我猜你一定会来。"

所以她在店里等我。她得知坂本劫持公车的新闻后，向宝贝儿子坦承内情，然后静待我——或是警察上门。

"各位——不，杉村先生不可能抛下那个年轻人。他提出什么要求？"

"报道有说吗？"

早川多惠摇摇头："但杉村先生知道吧？他想要做什么？他像那样引起媒体注意，是打算把阿光的所作所为全部公之于众吗？"

如果是那样还好。

"坂本要求警方找出御厨先生。"

老妇人的身体顿时瘫软。她的手放开柜台，蜷曲的背落在椅上。

"御厨先生……已不在世上……我不是提过？他不明白我的意思吗？"

"坂本明白。但是对他来说，那样还不够。"

不能让御厨尚宪安详地走掉，这样他无法气消。他要揭开一切，否则不能甘心。坂本无法原谅，他无法原谅御厨、羽田光昭，还有他自己，以及想要将事情掩盖起来的我们这些人质。

因为坂本不再是单纯的人质。他堕落成御厨、羽田的同党。他无法不去揭穿同样狼狈为奸的诈欺师的罪行。

我简述宫间有限公司的不法勾当，还有坂本烧掉万元钞票，对他邀请加入会员的朋友们说了些什么。

早川良夫搂住母亲的肩膀，像要护住她。

"宫间有限公司的事，不是早川女士的责任。我们应该更早发现。"

早川多惠靠着儿子的臂膀，缓缓摇头："不，是阿光和我害的。都怪阿光提起巨额赔偿金。都怪我不该太慢把钱寄出去。"

我是怕了啊——老妇人发出哭声："我原本想毁约，假装没这回事。

阿光说只要他死掉，一星期过后，报道就会退热，警方也会收手。所以，等到那时候再寄钱给大家就没问题。然而，我心生恐惧，拖拖拉拉的。"

不是妈的错，早川良夫低喃。在短时间内听到这么多事，现在又接收到新的信息，他肯定脑袋一片混乱。他环住母亲肩膀的手，指尖颤抖着。

"坂本不会伤害人质。"

他想清算的是自己。

"他打算揭开事实，然后就此消失。我无论如何都想阻止他。因为还是能重新来过的。"

早川多惠的手覆住儿子的手，抬起头看我。我迎向她的目光，开口："请告诉我，御厨在哪里？你应该知道吧？"

御厨尚宪的遗体在哪里？

"为什么……我会知道？"

"羽田先生应该会告诉你。不可能只告诉你他杀了御厨，却不告诉你遗体藏在哪里。"

这样只会徒然搅乱早川多惠的心。

"这个国家看似辽阔，实则狭小。不管是在偏僻的山区或海中、湖里，都可能找到尸体引发轩然大波。我不认为羽田光昭会冒这种险。"

无论是本名或假名，只要御厨的遗体被发现，警方迟早会查出他的身份。遗体会道出一切，包括外表特征、遗物、齿痕、DNA。如果御厨有家人，也可能报案失踪，请求警方协寻。

只要查出身份，迟早会发现御厨和羽田的关联。查到羽田，就能直接联结到与羽田光昭亲近的早川多惠。

"羽田先生大概是说，御厨的遗体他亲手处理掉，藏在某地方，绝不会被任何人发现，所以你可以放心。不是沉入海里，或弃尸在某处这样模糊的说法，他应该只对你一个人坦白，告诉你尸体葬在某个你可以放心的地方。"

老妇人闭上眼，缩起身子。她紧抓住儿子的手。

"上次坂本在场的时候，我应该问出这些的，应该亲自确认的。"

之所以没那么做，纯粹是我想要结束这件事。我觉得就算不管御厨这个人，也可以结束了。

"羽田先生和御厨那么亲近，把他邀到无人之处，下手杀他，到这里都能一个人完成吧。但尸体很难处理，光搬运就是件大工程，要掩埋也非常辛苦。那必须是熟悉的土地，不必大费周章，便可藏尸的地点。羽田先生是不是一开始就准备好这样一个地点？"

妈——早川良夫挨近母亲："真的像这个人说的吗？妈，你真的知道吗？"

"对不起，良夫。"

这家店不行了，老妇人哭泣。

"都怪我太傻。"

"没错，妈太傻。"儿子的眼眶通红，"我不是叫你不要再跟羽田叔叔来往？那个叔叔不是什么好东西。"

"所以我才不想抛弃阿光啊！就因为大家都说阿光不是好东西。"

"早川先生，"我向良夫解释："令堂跟公车劫持事件没关系，当然和杀人也毫无关联。她只是听从羽田光昭的请求而已。她甚至不知道羽田光昭是不是认真的。"

"你在说什么？"

早川良夫语带责怪，我振奋地回答："我的意思是，令堂没做任何必须受罚的事。身世孤寂的青梅竹马说出一个破天荒的计划，而她只是温柔地搭腔聆听而已。"

"可是，把钱寄给你们的是我妈啊！"

"那也只是照着阿光的遗言去做而已。没想到他真的犯下公车劫持事件，然后自杀。接着，令堂这才知道阿光的遗书——我想多少补偿一下在事件中蒙受麻烦的人，请替我送钱给他们。得知这番遗言是发自真心的，所以照着他的嘱托做罢了。那笔钱是羽田光昭的财产，不是来历可疑的钱，是他的积蓄。"

早川良夫颤抖的手用力抱紧母亲的肩膀。

"你也不晓得御厨的遗体在哪里。是我查到，向你询问，然后我自行去确定。当成这样就好。你对于阿光杀害御厨一事半信半疑。阿光这人老爱把话说得天花乱坠，你总是不知道他说的是真是假。而且你很害怕，不想去确定。就当成这样吧。"

我不会让这家店受到影响——我说。"我保证。"

早川多惠甩开儿子的手，抓住旁边的拐杖。

"应该是墓地。"她挣扎着想站起，"是一座叫'照心寺'的寺院墓地。阿光家人的墓就在那里。"

"地点在哪里？"

"之前我带你们去过家庭餐厅吧？从那条路继续北上，越过一座丘陵，就在另一边。我带你过去。"她双手抓住拐杖望着我，"这一带的人从以前就习惯盖很大的墓，用来放骨灰坛的石室也很大，非常大。"

我用力点头："我知道了，所以不用带路。"

"我去。"早川良夫自告奋勇。

"早川先生也不行。请陪在母亲身边，我一个人就够了。"

他咬上来似的反驳："不，那墓区非常大，你也没有在夜里上山的经验吧？你找不到的，我带路。"

接着，他忽然垮下肩膀，回望哭成泪人的母亲："可以吧，妈？"

"——对不起。"

早川良夫像个倔强的孩子般笑道："真是的，就是不听我的话，才会变成这样。怎么不早点告诉我？"

"可是，早川女士——"

我的担忧被看透。早川多惠放回拐杖，坚强地保证："我没事，绝不会动什么傻念头。我会在这里等着。"

我定定地注视她的双眼。

"那不好意思，借用一下令公子。我们开车过来的。"

早川良夫从柜台底下取出大型手电筒。

"走吧。"

我们一起跑向停车场。老板从驾驶座猛地直起身子，早川良夫吓一跳。我急忙介绍："这个人是我朋友，跟事件没关系。"

早川良夫点点头，坐上副驾驶座，老板瞪大眼："这位是？"

"我是汽车导航，不用介意我。"早川良夫回答。

"这样啊。那我是这辆车的自动驾驶装置，不用介意我。"

当地人的话确实该听。从那间家庭餐厅开进旁边的路，一上坡后，四下就落入一片漆黑。杂木林中，有条宽度勉强可供两车交会的路。路灯稀疏，光线也很微弱。没有半个标志，处处竖立着反射镜和路标，但得靠近才看得见。

"那边右转。"

早川良夫明确下达指示，望着前方说："你上个月也来过吧？"

"是的，来见令堂。"

"听说有客人来找我妈，样子有些不太寻常。"

是加奈。

"我一直很担心，有股不好的预感。"他自言自语般低喃。

"九月发生事件的时候，报上有歹徒的肖像画。我一看到，就认出那是羽田叔叔。"

路况非常糟，破宾士颠簸得相当厉害。

"可是，妈却否认。"

"你见过羽田先生？"

"他来我们家时，我至少会打声招呼。他以前似乎帮助过我们家。"

是阿光靠三寸不烂之舌保住那家店的事。

"在当地，几乎没有人认得羽田叔叔。大概只有我们家的人知道他吧。"

"这样啊……"

"妈很生气，坚称歹徒不是阿光，名字又不一样，反倒让我更在意。"

但是也不能怎么样，他继续道："我妈很顽固，从以前就是。她口风很牢，一旦决定做什么，就会坚持到底。"

车头灯下浮现"照心寺"三个字，是白底看板上清楚的黑字。

"墓地入口在更前面，停在这里较妥当。"

在我制止之前，老板也下了车："我可不想在这种鬼地方一个人看车子。"

拿着大型手电筒的早川良夫领头，我们踏入深夜的墓地。那的确是一片广阔的墓园。路面没有铺水泥或柏油，高低差剧烈。下雨可能会滑倒的地方铺了木板，处处杂草丛生。

"每座墓都好大。"

老板不禁感叹。每一处墓所随便都有三平方米以上的面积，个别以石墙围绕，里面聚集复数墓碑。

"我爸的墓也在这里。"早川良夫踩着笃定的步伐，在黑暗中前进，"将亲近的家属的墓地放在同一区，是这个地方的习惯。可是，只有羽田叔叔的家……"

毕竟是那样过世的——他压低声音。

"从羽田一族的墓地被赶出来，位于角落。"

只有阿光的父母和哥哥三个人。

"我妈一到彼岸节[1]，都一定会来扫墓。可能是羽田叔叔拜托的吧。"

即使羽田光昭没拜托，她也会这么做吧。

"就是这里。"

早川良夫举起手电筒。真的在墓区外围，杂木林紧贴在后方。

一样是一座大墓。周围的石墙低矮，不到我的膝盖。在约一平方米大的墓地内，只有一座墓碑。是由约一人围抱的花岗岩堆砌而成，微微向右倾斜。这里是斜坡。

"羽田家之墓。"

老板念出声，呼吸变白浮起。

"墓碑是很豪华，但一点装饰也没有，仿佛是荒原中的一栋屋子。"

呈三段堆砌的花岗岩最底下的部分，有石室的盖子。上面刻有应是羽田家的家纹。尺寸约为半张榻榻米大。我一阵颤抖。

早川良夫举着手电筒，也不敢动弹。老板对着墓碑轻轻合掌膜拜后，弯身搜寻周围，然后出声。

1　彼岸是春分及秋分的前后七天，日本人会在这个时期扫墓。

"羽田大吉、良子、光廷。"他念出墓碑上雕刻的名字,"还刻有光昭的名字,是一家四口的墓呢。"

我颇为诧异:"过世的是他的父母和哥哥,光昭还活着啊。"

不,直到今年九月前还活着。我回望早川良夫。他在手电筒的光圈外垂下视线。

老板在墓碑后说:"可是,这些字应该是在同一个时期刻上去的。方便照一下这边吗?"

早川良夫上前挪动手电筒,小声补充:"我妈说,这是羽田叔叔的叔公干的。"

是羽田家的三人葬身火窟后,继承遗产,收养光昭的人。

"他说只有光昭一个人被留下来太可怜,先帮他把名字刻上去。"

语气非常不忿。

"这对留下来的孩子根本太残忍。"

"……就是啊。"

仿佛在诅咒他快点死掉,一起埋进这里。不,那等于是在说:你也应该死掉埋在这里的,居然活下来。

"在其他地方,我从没听过有人这样做。"老板站起,拍拍长裤膝盖,"这做法实在令人作呕。"

我脑中浮现的不是"暮木一光"的脸。耳朵深处也没听见他流畅的辩论,更听不见早川多惠自述身世的话音。

我想起来的,是素未谋面的古猿庵告诉我的,日商新天地协会代表小羽雅次郎的人生。

因为父亲的丑闻,小羽被赶出故乡。他被故乡憎恨,也憎恨着故乡。他的人生目标,就是要让拿石头扔他的那伙人刮目相看。

年幼的羽田光昭,在这块墓碑上看到什么?应该保护他、扶养他的人,在这块墓碑上刻下他的名字。你应该也一起埋在底下,你是个没人要的孩子。那个时候,羽田光昭的人生就被囚禁在这块墓碑下。

羽田光昭与小羽雅次郎是猎人与猎物的关系,是只有利用与被利用的关系。但他们的邂逅全是巧合吗?只有利益彼此吸引吗?

不仅仅小羽雅次郎而已。相互欺骗的人，是否从彼此身上感觉到相同的气味？对于自己无力扭转的命运的憎恨、对不肯接纳自己的社会的愤怒、对自己无福拥有的美好人生的憧憬。即使没浮现在意识表面，这阴暗的引力，也将骗子与制造骗子的人牵引在一起——

羽田光昭早随着父母及哥哥死去。留在世上呼吸行走的是他的空壳。他并不是被濒死体验改变，而是寻回原本的面貌。

"要打开这里吧？"

老板蹲在石室的盖子前，仰头问我。我点点头，走上前。

石室的盖子很难移动。但是两人合力搬挪，便一下往旁边滑开，害老板差点跌跤。

"请照亮里面。"

光圈上下移动，是早川良夫在发抖。我从他手中接过手电筒。

"抱歉。"

他低喃着，别开脸。

不费吹灰之力。白色强光一下就照到衣物般的东西，是西装袖子。我卷起外套袖子，把手伸进石室，摸索抓住，试着拉动。那东西发出沙沙声响。

看到头发，还有底下的白骨及空出大洞的眼窝。

或许是气温寒冷的缘故，没闻到腐臭，只觉得灰尘味颇重。遗体似乎有一半木乃伊化。虽然看不出体格，但御厨尚宪应该不是个壮硕的人，掀起袖子露出的臂骨很细。

"还真的找到了啊。"老板出声。

在辽阔墓区的角落，除了羽田光昭和早川多惠之外，没人来参拜的坟墓，不可能有人发现。如果是三更半夜，要背着遗体偷偷过来，也不是难事吧。

羽田光昭在人生落幕之际，将一同走过错误道路的伙伴，葬送在自己被囚禁的地方。

我把手电筒交给老板，取出手机，迅速拍几张照片，传送到坂本的手机信箱。

我站起身，慢慢数到五十，拨打他的手机。

铃声响起，很快就停歇。

"坂本，我是杉村。"

北风吹过伸手不见五指的坟墓，喧闹的杂木林搅乱黑暗。

"我到了御厨的遗体。"

传给你了，我说。

"亲眼确认，然后投降吧。继续做这种事，也没有意义。"

没有回应，但听得到细微的呼吸声。或者那只是风声？

"你听得到吧？"

坂本的声音沙哑："你在哪里？"

"在羽田光昭家人沉眠的墓地。御厨的遗体就在放骨灰坛的石室，你看看照片吧。"

"你是怎么——"

"上次一起拜访早川女士，我就猜到了。那时候应该确认一下。"

抱歉，我说。

"必须揭开一切才行。"坂本出声。

"嗯，没错。"

"就算他已死，也不能原谅他。"

"嗯，没错。"

"羽田老爷爷做的事，跟那个叫葛原的人不是没两样吗？"

"嗯，没错。"

"得把一切都公之于众才行！"坂本大叫。

"不能放任不管！要斩草除根！"

我知道坂本在哭。

"放走人质，从公车下来吧。结束了。"

羽田光昭的诅咒解除。那个老人自以为是赎罪与祝福而留下的诅咒。

名为金钱的诅咒。

坂本的呼吸声变得粗重。

"我要揭开一切，说出全部真相！我要把真正邪恶的人拖出来！那是个污水坑，所以要连底部都彻底清干净！"

像小孩子吵架，他一个劲地叫喊。

"放他们逃走，会重蹈覆辙。又会有人掉进那个污水坑。"

"我知道。我看到宫间有限公司的事业手册。"

坂本顿时沉默，仿佛倒吸一口气。

"杉村先生。"

我也是同类，他自白道。

"我也是个诈欺师。"

"你是被害者。你是被骗了。"

"——我想要钱。"

"嗯，我知道。"

社团学长邀约时，坂本并未受到吸引。他开始心动，是因为在公车劫持事件中听到羽田光昭提起赔偿金。

那是画上的大饼。但是，听在认真想要人生重新来过，因而渴望金钱的坂本耳里，那就像个甜美的梦。假如真的能拿到赔偿金——他目眩神摇起来。

然后，"暮木老人"死去，警方查出他其实是个身无分文的老人。在那个时间点，这是正确的信息。

一度陷入美梦的坂本，不知多么失望。果然是骗人的吗？那个老爷爷并不是有钱人。当下坂本应该要表现得更潇洒，他却忍不住向前野抱怨，就是失望到这种地步。

要是有钱就好了。只是漫然这么想，坂本也不会被迷惑吧。然而，尝到突如其来的美梦滋味，他的心灵防御变得脆弱。

"杉村先生，我……"

"嗯。"

"甚至去邀齐木先生。"

"他是谁？"

"清洁公司的上司，他一直很照顾我。"

是在坂本蒙上窃盗嫌疑时，为他讲话的人。

"我游说齐木先生，强调这是很棒的生意，绝对会赚。他笑了。我继续说服，他的表情越来越困扰。"

坂本半是哭半是笑。他在嘲笑自己。

"公司的人说，拿到奖励金最快的方法，就是找认识的人加入。只要邀朋友加入会员就能分红。"

所以我还找上齐木先生——

"我竟然想骗那么好的人。"

"你并没有骗人的意图。"

"我就是想骗他！"

在公车里激动不已，抓着手机哭喊的坂本，肯定让人质惊惧不已，也许警方会决定攻坚。我努力挤出温柔的声音。

"坂本，投降吧。"不可以死，我劝道，"你打算一死了之，对吧？"

没有回答。

"不可以的。不可以一死了之。这样做，才是重蹈羽田光昭的覆辙。你不是说，暮木老爷爷做错了吗？"

坂本颤抖的细语传来："我完了。"

"胡扯，还是能重来的。不管身陷何种深渊，人生都能重来。"

我想起足立则生，想起他雀跃的短信文字：初中生的派报同事，建议我可以买拉炮去参加派对。

"大家都在担心你。不只是我们，你的家人也在等你回去。接下来的事就交给警方吧。遗体找到了，警方会查出御厨的真实身份。"

坂本语带哭声。

"对不起。"

他在道歉。

"都怪我，把一切都搞砸。我会害大家被抓。"

"那可不一定，我们只是没说出收到赔偿金的事。"

"迫田老奶奶的钱会被没收吧。"

"我们一起支援她吧。"我提议，"人质伙伴交给我决定该怎么做。因为大家都想救你。因为比起钱，你的性命更重要。"

"居然为我这种人……"

"我们是伙伴啊。"

对不起，我说。

"你一直独自默默承担，我应该更早注意到宫间公司的事。"

"可是，那是我自己的责任……"

"你还年轻，还是个人生菜鸟啊。你涉世未深，总会有掉进陷阱的时候。"

老板蹲在石室前，"嗯、嗯"地点着头。

"芽衣在哭。"这话也许很卑鄙，"不可以再害她继续哭下去。"

好——电话另一头应道。

"我要挂电话了。你立刻联络山藤警部，大家都在海风警署。"

"他们在这里。"坂本回答，"刚才到公车旁边来了。"

"这样啊……"

"她说'小启，不可以'。她哭着叫我下车。"

"芽衣说得没错。你能做到吧？"

他好像又应一声"是"。我放下手机，坂本先挂断了。

"要在这里等吗？"

早川良夫问，脸色冻得苍白。

"为了维持现场，我们得待在这里吗？"

"至少回车上吧，我也想听新闻。"

三人折返来时路。穿越黑夜深渊，回到破宾士上。

"我妈会被警方逼供吗？"

"我会好好解释，不会让事情变成那样。"

老板发动引擎，打开暖气。三人的身子还没暖和，广播就传来坂本投降的消息。

他和人质都平安无事。

第十三章

我的圣诞节与新年过得寂静且寂寞。

我并不清闲，几乎天天前往海风警署报到做笔录，也和县警的几位调查官再去一次找到御厨遗体的地点。

我在海风警署经常碰到坂本以外的人质伙伴。这应该是刻意安排的，警方传唤我们的时间巧妙地错开，所以我们是在走廊和大厅擦肩而过。不过，等待彼此的笔录结束，在警署外谈话，并不会受到责怪。我们交出手机里的短信记录后，手机未被没收，因此也可自由联络。

最先被解放的是园田瑛子。她把一切都交给我处理，甚至没亲眼看到"赔偿金"，所以是妥当的处置吧。接着是田中雄一郎和柴野司机，两人的侦讯在年内结束。人质中拖到过完年还继续被找去的，有我、前野和迫田母女。

我和早川母女一次也没碰上。早川多惠的询问，在她居住的地方进行。因为她行走不便，警方贴心地这么安排，却害她暴露在街坊邻居好奇的眼光下。虽然怎么做都为难，但事到如今，也没有我插话的分。

"光是没被扣留在警署，就该感激涕零。"

早川良夫这么说。他很小心，绝不会直接联络我，而是以留信息给"睡莲"老板的方式，向我报告近况。我也尽量通过老板，通知他大伙的状况。

山藤警部对我们的态度有些不同。不是变得凶狠，也没大小声，应该说是变得冷漠了吧。

"警部内心不大痛快吧。"前野小妹评论，"因为我们隐瞒重要的事。"

而现在已没有什么需要隐瞒的（除了极少一部分以外），因此我对警方知无不言。我有时会打听坂本的状况，但警方不肯告诉我具体详情。

那天晚上，新闻报道坂本投降时，我联络岳父。我拜托他在当天那个时刻受理我的辞呈，岳父没有询问理由。

——好，我会这么做。

——谢谢您。事情演变成这样，我真的很抱歉。

不知第几次的侦讯时，我提起辞职的事，山藤警部露出极为真实的惊讶神色。

"啊，所以这次广报课的人才没有来。"

"我不能再给他们添麻烦。"

"我一直觉得很不可思议。因为我以为你应该是第一个会有律师赶来的人。"

这次事件中，带律师来的只有田中，据说是当地商会介绍的。不过，律师不需要奋战。实际上，我们人质并未参与犯罪行为，只是以被害者身份接受出于加害者意愿支付的赔偿金。加害人死亡，所以我们好奇赔偿金是谁寄的，主动进行调查，只是这样而已。依收下的金额，可能需要申报赠予税或临时收入，不过也仅止于此。那笔钱如果是"暮木老人"在劫持公车时向客运公司恐吓取得的，而我们明知道却仍收下，就是不折不扣的犯罪，但事实并非如此。

早川多惠不是羽田光昭的共犯。她听说他的"赎罪"及劫持公车的计划，但没协助执行。她曾一度陪伴羽田光昭参加日商新天地协会的自救会，然后在羽田光昭死后，照着他的请托，把寄放在她那里的钱寄出去。她做的事只有这样。早川多惠不知道羽田光昭是不是真的要劫持公车，哪能算是共犯呢？

如果老妇人不是共犯，那么隐瞒有她这个人的我们，也不算是包庇罪犯。关于怎么发现"御厨尚宪"的尸体，我坚持主张"只是直觉蒙中"。我一心只想让坂本尽快投降，即使通报不知原委、辖区也不同的畑中前原地区警察，也只会平白浪费时间。我认为亲自去确定比较快。会想到羽田家的墓地，真的只是直觉，如果猜错，我也没有其他备案。

况且，是否真的有御厨这个人？他是否真的死了？我们没有确证，我们手中只有早川多惠的证词。

关于发现遗体的过程，早川多惠也照着我那时候告诉她的做证，因此与我们的说辞没有矛盾。不过，老妇人似乎被严厉追究是否和御厨命案有关。遗憾的是，关于这一点，我们人质无能为力。顶多只能提出意见，表示从老妇人的话听来，羽田光昭实在不可能要青梅竹马协助杀人。

"为了证明你当天的行动，我们也问过夫人。"山藤警部稍微压低声音，"她说带着孩子，一直待在娘家。"

"我们不是因为这次的事失和。"

我露出苦笑，警部困窘地搔搔鼻梁。

"因为又会有许多纷纷扰扰，万一再有什么闪失不好，所以让内子回娘家避难。"

新年期间的电视，被无脑的综艺节目湮没。新闻节目都是回顾过去一年的内容，因此反本的公车劫持事件的报道量，比羽田光昭那时候减少许多。

不过，网络上的状况不同。九月的公车劫持事件的人质之一，这回变成歹徒，原因与"赔偿金"有关。实际上，我们人质收到大笔金钱。真的有钱牵涉其中，这件事似乎激怒一部分人。

他们居然奸诈地得到一大笔钱，不可原谅。一心对此感到愤怒的人，完全忽视也有部分人质捐出赔偿金，没有留下半毛钱的事实。即使有人提醒，他们仍继续高声指责，即使只是"暂时"，但既然收取"不当利益"，就是肮脏的贪财鬼。

仅仅在网络上遭到攻击，还能够忍受，但田中和前野都遭到所谓的"电话攻击"。前野被拍下外出的样子，发上网络。骚扰和恶作剧电话、恐吓短信没完没了，她只好暂离开自家，寄身在东京的亲戚家里。

"原来世上充斥着这么多恶意。"

看在我的眼中，她传来的短信字字泪痕。

唾骂我们，说我们赚到脏钱的，应该只是一小部分人。然而，在匿名信息巨大汇集处的网络社会，一则煽动性的言论，就能轻易盖过十则谨守常识的发言。

"这年头，凶杀案的被害者家属向加害者求偿，也会被责怪'怎么那么贪得无厌'。"老板语带叹息："这世道，金钱就是敌人啊。"

柴野司机在客运公司的工作停职。因为营业处和总公司都接到大量抗议电话、电邮和传真。绝大部分都误会她是九月的公车劫持事件的共犯，她与死亡的歹徒勾结，向客运公司勒索赎金。

总公司忍无可忍，在官网说明相关事实，仍是杯水车薪。年节过后，我们所有人质其实都是预先勾结的"真相"，已传得绘声绘色。

事件的报道量不多，竟是适得其反。既然演变成这样，只能等待风头过去，等那些宣传可笑"真相"的煽动者厌倦。

即使如此，当我看到新版"真相"——坂本在九月的案子也和众人勾结，但受不了良心谴责，为了揭露事件真相，才犯下第二次的公车劫持事件；而警方会隐瞒这些真相，是不愿承认九月的事件调查有所疏漏。我还是大笑五秒，接下来的五秒幻想起召开记者会的样子。只是幻想，一下就打消。

在这样的状况中，理所当然，迫田母女遭受到最强烈的抨击。虽然为数不多，但一些日商新天地协会的前会员也加入这场攻击。他们批评，迫田母女居然只顾自己，对其他"日商"被害者默不吭声。虽然也有人拥护迫田母女"如果是我站在相同的立场，也会这么做"，但寡不敌众。

我隔三差五被警方叫去询问，偶尔会想，迫田美和子不晓得有多后悔当时决定"交给杉村三郎全权处理"。她很聪明，知道即使套好说辞、保持缄默，只要坂本被逮捕或投降，一切都会曝光，倒不如主动说出事实。但理智和心情是两码子事，唯有迫田母女，我提不起勇气联络。

讽刺的是，因为这件事，日商自救会的网站一下子热闹起来。可是，关于羽田光昭、御厨尚宪这对搭档和小羽代表的关系，却没有任何新情报，也没有会员出面表示认识御厨。御厨这名神秘人物，似乎只能向小羽代表问出端倪。

"这需要相当大的毅力。"山藤警部告诉我，"小羽雅次郎最近言行越来越古怪，而儿子又把罪状全推到父亲身上。"

藏在石室的遗体，也与接到失踪报案的失踪者进行比对，还没有成果。有几个家庭来认尸，全都半是放心、半是失望地回去。

"御厨这个人，非常有可能和羽田一样，过着即使忽然消失，也不会有人担心他、为他报警的生活。"

山藤警部如沉思般双手交抱胸前。

"以前有段时期，我负责智慧犯罪和经济犯罪。"

在诈欺师的世界，保留着类似师徒制的传统。

"诈骗的技术，会由老手传承给年轻世代。"

山藤警部以前负责的嫌犯里，有个专门从事"金蝉脱壳"[1]的诈欺师。那个人和善易亲近，在侦讯室里滔滔不绝。

"他尤其怀念传授技术的师父。对于亲兄弟只字不提，净是谈论他的师父。"

嫌犯认为，已是故人的"师父"，比任何人都要亲。

"他告诉我，初出茅庐的时候，师父让他彻底学到一个教训。"

——抹掉你的影子。

不能是一个有实体的人——是这样的教诲。

"御厨尚宪会不会也是这样一个人？"

唯有死去，才总算能变回名为尸体的实体。

关于御厨遇害的时期，发现遗体后，很快就通过验尸得知。推估是四月中旬到五月初，死因不明。找不到生前受的外伤，也没有枪伤。

"死因还不清楚，不过……"山藤警部微微偏头，说分析应该是药物，"以删除法来看，只剩下这个选项。"

"如果是中毒身亡，应该可以从遗体检验出来吧？"

"未必。有些毒物代谢迅速，也有可能除了药物，同时使用其他手段。好比用安眠药迷昏对方，再用枕头让对方窒息。"

————————

1 一种诈骗手法。利用无关的建筑物，佯装该处的相关人员，骗取对方信任后收下财物，自后门等处逃离。

力气不大的女性多会采用这种方法。对于手无缚鸡之力、坚决执行谋杀计划的羽田光昭，或许也是相当适合的手段。

我会抹杀你，抹杀你的影子，然后跟着你一起消失，伙计。

自从山藤警部态度变得冷淡后，好久不是一问一答，而是像这样和他闲聊。我下定决心问他："迫田女士和她女儿现在怎么样？"

警部右眉的黑痣动一下："咦，你们不是都有在联络吗？"

语气挖苦，但眼神没有怒意。

"我对她们实在过意不去……"

"你也太软弱了。"

山藤警部苦笑，悠然靠在侦讯室的椅子上。

"迫田美和子小姐比你坚强许多。"

"她们是一起接受侦讯的吗？"

"实际上也没办法把她们母女分开叫来，母亲连身边发生什么事都弄不清楚。"

所以，美和子小姐一定更难过吧。

"——会变成这样，也都是自己选择被'日商'那种地方骗，是自作自受。"

警部喃喃自语。

"只有自己拿回被骗的钱，世上不可能有这么好的事。与其把无关的人卷入、平白害死有前途的年轻人，这样的结局更好——美和子小姐这么说。"

我垂下目光。

"不知听到这些，杉村先生会不会好过一些，更不知这是不是她的真心话，但我认为只能这样去想。"

在我听来，这与其说是警察的发言，更像长者的忠告。

"我也能问你个问题吗？"

听到这话，我望向山藤警部。

"羽田光昭与迫田丰子在公车劫持事件之前相遇，只是单纯的巧合吧。虽然是离奇的巧合，但并非不可能。"

我点点头。"'彐商'和'克拉斯海风安养院'都有许多高龄者。"

"嗯。但是，迫田女士在羽田光昭决定劫持的公车里，也是巧合吗？羽田为何要以这种形式，把迫田女士牵扯进来？"

我想过这个问题。

"我认为这也是巧合，以结果来说，变得如此巧合。"

那一天，因为发生卡车翻覆事故，迫田女士习惯搭乘的公车临时停驶。

"于是，迫田女士拖着行动不便的脚，穿过'克拉斯海风安养院'，去搭乘碰上劫持事件的那班公车。"

羽田光昭刻意避开迫田丰子平常搭乘的路线，意料之外地停驶，反倒让迫田女士搭上他预备劫持的公车。

"其实，羽田光昭可以在这个阶段打消念头。突然的停驶、迫田丰子的存在，应该会让他感到某种凶兆，要他罢手。至少今天先罢手。"

然而，他没罢手，按计划实行。

"或许他认为，一旦在这时候罢手，就再也没办法重来。"

这纯属私下的揣测——我补充道。

"意外地，事情都是这样发展。"警部接过话，"实际动手前，碰上这类牵制，能不能及时停手，是一个人命运的分水岭。不，是能不能注意到这是命运分水岭的问题吗？"

"杀害御厨的时候，羽田老人也碰到那样的分水岭吗？"

山藤警部没回答。他停顿片刻，问道："杉村先生，往后你要怎么办？"

我有些穷于回答。

"不能永远游手好闲下去，我会去找工作。"

"现在这么不景气，会很辛苦。"

这是在多管闲事嘛。警部低喃。他别开眼，像是在怜悯我。

这不是被害妄想。事实上，我目前的处境，的确有着家庭和平的人，理所当然会感到怜悯的状况。

菜穗子和桃子留在岳父家，是为了她们的身心安全。但我无法靠近岳父家，是因里面暴风雨肆虐。

我们受够这个不断骚扰警方的家伙了！把这个麻烦精从今多一族赶

出去！

不只在网络上，现实中也出现高分贝抨击。值得庆幸的是，那声音并非来自岳父，也不是菜穗子的兄弟，但因此更为难缠。从以前就冷眼待我的亲戚们，把这次的事件视为绝佳良机，劝菜穗子离婚。

"等风头过去就没事了。"

妻子像静待网络社会的沸腾过去。只要等一阵子，不久后温和的、符合常识的见解就会回来。

"我没事，不用担心。"

时机也不巧。圣诞节和新年都是一族云集的机会，啰唆的叔伯姨婶们都围绕在菜穗子身边。

岳父打电话给我，如此交代：会演变成无意义的争执，在我说好之前不要靠近家里。你跟菜穗子和桃子在外头碰面，暂时不要去公司。

我依照指示，在餐厅或饭店和妻女会面，趁机拿换洗衣物等日用品。自己则躲在家中，删除骚扰信件和电话留言、打扫消磨时间，把妻子的藏书一本本拿出来看。不看报纸征人栏，把劳力花在回想可能雇用我的老朋友。

"关于坂本启，成为人质的司机和乘客也都对他抱持同情的态度。"

据说，他们能理解他被逼到那种地步的心理。坂本在车内虽然亮出刀子，却没表现出任何要伤害人质的意图，似乎也是一大原因。

"前野小姐打算继续陪伴他。"

所以不必担心，山藤警部说着，从侦讯室椅子站起。看来，这下我也可卸下任务了。

"杉村先生，请快点重建自己的生活吧。"

我行一礼，离开侦讯室。走出海风警署，北风袭来，围巾摇晃。

恐怕再也不会踏上这块土地吧，我冷得缩着肩膀。

从此永别——

我在内心喃喃自语，一个从未有过的念头掠过脑际。

我是不是真的应该离开今多一族？会不会劝菜穗子离婚的人们才是对的，挣扎抵抗的我和妻子其实是错的？

联系人与人的是缘分，而缘分是活的。活生生、有血有肉的缘分，因为某些理由衰弱、消散，终至死亡，是不是就不该再紧抓着不放？

我和菜穗子之间，应该没有不能分手的理由。我不知害她担心多少次，真的很对不起她。但自从决定与她结婚，我的心情没有变过。菜穗子是我人生的至宝。而现在桃子也是我的宝贝。

妻子鼓励我，说她没事。我相信这是真的。我、菜穗子和桃子的缘分都还活着。

为了让这个缘分永远活下去，甚至活得更好，我是不是应该离开今多一族？如果我珍惜菜穗子、珍惜桃子，让妻子动辄受到亲戚苛责，感到局促难堪，就是错的。

——你没有错。

妻子这么说。昨天碰面时，她又这么说。不管哪一次事件，你都只是被卷入。你没有责任。

确实，我是被卷入的。可是被卷入后，决定如何行动的是我。当下，我认为那是对自身最好的行动，但对妻子一样也是最好的手段吗？我会像这样反思过自身的思考和行动吗？

我只是利用妻子的宽容、利用妻子的经济能力、利用岳父的智慧，为所欲为罢了，不是吗？

我是这么自私的男人吗？我究竟何时变成这样？我凭什么变得如此骄纵？

扑面而来的北风，带着些许海潮香。这是海风的城镇。

一直以来，我改变自己，配合外界。配合不熟悉的环境，配合不变的生活形态。由于是岳父的命令，我也抛弃喜欢的工作。

我还抛弃了故乡。父母宣布要和我断绝关系，我仍想和菜穗子结婚，于是选择接受。父母是不是希望我试着抵抗？是不是希望我反对断绝关系？然而，我没有这么做。那时候的我，认为断绝与老家的关系比较轻松。

没错，我甚至没去探望病重的老父。因为发生这次的事，我打电话解释暂时没办法过去，哥哥也不生气，只叮嘱不要让菜穗子担心。

长年下来，我和兄妹日渐疏远。

我一直以为自己是在忍耐、在认命。实际上，我根本没忍耐，也不是认命，只是选择更轻松的路。然而，我却挟着忍耐与认命，无意识地认为我理应获得补偿。

这就是骄纵的真面目。

我在风中兀自摇头。

我的人生，是不是也碰上山藤警部说的分水岭？

新年过去，寒意虽然强烈，但感觉白昼一天比一天长。

我来到集团广报室。总算可以来报告离职的消息，并交接工作。

岳父命令我暂时不要去公司，是因为公司有些员工是看我不顺眼的今多一族的亲戚派阀。派阀人脉错综复杂，光从部属和头衔看不出来。但禁令终究解除，应是岳父判断菜穗子身边的暴风雨暂时平息了吧。

——你去集团广报室打声招呼，接下来只要到人事课，手续就完成。

今天一早，岳父在我刚起床的时间打电话来，利落地交代。

——不要来会长室。一般员工办理离职时，不会一一来向我报告。

明明交给秘书通知就行，岳父却特地亲自打来，是为了强调这一点吧。不要靠近会长室。

然后，岳父略微犹豫，补上这么一句：

——要以亲人的身份谈话，在家里谈吧。我会再联络。

集团广报室里，三个人都在等我。我一露面，间野和野本弟立刻站起。

"总算大驾光临。"园田总编开口，"幸好你在今年第一次送印前回来。"

事先三个人约莫已有共识，并未询问我的私人状况。

"你看起来还是一样，太好了。"间野出声。

"辛苦你了。"野本弟接着道。

野本弟的发型变得短而清爽。

我将辞呈交给岳父时，便着手制作交接工作的档案。电脑上的已完成，文件类则是过年后在家完成的。

"抱歉，杉村先生的电脑没设密码。"

野本弟惶恐不已，说他偶然发现电脑上的交接文件。

"没关系，反正都是要给你看的。"

交接工作结束，总编把我叫去会议室。

"别跟我说什么'抱歉，给你添麻烦了'。"她往椅子上坐下，接着道，"你离职的理由，大伙心里有数。或许跟事实完全不同，但没往坏的方面解释，所以你也不用辩解。"

"谢谢。"

"不过，如果间野小姐向你道歉，告诉她没必要吧。"

总编说，间野颇为自责。

我也察觉这一点："谣传我和间野小姐之间有暧昧，对吗？"

"你知道啊？那你也知道，那个流言的出处不止并手先生一个人吗？"

"是的。"

总编浅浅一笑："明明把间野小姐挖过来的是菜穗子小姐。"

这是园田总编第一次喊我妻子的名字，而不是"大小姐"或"夫人"。

"流言认为，间野小姐是内子找来的，我更容易出手吧？"

"没错。"

总编没看我，假装在检查自己的指甲，然后竖起小指头。

"我在背地里被说成是会长的'这个'很久了，非常了解那种流言的力量。反正懂你的人，会对这类八卦传言一笑置之。"

我默默行礼。

"我呢，也请求为这次的事负起责任，选择辞职。"

我第一次听说，岳父并未告诉我。

"会长拒绝，不过他允许我调职。"

"——要调去哪里？"

"劳联事务局的专职人员。"园田瑛子抬起头，淡淡一笑，"劳联也有出版联合宣传杂志。"

"我知道，我们访问过那里的总编。"

"咦，有吗？"

她往指头吹口气，仿佛在吹掉灰尘，接着托起腮帮子。

"我在四月一日调任，间野小姐做到这个月底，野本弟会待到黄金周连假结束。"

"间野小姐也要辞职吗？"

"感觉很突然，但与你无关。她丈夫三月底就要回来，幸好预定提前。"

到了五月，野本弟的课业就会忙碌起来。

"终于要分道扬镳，看样子变革的时机到来。"

好事总有结束的一天，她说。

"好事？"

"是啊。不是很愉快吗？虽然历经风风雨雨，但你不认为我们是一对好搭档吗？"

我一句话都说不出来。

"而且，这次的事给你添了麻烦。啊，这不是我该讲的话。"

"不，我们是一对好搭档。"

"我这个彻头彻尾的门外汉能当好总编，全是托你的福。我很感激你。谢谢。"

园田总编旋转椅子面向我，行一礼后，露出笑容。

"依我个人的见解，对杉村先生而言，这样才是幸福的。"

这样一来，你就自由了啊。

"所以我不说再见，你多保重。"

离开会议室后，我、间野和野本弟众在一起聊天。事情全部办完，这才又依依不舍起来。

"我还是觉得，杉村先生根本没必要辞职。"

"这是我该负起的责任。"

总编关在会议室里不出来，间野似乎十分在意。于是，我抢先开口："听说你丈夫要回国？"

"是的。原本应该正式拜访府上，向夫人打声招呼。"

"别这么拘谨，如果方便，等团聚之后再来坐坐吧。间野小姐能回到老本行，内子也会很开心。"

间野欲言又止，顺从应道："真的感谢杉村先生的种种关心。在这里学到的事，是我一辈子的资产。"

"间野小姐，还是太僵硬啦。"

野本弟调侃，拍一下胸口："我会好好保护总编和间野小姐。对我来说，这也是一种社会学习。"

"拜托你了。"

"关于送别会……"

"不用啦。"

"早就知道杉村先生会推辞，所以等四月初总编调职后，庆祝大家展开新生活，一起办个宴会吧。就约在那家中餐厅，好吗？"

那么，我也得在四月前让生活稳定下来才行。按园田瑛子说的，就是成为自由之身的新生活。

"嗯，托你的福，我有不错的目标。"

握手后，我前往总公司大楼的人事课。必须确认、领取的文件堆积如山，但手续平淡地进行，平淡地结束。

我抱着印有公司名称的大信封返回别馆，准备到"睡莲"看看，发现大厅有个意外的人物在等我，是"冰山女王"。

我停步站定。远山小姐主动走近，端正姿势后，婉约行一礼。

"我想向您道别一声。"

我急忙走上前。比起今多嘉亲会长出现在此，远山小姐"莅临"的感觉更强烈，实在不可思议。

"我才该向你致意，给你添了许多麻烦。"

今天"冰山女王"也穿着剪裁合宜的套装。我无法想象她穿便服的样子，恐怕认识她的每一个员工都是吧。

"我们也有许多无法尽善尽美之处，若有失礼，还请包涵。"远山小姐直视着我，"请多保重，愿您过得幸福。"

"谢谢。"回礼之后，我忍不住说，"岳父——还请多多关照。"

"冰山女王"露出微笑。我第一次见到那样的微笑，不是她的绰号由来的那种冷若冰霜的笑。

"我会尽心服侍会长。"

远山小姐走过我身旁，从大厅离开。行走姿势依然端正。

"真不错。"

我诧异地回头，"睡莲"的老板站在旁边，轻轻鼓掌。

"什么请多关照岳父，真像女婿会说的话。做得好，做得好。"

"我不是那个意思……"

"就算没那个意思，往后也得习惯才行。原本杉村先生具备基层员工的属性，从今以后，就只是个会长女婿，是今多家一员。和远山小姐的距离感自然会不同。"

总是姿势端正的"冰山女王"，与我的距离。

"她也想划出明确的界线吧，毕竟是个聪明人。"

所以杉村先生那样说是对的，老板赞许道："远山小姐不也很开心吗？"

我不太懂。不过，我渐渐觉得无法像园田瑛子说的，纯粹为获得"自由"欢天喜地。

"自从当上会长秘书，她就滴酒不沾。年轻的时候，她是以酒豪闻名的女头子。"

我第一次听说。

"她留下不少英勇事迹，却能滴酒不沾超过二十年以上。她就是这样的人。"

"好。"老板搓着双手，"离职手续都办妥了吧？这下你就正式成为待业一族。"

我会寂寞哪，他感叹道。

"杉村先生，下一份工作有眉目了吗？"

"还没。"

"这样啊。"老板点点头，望向咖啡厅招牌，"今年七月要续约。一直待在同一个地方有点腻，我在考虑要不要换个环境。"

他朝我咧嘴一笑。

"干脆去杉村先生下一个职场附近开店。你想吃我们的每日午餐吧？肯定也会想念我的热三明治。"

我回以一笑："光是那份心意，我就很感激了。"

我们握手道别。

"最后一刻还把你卷进麻烦，真抱歉。"

"那一点都算不上麻烦。"

冷不防地，胸口一阵激动。我寂寞到无以复加，舍不得离开。

"这么说来，似乎没好好报过我的名字？"

这倒是，我总称呼他"老板"。

"我叫水田大造，这是我的名片。"

多指教，老板拍一下我的肩膀。不是"再见"，而是"多指教"。

一个人住偌大的公寓，不管暖气开得再大，依旧萧瑟冻人。我和哥哥通电话，注意到时，脚已缩进沙发。

老家的父亲决定要住进那家医院了，是县内口碑不错的地方，也很快决定要动手术。虽然拖延许久，但身边杂务告一段落，我想立刻去探望父亲。

"你一个人突然过去不太好吧。爸也就罢了，妈可能会莫名其妙发脾气。"

这个星期日，我会跟着哥哥和嫂嫂一起去探病。

"你辞掉公司的事，先不要告诉爸。等找到工作，安顿下来后，再不经意带过就好。"

居然让哥哥为我设想到这个地步，我真是不成才。

"菜穗子还在娘家吗？"哥哥有些难以启齿，客气地问。

"嗯。差不多可以回来了，只是舆论氛围仍蛮危险。"

哥哥欲言又止，沉默片刻，冒出一句："你应该带家人去神社一趟，请人驱个邪吧。"

"什么？"

"上次的家，不是刚搬进去就又搬走吗？这次也是，变成跟家人分开生活。你搬家的时候有好好请人看过风水吗？"

"哥怎么这么守旧？"我笑道。

"事实上，你三番五次被卷进麻烦，可不是什么好笑的事。如果碰上不寻常的事，为了断个干净，去给人驱邪相当重要。"

"我知道啦。"

哥哥像叮咛青春期少女，要我注意门窗，早点睡觉。仔细想想，在我们疏远的岁月中，哥哥的孩子应该也正值青春期。

我放下话筒，照着哥哥的吩咐检查门窗，然后准备入浴。手机不巧响起。

我怀疑自己眼花，来电显示为"井手正男"。

我反射性地望向时钟，刚过晚上八点半。

"我是杉村。"

电话另一头传来粗重的呼吸声，井手八成又喝醉。

"——你马上过来。"

我怀疑耳朵听错，他在说什么？

"你是井手先生吧？"

"没错，痴汉井手正男，遭你滥用职权欺凌的井手正男。"

果然是喝醉酒。居然打电话来骚扰，简直幼稚。

"怎么？"

"我是没怎样。总之，你马上过来。"

语气很急，口齿不清。

"你在哪里喝酒？又酒驾被抓吗？"

"啰唆！"

我吓一跳，把手机拿远。不是井手吼我，而是听起来像惨叫的缘故。

"叫你快点过来！"

声音不变，像在恳求。

"我一个人实在没办法啊，帮帮我吧！"

"——帮你什么？"

"我在森先生家。"

我重新握紧手机："森先生怎么了？"

"你来就知道了。"

我错了。井手正男不是喝醉，而是慌得六神无主。

"发生什么事？"

"不能在电话里说。"

说了你也不会信，他语带哭音。

"不是为了我，是为了森先生。"

"发生紧急状况不该找我，而是——"

"怎么可能！如果有别人能依靠，我还会来求你吗？"

嘴上说得强势，声音却在哭。

"拜托，快过来。"

你一个人来，他要求。

"不要告诉其他人，这是为了森先生。你开车过来，不能坐计程车。你有车吧？"

"有。"

"知道地点吗？你来过阁下家好几次吧？我会把门灯开着。"

"井手先生。"我加重语气，"不知道发生什么事，但我不能因你一句'为了森先生'就傻傻跑去。我们之间没有这样的信赖基础，你应该是最清楚的吧？"

"——会演变成大麻烦。"

我再次怀疑自己听错。

"什么？"

"我是说，不照我的话做，你的麻烦就大了。"

看来我受到恐吓。

"我会有什么麻烦？"

井手沉默片刻，呼吸依然粗重。

"你想避免丑闻吧？"

我一头雾水。丑闻？谁的丑闻？

"我——"

"不是你的丑闻。不过，对你来说，也会是重大的丑闻。讲到这里，你应该就懂了吧？"

我又把手机拿远，盯着屏幕。井手正男，森阁下以前的亲信，现在只是孤独的醉汉。

"井手先生，我不晓得你有什么烦恼，要是你想诋毁会长来泄愤，我也有我的——"

"不是会长。"

他的语气充满不屑。

"是你的宝贝太太，会长的千金。"

我周围的声响消失。不管是空调安静的运转声，还是时钟嘀嗒的走动声。

"你说菜穗子做了什么？"

"要是想知道，就照我的话做。"

他径自挂断电话。

我的宝贝妻子，岳父的宝贝女儿。

菜穗子做了什么？

距离九月那一天还不到半年，森家的前院却荒废不少。门灯的光圈中，枯萎的盆栽倾倒。

我按下门铃，大概是在屋内监视，井手正男立刻出来开门。他穿西装，没系领带，外套披在肩上。右手已不用吊臂带，但可能戴护腕或扎着绷带，衬衫袖子绷得紧紧的。

"你开车来的吧？"

我默默指向停在前门的富豪汽车。

"进来。"

我踏入门厅，井手正男立刻关门锁上，并熄掉门灯。

屋内幽暗，只有走廊和通往二楼的阶梯亮着灯。暖气不够强，寒意刺骨。

"森先生在哪里？他没事吧？"

井手正男瞪着我，双眼充血，眼角发红。

"他在二楼卧室。"

他领头爬上楼梯。

造访这个家时，我没上过二楼，今天是第一次。走廊左右并排着房门。我想起森先生说过，他想住在更精巧一点的家，屋里全是空荡荡的房间，实在寂寞。

尽头处的门开着，室内某处亮着灯。井手正男往前走，在门旁停下脚步，靠在墙上催促我。

"老大在这里。"

原来井手称呼森先生为"老大"？对他来说，森先生的绰号不是"阁下"。

刚从木板地走廊踏入铺地毯的卧房，我不禁愣住。

双人床靠窗的一侧仰躺着一个女人，毛毯盖到胸口。光源是枕边的立灯。

女人看起来像是睡着了。毛毯底下，双手规矩地交叠在胸口。我认出那是只在照片上看过的森夫人。

立灯旁有电话子机，小花瓶里也插着花。

"夫人过世了吗？"

森先生提过，搬进"克拉斯海风安养院"后，只要状况允许，都会尽量让夫人外宿——回家。因为内子一直想回家。

卧室很大。立灯的光线范围很小，只能照亮夫人那一侧的床，没办法照亮房间每一个角落。

"森先生在哪里？"

我总算跨出脚步，终于注意到不对劲。门口右方整面的定制壁柜前，瘫坐着一个人影。

我定睛细看，心脏仿佛冻结，直到看出那是谁，又是什么状态。

那是森信宏，阁下在那里。他身穿硬挺的白衬衫，外搭西装外套，系着腰带。背靠在折叠式的壁柜门上，但姿势过于不自然，显然并不只是坐着。

他的躯体悬吊在衣柜门把上。牢牢绑住门把的领带，套在颈脖之间。

下巴收起，眼睛闭着，双手垂放在身体两侧。

我在推理小说中看过，即使是这样的姿势，也足以压迫气管，导致呼吸停止。

"是自杀。"

井手正男走近，几乎能感受到他的呼吸。他死命盯着森先生。在立灯温暖的微光中，我发现他的眼角是湿的。

"一起走了吗？"

"老大带着夫人一起走了。"

井手正男语带哽咽。他一阵踉跄，撞到我的肩膀。

"老大常说，现在的夫人只是空壳，真的夫人早就死去。"

我也听森先生提过类似的话。以前的内子被囚禁于现在的内子躯壳里，正在哭泣。

"有遗书吧？"

井手正男点点头："在客厅咖啡桌上。"

"井手先生今天怎么会来这里？"

"我被调到社长室后，每两三天就会打电话给老大。他交代我要报告状况。老大想看我好好振作。"他语带哽咽。

"所以今天你也打了电话？"

"从中午就一直打，老大都没接。"

他觉得事有蹊跷。

"前天晚上通话时，老大一直忆起从前，听起来很寂寞。"

井手有不好的预感，一下班就赶来。

"我发现的时候，老大的身体还是温的。"

"大概是几点？"

"打给你之前。"

我一阵哆嗦，身体总算能动。

"井手先生，你碰过什么东西吗？"

"为何这么问？"

"夫人确定过世了吗？"

"你自己确定。"

我走近床铺，进入立灯的光圈，探向森夫人的鼻子——没有呼吸。

轻轻掀开领口的毯子，露出颈脖，有一圈红痕。

森先生应该是用勒死夫人的领带上吊自杀。

"报警吧。"

我拿出手机，井手正男像猫一样迅速靠上来，左手挥落手机。

"你做什么？"

"怎么能报警！"

不可以。他倒了嗓，嘴角颤抖。

"我不承认这种事！"

简直像闹脾气的孩子。

"老大的最后不能是这样！他可是森阁下！他不能像这样死掉！"

我注视着他，井手正男在哭。

"不然怎么办？"我加重语气，"不管是怎样的最后，都是森先生自己决定、自己选择的。你不能否定。"

"你懂个屁！"

他大吼，又用左手揪住我的衣领，猛力摇晃。

"你懂个屁！你哪懂得老大的心情——"

"那你就懂吗？你说森先生希望怎么做？"

"把遗体藏起来。"

我瞠目结舌。井手不再摇晃我，但我的身体仍晃动着。因为抓着我的井手在发抖。

"把遗体藏起来，遗书也藏起来。收拾房间，装成什么事都没发生。不能让任何人知道，老大是这样死的。"

不能让任何人知道——他浑身发抖，反复强调。

"老大有很多敌人，全是些下三烂的家伙。无能又自私，跟老大天差地远的家伙。"

他毫不掩饰轻蔑，一把推开我，仿佛我是其中一分子。

"我非常清楚。那伙人知道老大是这样走的，肯定会额手称庆，嘲笑老大有多凄惨。他们会怜悯老大，说他可怜。我绝不允许这种事发生。"

"井手先生。"

这个人已完全失去理智。

"就算藏起遗体，粉饰太平，又能怎样？只会让森先生和夫人死后不得安宁。"

"少在那旦啰唆，帮我就是！"

吼得凶恶，但他面色苍白，显然畏怯不已。

"如果我一个人有办法——"

何必求你？井手呻吟着，双手抱头，当场瘫坐。

"我的手这个样子，没办法搬动老大。没有车，也没办法带老大出去。"

他酒驾车祸受伤，被吊销驾照。现在的井手正男什么都办不到。

"没必要移动两位的遗体，也没必要搬去别的地方。"

我俯视他。

"让他们静静启程吧。如果能及时阻止是最好的，但为时已晚。既然如此，对森夫妇的遗体尽礼数，是留下来的人的义务。"

井手正男捂住脸。我搭着他的肩，他浑身绷紧，挥开我的手。

"都是你害的！"

谁教你要做那种书，他说。

"老大说那是一种纪念。"

我也听到这句话。庆功宴气氛欢乐，森先生侃侃而谈。如今回想，谈到的几乎都是夫人的事，或是与夫人的回忆。

"我很遗憾。"

井手正男垂着头，挣扎似的想摸索外套口袋。外套被他不灵活的动作弄掉。

"你要做什么？"

"我要拜托别人。"

他左手笨拙地挖出手机。

"不管找谁来，情况都不会改变。大家只会跟我说一样的话。"

我蹲到他身边。

"森先生的最后，既不凄惨也不可悲。虽然令人遗憾，但这是森先生的选择，觉得可悲是错的。"

手机滑落。他捡起来，又掉落。

"会想藏起遗体，隐瞒事实，是因为你比任何人都觉得森先生悲惨。"

井手正男停止动作，像野兽般抓着手机。他维持这个姿势，缓缓转过头。

"你居然讲这种话……"

"如果我的话让你生气，随你爱怎么生气都行，要揍我也没关系。"

泪水滑过他的脸颊。

"森先生想看你重新振作吧？"

井手放开手。手机无声无息掉在厚厚的地毯上。

"没有给我的遗书。"

泪水从他眼中簌簌落下。

"因为没必要吧。森先生相信你会振作起来。他这么希望，所以相信你一定会听到。"

这就是遗嘱，我说。

"你要达到'老大的遗嘱'。能够办到的只有你，井手先生。"

我站起来，跨过他的膝盖，来到宽阔的地方。

"我要报警了。还是你要打电话？"

卧房两端，森信宏与他过去的亲信，仿佛对称摆出相同的姿势。坐在地上，倚靠着墙，深深垂下头。

"我来打。"

我默默点头。

"你老是这样。"井手正男垂着头说，"满口漂亮话。"

我穿着大衣却仍觉得冷，寒意从脚底爬上来。

"就算你一脸清高，我也看透你的本性。没能力、没资格，却能赖在今多集团的中枢，简而言之，靠的就是色诱。你拐了会长的女儿。"

即使森先生已成亡骸，我也不想在他面前听到这种话。

"森先生的意见也跟你一样吗？"

井手正男抬头。他眨眨眼，望向床铺另一头的衣柜。

"——他骂我，要我别说那种不长进的话。"

卧室的黑暗中，森先生的亡骸形影显得格外漆黑。

"老大很中意你。你哄骗人的手段真是高明。"

"森先生中意的是菜穗子。他从菜穗子小时候就认识她。"

井手正男没听进耳里。

"他骂我耍小手段，叫我不要把菜穗子小姐卷进来。"

井手正男做了什么，森先生才会如此劝诫？他对我的菜穗子做了什么吗？

"我停职，时间多到发慌，所以想要揭发你的真面目。"

井手正男发出痉挛般的笑声。

"我一直在跟踪你。你都没发现吗？有段时间我就住在你们夫妻的公寓旁。那个矫揉造作的地区，连单间套房的租金都贵得吓人。"

寒意令我颤抖。

"外表再怎么伪装，你也不可能是真心的。在你眼中，会长的女儿只是道具。你只是想要金钱和地位。"

你在外头肯定有女人——他说。

"你绝对在外头金屋藏娇，和小三厮混。怎么可能没有？那种生活，闷都闷死人。那原本就是你这种人干不来，对你太沉重的职务。"

结果呢？井手正男朝着卧房的黑暗摊开双手。

"连我都差点吓傻。原来外遇的不是你，而是你的宝贝夫人。"

我戳在原地。

井手放下双手，仰头看我，露出冷笑。

"会长的女儿厌倦你。你满足不了她。你被炒鱿鱼啦。"

你完了——他说。

"我也完了，我们扯平。"

他又痉挛似的笑。

"老大变成这样，再也没有人会罩我。就算退休，老大还是有影响力。所以大家都看在老大的面子上，不管我捅什么娄子，都对我从宽处置。"

我失去最后的庇荫，他说。

"我完了。但我不会一个人完蛋，我要拉你一起陪葬。"

身体好沉重，我几乎要被笼罩室内的冷气压垮。

"你为什么不问？求我告诉你啊，问我是不是真的啊！我老婆真的红杏出墙吗？对方是谁？问我啊！"

我叫你问我！他喊道。

"跪下来求我！磕头求我不要说出去！"

我一动也不动。

"你简直就是个小孩子。"

仗着有森信宏这个伟大的父亲，恃宠而骄。不管我做什么，老大都会原谅我。我有老大罩着——

"森先生已不在世上，你只剩一个人。你的问题，只能自己解决。"

我慢慢移动双脚，走向卧房门口。我站在门旁，背对着他说："我和菜穗子的问题，也只能由我们夫妻解决。菜穗子很聪明，对我和岳父的事，已有足够的判断力。如果我们夫妻之间真的有问题，不必你多事，她也会主动告诉我。"

我说到一半，井手正男就吃吃笑起来。

"是啊，那你好好加油吧。"

我跨出走廊，他的声音追赶上来："我放在客厅的大衣口袋有数码相机，里面有多到数不清的证据照片。你可以拿去看。"

删掉也没用！他的嗓门拉得更大。我走下楼梯。

"我的手机里也有一大堆！"

大喊的同时，传来东西撞到门的声响。大概是井手拿手机丢门。我仿佛看到他又抱住头，缩成一团。

我蓦然想起，森先生会问：菜穗子好吗？你们要和睦相处。恐怕他从井手那旦听到菜穗子的"问题"吧。

然后，森先生告诫井手，不要说那种不长进的话，不要耍那种小手段，不要把菜穗子扯进来。

森先生，对不起。我让你带着忧虑离开。

井手正男的风衣卓在客厅门口。

我对自己摇头。

客厅的电话机亮着红灯，在黑暗中格外醒目。约莫是井手用卧房的子机报警。

我转身前往玄关。大衣衣摆扬起，脚步越来越快。离开吧。我不在这里，我没来过这里。

我想逃走。

发动富豪汽车的引擎，我往反方向驶出。车子吱咯作响，是沙砾道。我的手在发抖，膝盖在颤抖，根本使不上力。只有心情焦急万分，速度快不起来。

森家的门灯倒映在后视镜里。

后方传来警笛声。

我踩下油门，什么都无法思考。我想要一个人独处。

手机传来短信铃声。

爬上缓坡又下降，来到看不见森家的地点。我停下车，摸出手机。

是井手正男传来的短信。附着照片，文章很短。

"同样的照片，我也寄给桥本。"

照片里，菜穗子和桥本真佐彦依偎在一起走着，两人挽着手。

"大家同归于尽。"

我在车子里待了多久？

时间感消失。隆冬的夜晚漫长，黑暗幽深。

我怎么会在这里？为何我不回家？

我在岳父宅子的围墙外。我把车子停在围墙边，坐在驾驶座。

我不知道自己是怎么从千叶开回来的，也不知道为什么要把车子像这样紧贴在墙边停放。没办法打开驾驶座车门，岂不是跟公车劫持事件的时候一样吗？

如果想要把自己囚禁起来，怎么不去别的地方？要闭上眼睛、摀住耳朵，隔绝现实，还有更适合的地点。

我想多少睡一下，五分钟就好。只要离开现实，一觉醒来，就会发现一切都只是梦。

有人在敲副驾驶座的车窗。

我抬起头，菜穗子站在车外。车上的时钟显示凌晨三点，然而，她却穿着毛衣，抓拢大衣前襟站着。

头发有些凌乱，脸上脂粉未施。像美丽而苍白的女鬼，正要惊吓深夜开车、疲倦不已的司机。

菜穗子与我对望，轻轻点头。她的嘴唇在问："可以让我上车吗？"听不到声音，也许她没说出声。

我甚至没解开安全带。手冻僵了，无法灵活动作。菜穗子耐着寒冷等待。

车门打开，深夜的冷风灌进来。我摩擦双手，等待血液循环至手指，发动引擎打开暖气。

菜穗子轻巧坐进副驾驶座。开关车门，上下车子。这些细微的动作，反映出一个人的教养。菜穗子无时无刻都是优雅的。

"监视器拍到你。"

菜穗子理好大衣前襟说。

"原来你注意到了。"

"嗯，可是你没下车。"

所以我来了——她解释。

"谢谢你让我上车。"

我的妻子说，像个搭便车的女孩。

"我有点纳闷，待在这里很冷，你怎么不快点进屋？"

妻子撩起刘海，环抱身体。

"仔细想想，你——应该不想在桃子睡觉的屋里谈这种事吧？"

我也和妻子一样，环抱自己的身体，仿佛要避免彼此碰触。

我们陷入沉默。

"我接到桥本的联络。"

桥本真佐彦收到井手正男的短信，立刻通知菜穗子。

"他也告诉我，寄照片给他的是什么人。"

"这样啊。"

车内渐渐暖和，但引擎声和细微的震动，就像车子在倾诉"我还很冷"。

妻子像这样来见我，她主动过来了。

那么，我也该主动问她。

"那是事实吗？"

451

妻子没看我，侧面的睫毛很长。

"——是事实。"

我仿佛瞬间被掏空，身体内侧的反重力一下子消失了。

"一开始，"妻子透过挡风玻璃，注视夜晚的路面，"是六月底，大概四点多吧，都内下起一阵惊人的雷雨。你记得吗？"

我轻轻摇头。

"当时我在元麻布，办完事正要回家。但是突来的骤雨，害我完全招不到计程车。要是待在店里就好了，可惜我已走出户外。"

所以——她舔湿干燥的嘴唇。

"我打电话到秘书室，想问能不能派公司的车子过来。"

电话是桥本真佐彦接的。

"桥本说'我去接你'，立刻赶来。"

是我的错，她淡淡地说："我没留意气象预报。我想偶尔也该搭个地铁、走走路，便留下车子出门。"

尽管是这种情况，我却忍不住微笑："你很怕打雷嘛。"

妻子像少女般温顺地点点头。

今晚是阴天。我这才发现，看不见月亮，也看不见星光。

天空一片漆黑，无尽地漆黑。

"他送我回家，留给我手机号码，说'往后不管任何事，请随时吩咐'。"

桥本真佐彦是能干的公关人员，麻烦终结者，今多财团忠实的战士。

也是效忠公主的骑士。

"真的只有这样而已。"

妻子又触摸刘海，手颤抖着。

"九月发生公车劫持事件的时候……"

妻子掌握着我的行程。那一天，她知道我会在那个时刻坐上海线高速客运。看到公车劫持事件的报道，她应该当场就察觉状况。

"我头一个联络桥本，因为我一个人实在不知道该怎么办。我想去你那里，却不晓得该不该去。我惊慌失措，忍不住哭泣。"

是他帮了你呢，我说。

"他为我做了一切。"

也是桥本将我从海风警署送回妻子等待的家中。我记得他当时的样子，还有坂本说"姓氏只差一个字，境遇却是天差地远"，以及他轻易就让前野展露欢颜。

"可是，这些都不是契机。"

妻子一紧张就会拨弄刘海。此刻她会不时触摸头发，也是这个缘故吧。她无法克制颤抖的手，像要隐藏似的以右手按住左手，齐放在膝上。

"不是桥本做了什么，是——"

是我的问题，妻子说。

"两年前，家里不是发生可怕的事吗？"

集团广报室二除的打工人员对我怀恨在心，不仅骚扰我，还抓桃子当人质。

"那时我不禁想，你怎么能这么成熟？你是独当一面的大人，能够承受许多事，并且去解决，活得独立自主。相较之下，我——"

妻子的嘴唇颤抖。几小时前，我待在同样嘴唇颤抖的井手正男身旁。

"我只是浑浑噩噩过日子。"

"你是个了不起的母亲。"

妻子没回答。

"从此以后，我就下定决心。我要变成一个大人，要变成一个遇上事情时，你可以依赖，而我能够提供支持的太太。"

可是——她垂下头。

"我不晓得该怎么做。我完全不懂要怎么样才能变成大人，变得坚强。"

我不管做什么都会失败，她说。

"马上就会碰到困难，稍微想要努力做点什么，身体便撑不住。"

"身体不好不是你的责任。"

妻子抬起头，下定决心般注视着我。

"世上有太多身体比我更不好、更虚弱，但仍为了生活努力工作的人，也有很多人为了孩子而工作。"

我却全部推给别人。

"依赖周围，只管骄纵。无论对父亲、哥哥、嫂嫂都一样。喏，你知道吗？桃子居然对导师说'妈妈身体不好，我好担心'。"

我什么都不是——她说。

"我只是个虚浮、依赖心重的人。我一个人什么都做不到。"

"可是我……"

我一出声，便发现自己的声音有多无力。

"——可是我跟你在一起很幸福。我一直跟你过得很幸福。"

妻子注视着我，眼神游移。然后，她吐出我意想不到的话：

"你真的幸福吗？"

你真的幸福吗？

"桃子上幼稚园，参加考试上小学后，我也渐渐参与社会，看到许多家庭的状况。"

于是开始思考，她说。

"我的家庭，你和我打造的这个家庭，真的算是个家庭吗？会不会只是我待起来惬意舒适的茧？"

"惬意舒适的茧哪里不好？"

妻子随即反问："你觉得舒适吗？"

我们望着对方，陷入沉默。

"我不这么认为。"

你一直在忍耐，她说。

"你为我忍耐许多事。"

"所有的夫妻都是这样。"

"是啊，没错。但是，我完全不需要忍耐。因为你连我的那份都一起忍下来。"

妻子情绪突然激动起来。

"我对你太不公平。我不想离开你，不想被你另眼相待，所以交往的时候，始终隐瞒自己是今多嘉亲的女儿。直到论及婚嫁，两个人约定共度此生，忠厚老实的你再也无法回头，才告诉你真相！"

妻子的眼角渗出泪水。

"所以，你为我抛弃许多事物。不管是最喜欢的工作、父母、兄妹、故乡，全为我而抛弃。"

是我逼你的，妻子说。

"我根本没有让你幸福。我只是夺走你有意义的人生，逼你当我的保姆。我太任性，无论如何都想跟你结婚，所以夺走你的人生。"

我内心总是充满亏欠。

"每次你在各处被卷入事件，我就好担心。你很善良，没办法抛下遇到困难的人。你很老实，无法对错误的事坐视不管。你不断涉入事件，而我只能在外头提心吊胆。可是……"

妻子以指尖擦拭眼角。

"那些时候的你，总显得神采奕奕。比起待在我身边，和我一块奢侈度日的时候更像你。你会变回我认识的你，当初落入情网的你。"

你和我在一起，根本不幸福——妻子说。

"一直把你关在我的幸福中，你就快要窒息。"

注意到时，视线一片模糊。我发现自己在流泪，这件事比妻子的千言万语冲击更大。

"对不起。"妻子向我道歉，"你快窒息了，我知道。"

妻子发现了吗？赏樱会时，我那渴望能跨上红色自行车远走高飞的愿望，以及认为自己不属于这里的念头。

不止那一次，不止一两次。只是我没有自觉，但妻子看到、听到、察觉到更多更多那样的我。

然后忧心忡忡、忐忑不安。我们的这桩婚姻，是不是一场错误？

"他就不会窒息吗？"

我在问些什么？

"我会窒息的地方，桥本就没问题吗？他就能胜任吗？"

桥本真佐彦是骑士。从一开始，他就清楚今多菜穗子的真实面貌是个公主。

"所以你才选择他吗？"

妻子别开脸，闭上眼。几滴泪水滑落。

"我不知道。"她闭着眼回答，"可是，跟他在一起，我很轻松。我总是可以完全放松。"

"他会为你奉献，因为那是他的工作。"

妻子摇头。

"就算是他，换了立场，也会变得不再是现在的他。"

妻子不断摇头。

"他对你说过什么？他答应你什么？"

不能问这种问题，不能逼妻子。可是我仍厉声质问。

"他用什么甜言蜜语哄骗你？"

"他没有骗我。"

"只是你这么以为，只是你这么觉得。"

"就像你没有讨好我，他也没有讨好我。"

我们之间没有任何约定，她说。

"他只说会陪在我身边，他说这样就好。他会在允许的范围内，尽量陪在我身边。"

充满暖气的车内非常闷热，我却在颤抖。妻子也像要逃离寒意似的，紧抱自己的身体。

"我很卑鄙，我很坏心。"

我会为自己辩解，她说。

"每次想去见桥本，光找借口是不够的。我总是为自己辩解，我也有权利享受。"

"什么意思？"

"你常跟那个叫前野的女孩交谈。"

我瞪大双眼。冲过头的芽衣小妹怎会在这时候冒出来？

"最近她做了什么、发了什么短信给我——你总是讲得兴高采烈。我呢，每次听到都忍不住怀疑。"

"怀疑什么？"

"怀疑你嘴里的'前野'，会不会其实是'间野'。怀疑你其实是在影射间野京子的事。名字碰巧很像，所以你搬出前野来掩饰过去。你无法不去想间野京子，才会这样掩饰。"

我听得目瞪口呆。

"这太荒唐了。"

"没错，太荒唐！"

沙哑的声音，却是不折不扣的哀叫。

"我是可笑的醋坛子。我只是在胡思乱想，但我就是没办法不想。我把你囚禁起来。你的幸福、你的人生意义，都在我的世界之外。而你真正能够敞开心房的女子，一定也在外头的世界——我就是会这么想。"

妻子的话掠过脑中。我好羡慕园田小姐，我嫉妒她。

我，和围绕着我的外界。没有菜穗子的世界。

"你似乎根本没发现，但我也是有耳朵的，我也有一点自己的情报网。你以为我完全不知道公司里是怎么传你和间野小姐的吗？"

我好寂寞——菜穗子说。

"就算关得住你的人，你的心还是在别的地方。你还是会去真正渴望生活的地方。"

窗外的黑暗依旧。这个夜晚，永远等不到黎明。

"你为什么不来接我？"

"——咦？"

"圣诞节，你从海风警署回来的时候，我希望你第一个就来接我们。"

我是你的妻子。不管处境多艰难，我都想待在你身边。

"我……想要……保护你。"

"所以把我交给父亲？"

妻子松开紧抱自己的手，哀求似的揪住我的大衣袖子。

"只要交给父亲，我就安全了？你觉得这样就好？你可以一个人面对警察、媒体，面对所有说你坏话的人，一个人挺过去？你一个人比较容易挺过去？"

我是绊脚石吗？妻子问。

"我想要和你一起克服困难，每次出事我都这么想。可是，没有我，你反倒比较轻松。"

"可是，还有桃子。"

"没错，我们的女儿。我们应该一起守护的女儿。"

然后孩子会成长，菜穗子继续道。

"会越来越大，渐渐独立。到时我会怎样？"

桃子也会抛下我。因为我又变成累赘。

"你为什么老是要那样想？"

"你不懂吗？"

你不可能懂呢，她说。

"你很善良，真的非常善良，才会离我越来越远。"

想触摸妻子抓住我大衣的手，想握住她的手。然而，我的手一动，妻子就放开手。

"——往后你打算怎么做？"

我一问，妻子的表情微微变化。看得见平静，看得见安心。

你总算征询我的意见。

"我想把你的人生还给你。"

把你原本的人生还给你。

"把我从你那里剥夺的事物，全部还给你。"

我想解放你，她说。

"你想和我分手？"

妻子缓缓摇头。

"我不想离开你。但是，为了把你的人生还给你，我得离开你。"

然后我必须成长，她说。

"我要变得不需要别人保护，变得可以独立度过人生。"

我的心犹如空洞，妻子的声音在空洞中回响。

我听见别的声音，是我的声音。我吐出这种话：

"你跟他要怎么办？"

菜穗子微笑。可爱，又像个小姑娘般调皮地笑。

"男人真的会问这种问题呢，简直像小说台词。"

跟他没关系，她说。

"我会结束跟他的关系。"

"他不可能接受。"

"我会要他接受。"

瞬间，从未见过的强悍光芒闪过妻子的眼底。

"我会坦白告诉他：我只是为了厘清自己的心情而利用你。如果他会生气，也就这样吧。"

"你不明白。"

"不明白什么？不明白男人吗？那么，这是个好机会。我会趁机学习。"

世界在我手中，公主这么说。因为我可是个公主。

"我不懂你的心情，我实在不懂。可是，他毫无疑问是爱你的。"

"就像很久以前的我们。"

别人都说我是个老好人，而且是无可救药的那种。我有自知之明。空洞里一阵剧痛。不是我的痛，是桥本真佐彦的痛。

"你想过他会怎么样吗？"

"他已有心理准备吧。"

妻子叹口气，坚定地抬起头，不再流泪。

"我跟他睡了。"

睡了好几次，她说。

"像沉溺于恋人的青少年那样。我没有那样的青春时代，非常快乐。"

我感觉自己死去，非常快乐——妻子说。

"但每一次我都想，这种事不可能持续下去。"

好事一定有终点，园田瑛子这么提醒过。

"即使没收到那种短信，我也准备告诉你。"

为了结束这一切。

"对不起。"

妻子坚定地抿嘴转向我。

"我伤害了你。"

我一动也不动，眼皮眨也不眨，坐在富豪汽车的驾驶座上死去。

"就算是这样的我，也能伤害别人。"

就算是我……她感悟甚深地呢喃。

"尽管气我、恨我、瞧不起我吧。要怎么想我都行，不过，唯有一件事，请不要忘记。"

你给了我这辈子最棒的礼物，她说。

"你告诉我，人必须靠自己活下去。永远让人背着，不管多么得天独厚，也不可能幸福。"

我喃喃低语着什么，自己听不到，妻子却点点头应和"是啊"。

"我不知世事。倘若没有父亲的庇护，连一天都活不下去。可是，从今以后，我会一点一滴，就算只有一厘米也好，我会改变。"

妻子忽然抚上我的脸颊。

"对不起。"

她的掌心柔软温暖。

"你要多久才能变回自己呢？真的很对不起。"

"我……"

"看看镜子，现在的你，眼神跟父亲一模一样。"

妻子抚摩着我的脸。

"你变成迷你版的父亲了。"

最后低声留下一句"对不起"，菜穗子开门下车。背对我，头也不回地离去。

尾声

晴空万里。

虽然是这种季节，但悉心照料的草坪绿得赏心悦目。草皮很短，一踏便感觉得到弹性，反射着明亮的阳光。

我来到位于目黑区一角小巧的洋楼。这是昭和前期落成的建筑物，经过不断的修整和补强，外观维持着建筑物当时的原状。这是私人建筑物，但没有住户，从一楼客厅到阳台开放为餐厅，据说也常被包下来举办婚宴等活动。

草坪庭园另一头有玫瑰园。规模虽小，但也有温室，里面绽放着种类繁多的兰花。

店里的人请我到阳台座，但我决定在庭院等。我喜欢草坪。阳台摆着一张白色圆桌和两把椅子，如果是盛夏，应该会竖起遮阳伞。

虽然颇冷，但今天没有风，待在阳光下就够温暖。

看看手表，离约好的时间还有八分钟。

岳父——今多嘉亲，无论参加任何会议或面谈，都一定会在五分钟前现身，不多也不少。

——就算早到，也会在别处等到五分钟前吗？

——是啊。五分钟前是最好的。不会太早，也不会太晚。不会让对方觉得"久等"，或是"让对方等了"。三分钟太短，十分钟太长。

岳父应该也准备如此对待我吧。

这阵子只要一个人独处，就会想起许多事。脑海深处会任意回放起画面和声音，但现在相当安静，什么念头都没有浮现，多亏庭院的景色。

这也是岳父刻意安排的吧。

"今多先生到了。"

穿白上衣与黑长裙的店员恭敬地前来通知，我从椅子上站起。

今多嘉亲一身驼色大衣，有光泽的布料很美。

那件大衣是去年圣诞节我和菜穗子挑选的礼物。

——爸一定会说太招摇，但我觉得这样也不错。

大衣使用意大利羊毛，轻盈得像羽毛。价格当然不菲，且仅此一件，不过并非定制品。事实上，对矮个子的岳父太长了些，衣摆直到脚踝处。

就是这一点好，菜穗子解释。

——不觉得看起来像禁酒令时代的黑帮老大吗？

岳父戴了顶软呢帽。帽子和大衣都没寄交给店员，蹬着光亮的皮鞋踏过草坪向我走来。

他停下脚步，轻轻张开手。

"如何？"

我不解地偏着头。

"看起来像西西里黑帮的老大吧？"

我不禁微笑。岳父一开始腼腆地笑，渐渐由衷露出笑容。

我们在小圆桌两旁，面对庭院坐下。

"好美的庭院。"

阳光照得岳父眯起眼。

"原本我想造一座这样的庭院。"

不知为何，成品不如预期，他说。

"我将脑中的形象确实传达给建筑师和造园师，无奈本体的房屋不是洋楼，最后还是日式庭园比较契合。旧宅那边也许可以，但土地面积不够。"

岳父的旧宅，是现在今多财团当成别馆的地方。就是集团广报室所在的那栋大楼。

咖啡端来。白上衣搭黑长裙的店员带着静谧的笑，服务结束，随即离开。

岳父喝红茶习惯加一堆砂糖，但只喝黑咖啡。

"今天要送去登记？"

开门见山。

"对，听说是这样。"

我就要丧失称呼这个坐在身旁，俨然黑帮老大的财界台柱为"岳父"的资格。

"我劝她要不要暂时分居。"

岳父津津有味地品尝咖啡。

"但菜穗子个性如此。"

"是的。"

"一旦下定决心，就急着做到。不确实做出了断，不能甘心。"

"我明白。"

"她还这么说：为了再次重逢，得先好好分开一次。"

草坪反射灿烂阳光。

"你觉得有机会重逢吗？"

我沉默良久，寻思合适的话。岳父没看我，望着与我相同的方向，静待回答。

"若有缘，想必能重逢吧。"

这样啊，岳父说。

"很遗憾变成这样的结果。"

岳父垂下视线，轻轻摇头。

"你没理由向我道歉。那是菜穗子的人生，是你的人生。"

我放下咖啡杯，轻轻摩挲手指。即使待在阳光下，指尖依然会变冷。

岳父不肯望向我。

"你和菜穗子仍是桃子的父母。"

"是的。"

"从你们的个性来看，应该是你们彻底讨论过的结果。为慎重起见，我还是想确认一下。把桃子交给菜穗子，是你的意思吗？"

"是的。"我注视着岳父的侧脸，"以她现在的年纪，非常需要母亲。"

"不需要父亲吗？"

"需要，但迫切的程度不同。"

"探视怎么安排？"

"两周一次，电话或短信随时联络。"

桃子的学校活动一定会参加。

"那孩子能理解这样的事吗？"

"我告诉她的时候，感觉她以自己的方式理解了。"

从今以后要分开生活。我这么说，桃子哇哇大哭，不愿接受。但我认为她内心是冷静的，隐约有所预感的事情终于发生。

小孩子非常聪明。可能她有所领悟，早已察觉。

"她学校的朋友中，也有单亲家庭的孩子。"

岳父缓缓点头。

"即使是那么小的孩子，仍有足够的客观性，明白父母离婚，并不等于世界灭亡。我们的社会已成熟到这种地步，或者衰退到这种地步，是哪边呢？"

这不是寻求答案的问题。

"我得向你道歉。"

我就是为此找你出来，岳父说。

"不，岳父——"

"欸，先听我说。"岳父微微抬手制止我，"你想娶菜穗子时，我提出交换条件，要你辞掉当时的工作，加入今多财团。"

我望着岳父的侧脸点头。

"我不是想监视你，也不是想瞧瞧你有多少斤两。"

我应该先告诉你，岳父继续道。

"只不过，我……"

岳父欲言又止，这是极为罕见的事。

"我希望你能理解。"

骄阳忽然隐蔽。抬头一看，一团云经过太阳前方。

"我把菜穗子从财团切割出去。考虑过她的立场、个性和健康等一切，认为这样做比较好，毅然决定切割。"

所以，菜穗子成为不食人间烟火的仙女。

"但我终究没将她与财团带来的财富切割。"

"这是当然。"我应道。

"然而，这是很危险的。"岳父接着说，"财富不是天上掉下来的礼物。财富是由无数的劳力所创造，然后才能拥有。可是碍于我，菜穗子没办法体会到这一点。"

"我想她理解的。"

"她是理解，但没能体会。"

岳父总算望向我。

"所以，我希望你能肩负起这个角色。"

成为巨大组织的一员，感受在其中工作的人们无数想法的一部分，无论是欢喜、愤怒、充实或挫折。

"我希望通过你，能让菜穗子去体会、去了解，身为今多嘉亲的女儿是怎么回事。在我一手打造的财富伞下生活，又是怎么回事。"

头上的云飘过，太阳露脸，耀眼的冬阳重回天空。

"同时，我希望你能了解我的立场及身为今多家一员的立场。如果你不了解，就无法在需要的时候做出适切的应对。"

我也没办法长命百岁，岳父微笑道。

"失去我这堵高大的城墙时，财团也会出现变化。菜穗子的哥哥们会像我所做的那样，保护菜穗子吧。但他们不是我，不是菜穗子的父母。他们各有家庭，也有与我无关的人际关系。"

不知会有怎样的变化，又会如何变成现实。

"可能会有人想把菜穗子拱出来，利用她。菜穗子也许会听从那些人的话。届时，我希望你成为菜穗子的城墙——不同于我和菜穗子哥哥们的城墙。"

因此，我把你招进财团——岳父解释。

"初次见面，我就明白你不是被一时激情冲昏头，而是真心爱着菜穗子，所以我想依靠你。虽然是艰辛且吃亏的角色，但我认为你足以托付。"

我垂下头，逃避岳父的视线。

"我应该先告诉你。"

可是——他微微耸肩。

"如果一开始就说这么多，即使是你，也会吓得落荒而逃吧。我不希望阻挠一生一次的恋情开花结果，被菜穗子怨恨一辈子。"

我很抱歉，我说。

"不必道歉，你做得很好。"

岳父叹息着，又是一笑。不是微笑，而是大大地笑。

"瞧瞧，这个结果，你和我都始料未及吧？菜穗子居然主动说不想一辈子活在城墙里。"

人真是坚强哪——岳父说。

"有着想活得更好的意志。光是安逸，无法满足。"

"是岳父把菜穗子教导成那样的人，不满足于安逸的女人。"

岳父注视着我，仿佛感到炫目般眨眨眼。

"谢谢。"

我无法抬眼。

"这不是我一个人的功劳，菜穗子的成长也需要你。没有你，就没有现在的菜穗子。"

是你拉了菜穗子一把。

"可能桃子也有出一份力。成为父母后，不仅是抚养孩子，自己也会成长。是孩子让父母成长。"

我频频点头。

"这不是失败。"岳父说，"你们的婚姻，还有我同意你们的婚姻及迄今为止的生活，都不是一场失败。因为你们的成长，过去的框架渐渐容不下，所以你们才会脱离框架。我会这么想，是出于老人的任性吗？或者是太宠溺孩子？"

你成为缩小版的父亲。

菜穗子这么说。我也成为她的城墙，成为她的框架。

如果能再次邂逅，必须在城墙外、框架外重新相逢。

"离别真是心酸。"

岳父仰望冬季的太阳。

"教人痛苦得胸口仿佛要被撕裂，每个人都是如此。但若一个月后看到你，你还是这张脸，就是我看走眼。"

是的——我点点头，总算抬起脸。

"桥本送来辞呈。"

果然如此。

"我没收下。我命令他前往旗下的其他公司，要他从头干起。如果他还是想辞职，再送辞呈过来。"

岳父又轻笑。

"其实，收到你的辞呈时，我也想这么做。我想告诉你：不许你辞职，不管是以何种形式，你都要待在财团里，找出自己的活路。"

既然身为菜穗子的丈夫，必须与财富的泉源连接在一起。不管多难受、多如坐针毡，都是我的职责。

"女人真是可怕。"

岳父忽然冒出一句，我眨眨眼。

"虽然是自己的女儿，但菜穗子成为可怕的女人。桥本这次付出的学费可昂贵了。"

"他是恋爱了。"

岳父扬起笑容。表情开心，有些怀念。

"瞧你一副森的口气。"

"森阁下吗？"

岳父点点头："他也是个浪漫男子，在经济专家中算是稀有动物。不，应该说，具备那样浪漫情怀的人，一般不会待在经济领域。"

虽然最后很遗憾——他接着道："但对森来说，那是最好的结局吧。最重要的是，森夫人也这么期望。之所以觉得遗憾，只是留下来的人感伤。"

"我也这么认为。"

"那对夫妇一直深爱着彼此，无法忍受离别——不论是任何形式的离别。"

真是浪漫主义者啊，岳父柔声道。

岳父——我开口。

"这是我最后一次这么称呼您了吧。"

我站起，立正行一礼。

"感谢您一直以来的关照，我从您身上学到数不尽的事。"

岳父抬头望着我："如果你觉得从我身上学到什么，那是令尊和令堂给你这样的基础。千万别忘记这一点。"

结婚后，待在今多嘉亲这个财界人杰身边，我动辄把他和自己的父亲拿来相比。岳父非常耀眼、巨大，无论有没有断绝关系，父母在我心目中都变得越来越渺小。

岳父看穿我的想法，在最后一刻教训我：别搞错了。

"身体不适的是令尊，还是令堂？"

我打心底惊讶。由于状况演变如此，我甚至没告诉菜穗子父亲生病的事。我认为，现下再提及，只会平白让她痛苦。

"我是听园田说的。"

"总编——"

她应该没机会知道。

"园田是听'睡莲'的老板说的，听说令兄到东京来。"

我忍不住按住额头。

"务必珍惜你的父母。如果有什么我帮得上忙的地方，不必客气，随时来找我商量吧。"

"谢谢岳父。"

岳父也站起，向我伸出手。我握住他的手。那只手冰凉、瘦骨嶙峋，强而有力。

"往后可寂寞了。"

岳父用空出的手，拍一下我的肩膀。

后记

本书完全是虚构，登场人物及所有事件纯粹是作者的构思。

由于从下面书籍获得大量的知识，在此致上最深的谢意。

《丰田商事事件的来龙去脉：破产管财人调查报告书记录》丰田商事有限公司破产管财人　编／朝日新闻社

《操控人心的男人们》福本博文　著／文艺春秋

宫部美雪

二○一三年十二月吉日

考虑一下吧，他说。

"考虑要不要真的继承北见先生。"

我眨着眼，北见夫人和司都在笑。

"我们三个讨论过，杉村先生绝对适合当侦探。"

我笑着挥手，三人也向我挥手。

"AZUSA 号"离开新宿车站，我透过车窗看见三人的笑容。

明明是返乡列车，却犹如出发。系紧鞋带，背上行囊，整装出发。

路途遥远，但我知道旅程的目的地在何方。

我的"末日火山"在哪边？

月台广播响起，"AZUSA 号"按预定时间进站。

"我这人不成才，不会说什么了不起的话，可是……"

足立则生握紧扭捏绞动的手指，忽然变得一本正经。

"人生是可以重来的，不能放弃。"

他害羞不已，握拳抹抹鼻子。

"人们不是常这么说吗？杉村先生也说过吧？"

我记得的确说过，也对坂本这么说过。为别人打气，是多么容易啊。

"杉村先生不是会输给打击的人吧？我相信你。"

我寻找合适的话语，最后回道：

"谢谢。"

北见母子回来了。他们好像是去买东西，司提着塑料袋。

"这是便当和茶。"

"啊，让你们费心。"

"现在还有卖冷冻蜜柑，我忍不住就买了。杉村先生不讨厌冷冻蜜柑吧？"

"啤酒呢？"足立则生问，"男子汉的一人之旅，怎能没有啤酒相伴？"

列车出现在铁轨彼端。

"保重。"

"我会的，谢谢你们。"

"要发短信哦。"

"嗯。"

"回东京时记得联络，我来接你。"

虽然不知会是何时，我们还是如此约定。

列车滑入月台，众人的头发和围巾随风飘动。

"那我走了。"

我迈出脚步。带着小波士顿包，还有便当茶水和冷冻蜜柑。

"杉村先生，等一下。"

足立则生喊住我。我回头，北见母子也别有深意地望着他。

"你应该会空闲一阵子……"

我会等你回来，桃子说。

"我会等爸爸回来。"

如同那天晚上菜穗子在车中对我做的那样，我也捧住女儿小巧的脸蛋。

"等待的时候，你要好好长大。不可以忘记长大哦。"

"嗯。"

我的暮星，瞳眸如星子般闪耀，照亮我的前程。无论今后我将前往何方。

"真好，我也想一起上车。"

月台拥挤的人潮中，足立则生悠哉地说。

"我好几年没搭过特急。"

"爱搭就搭啊，想去哪儿就去哪儿。"

我们在新宿车站的月台上，等待特急列车"AZUSA号"。我决定先回故乡一趟。我会关注父亲的病况，不管以何种形式，在老家留到事情告一段落。

告知往后的计划后，足立则生与北见母子便来为我送行。刚道别完，北见夫人和司就不见人影，不晓得去哪里。

"杉村先生啊……"足立则生难以启齿似的扭捏着，"听说你碰上许多事……"

我向北见母子提过辞职和离婚的事，想必他是从两人口中得知。

"让你担心了。"

足立则生害臊地笑："当下我吓一跳，不过倒也不是那么担心。但是，现在我很担心。"

他的表情一沉。

"杉村先生看起来受伤很深。"

我抚摩下巴。

"脸颊凹下去，体重是不是也掉一大半？"

"我倒是没感觉。"

"应该是无暇关心自己吧。"

"你再待一会儿吧。"

岳父离开，留下我一人。我踩着自己的影子伫立。

"爸爸！"

回头望去，桃子从玫瑰园跑过来。她跑得很急，几乎快跌倒。她穿蒲公英色的外套，底下是保暖的长裤。运动鞋是我和菜穗子送她的圣诞节礼物。

我张开双臂，桃子扑上来。

脸颊热烘烘、红通通的。

"是外公带我来的，说开了许多玫瑰花，叫我一起来看。"

我什么都说不出来，抱紧女儿。

"爸爸。"桃子喘着气注视我，"你要去很远的地方吧？"

我沉默着，点点头。

"妈妈说，爸爸要去旅行。"

一定很远吧？她说。

"对不起。"

桃子紧紧抓住我的衣领，脸凑得更近。

"爸爸会回来吧？"

总有一天会回来吧？她问。

"就像佛罗多和山姆，像国王那样。"

是《魔戒》的角色。亲子三人一起观赏那部恢宏的电影，仿佛是遥远的过去。

"是啊，我会回来。"

无论我的归宿在哪里，我都会回去。

那个时候，桃子会变成怎样的女孩呢？我的暮星[1]。

我会守护着我的公主成长。菜穗子说得没错，我们会照看着她。即使身在远方，即使不是携手一起。

"爸爸也要去'末日火山'吧？"

1　影射《魔戒》中的精灵公主阿尔温。